ウラジーミルPの老年時代

Romantique mondial

世界浪曼派

Мировой романтизм

THE SENILITY OF VLADIMIR P

Michael Honig

The Senility of Vladimir P

Мировой романтизм
世界浪曼派

ウラジーミルPの老年時代

マイケル・ホーニグ

梅村博昭訳

共和国

目次

一、本書は、Michael Honig, *The Senility of Vladimir P*, Atlantic Books, London, 2016 の全訳である。

一、〔 〕内はすべて訳者による注である。

Мировой романтизм
世界浪曼派

ウラジーミルPの老年時代

第一章

そこに座ってどのくらい経ったろうか。二時間だったかも知れない。二年だったかも知れない。

不意にあの人の頭のなかで何かが結びついてスパークし、生命を吹きこまれ、連鎖的に発火した。死に絶えゆく銀河の果てで瞬間的に明滅する星々のようなものだった。

「私はなぜここにいるのだ?」。あの人が怒りにまかせて叫んだ。「私は何をしているのだ?」

「お待ちになっているのです」と、シェレメーチェフがベッドの上の枕を一つふくらませながら言った。

「何を待っているのだ?」

「会談ですよ」

ウラジーミルは眉をひそめた。「私は報告を受けていたか?」

「もちろんです」。シェレメーチェフが冷静に応えた。

「そうか」。ウラジーミルはうなずいた。怒りの色は消えて、表情が変わった。もう彼は自分が何に怒っていたのかも忘れていた。いま起こった何かの結びつきが脳のどこで起こったにせよ、それは鎮《しず》められたままおそらく二度と発火することはないのだ。そして彼の意識の中に一瞬吹き出した自己認識も霧消していた。彼は静かに座って、シェレメーチェフの仕事ぶりを見ていた。目の前の男が何者なのか、ウラジーミルが正確に言えるはずもなかったが、それでもこの男といると安心だった。理由はわからないが、この男がベッドメイクをするのは正しいことだと彼は理解できていたし、前にもこんなことがあったような気がした。

シェレメーチェフは小柄な男で、質素な白いシャツに黒いズボンというういでたちだった。ウラジーミルの世話をするとき、彼は制服を着たことがなく、ベッドを整えるときの彼の動作の素早さと無駄のなさから、看護師としての長いキャリアがうかがわれた。神経科医の権威であるV・N・カリン教授からウラジーミルの付き添い介護士になるよう打診されてから、かれこれ六年になる。それはウラジーミルが大統領職の辞任を表明してまもなくのことだった。当時、大統領の症状は、関係者のあいだでは自明だったものの、綿密な台本と本人の入念な準備があれば、まだ充分公式の場でも持ちこたえることができた。彼の後任のゲンナジー・スヴェルコフ大統領は、自身の政権が精彩を欠いてくると、この老魔法使いのマジックをいくらかそこに吹き込もうと、彼を車椅子にのせて担ぎ出したくらいである。そのころはウラジーミルにも、服を着せてくれる付き人や、最新の出来事を時々刻々報告する補佐官が二名いたので、シェレメーチェフの役割も限られていた。しかし、ウラジーミルの記憶が衰えていくにつれ、シェレメーチェフの責任も何倍にもなっていった。二年もしないうちに、ウラジーミルが公式の場に登場すると奇行が目立つようになり、スヴェルコフの取り巻きですらこの人物には用心するようになった。そして彼の病状の――確かめられることのない――噂が広まりだすと、公の場に姿を見せることはなくなった。まず二人の補佐官がお役御免になり、ついで付き人が去り、残るはシェレメーチェフ一人となった。

介護士は決して政治には関わりを持たず、クレムリンで誰が何を誰にたいして行なったかといった動静を把握することもなかった。彼にとってはそうした活動全体が濁ったスープであって、そこをさまざまな名前がさしたる理由もなく浮いたり沈んだりするのだ。そしてその水面下で起こっていること――確かに誰もが言うようにいろんなことが生じているに違いなかった――を、彼はとりたて理解しようとも思わなかった。高齢化する取り巻き連がウラジーミルの権力末期に自分たちの地位にしがみつこうとしたために、この人は強制的に辞任させられたのだ、という噂を彼は知らなかった。彼が知っているのはただ「私は引退する」と大統領が表明したことと、それから何週間かしてカリン教授から研究室に呼ばれたことだけだった。

「お前は私の母親を知っているか?」。シェレメーチェフが枕の最後の一つをぽんぽん叩いてベッドに置くと、ウラジーミルが訊《き》いた。

「いいえ、ウラジーミル・ウラジーミロヴィチ。まだお目にかかる機会がございません」

「お前に引き合わせてやろう。あとで来ることになっている。迎えの車をやったからな」

シェレメーチェフが振り返った。「シャワーの時間ですよ、ウラジーミル・ウラジーミロヴィチ。今日はいつもと違った服装に着替えてください。新大統領が面会に見えられます」

ウラジーミルは狼狽《うろた》えて彼を見た。「新大統領だと? 私は大統領ではないのか?」

「もう違うのです、ウラジーミル・ウラジーミロヴィチ。すでに別のかたが大統領でいらっしゃいます」

ウラジーミルは目をそばめた。最初の数年はこんなことを耳にするだけでこの人は怒り狂ったものだ。でも、いまはもう激昂するのもさほど頻繁ではなくなったし、それも長くは続かない。ウラジーミルが耳にすることは、どれも一、二分以上は頭の中に残らないのだ。興奮するとしても、それはほぼ間違いなく二、三十年も前に起こったことを考えているせいなのだった。

「誰か来るのか？」。ようやくウラジーミルが訊いた。「お前はそう言ったか？」

「そうです。新大統領です。コンスタンチン・ミハイロヴィチ・レーベジェフが」

ウラジーミルは鼻を鳴らした。「レーベジェフは財務大臣だ！」

レーベジェフが財務大臣だったことがあるかどうかシェレメーチェフはまったく知らなかったが、現在そうでないことは確かである。「そのかたが新大統領ですよ、ウラジーミル・ウラジーミロヴィチ。そのかたはあなたからの祝福をお望みなのです。素晴らしいじゃないですか？　彼がどれだけあなたを尊敬しておられるかがわかります」

「私の祝福だと？」。ウラジーミルは眉をひそめた。「私は司祭なのか？」

「いいえ」

「ならば、なぜやつは私の祝福など望むのか？」

「それは言葉のあやです、ウラジーミル・ウラジーミロヴィチ。この場合、あなたは司祭と同じくらい慈悲深いということです」

ウラジーミルはシェレメーチェフを疑わしげに眺めた。「われわれはどこにいるのだ？」

「別邸《ダーチャ》〔別荘。郊外にある農園付きのセカンドハウス〕ですよ」

「どの別邸だ？」

「ノヴォ・オガリョーヴォ〔十九世紀に建てられたモスクワの郊外にあるロシア大統領の邸宅〕です」

「ノヴォ・オガリョーヴォ？　なぜ私がレーベジェフに会う場所がここなのだ？　なぜ私の執務室ではないのだ？」

「今日はここであのかたに面会されるのです」

「あんなやつは馘首《クビ》にしてやる！　カメラは来ているか？」

「カメラも来るはずです」

「よし、やつがどんな顔をするか見てやる！」。ウラジーミルはくすくすと笑った。居並ぶテレビカメラを前に、セヴェロモルスク〔不凍港を持ち、ロシア北方艦隊の基地が置かれた閉鎖都市〕で北方艦隊司令官アレクセイ・ゴーリキーを罷免したときのことを彼は思い出していた。あれは実に申し分なかった。

と、突然、ゴーリキーが彼の眼前にあらわれた。この提督の表情といったら！　この大きなとんがり帽をかぶった老いぼれ孔雀は、カメラが一斉に自分に向けられているのを見て、勲章でびっしり飾られた自分の胸元にウラジーミルがもう一つメダルを付けに来たものと思ったようだが、そう察するいとまもなく罷免を言い渡されたのだ。「そう来るとは思わなかっただろう、アレクセイ・マクシーモヴィチ？　ボスは誰かね、ええ？　艦隊に充分な予算が付かんなどと言いたい放題だからこんなことになるのだ！」。肘掛《ひじか》けを拳でどんとやりながら、ウラジーミルは笑った。


　シェレメーチェフは、ウラジーミルを残して彼の衣裳部屋に入った。新大統領の訪問に際して、自分の患者も大統領らしく見えるように念を入れるつもりだった。じっくり時間をかけて、ぎっしりと詰まったハンガーレールや棚の前でいくつかのオプションを考えると、最後にようやく濃いブルーのスーツ、薄いブルーのシャツ、白いドットのついた赤のネクタイ、それに黒の革靴に落ちついた。

　ウラジーミルのみごとな腕時計コレクションからは、シンプルだが優雅と思えるものを選んだ。薄いゴールドの側に白の文字盤、ゴールドの針に革のバンドだ。

　彼は一式を携えて部屋に戻ると、衣服をベッドにならべた。「さあ、ウラジーミル・ウラジーミロヴィチ、シャワーの時間ですよ。あなたもさっぱりしますから」

ウラジーミルが疑わしげに彼を見つめた。「なぜだ？」

「コンスタンチン・ミハイロヴィチがあなたに面会にお見えになります」

「レーベジェフか？　あいつのことを言っているのか？　やつは司祭のところへ行くべきだ」

「なぜです？」

ウラジーミルは眉をひそめた。レーベジェフに必要なのは司祭であると感じたのだが、それがなぜなのかまったくわからなかった。「やつの母親が死にかけているのだろう」と、彼は思ったままを口にした。


カメラが配置されたのは、別邸《ダーチャ》一階の公式レセプションルームだった。その部屋はもう何年も開けられたことがなく、会見用に朝から換気と清掃がなされた。二脚の肘掛け椅子が華麗な暖炉の両側に互いに四十五度の角度になるように置かれ、そこを二台のスタジオライトが照らしていた。厨房では、料理長のヴィクトル・ステパーニンとその一団が明け方からカナッペや軽食を調理し、ビュッフェ式に部屋の片側のテーブルに並べてある。テーブルの端にはダークグレーのスーツ姿でふさふさの白髪の大男が立ち、そこに深刻な顔つきの大統領補佐官たちが付き添っていた。他の側近やテレビの技術者、警備員たちはカメラの後ろで控えていた。

シェレメーチェフがウラジーミルを案内すると、部屋はしんとなった。出入口で立ち止まったブルースーツの人物に、全員が注視した。白髪がわずかな房《ふさ》となって頭皮にへばりつき、顔は皺《しわ》だらけで肉が垂れていたが、それでも角張った顎《あご》と秀でた額、寄り目でかすかに斜視気味の冷たい青い瞳をそなえており、この三十年でロシアで最も写真に撮られた顔だとすぐにわかるものだった。
ウラジーミルは途惑いながらシェレメーチェフを見た。

「大丈夫ですよ、ウラジーミル・ウラジーミロヴィチ」。彼はささやいた。「みなさん会談に来られたかたばかりです」

「私が会談に臨むのか？」

「そうです」

「私は報告は受けているか？」

「もちろんです」

ウラジーミルはもう一度見まわすと、ライトやカメラのフラッシュを浴びて安堵した。かつて指導者だった彼の中に最後まで残った本能が騒いで、背筋を伸ばし、顎を上げると、尊大な笑みがかすかに口元にうかんだ。

「私は誰と会談するのか？」

「レーベジェフです」。シェレメーチェフは返答した。

「もちろんだ、レーベジェフだ！」と彼はつぶやいたが、側近と一緒に部屋の反対側に立つ大男をちらりと見ると、その声には戦闘的な調子が響いていた。「そのときが来たのだ！」

コンスタンチン・ミハイロヴィチ・レーベジェフが政治の梯子段に足をかけたのは、モスクワ市長としてだった。沸き立つように活発な表向きの顔のいっぽう、完全な木っ端《こっぱ》役人に見えるほどクレムリンからの指令への臆病なまでの従順さを、彼は兼ね備えていた。権力を握るやたちまちその飽くなき汚職で知られるようになったが、権力よりカネに執着するために脅威とはならず、ウラジーミルがいつも好んで出世させるタイプの政治家だった。しかし振り返ると、初期のころですらレーベジェフには目に見える以上のものがありそうに見えた。一方の手で賄《わい》賂《ろ》として受け取ったものを、彼はもう一方の手で――少なくとも一部は――返却し、モスクワの庶民層を一連の人気取り政策で抜け目なく満足させ続けた。そうした人気取り政策はモスクワの未来にはなんら資するところがなかったが、人びとのポケットに数コペイカよけいに入るようにしては喜ばせたのである。まもなくメディアは彼のことを「コースチャ叔父さん」と呼ぶようになり、彼もそのあだ名に満足だった。カネを欲しがり愛されようとするこの政治家はますます脅威ではなくなり、ウラジーミルは彼に二期目の市長を許可した。しかし、自分がこの男を見くびっていたことを、すぐにウラジーミルは認めざるをえなくなる。お愛想をふりまいて道化を演じるレーベジェフの才能にいっぱい食わされたのだ。実のところコースチャ叔父さんに際立っていたその特長は、強欲さより――それも途方もないものではあったのだが――抜け目のなさだった。彼は初めから単なる首都の市長職なんかよりも輝かしい目標を虎視眈々《こしたんたん》と狙っていたのだ。ウラジーミルがそれに気づいたころには、レーベジェフはモスクワを手中に収め、もはや侮《あなど》れない存在となっていたのである。

ウラジーミルは彼を潰しにかかった。彼がこの男を連邦政府に引っぱりこんだのは、一年も経ったら無能と汚職の罪を着せて罷免するためだった。痛手を負ったレーベジェフは確かに去ったのだが、それも致命傷ではなかった。彼は短期間であったが大臣職を悪用して得た莫大な収益を有力な支持者グループに分配するために、政府の要職という立場を精力的に利用したのである。そうした支持者たちにすれば、将来彼がふたたび権力を得たときに、これまで以上に得るものがある、と期待するだけの理由が完備されているわけだ。彼はまたクレムリンの頂点、その最頂点に寄せられる機密情報を余すことなく積み上げ、自分を葬り去りかねないさらなる攻撃から身を守っていた。そこでウラジーミルも彼を呼び戻し、身近に置きつつ、この男を始末する別の方法を模索していた。そして次の十年間は、これがもう一巡した――コースチャ叔父さんは政権に出たり入ったりしながら、ウラジーミルから与えられる省庁であればなんでも恥ずかしげもなく頂戴した。さらなる富を掠《かす》めとってはますます気前よくばらまき、不名誉な馘首《クビ》を言い渡される前に別の支持者グループで脇を固め、馘首になるたびに「優しい叔父さん」という評判を利用して、自分をクレムリンの陰謀家たちによって仕立て上げられた無辜の犠牲者のように描き出したのである。ウラジーミルはこういう彼のことを腹の底から憎んでいた。というのも、こいつが居座っている唯一の理由が、ここまで取り立てておきながらチャンスのあるうちに芽を摘んでおかなかった自分自身の失敗によるものだという耐えがたい嫌悪感、そして自分が軽蔑する相手を外見にとらわれずに見つめたとき、そこにいるのが鏡に映った自分であった、という実存的な憎悪のためである。

いま、彼はシェレメーチェフと別れて部屋を大股で横切り、レーベジェフのほうに歩を進めていった。まるでこれが二十年前の出来事で、長いあいだ彼の首にアホウドリのようにしがみついていた厄介者にとどめを刺そうとするかのごとくだった。「コンスタンチン・ミハイロヴィチ！」。彼は大声でレーベジェフに挨拶した。

レーベジェフの補佐官の一人があわてて駆け寄ってきた。「ウラジーミル・ウラジーミロヴィチ、本日、レーベジェフ大統領がここを訪問したのは、あなたに敬意を表し、大統領に当選した栄《は》えある機会にロシア国民に向けてひとこと頂戴するためです。もしよろしければ、たとえば、こう――」

「掛けたまえ」。ウラジーミルは用意された椅子の一つを指して、レーベジェフに言った。

「しかしウラジーミル・ウラジーミロヴィチ……」と補佐官が言った。

ウラジーミルはもう一つの椅子まで歩いていくと、傲然と立った。レーベジェフは補佐官に目配せをした。「私がなんとかしますから」と彼はつぶやいた。

二人が着座したところでメイク係が出てきて、それぞれの顔に化粧を始めた。ウラジーミルはさっさと終えろとばかりに顎を上げた。一分もしたところで彼はメイク係たちを追い払った。

「もういい！　充分だ！」

メイク係たちは退散した。

「コンスタンチン・ミハイロヴィチ、準備はよろしいでしょうか？」。カメラの後ろでプロデューサーが言った。

レーベジェフはうなずいた。

ライトが点いて、ぱっと周囲が明るくなった。ウラジーミルはすぐさま椅子の肘掛けをどんと叩いた。「それで？　何を報告に来たのだ、コンスタンチン・ミハイロヴィチ？　私は満足しておらんぞ！　財務省は面汚しだ。一年も前にお前は財務省の不正を一掃すると約束したな。いまや前より悪いではないか！」

「ウラジーミル・ウラジーミロヴィチ――」

「どうなんだ、コンスタンチン・ミハイロヴィチ？　何か言うことはあるか？」

レーベジェフはちらりと補佐官らのほうを向いて目を白黒させた。それから彼は元大統領に視線を戻した。「ずいぶん前に一度、あんたは私を財務省から罷免したんですよ、ウラジーミル・ウラジーミロヴィチ。そのときとそっくり同じ言葉じゃないですか。それをまた繰り返しますかね？」

「私がお前をもう一度任命したのか？」

「いいえ」、レーベジェフが言った。

「ならばお前はなぜここにいるのだ？」

「これのためですよ」、レーベジェフはウラジーミルの手を取ると、笑みを浮かべてカメラのほうを向いた。「カメラのほうを向いて笑って、ウラジーミル・ウラジーミロヴィチ」

ウラジーミルはレーベジェフの手を払った。「お前は詐欺師だ、コースチャ・レーベジェフ！つねに詐欺師だったな」

「さて、私が詐欺師だとしたら、私にはロシアで最も偉大な教師がいましたな」。レーベジェフは微笑んだまま口元だけを動かして答えた。「さあ、率直なところを、ウラジーミル・ウラジーミロヴィチ」

「率直？　よかろう、率直にいこう。お前は泥棒以外の何者でもないね」

レーベジェフは微笑みもそのままに身を乗り出した。「ではあんたは？　あんたも分け前の分捕《ぶんど》り方はご存じですよね。どこから始めますか？　オリンピックですかな？　ワールドカップ？　あるいはコリャコフの環状道路はどうです？　あれは最高でしたね！　あれで次の百年はモスクワの首が回らなくなるでしょうね。環状道路でおいくらでしたっけ、ヴォーヴァ？二〇パーセントですか？」

「お前を刑務所に投げ込むべきだったよ。お前は誰より性質《たち》が悪い」

「私が？　よろしいですか。いまは私が大統領なのです。その胸くそ悪い顔に作り笑いで私を祝福すればいいんですよ」

「とっととくたばれ、コースチャ」

「こう言ってくれますか——健闘を祈る、コンスタンチン・ミハイロヴィチ、汝の手の中で母なるロシアは安泰なり、と」。レーベジェフは待った。「どうです、ウラジーミル・ウラジーミロヴィチ？　言ってくださいよ」

　ウラジーミルが笑った。

「健闘を祈る、コンスタンチン・ミハイロヴィチ、汝の手の中で母なるロシアは安寧なり、と」

「汝の手の中で？　お前が大統領になることはないぞ、コースチャ・レーベジェフ。さすがのロシアもそこまでは許さん」

「そうですね、私は大統領にならない。結構です。これは単なるゲームなんですよ。大統領ごっこなんだ。いいですか、健闘を祈るよ——」

「何か臭《にお》うか？」

　レーベジェフの動きが止まった。「なんだって？」

「臭いだ！」

　レーベジェフは鼻をくんくんさせた。「何も臭いませんな」

「本当か？」

「ご冗談を？」

「お前には臭わないのか？」

「何が？」

　ウラジーミルは彼を見つめ、ほらやっぱりという顔で一人笑いを浮かべた。

　レーベジェフは深く息を吐いた。「承知しました」、彼はうなった。「ともあれお願いですからこう言ってください。健闘を祈るよ、コンスタンチン・ミハイロヴィチ、汝の手の中で――」

ウラジーミルは椅子の肘掛けを拳で叩いた。「私は満足しておらんぞ、コンスタンチン・ミハイロヴィチ！　財務省は面汚しだ。一年前にお前は財務省の不正を一掃すると約束したな。いまや前より悪いではないか！」

レーベジェフはプロデューサーのほうに振り向いた。「映像は充分に撮れたか？　この老いぼれ馬鹿の相手はもうたくさんだ！」

「少々お待ちください、コンスタンチン・ミハイロヴィチ」。プロデューサーは、技術者二人とコンピュータモニターの向こうで丸くなっていた。彼らは倍速で映像を見て、カメラの前の二人が和気あいあいの会見をしたかのように見せるショットが抜き出せるか、確かめようとした。ウラジーミルが一人で笑ったり、レーベジェフを笑ったりする映像はあった。カットしてつなぎ方を工夫すればおそらく……。

警備員は、料理人が苦心して作った軽食を頬張りながら、その周囲に立っていた。

ウラジーミルがシェレメーチェフに手招きした。「次の予定はなんだ？」。彼は小声で尋ねた。

「いまは休憩の時間です、ウラジーミル・ウラジーミロヴィチ」

「そのあとは？」

「ランチです」

「誰かと会食なのか？」

「さあそこまでは私も、ウラジーミル・ウラジーミロヴィチ」

「調べてくれ」

「必要なら、何かつなげて付け足すこともできますが」、プロデューサーがレーベジェフに言った。「しかしそれだとあまり映えないので、もう一回やった方がいいかもしれません、コンスタンチン・ミハイロヴィチ」

「神よ！」。レーベジェフが怒気を込めて言った。「いったいこれは誰の思いつきなんだ？」。彼はウラジーミルを横目で見ると、嫌悪感を隠さずに首を振った。自分を抑えることができず、また抑えるつもりもなく、新大統領は自分がウラジーミルのことをどう思っているか、再度、本人に伝えた。ウラジーミルもそれに勢いよく反応した。まもなく二人の男による遠慮のない罵倒合戦になった。部屋にぎっしり詰めかけた全員の前に、何十年にもわたる悪臭紛々《あくしゅうふんぷん》たる憎しみの内実がこぼれ出た。

　レーベジェフが不意に立ち上がった。

「コンスタンチン・ミハイロヴィチ」、補佐官の一人が言った。「なにとぞ、おそらくもう一回で済みますので、どうか」

　レーベジェフは歯ぎしりをした。そして、オランウータンに手を差し出しているかのような笑みを満面に浮かべながら、彼は腕を伸ばしてウラジーミルの手を取った。そして「健闘を祈るよ、コンスタンチン・ミハイロヴィチ」、彼は侮蔑まじりに言った。「汝の手の中で母なるロシアは安寧なり」

「私はコンスタンチン・ミハイロヴィチではない、馬鹿め。私はウラジーミル・ウラジーミロヴィチだ」

　レーベジェフはカメラに向かって作り笑いをした。「違うだろう、あんたが私にそう言うんだよ。汝の手の中で母なるロシアは安寧なり。はい、ほら」

「私にそれを言わせたいのか、コースチャ？」

「そうだ、ヴォーヴァ。あんたにそれを言わせたいんだ」

ウラジーミルは口元に笑みを浮かべて、彼を見つめた。頭の中に残っているもののどこか深いところで、権力は権力であり、他人の意志を阻止する能力ほどそれをはっきり表わすものはないことを、彼は依然として理解していた。どんなに些細な機会であろうと、一見してその結果がどんなに取るに足らないものであろうと、たとえそれが口に出したからといってなんの損にもならない文書を否決するだけのことであろうと、である。

レーベジェフはしばし待ったが――くるりと踵《きびす》を返すと怒ってその場を立ち去った。

続いて部屋から人が出ていった。警備員と補佐官たちも、残っている軽食を口に詰め込みながら彼のあとを追った。一分後に残っていたのはテレビ技術者だけだった。

「もう連れて行っていいよ」。テレビ関係者が撤収を始めると、振り向きざまにプロデューサーがシェレメーチェフに言った。「こっちは終了だ」

ウラジーミルは狼狽《うろた》えてきょろきょろしていた。

「会見は終了です、ウラジーミル・ウラジーミロヴィチ」。シェレメーチェフが言った。

「しかし私が先に席を立つのだ！　先に席を立つのはつねに私からだ！」

「存じています。今回は異例のことでした。別にどうということもありません。さあ、階上《うえ》へ参りましょう」

シェレメーチェフはウラジーミルを立たせた。ドアのところへたどり着くころにはレーベジェフを護衛する一団はもうすでにおらず、門に続く車道を走り去っていくところだった。

シェレメーチェフが知るかぎり、彼がウラジーミルの介護を任されたのは、その誠実さが評価されたためだった。これはなかなか驚くべきことで——というのも、なにも彼がその評判に値しないからというのではなく、これまでそんな評判は嘲笑されるか軽蔑されるのが落ちだったからだ。

ニコライ・イリイチ・シェレメーチェフは、医薬品工場の職長だった父と地下鉄の経理係だった母のとあいだに生まれ、小学校を出たのはソヴィエト連邦の末期だった。高校を終えるころまでにソ連はその心臓に杭を打ち込まれて絶命し、埋葬されていた。シェレメーチェフはほとんどの時間をオムスク〔シベリア開拓の拠点となった都市でドストエフスキーが流刑になっていたことでも知られる〕の建設現場で基礎を掘ることに明け暮れつつ、忠実に兵役をこなした。彼は馬鹿正直にも自分は軍の建造物の建設にたずさわっているのだろうと思っていた。とはいえ、なぜシベリアの周縁都市の住宅地区にこんな広いアパート風の区画をいくつも軍が建てるのだろうかと不思議に感じないほどの馬鹿でもなかった。やがて徴集兵仲間が教えてくれたが、みんなとっくに知っていたらしい。すなわちこの部隊は、民間の建設業者に又貸しする労働力として部隊長に雇われていたのである。部隊長の罪が明るみに出て、連隊付の大佐がただちに見せしめに処罰すれば、このような地位濫用はすぐに終わるだろうという彼の期待は打ち砕かれた。別の徴集兵によれば、大佐自身もこの濫用を知っているばかりか、部隊長から手数料を受け取っているというのだ。徴集兵たちだって聖歌隊の隊員ではさらさらなかった。建設現場から資材が失くなり、兵舎の隅にあるなと思ったら、また翌日には失《な》くなっている。他の徴集兵は、任務と称して軍曹の一人と何日か出かけると、財布をぱんぱんに膨らませて戻ってきた。どういうわけか誰もシェレメーチェフを参加させようとはしなかったので、彼が委細を知るのは兵役を終えてからのことだった。知っていたとしても、彼は怖じ気づいて参加できなかっただろうし、そのことは徴集兵仲間もお見通しだったろう。連中が次に何かやったら捕まるなと彼は内心で思っていた。そして、連中が捕まらなかったときもまた同じことを思った。

ちなみに、この部隊長はシェレメーチェフの兵役が終わる直前に少佐に昇進したが、兵営で流行《はや》ったジョークによれば、「建設に尽力した英雄的な功績」を認められてのことだという。

兵役を終えたシェレメーチェフは、面倒見のいい彼の性格にうってつけの仕事だという母親の勧めもあって、看護師としての研修を受けた。お笑い草であるが、彼は看護師の給料でモスクワに住みながら家族を養おうとした。自分のまわりで起こっていることが目に入らなかったわけではない。医者は家族から金《カネ》を巻き上げて患者を入院させていた。入院すると、今度は看護師が介護の名目で金を奪《と》った。料理人は食事を出して金を奪った。洗濯係は患者のシーツを洗うのに金を奪り、清掃係は病室を掃除しては金を奪った。数ルーブリの袖の下で道をつけずには何も始まらないのだ。しかし、彼にはそれができなかった。あるいはこれもまた単にそんなことでは捕まりたくないという恐怖だったのかもしれない。あるいは他に理由があったのかもしれない。病室で患者を二人見る場合、なぜか彼はいつも、より貧しい患者の方に惹かれたのである。職場仲間たちは彼を「聖ニコライ」と呼んだが、それは敬愛すべき高潔な同僚を賞讃するといった口調ではなく、馬鹿にするときのように、嘲るように、せいぜい憐れむように呼ぶのだった。

彼の妻の口調は、一方ともう一方のあいだを行ったり来たりした。カリンカは、あるときは夫がなんと善人で腰の低い人間か、自分がどれほどその誠実さを愛しているかを口にした。かと思えば、彼に「あなた馬鹿じゃないの」とも言った。二人には一人息子のヴァシーリーがいた。もう二十五歳になって独り立ちしなくてはならないのだが、シェレメーチェフは助言以外に出せるものが何もなく――またどうせそんな助言に耳を貸すヴァシーリーでもなかった。この息子は、シェレメーチェフもほとんど知らない、そしてヴァシーリーがわずかに口にすることからしてシェレメーチェフは知りたくもないある種のビジネスの世界に身を置いていた。息子によると人助けの仕事だとのことだが、どういう助けなのかとシェレメーチェフが尋ねても、真っ当な答えが返ってきたためしがない。くわしいこともわからないまま、シェレメーチェフは軍隊や病院で思ったのと同じ考えを持つようになった。すなわち、いまに誰かに見つかる、何かが起こるぞ。ヴァシーリーは笑った。「幸せにしてやる相手さえ間違えなければオーケーなんだよ」というのが息子の口癖である。まるで自分のほうが父親で、シェレメーチェフが純朴な息子であるみたいな言いぐさだった「ロシアではそれしかないんだよ。パパ以外はみんなやってることなんだ」

ヴァシーリーの現在のありさまを見たら、カリンカならなんと言ったか、シェレメーチェフには想像もできなかった。カリンカは炎症性の疾患で、ついには腎臓をやられて亡くなった。そのころシェレメーチェフは認知症患者の公立病棟で看護師長として働いていた。カリンカが亡くなって数カ月後、病棟の責任者であるカリン教授が彼を研究室に呼んだ。これはシェレメーチェフだけでなく誰にとっても驚きだった。通常であればカリン教授は、自分が差配するはずの病棟を年に二度くらいしか訪れなかった。しかも病棟の全員が魔法にかかって五カ月ばかり眠りに落ちていたのでなければ、前に彼が訪れてからまだ四週間しか経っていない。それでも教授はやってきて、なにがおかしいと言わんばかりに病棟をのし歩き、シェレメーチェフはいるかと尋ねた。

その日、カリン教授は研究室で、こういう言い方だとロシアでは撞着語法《どうちゃくごほう》〔「公然の秘密」のような矛盾する語を結合する言い回し〕と取られかねないが、シェレメーチェフは最高の技量を持つ看護師であるばかりか、きわめて清廉な看護師だと自分は聞いている、と言った。シェレメーチェフは撞着語法がなんであるか、ましてや自分がそれなのかもわかりません、と肩をすくめた。カリン教授が言うには、最近ある重要な公職者に認知症の診断を下《くだ》したという。いまもその診断は最高機密に属している。カリン教授はシェレメーチェフに、病院の職を辞してこの人物の介護をする気があるかと訊いた。看護のための潤滑油となるルーブリを捻出できないほど貧しい病棟患者の家族たちのことを思うと、シェレメーチェフには躊躇《ためらい》があった。カリン教授は、いったいこの人間の頭の中はどうなっているのか、と思った。彼はデスク越しに身を乗り出した。「ニコライ・イリイチ」、彼は言った。「国家からの召集だ。ノーとは言えんぞ」。シェレメーチェフはこの愛国的な呼びかけに応えずにはおれない気がした――そして、その患者というのがほかならぬウラジーミル・ウラジーミロヴィチだと知ったのだった。

ウラジーミルが大統領職を退《ひ》いたことは当然シェレメーチェフも知ってはいたが、その本当の理由を知らないのは、他のロシア人たちと同様だった。彼は噂すら聞いたことがなかった。

看護師としての長い経験にも関わらず、当初、彼はどこかしら畏怖を感じた。ほんの数カ月前まで連邦大統領だった人物が認知症を患っていることは決して小さな出来事ではないうえ、その当人が自分の患者だというのだ。それでも彼は自分のこの反応を乗り越え、この元大統領を他の患者と同様に現実的な方法で、きめ細かに、丁重に扱おうとした。しかし、ウラジーミルをそのように遇するのは生やさしいことではなかった。

シェレメーチェフが初めて元大統領と面会したとき、彼は自分の身に何が起こっているのかについて、まだそれなりの洞察力を保っていた。記憶違いがますます頻繁になってゆくこと、それがゆくゆくどうなっていくのかについても察しがついていた。だからしょっちゅう腹を立ててはそれが何時間も続くことがあった。シェレメーチェフは懸命に彼をなだめる存在になろうとしたが、それでも罵詈雑言を浴びせられることなどしばしばだった。つまり、シェレメーチェフの存在そのものが元大統領に自分の症状を思い至らせるのである。シェレメーチェフはそのすべてを引き受けた。興奮したり腹を立てたりは認知症の初期段階ではよくあることで、このさき待ち受ける未来を理解できるのだということは彼も承知していたし、他の患者にもよく見られることだった。ウラジーミル・ウラジーミロヴィチがロシア連邦の大統領を五期、首相を二期勤めたという理由だけで、どうして他の人と同じように自分の運命の残酷さを非難する権利を持ってはいけないのか？　大統領だった人物ならば、さだめし優秀な知能を有しているだろうし、それを失うともなれば、相応につらいに違いない、とシェレメーチェフは思った。それを悲しんでいけないわけがあるだろうか？

それでも怒りは次第に口先だけにとどまらず、ウラジーミルが他人ばかりか自分自身を傷つける怖れがあった。そこでカリン教授は夜間用の錠剤のほか、その錠剤が効かなかったときなど必要に応じて使える注射用の鎮静剤も処方した。

鎮静剤で鎮まるわけではないにせよ、怒りは弱まり、屋根を吹き飛ばすような激しい暴風もシャッターをがたがた揺らす程度の突風に変わった。欲求不満が渦を巻いて嵐の全面展開になるのは、ほんのときたまのことだった。時間が経つとやがてその怒りも収まっていった。ウラジーミルの病状が進行するにつれて病気の自覚が薄れると、怒りも弱くなった。それに代わって、過去に起因する別の執着が顕在化するようになった。

この時点で、ここ数年のうちに面識を得た人びとや出来事についてのウラジーミルの記憶は霧散した。彼の心がさまようのは、十年、二十年、三十年、あるいはそれ以前に起こった出来事での世界だった。そこにいるはずのない、見えない人びととの生きいきとした会話にこの人の時間は費やされた。その相手の多くはとっくの昔に故人になっている。ウラジーミルもときどきは自分が見ているものに心の平安をかき乱された。とりわけ夜中に目が覚めると、ひどく取り乱して好戦的になるのだった。そのためカリン教授は、本来は現実世界での興奮状態のためにウラジーミルに処方した鎮静剤を、妄想用としても投与し続けたのである。教授は一カ月ごとにウラジーミルの認知症の進行状況を判定しに別邸《ダーチャ》へ来るたび、鎮静剤の効果もチェックしていった。

ウラジーミルが新大統領と面会した朝、この人が精神的に遠い過去にいたことは明らかだった。たとえそうだとしても、レーベジェフが部屋に入って来るなり強引にウラジーミルに何かを言わせようとするやり方に、シェレメーチェフは我慢ならなかった。確かに彼は大統領なのだろうが、就任して一週間が経つか経たないかの人物が、その地位を五期も勤めた人に話かけていたのだから——ウラジーミルがもはやかつてのあの人ではないとはいえ、だ。そのあと二人のあいだで交わされたやりとりにはシェレメーチェフもショックを受けたが、自分の患者が相手から言われたことにたいして反駁していたので、ちょっとした満足――誇りとまでは言わないが――を覚えた。

その後、二人は一緒に階段を昇ると、二階のウラジーミルのスイートルームに戻った。「何か他の着替えを出しますよ、ウラジーミル・ウラジーミロヴィチ」。シェレメーチェフは彼を椅子に座らせながら言い、そのまま衣裳部屋に向かった。

彼の向かいの肘掛け椅子には、ディーマ・コリャコフが座っていた。最初ウラジーミルは彼を見て驚いたが、すぐにこの実業家は、自分がもくろんでいる、モスクワの周辺に新たな環状道路を建設するという計画を説明しはじめた。自分が何を考えているか悟られぬよう、ウラジーミルは表情一つ変えずに辛抱強く耳を傾けた。この資産家は見た目こそぱっとしなかった。下《しも》ぶくれの顎、目の隈《くま》、話すときに好色そうにのたうつぬらぬらした唇――しかしこの豚野郎もうわべだけは無駄に飾りたてていて、こいつが身につけている美しいカッティングのスーツは、妻と子ども、それに二人の愛人がいるロンドンから取り寄せたものだろう。ネクタイはエルメスか。小指の指輪に埋め込まれたダイアモンドは少なくとも五カラットで、ブリリアントホワイトだ。この資産家が、それを意識しない人がする以上にはひけらかしていた腕時計はヴァシュロン・トゥールドイルで、二〇〇万ドル以上するだろう。それを目にすると、ウラジーミルの指がぴくりと動いた。彼はこの何年かのあいだに贈られて、同じものをすでに二つ所持していた。他にはパテック、ブレゲ、ピケ、リシャール・ミルなど、スイスの超一級の時計業者の多くがその山間《やまあい》の工房で開発するものならなんでもあった。当初、彼が受け取るのはもっぱらロレックスだったが、しばらくすると、ロレックスを持参する者はみな面会前に彼の側近で相談役でもあるエヴゲニー・モナーロフからそっと耳打ちされ、翌日、さらなる逸品を持って出直してくるのだ。

彼はこの実業家の話を終わりまで聞いた。そして最後に簡潔に言った。「つまり君はモスクワにはこの新たな環状道路が本当に必要だと思うんだな?」

コリャコフは肩をすくめた。「ウラジーミル・ウラジーミロヴィチ、必要だと思わなけりゃこんな話は持ち出しませんよ。交通問題は途轍もなく重大なのですから」

「しかし環状道路をもう一本とは? それが交通問題を解決するのにベストな方法なのか?」

ウラジーミルはウォトカの杯を上げた。「乾杯」と彼は言って一口啜った。「われわれは知り合ってどれくらいだ、ディーマ?」

「二十年ですかね」、資産家が言った。

「君が初めてやって来てその椅子に腰掛けたときのことを覚えているよ」

「私もです! あなたなくして私は何者でもないでしょう、ヴォーヴァ」

ウラジーミルが笑った。「誰も何者でもないだろう! ロシアも何物でもないだろう! 私がロシアを手に入れたとき、それがどんなにひどいところだったかわかるかね? わかるとしても、もう一度考えたまえ。君は最初にいくら払ったか?」

「あなたに会うために?」

ウォトカを飲み干しながらウラジーミルがうなずいた。

「一〇〇万ドルです」

「安いもんだったろう」

「なんとも安いもんですよ。ばかばかしいくらいです」

「いまではそれが五〇〇万ドルだ、モナーロフによるとな。もしかするとそれ以上かもしれん。私は知りもしないがね」

「もっとするでしょう。あなたの時間は値段がつけられない、ウラジーミル・ウラジーミロヴィチ」

「それで、いい投資だったか?」

「とてもいい投資でしたね」。すかさずコリャコフが答えた。「たとえその十倍だったとしても、いい投資だったでしょう」

ウラジーミルがうなずいた。いくらいい投資だと言っても、私にとってほどではないだろうと彼は考えた。私に会うために人にカネを払わせる、しかも私に会うのはさらにカネを提供するチャンスを得るため――こんなビジネスを想像できた者がどこにいるだろうか? ソ連が崩壊したころの動乱の日々、ロシアに帰国してサンクトペテルブルク市当局に身を置いたころ、この種のことがどうやって行なわれ得るのかを初めて目にしたときは、彼もほとんど信じられなかった。まさに目から鱗《うろこ》だった。はじめは彼も傍で見ているだけで、ほんのわずかのそのまたわずか、数パーセントのそのまた数パーセントを受け取るだけだった。しかし彼の影響力が増してゲームのコツを呑みこむにつれて、どっとカネが入ってきた。手数料、謝礼、中抜き、キックバック――呼び方はどうでもいい。会社をでっち上げれば、実業家連中が列をなしてその会社を経由させてビジネスを行ない、二〇パーセントもの取り分を落としてゆくのだ。ときにはそれが三〇パーセント、四〇パーセントにもなる。輸入、輸出、食糧、原油……。こんなことが、そんな簡単に、そんなにたくさん受け取れるなんて、生まれてこのかた想像すらしたことがなかった。しかし現実にはなんと些細なことか。モスクワに出てくると、すべて末尾にゼロが一つか二つ、あるいは三つは余計に付くようになった。

「環状道路をもう一つというのはどうも確信が持てんな。最新の報告書には、環状道路をもう一つ作ると状況を悪化させるとあったのではないか？」

「あんなのはただの報告ですよ、ウラジーミル・ウラジーミロヴィチ」。コリャコフが手をひらひらと振った。「あなたがひとこと言えば、そんなものはみな忘れられます」

「報告書によれば、地下鉄の延長か路面電車《ライトレール》のほうがましだと書いてなかったか」

コリャコフは重々しく首を振った。「カネがかかりすぎるんですよ」

「環状道路はそうではないと言うのか？」

「つまり、地下鉄の延伸は……」。コリャコフはまた首を振った。「海外にパートナーが必要になるんですね。あいつらがどんな存在かはご存知でしょう、ウラジーミル・ウラジーミロヴィチ。あいつらが何をしてよくて、何をしてはいけないか、誰に与えてよくて、誰に与えてはいけないか、法律で決まっているではないですか。あいつらは物事が本当はどのように実行に移されるか、理解していないのです。われわれには環状道路のほうがずっと都合がいい。シンプルです。道路を建設しましょう！　五カ年で二〇〇〇億ドル――それで決まりです」

「とはいえこれは連邦大統領の案件ではないな」とウラジーミルは言った。「これはモスクワ市長の案件だ」

「レーベジェフがこれを望んでいるのです」

ウラジーミルがかすかに微笑んだ。「やつにいくら渡すんだ？」

「一〇パーセント」

「そうか？　それでやつが満足というなら実行したまえ」

「あなたにも満足してほしいのです、ヴォーヴァ」

ウラジーミルは相手を眺めた。彼がコリャコフを好きな理由は二つあった。まずこいつはただの実業家だ。金儲けがしたいだけで、儲けたらさらに儲けようというだけのことだ。富裕になるにつれて、自分たちはカネがあるから国の運営にも口を出す権利があるなどと考えてウラジーミルと関わりを持ったやつらと違って、こいつには政治的な関心や欲求がまったくない。そしてもう一つは、権力のタテ割り構造を理解していたことだ。ウラジーミルはこれが尊重されることを求めていた。この提案も、原則的にはモスクワ市当局レベルで決定されるべきことだが、ロシアではすべての権力はクレムリンにあり、一人の人間から始まることをコリャコフは理解していた。そのため、いつものように念を入れてウラジーミルのところにも顔を出したというわけだった。

コリャコフは咳払いをした。「あなたには二〇パーセントですよ、ヴォーヴァ。どの社にこの話を通せばいいかおっしゃってください、その通りにしますよ」

「それは大盤振る舞いだな」

コリャコフは肩をすくめた。「他の人間を貧しくしておいて自分だけ金持ちになるやつがいますか？　われわれの財産は世界と分かち合うものですよ。坊主たちがよくそう言ってますよね？　そうやってモスクワ市民は素晴らしい新道路が持てるのです」

「市民にはぜひとも必要だな」

資産家が笑った。「手続きは正式に行なわれますよ、ウラジーミル・ウラジーミロヴィチ。レーベジェフの部下たちが公開入札にするでしょう。これで厳格かつ公明正大な手続きになりますよ」

ウラジーミルが眉をつり上げた。

コリャコフがまた笑った。

しかしウラジーミルはにこりともしなかった。一瞬ののち、コリャコフの重ったるい顔が戸惑ったような表情になった。何年にもわたってモスクワに悲惨な交通渋滞をもたらす道路を、実際の二倍の建設費用の二〇〇億ドルもかけて建設してやろうという自分の提案が、どうも的外れだと考えているかのようだった。ウラジーミルはこの見せ物を楽しんでいた。自分が眉を動かすだけでパニックに陥る様子を見届けているのだ。

彼が視線を泳がせると、資産家の手首に巻かれた腕時計に目が留まった。ヴァシュロン・トゥールドイルなどという代物《しろもの》は、彼に会いに来る者たちの手首にさえ、そう毎日巻かれているわけではない。

彼が何を見ているのか、コリャコフは気がついた。彼は物言いたげにウラジーミルを上目づかいに見ると、腕時計をはずし始めた。

ウラジーミルは呆れたように手を振った。「何をしているんだ、ディーマ？　私はただ感心して見とれていたんだ。トゥールドイルだな？　私も二つ持ってるんだ」

この人が本気で言っているのか決めかねて、資産家の指はまだ留め金にかかったままだ。

「ドミートリー・ヴィクトロヴィチ、やめろ！　それは君の時計だ。私のじゃない」

「私が何もかも持っているのもあなたのおかげです、ウラジーミル・ウラジーミロヴィチ」

ウラジーミルはその発言を否定するふうでもなく、認めるかのように笑った。

「道路は着工するがいい」。ウラジーミルは言った。「委細はモナーロフに打ち合わせだ」

資産家は微笑みながら謝意を込めてうなずいた。実業家たちのお追従《ついしょう》なんて犬みたいなもんでときどき胸くそが悪くなる、とウラジーミルは思った。

ふと彼はコリャコフを化け物じみた怪物として思い浮かべた。小型犬の身体に下ぶくれのコリャコフの顔が乗り、愛情を示してほしくてたまらないようにこちらを見上げている。

ウラジーミルはトゥールドイルを巻き上げておけばよかったかと思ったが、そうできるのにしないでおくことを誇示する方がむしろ都合がよい場合もあるのだ。それに明日か明後日には小包になって送られてくるのも目に見えている。

だしぬけにウラジーミルは、吐き気を催すような腐臭に気がついた。彼は鼻をくんくんさせた。「何か臭わないか？」

コリャコフも鼻を鳴らした。

「チェチェン人だ」、ウラジーミルが言った。「いまいましいチェチェン《ザ・ファッキン・チェチェン》人がつきまとって離れないんだ」

「チェチェン人がここにいると？」、資産家が訊いた。

「君には臭わないのか？」

コリャコフは訝しげな顔をした。「私が思うに……よくわかりませんが……」

「嗅いでみろ！　ほら！　やってみろ！　これはやつだ。あのチェチェン人だ」

ウラジーミルが初めてそのチェチェン人を見たのは、自分が開始した戦争の初期、グローズヌィ訪問のときだった。反乱軍側から奪回したばかりの市街地区を視察していた際のことだ。そのチェチェン人がぬっと首を突き出していたのは、悪臭のする物置か掘っ立て便所か何かの小屋からで、ほとんど全壊した家の裏手にあった。その首がまだ胴体にくっついていたのかどうかまではウラジーミルには見えなかった。一見したところ、その首は二、三日ほどそこにあったに違いなかった。唇はにたりと笑った黄ばんだ歯から退縮し、口からのぞく舌は喉《のど》から這い出した巨大なナメクジさながらに腫れ上がって黒かった。

「やつは何も言わんのだ」、ウラジーミルが言った。「ただつきまとうのだ。われわれがやつをトイレで殺害してすぐ、私は全世界に宣言してやったことがあった。やつら西側のメディアがどう言うか見るためにな。みな頭に来て狂ったようになった。便所小屋で死んだ一人のチェチェン人のためにに連中は大騒ぎだ。われわれが他にどんなことをやったか知りもしないくせにな！」

コリャコフが居心地悪そうにそわそわしているのにウラジーミルは気がついた。彼はビジネスでこそ血も涙もなかったが、切った張ったの話となるとすぐに胸が悪くなった。ウラジーミルはこの男に敬服しているわけではなかったが、何しろ黄金の卵の産みかたを知っているガチョウだし、自分でいくら取り、いくら差し出せばよいかも心得ている。コリャコフは八〇億ドルの資産家とも言われている。幸運を祈らねばならない。ウラジーミル自身はこの男がどれほどの資産家なのか知らなかったが、実際の額はその何倍にもなるのだ。

「普段やつは夜に来るんだ」。資産家が身をよじる様子をいたぶるように眺めながら、ウラジーミルが言った、「やつが現われるのはな」

「そいつは何をするんです？」

「何をすると思う？」

コリャコフは彼を呆然と眺めた。「わからんね」、彼はつぶやいた。

「私がやつの首を落とすか、あるいはすでに誰かが落とした後だったかもしれない。少なくとも死んでいたのだしな？」とウラジーミルが笑った。「よきチェチェン人はただ……」

チェチェン人を祖母に持つ資産家は何も言わなかった。

「見ろ！」、ウラジーミルが言った。「モナーロフだ」

「シェレメーチェフですよ」とシェレメーチェフが言った。

「モナーロフ、ディーマから君に仔細について話がある。いつも通りに処理しておけ、いいな？」

「シェレメーチェフですよ、ウラジーミル・ウラジーミロヴィチ」とふたたびシェレメーチェフが言った。ウラジーミルが自分を他の人間と取り違えて話をしていることにはもう驚きもない。ウラジーミルはほとんどの時間を椅子やベンチとの会話に没頭しているのだ。おそらくそこに誰かが座っているようにこの人は思いこんでいるのだろう。そして会話が盛り上がるころにシェレメーチェフがやって来ると、彼を過去から訪れた誰かと取り違えるのもしょっちゅうのことだ。

ウラジーミルは慌てるように彼を眺めた。

「大丈夫ですよ、ウラジーミル・ウラジーミロヴィチ。もうそろそろランチタイムです。楽しみですね、シェフがグルジア風チキンを用意しました」

ウラジーミルの満面に笑みが広がった。身を乗り出し、両手をすりあわせる。「グルジア風チキン！　用意はできているか？」

第三章

別邸《ダーチャ》の料理長《シェフ》ヴィクトル・アレクサンドロヴィチ・ステパーニンは、胸板が厚く、無精髭を生やしっぱなしにしているような男だった。ステパーニンは生まれつきの性格が厨房の仕事向きで、それを経験で完成させたような男だった。彼自身がよく人に言うように、伝統料理の修業もしてきた。料理に魅入られ、男ぶりは悪く、粗野で声は大きいし、怒りっぽくて、それでいてそうした性格にもかかわらず——あるいはそうした性格ゆえに——驚くほど女性にもてた。メイドの一人と不倫が進行中だったが、彼のベッドにたどりついたのは何もそのメイドが最初というわけではなかった。

ステパーニンは、一日の終わりにシェレメーチェフと一緒に脂身に齧《かじ》りつくのが習慣だった。普段シェレメーチェフがウラジーミルに夕食を出すのは午後八時頃で、ベッドに寝かしつけるのが九時半である。そのあと彼は一階に下りてきて自分の食事をとった。その時間になると、別邸の他の住人はたいてい食べ終わっているので、ステパーニンはかならずシェレメーチェフの分として何かをきちんと取りわけておくのだった。グリーンのフォルマイカのベンチが置かれたスタッフ用の食堂は、彼以外に誰もいないので、シェレメーチェフが食べていると、ステパーニンが厨房から連絡ドアを通って入ってくるのだ。エプロンを腰に結び、食器用布巾を肩から掛け、片手にウォトカのボトルを持ち、トウガラシで辛《から》くしたカリカリの豚の脂身をもう一方の手にしながら椅子を引き寄せる。その時間帯は、夜間勤務のシフトを終えた警備員用に軽食を一揃い準備するだけだった。三〇分ばかり彼は腰掛けておしゃべりをし、グラス一杯のウォトカを飲んで豚の脂身を噛んだ。ときどき立ち上がってはドアを開け、中で掃除をしている助手や皿洗い係たちを怒鳴りつけた。

シェレメーチェフは、この気風《きっぷ》がよくて話好きの、感情がすぐ顔に出る料理人を好きにならずにいられなかった。彼がシェレメーチェフに何度も語ったところでは、ステパーニンの大きな夢は、モスクワに自分のレストランを開くことだった。ロシア風フュージョン料理！ ミニマリズムの室内装飾！ この別邸で料理することが目的を果たすうえでなんの役に立つのか、シェレメーチェフにはわからなかった。なぜなら自分自身の給料から推し量るに、さしたる額を受け取っているようでもないからだ。また、古典的な料理修業をしたステパーニンが、なぜ別邸のスタッフに料理を出すことでそんなに満足を得ているのかも不明だった。ここのスタッフときたら、ステパーニンが開こうと夢見ているような洗練されたレストランで食事をしたことなど生まれて一度もないはずだし、料理に関して舌が肥えているわけでもない。シェレメーチェフもそこに含まれるのは、彼自身すすんで同意するだろう。であるのに、この料理人はいつの日か自分の夢が叶うことに、やけに確信ありげなのである。そのかんも彼は怒れる巨像のごとく厨房を歩き回り、助手たちを叱りとばし、あっと驚くようなレシピを考え出しては、これが夢のレストランのメニューに載るんだぜと断言するのだが、シェレメーチェフの方ではそんなレストランが実現するはずがない、と同じ程度に確信していた。

その夜、料理人はウラジーミルとレーベジェフの会見について、とくに自分が苦心して作ったデリカテッセンがどうなったかを知りたがった。

「みんな食べ物は気に入っていたよ」とシェレメーチェフは彼を安心させた。

ステパーニンはうれしそうに顔をほころばせた。そして彼は目を輝かせて身を乗り出した。

「だが、コンスタンチン・ミハイロヴィッチはどうだった、コーリャ？　彼はなんか言ったか？」

シェレメーチェフは、新大統領が料理を楽しんだのは疑問の余地なしというように顎を引いた。実のところ、シェレメーチェフは大統領が何かに手をつけているのを見てはいなかった。彼の知る限り、軽食は大統領の護衛官や側近たちの胃の中に消えていった。同様にカメラマンたちが撤収作業をしながら軽食をつまみ出したのも見ていた。

「それで？」。詳細が知りたくてステパーニンは言った。「彼は何が気に入った？　ブーロチカ《白パン》はどうだった？　ええ？　チーズ入りのやつだ。そんじょそこらのブーロチカじゃない――新趣向さ！　ロシア式フュージョン料理だ。伝統料理だが、ひとひねりしてあるんだ。マルメロを少々とシューマックをほんの一つまみ入れた。ほんのかすかに香る程度だ。それだけさ。いいいいいいいレーベジェフカだ。新大統領に敬意を表して命名するぞ。どう思う？　彼は食べてくれたか？気に入ってくれたか？　どうなんだい、コーリャ！　頼むから教えろよ！」

「彼はすべて気に入った……と思うよ」

「すべて？　すべて味見したのか？　しかし彼はどう言ったんだ、コーリャ？」

「無理だ、ヴィーチャ。それは……いいか、なにせ大統領職にかかわることだ、耳にしたことは他言無用と約束させられてしまうんだ」

ステパーニンは目を見開いた。「本当か？」

シェレメーチェフは相槌《あいづち》をうった。

ステパーニンは身を反《そ》らせた。彼の頭の中は、レーベジェフ大統領が小ぶりに作ってマルメロとシューマックを加えたチーズ入りのブーロチカを頬張りながら絶賛しているイメージであふれているのだ。その絶賛ぶりときたら至極無上でこの上もなく……大統領職にかかわるほどのもので、他に誰もいない食堂に二人だけのあいだでさえ再現できないほどなのだ。やあやって彼は視線を上げた。「一カ所に大統領が二人いるところを見るとはなあ！　あんたついてるぜ、コーリャ。そう毎日あることじゃないもんな」

「やれやれさ」。シェレメーチェフがぶつぶつと言った。

「なんでだ？」

「あの二人は互いに虫が好かないんだ」

「本当か？　あの二人は――いや、あんたは口外できないんだったな」

「極《きわ》めつけの言葉が飛び交ったとだけ言っておこう」

「つまり母親には言わないたぐいの言葉か？」

シェレメーチェフが同意した。

料理人は笑った。

「ウラジーミル・ウラジーミロヴィチは、言われた分は言い返したさ」

ステパーニンが大声を出した、「くそったれだ！　大統領二人の罵りあいか？」

シェレメーチェフももう笑っていた。「コサックみたいにさ！」

ステパーニンは目に涙すら浮かべていた。彼はそれを拭いて、笑いを抑えようと深呼吸した。

「そりゃそうだよな」。しまいに彼は言った。

「あの二人もしょせんはただの男だからな」

料理人は座ってそのことについて思いをいたすと、首を振ってにやにやした。そして立ち上がると、厨房へ続くドアを開けて、皿洗い係の一人に怒鳴った。戻ってくると彼はもう一杯ウォトカを注いだ。「あんたも一杯どうだ?」、シェレメーチェフに言った。

シェレメーチェフは首を振った。

「あんたももっと飲まなきゃな」。ステパーニンはウォトカを呷《あお》った。彼はしかめ面をしてグラスをどんと置くと、しばらく無言で腰掛けていた。

「新しい家政婦と、今日またちょっと話したんだが」、しばらくして彼は口を開いた。声を抑えた重々しい口調だった。

「どうだった?」

ステパーニンは肩をすくめて、豚の脂身をつまむと口の中に放った。「あの女とはもう話したか?」

シャレメーチェフはうなずいた。

「あの女、どう思う?」

「いいんじゃないかな」

「初めこそあんなふうだが、なかにはそのうち爪を出すのもいるんだよ」

ステパーニンの言うことが正しいのか間違っているのか、家政婦たちとはほとんど接点のないシェレメーチェフにはわからなかった。

ステパーニンは空になったウォトカのグラスを指で回した。眉間には不安そうな皺が寄っている。何を心配しているのだろうかとシェレメーチェフは思った。料理人は溜息をつくと、顔を上げてにやりとした。「あの二人、本当に喧嘩したんだろう? レーベジェフとボスは?」。彼はふたたび笑った。「くそったれだ!」

別邸《ダーチャ》はモスクワの南西三五キロ、オジンツォヴォの町に近い白樺の森のなかにあった。八ヘクタールの敷地に、ソ連政府によって党の最高指導部のための保養所として建てられ、二十年前に大規模な拡張工事と最新の改修がなされた。もとの建物は二階建てで、一階には応接室がいくつかと食堂、居間と厨房、スタッフの控え室が、二階には寝室を備えたいくつものスイートルームがあった。これに加えて、もとのスタッフ控え室が居住室として拡張された。地下室が掘られ、映画館、ジム、サウナ、プールが作られた。敷地の他の場所には庭師の宿舎と車両数台を収容できるガレージ、その上の階が運転手たちのアパートになっていた。敷地の三分の一ほどは野生の白樺の森が広がり、残りの土地には、透明のビニールで覆われた長いソーセージのようなトンネル型の温室がいくつも並んでいた。

もとは国有だったこの別邸は、ウラジーミルが大統領職を歴任するうちに、彼の多くの住居の一つとして私物化されていた。ロシアの他の多くのものと同様——おそらくは国家自体がそうであるように——その所有者を知るものはどこにもいなかった。あるいは所有者の名義と実態とがかならずしも一致していない、というほうがより正確だった。

ウラジーミルのスイートは、寝室、居間、衣裳部屋、バスルームから成っていた。ウラジーミルは別邸の二階部分の唯一の居住者だったが、そのすぐそばの小部屋で起居をともにするシェレメーチェフのほか、彼の世話をするスタッフの控え室には、小隊並みの人員が割かれていた。四人のメイド、三人の男性の付き人、それに配管や電気工事をこなせる事務係がいて業務全般の面倒を見ていたほか、三人一組の庭師、十数人の作業員が敷地と温室を管理している。二十人の警備員たちが交代で、毎日二十四時間体制で屋敷の警備を行なっていた。運転手とその妻、二人の成人した息子がガレージ上階のアパートに住み、息子のうちの一人は第二運転手として働いていた。これらの一団が一階の厨房に隣接するスタッフ食堂で食事をとるのだが、その人たちの食事を世話するのも、ステパーニンと五、六人の料理助手に皿洗い係だった。この一団のねぐら全体を管理し、人を雇ったり暇を出したり請求書の支払いをしたりするのが家政婦だった。

ひと月前までは、ふくよかでおしゃべりでチーズ好きなマリヤ・ピンスカヤが家政婦だったが、彼女はなんの前触れもなく出て行ってしまった。ある日には、彼女はそこでステパーニンのチーズ入りのブーロチカ――レーベジェフカではなく伝統的なやつだが――で食事していたのに、その翌朝には、あたしトラック運転手の亭主とキプロスの別荘《ヴィラ》に行くの、と披露したのだった。彼女のスーツケース類はすでに門のところにあった。

実際のところ、誰が家政婦であろうとシェレメーチェフにはたいして変わりなかった。彼の身分は、他の大半のスタッフと違って家政婦ではなく、ウラジーミルの神経科医のカリン教授が責任を負っているのだった。しかし、長く勤めた家政婦がいなくなるのは当然ながら不安をもたらし、それも藪から棒のこととなればなおさらであった。ウラジーミルの世話を始めたころはシェレメーチェフも、休日に使うだろうと考えてモスクワの自分の二間のアパートをそのままにしてあった。しかし数年後にはそれを又貸しにした。事実上、いまでは別邸《ダーチャ》が彼の住まいで、ウラジーミルが亡くなるまではここにいられるだろうと考えていた。別邸での暮らしや、ピンスカヤはじめ、そこで一緒に暮らす人たちにも慣れていたのだ。

しかし、事態が変化することはシェレメーチェフにもわかっていた。どんな形であれ、それは避けられないのだ。ピンスカヤが逐電して三週間後、後任の家政婦がやってきた。背が低く、目元のきつい茶髪の女性で、ガリーナ・イヴァーノヴナ・バルコフスカヤだとスタッフ一同に自己紹介をした。バルコフスカヤがピンスカヤとはまるで違うのはすぐに明らかになった。もっと口数少なく、もっと用心深く、ブーロチカにくるんであろうがそのままだろうがチーズはほとんど口にしなかった。それでもシェレメーチェフには、何か問題があると考える理由もなかった。ピンスカヤが去る前の別邸は円滑に運営されていたし、新しい家政婦が住み込むようになってもそれは変わらないだろう。別邸は小さな村みたいなものだった。誰しもに自分の居場所があり、みんなそれぞれうまくやっているように見えた。

次の晩も、ステパーニンの頭は何かでいっぱいのようだった。彼は沈鬱にスタッフ食堂に腰掛けると、豚の脂身を囓りながら、シェレメーチェフがチキン・フリカッセを食べるのを眺めていた。

「どうだ?」、顎で皿を示しながらステパーニンが言った。

「これはうまい」とシェレメーチェフは応えた。

ステパーニンは、一瞬それまでの悩みを忘れた。「素晴らしいキノコが届いたぜ」、指を唇に当て、舌を鳴らしながら言った。「すごく新鮮で、まだ肥料の匂いがするほどだ! ウイキョウやグリーンペッパーを……」と彼はまたもや舌を鳴らした。

食事をしながら、シェレメーチェフはうなずいた。

「バルコフスカヤはフリカッセが好きだって言ってたからな。旨そうにまるまるした鶏が手に入ったんだ」

「ならこれは彼女のために作ったのか？　よかったよ」

ステパーニンは肩をすくめた。「今日、また二人で話したんだ。バルコフスカヤとおれでな」

それがどうしたんだ、とシェレメーチェフは思った。彼は新しい家政婦と頻繁に話しているようだが、家政婦と料理人が話すこと自体は別におかしくなかったし、とりわけ一方はまだ着任したばかりだ。

助手や皿洗い係がまだ働いている厨房からは、鍋をガシャガシャさせる音が聞こえてきた。ステパーニンはウォトカを一杯空けると、またグラスを満たした。「あの女、どう思う、コーリャ？」

「バルコフスカヤか？」。シェレメーチェフはそれがどうしたという仕草をした。「別にいいんじゃないかな」

ステパーニンが身を乗り出した。「そうじゃない、本当のところ、どう思う？」

料理人がなんのことを言っているのか、シェレメーチェフには見当が付かなかった。「さあな。有能そうじゃないか」

「有能か……」。ステパーニンは身を反《そ》らせて、ふーっと長い息を吐いた。「まあ、それは当たってる。あの女を言いあらわす言葉ではある。ピンスカヤ以上に有能だ」。ステパーニンはまた溜息をついた。「くそったれ！」

「どうした？」、シェレメーチェフが訊いた。

「ピンスカヤが出て行かなきゃならなくて、このバルコフスカヤがその代わりにやってくるなんざあくそったれだ。雄鶏を頭の上に乗っけたくそったれだ！」

「何がそうひどいんだ?」

それ以上言っていいのか思案するように、料理人はシェレメーチェフに目をやった。そこへ突然、シェレメーチェフのポケットから音が鳴った。ウラジーミルから離れているとき、彼はベビーモニターを携帯していた。寝ている子どもの泣き声を確かめるために親が使うようなあれだ。

「あの人は目が覚めてるのか?」、料理人が訊いた。

シェレメーチェフはモニターを取り出して耳に当てた。いつも聞こえてくる低いノイズがザーザーいうだけで、それ以上、はっきりした音は聞こえない。

「もしかして今夜はツイてないほうの夜になるのか?」

「そうじゃないといいが。明日は医者が来る日なんだ」

「問題でもあるのか?」

「いいや。ただの定期検診だよ」。調子がよいと、夜には元大統領がベッドに行く前に与える鎮静剤が効いて、朝七時までは眠ってくれる。しかし、毎晩そうだというわけではなかった。

シェレメーチェフはまたモニターに耳を澄ませた。常時スピーカーから発せられるバックグラウンドのザーザー音以外は、もう何も聞こえなかった。彼はモニターを置くと、フリカッセをもう一口頬張った。

料理人はウォトカのグラスをもてあそんでいる。自分の心配事については、今回はこれ以上は言うまいと決めたらしかった。彼はグラスを持ち上げ、残っていた酒をぐいと飲み干すと立ち上がった。

「さあて、部下のくそったれどもがどこまでやったか見にいくとするか」。厨房に向かいながらら彼は言った。「フリカッセを堪能してくれ、コーリャ。食べたきゃまだあるからな」

シェレメーチェフは食堂に一人残った。警備員が二人、ぶらりと入ってきて、盛りつけてあった冷肉をサイドボードから取り分けていた。彼らとひとことふたこと言葉を交わしてから階段を上がった。そしてベッド脇のテーブルにベビーモニターを置いて、床に入った。モニターから鳴りっぱなしのぼんやりしたザーザー音やブツブツ音は就寝の邪魔にはならなかった。怖いのは、ウラジーミルが突発的にわめき出す夜なのだ。

午前三時過ぎ、モニターがキーキーと鳴り出した。シェレメーチェフは目を覚ますと、横になったまま、うとうとと二、三分それを聞いていた。

「こっちへ来い、このいまいましいチェチェン人め！」

ドスン。

「いいいいいいいいいいいいい
「死臭まみれのチェチェン人め！」

シェレメーチェフはうめいた。ウラジーミルのスイートにつながるドアは、彼の部屋からは二、三メートルだ。彼は起きあがると、控え室につながるドアをそっと開けた。さらにドアが二つあり、左側のドアはウラジーミルの居間、彼の正面にあるドアが寝室に通じていた。彼は油断なく寝室に通じるドアのノブを回し、なかを覗《のぞ》いた。

常夜灯がぼんやりと灯るなか、ウラジーミルはベッドのわきに空色のパジャマ姿で立っていた。まばらな白髪がななめに曲がり、両手の拳を突き上げ、足は柔道の構えをして開いている。目は部屋の反対側の窓のほうのどこだか一点に釘付けになっていた。

シェレメーチェフは、ウラジーミルが自分に気がつく前に即座にドアを閉じた。もっと早く駆けつけていれば、ウラジーミルをなだめてまたベッドに寝かしつけられる場合もあったが、柔道のポーズまで取るようになると、この状況を切り抜ける方法は一つしかなかった。なにせウラジーミルは体力の衰えた動作ののろいそのへんの老人のようでいて、ひとたび妄想にとりつかれようものなら、三十歳も若い男性の体力とその力の捌《は》け口となる武術を兼ね備えた人間なのだ。シェレメーチェフはスイートの外壁に備えつけの内線を使って、別邸の玄関ホールに配備された警備員に電話した。誰かが出るまで、数分も呼び出し音が鳴ったように感じた。そのあと自室に戻り、鍵のかかった戸棚から鎮静剤五〇ミリグラム入りの瓶を取り出すと、注意深く五ミリグラムを注射器に吸い上げた。ウラジーミルがひどく興奮したとき彼を鎮めるために処方された分量だ。

寝室では元大統領が静かで密かな一歩を踏み出し、また立ち止まった。筋肉は張りつめ、目は宙の一点を睨《にら》んでいたが、彼にはそこにチェチェン人の生首《なまくび》が浮かんでいるように見えているのだ。生首のくぼんだ目はどんよりとして潰れ、食いしばった黄色い歯の隙間《すきま》からは大きな腫れた舌が突き出ていた。その生首が何を望んでいるのか、ウラジーミルは知っていた――こいつがずっと望み続けていること、それは巨大な軟体動物が強力な脚部から放つ腐敗した粘液で獲物を窒息死させるように、その黒い舌で彼の顔面に一発くらわし、死の粘液で息の根を止めることなのだ。

チェチェン戦争のころ、ロシアの銃殺隊によってウラジーミルの眼前で処刑されようとしていたチェチェン人捕虜が――銃殺隊はたいてい耳を削《そ》いだあと至近距離から捕虜を銃殺する、という興味深い習慣に陥っていた――ウラジーミルに対して、「お前はきっとゆっくりともがき苦しみながら死ぬぞ」と予言したことがある。あの舌が自分に当たって毒を塗りつければ、その予言は的中してしまうのだ。

突然、生首がジグザグや一直線に飛んだり、上下にはねたり、部屋じゅうを飛び回り出したりした。そして、ぐるりと回ると生首はまっすぐ彼のもとへ来た。ウラジーミルはひと跳ねして柔道技をきめた。ツッカケ《突掛》！　彼がしたたかな一撃を加えると、生首は窓にぶつかって跳ねた。生首は宙に浮いて止まると見えない目で彼を見て、黒い舌から毒液をしたたらせていた。

ウラジーミルは右足、左足、と交互にステップし、さらなる柔道技を繰り出せるように構えていた。「この糞チェチェン人《ザ・ファッキン・チエチエン》め！」。彼は叫んだ。「さあどうだ？　かかってこい！　やれるもんならやってみろ！　お前の腕前を見せてみやがれ、オカマ野郎！」。彼は自分が死闘を繰り広げていることをつゆほども疑っていなかった。それは遠く小さな共和国で、ロシアがチェチェンの反政府軍と死闘を繰り広げているのと同じだと言っても過言ではなかった。しかし同時に、この闘いにはどこか昂奮をおぼえる要素があった。闘うのは自分とチェチェン人の生首のひと組だけ、一対一、勝った方が総取りだ。彼は柔道に関する本を三冊書いて——あるいは代作させて——いたが、三冊とも旧来通りの技についてのものだ。このタイプの格闘の原理については誰も規定した者がない。生首相手の柔道技についての本を書こうじゃないか、と彼は考えた。

また生首が飛んで来た。彼は待ちかまえていた。袖取れ！　後ろ取れ！　それから膝をついて——突っ込み！　生首は飛び上がって天井に激突した。は！　チェチェン人もこれは予想していなかったろう。

「さあどうだ、この死臭まみれの生首めが！」。生首が天井の下でゆらゆらと揺れると彼が叫んだ。「行ってしまえ！　お前の残りの身体と一緒に便所に這い戻るがいい！　アリどもに目をむさぼり食われてしまえ！」

急に彼の顔は生気を失った。

「気をつけて！」。シェレメーチェフは警備の警備員二人に叫んだ。「この人に傷を負わせないように」

一人がウラジーミルの肘打ちを食らって叫んだ。

「慎重に抑えろ！　そうだ！　慎重に！」

「ああ！　なんだこの野郎！」。ウラジーミルに肘打ちされた警備員がわめいた。

ウラジーミルの足が激しく暴れた。シェレメーチェフは必死になって片手で元大統領のパジャマをおろすと、もう片手で注射器を構えた。ようやくウラジーミルがあきらめたのを見計らって布地の上から彼の臀部《でんぶ》に針を突き刺すと、鎮静剤を注入した。

一分もすると、のたうち回るのも弱まってきた。

「放していいだろう」。シェレメーチェフが言った。

警備員の二人が警戒しながら立ち上がった。そのうちの一人、長身で金髪、碧眼に頬骨の目立つアルトゥールが別邸の警備隊のリーダーだった。「ベッドに寝かせますか？」

シェレメーチェフがうなずいた。「そっとだぞ」

彼らはウラジーミルの向きを変え、マットレスの上に載せた。じっと動かずに横になっている。半閉じになった瞼《まぶた》の下では眼球が反転し、ホラー映画から出てきた顔のように、白目だけが細くのぞいていた。

ウラジーミルの肘を食らって鼻血を流しているもう一人の警備員が震えていた。「この人、死んだんですか？」。彼は小声で言った。

シェレメーチェフが首を振った。

「ひどいことを言うな」

アルトゥールは彼をきつく睨《にら》んだ。「お前はちょっと出ていろ！」

「でも――」

「出てろ！　さあ！　それに鼻を拭けよ。ずいぶん鼻血が出てるぞ」

警備員は鼻に手をやり、指についた血を見た。彼はなにやらぶつぶつ言いながら出て行った。

「私から謝罪しますよ、ニコライ・イリイチ」

「彼は怪我をしたからな」

「それでもあれはいただけない。あとで私から話しておきます。あいつは態度を改めなきゃいけません。そうでなければ辞めてもらいます。ウラジーミル・ウラジーミロヴィチの安全を任されるというのは神聖な義務なのです。私はこれを名誉なことだと思っています、ニコライ・イリイチ、仕事じゃないんですよ。鼻からボルシチが少々流れたぐらい、不平を言うほどのことではまったくありません」。愛国の情に圧倒されたように、アルトゥールは言葉がつかえた。

彼は深く呼吸した。「まだ何かありそうですか、ニコライ・イリイチ？」

「いいや。しかし残念なことだ。ここまでひと月、かなり良好だったからな」。ウラジーミルに目をやりながら言葉を切った。彼はもう完全に目を閉じて、呼吸も整っている。「ありがとう、アルトゥール、今夜はこれ以上の面倒はなさそうだ」

「もし何かあれば」、アルトゥールが言った。「電話をください。私たちが力になりますから」

アルトゥールは出て行った。シェレメーチェフはウラジーミルのパジャマを直すと、掛け布団をかけた。

認知症という病気は、人間をその人たらしめている根幹を浸蝕する恐ろしいものだ。シェレメーチェフは何度も目にしているが、それでも悲しさが薄れることはなかった。それが五期もロシア大統領を務めたウラジーミル・ウラジーミロヴィチの身にふりかかるとは……。

ときどきウラジーミルがこちらに目をやると、シェレメーチェフにはこの元大統領の目に狼狽と恐怖の色が浮かんで見えて、ほとんど悲痛な思いがした。多くの認知症患者が眼にそういう色をたたえるのを見てきたのだ。こうしたとき、患者たちに最も必要なものは、薬や他の治療法によって与えられるものではなく、単純に人としての安らぎだった。ウラジーミルが五期にわたってロシアの大統領であった事実も、そういうときにこの人が感じているに違いないものを減らしはしなかった。とはいえありがたいことには、病状が進行しているせいで、自分がどこにいるのか、誰と一緒にいるのか、周囲で何が起こっているのかが自分でもわからない、といったことに突如として気がつく瞬間は、いまではだんだん減っていた。

この老人は仰向けに寝て、安らかにいびきをかいていた。

シェレメーチェフは彼の上に身を乗り出して、乱れた髪を整えながら、「注射なんか使って失礼しました」とつぶやいた。「ぐっすりおやすみください、ウラジーミル・ウラジーミロヴィチ」

彼は出て行くと、ドアを後ろ手に閉めた。

別邸はすぐにまたどこもかしこもが静まった。ウラジーミルはいびきをかき、チェチェン人の幻覚は血中の鎮静剤によってひとまず霧消した。数メートル離れたところでは、シェレメーチェフも寝床に戻り、彼のベビーモニターがベッド脇のテーブルで小さな音を立てていた。一階ではステパーニンが、愛人のメイド、エレーナ・ドミートロヴナ・ミルザーエヴァの腕のなかでまどろんでいた。メインの玄関ホールに通じるドアの向こうでは、暖かく落ち着いた控えの間に警備隊がしつらえた居心地のいいベッドの上で、当直の警備員がうとうとしていた。

起きているのは新任の家政婦のガリーナ・イワーノヴナ・バルコフスカヤだけだった。彼女は仕事部屋のデスクに着いて、卓上ランプが灯《とも》るなか、別邸の帳簿をじっくり調べていた。

翌朝十時ちょうどに、カリン教授が月に一度の往診にやってきた。彼はもう一人専門家を連れてきた。二、三回に一度だけウラジーミルの身体的な健康全般の診察に訪れるL・P・アンドレーエフスキー教授だ。シェレメーチェフは二人の医師を二階の居間へ案内した。そこではウラジーミルが二人を待っていた。

往診のたびに、カリン教授はウラジーミルの意識と記憶を見極めようとした。別邸からの帰りの自動車のなかで口述するメモで、その衰えぐあいを記録するのである。ウラジーミルの状態を見極めるのはなかなか容易ではなかった。おそらくはどこかのレベルで、ウラジーミルは教授の質問が自分の病気にかかわるものだと感じ取ってしまうのである。その病気がなんなのかは、もはやウラジーミルは見抜けなかったのではあるが。

カリン教授は元大統領の前にかがみ込むと、ウラジーミルが自分の現在地と時間を認識しているかどうかを試すための、いつもの質問を始めた。シェレメーチェフとアンドレーエフスキーは目配せをした。ウラジーミルはここ十二カ月というもの、それらの質問のただの一つにすら正答していなかったのだ。

教授は自問するように頷いた。「ここにいるこの人を知っていますか?」

教授はシェレメーチェフを指して言った。

「いいお前は知っているのか?」。ウラジーミルは応酬したが、これはどう答えてよいかわからない質問をされたときにお定《き》まりのはぐらかしの一つだ。

「知っていますよ」

「じゃあこいつは何者だというのだ?」

「ご存じないですか?」。教授が尋ねた。

「お前は知らんのか?」。ウラジーミルが言い返した。

「あなたはご存じですか、ウラジーミル・ウラジーミロヴィチ?」

「どうしてお前に言う必要がある? だいたいお前は何者だ?」

「覚えていませんか?」

「生まれてから一度もお前には会ったことはない」

「私は教授のカリンです」。教授はこの朝からもう五回目のせりふを口にした。

「こいつはどうなのだ?」。ウラジーミルはもう一人の医師を指して質《ただ》した。

「アンドレーエフスキー教授ですよ。私のような、もう一人の医師です。この先生ももう何年もあなたを診ていますよ」

ウラジーミルはそんなことはないというように唸《うな》った。

カリン教授が立ち上がった。彼は同僚医師に目配せをすると、ウラジーミルのほう身振りで示して、次はアンドレーエフスキーと交代するようにうながした。

アンドレーエフスキーは聴診器を取り出した。「よろしいですね、ウラジーミル・ウラジーミロヴィチ?」

ウラジーミルはシェレメーチェフのほうを向いた。「こいつは医者か？」

シェレメーチェフはうなずいた。

ウラジーミルは一瞬、アンドレーエフスキーをまじまじと眺め、それからゆっくりパジャマの上衣のボタンをはずした。

教授は聴診器をウラジーミルの胸に当てた。心臓の鼓動に耳を傾け、聴診器をあちこちに動かし始めた。「息を吸って……吐いて……大変結構です。続けてください。吸って……吐いて……吸って……吐いて……」

「もうたくさんだ」。ウラジーミルがいらいらしながら言うと、聴診器を押しのけた。

アンドレーエフスキーは一歩退くと、「血圧は？」とシェレメーチェフに言った。シェレメーチェフは週二回計測するよう指示されている血圧の記録表を取り出した。定期的な尿検査の結果もそこに記録されており、他のページにはウラジーミルに投与した薬剤や彼の行動についての詳細も記載してあった。

アンドレーエフスキーはざっと血圧のグラフに目をやった。「雄牛なみに健康ですね」。表をカリンに手渡しながら、彼はぶつぶつ言った。

「シベリアの雄牛のように健康だ！」とウラジーミルは言い放った。聴覚のほうは知能とともに衰える気配がいっこうになかった。

カリンはページを繰って、行動記録を走り読みした。シェレメーチェフがその日の朝に記したばかりの前夜の顛末に教授は目を留めた。それまでは毎晩ベッドに入る前に飲む鎮静剤や安定剤の錠剤だけで、注射はおよそ三週間も必要なかったのだ。

「ゆうべは何があったんだ？」。カリンが尋ねた。

「どうも自分が誰かと闘っていると思い込んだようです」。シェレメーチェフが応じた。

「でも錠剤はちゃんと飲んだんだろう？」

「もちろんです」

「この人が誰と闘っていたか知っているか？」

シェレメーチェフはウラジーミルを横目で見た。ウラジーミルは、自分のまわりで続いている会話にまるで気づかぬふうに、まっすぐ前を見つめていた。「いつもと同じですよ」

ウラジーミルの目がいぶかしげに細くなり、鼻にかすかな皺《しわ》が寄った。

カリンは記録をシェレメーチェフに戻して寄こした。「ウラジーミル・ウラジーミロヴィチ」、教授はもういちど彼の視線の高さまで膝を折って言った。「昨夜、ここに誰か来ましたか？」

「昨夜？」。ウラジーミルが言った。

カリンがうなずく。

ウラジーミルは肩をすくめた。「お前は私の知り合いか？」

「教授のカリンです。あなたのお世話をしています」

「なんでお前が私の世話をするのだ？　私は強いぞ……なんやかやと同じくらいにな」

「それは結構です」。カリンは言った。「強いことはいいことです。誰かがあなたを妨害しに来ましたか？」

「誰かが私を妨害しに来たらどうするか、お前はわかるか？」。ウラジーミルが言い返した。

「知りたいですね、どうするのです？」

ウラジーミルは狡猾な笑みを浮かべた。戦略は友にすら決して明かしてはならないのだ。とりわけ友には。「知りたいというのなら、知ってみることを勧めるよ」。彼はそう答えると、くすくすと一人笑いをした。

カリンはしばし彼を眺めていた。「ウラジーミル・ウラジーミロヴィチ、われわれが帰る前に、他に何か言っておきたいことはありますかな?」

「私がお前らに何を言うべきだというのだ?」

「なんでもお好きなことを」

「お前は医者なんだろう? お前が私に言うべきではないか!」

「結構です」。カリンが言った。「では、私からはこう言いましょう——来月またお目にかかりましょう、よろしいですね?」

「お前はどこで私と会うのかね?」。ウラジーミルが言った。

「ここですよ。また参りますから」

「私がここにいるとどうしてわかる?」

「ここにいらっしゃらなければ、探して見つけますよ」

ウラジーミルはにたりとした。「いいや、見つからんさ」

カリンは立ち上がった。「ではまた、ウラジーミル・ウラジーミロヴィチ。ひと月後にお目にかかります」

ウラジーミルは考えを明かしたくないかのように答えなかった。

二人の教授が部屋を出るのでシェレメーチェフもそれに従った。スイートのドアが背後で閉まると、カリンが立ち止まった。

「鎮静剤を増量してもいいかな」。彼はうんざりしたやる気のない口調でアンドレーエフスキーに言った。

「私の見解を求めているのであれば、ヴァーチャ」。アンドレーエフスキーが屈託なく答えた。「心臓血管系と呼吸器系の所見をいうと、あの人はそれに耐えうるね」

カリンは同僚医師をいらだたしげに見た。そんな見解を聞かされても自分のジレンマは解決しないし、アンドレーエフスキーがそう言ったときの朗らかさを思うと、こいつは面白がっているようにカリンには思えた。

教授はシェレメーチェフのほうに手を伸ばすと、記録を手に取った。彼はウラジーミルの行動記録を仔細に調べるようなそぶりを見せながら、しばらくすると、鼻をむずがゆそうにこすり出した。これはカリンが物事を先延ばしにするのを隠そうとするときのいつものくせで、シェレメーチェフはもうそのことを見抜いていた。

ジレンマというのはカリン教授が毎月直面するあのジレンマで、廊下にいる全員――カリンだけでなくシェレメーチェフもアンドレーエフスキーも――そのことはわかっていた。まだウラジーミルが自分の病状を把握していたころ、彼が逆上するを減らすために教授が処方した鎮静剤には多くの潜在的な副作用があって、逆説的なことだが、そこには妄想、幻覚、興奮といったものが含まれていた。目下のウラジーミルの症状がまさにそれで、鎮静剤の分量を減らせば問題が解決することがある。しかしいっぽう妄想、幻覚、興奮が、薬剤とはなんら関係なく、ウラジーミルの認知症を原因とする場合は、それらを抑制しているのが薬剤だという可能性もある。そのときは分量を増やせば問題が解決する。この点をはっきりさせるには分量を減らしてどうなるか観察するしかない。しかしこれだけ長いあいだ使ってきた薬剤の分量を減らすとして、確実にいえるのは、深刻な離脱症状が出るだろうということだ。その離脱症状には……妄想、幻覚、興奮が含まれてもおかしくないのである。そうなるとおそらく途方もない混乱状態となり、解決するには何カ月もかけて、徐々に、少しずつ薬剤を減らさねばならず、そのかんウラジーミルを間近で監視し、理想を言えば週に一回は診てやる必要があるのだ。

オジンツォヴォにあるこの別邸に往診に来ることで、カリン教授のスケジュールはまる半日つぶれてしまう。こんなことでもなければ、その半日を使って目が飛び出るほど金《カネ》になる個人診察も可能だ。なにせもう予約待ちリストが三カ月以上にもなっていて――月に一度の往診だけでもすでに結構な財産をふいにしているのだ。週に一度の往診となればその損失は馬鹿にならない。もちろん、カリン教授も愛国者であることは人後に落ちないし――英国で教育を受けた自分の子どもたち同様――ウラジーミルが整備した医療制度には感謝していた。人びとは命がけで公立病院から文字通り這って出て――教授は自分の目で一度ならず二度目撃していたが――教授がかなりの株を保有する私立病院に駆け込むのである。しかしそうであっても、ウラジーミルから得られると期待できるものには限りがあった。そして実際のところ、この記録から見るに、ウラジーミルが興奮状態になるのは数日に一度のことで、注射が必要なほど極端なのはそのうちの二、三回に一度しかない。それに今月に限れば、この人が注射なしでいられた時間はほとんどまる三週間にもなる……。

「実際、そこまで悪いわけでもないな」。カリンが言った。

「そうです」とシェレメーチェフ。

「改善していると言ってもいいくらいさ」。肩越しに記録をのぞき込みながら、アンドレーエフスキーが言った。

カリンは疑わしげに彼を横目で見て、シェレメーチェフに向き直った。「いつもこのチェチェン人なんだな?」

「あの人が闘っているときは、そうです、いつもそいつです」

「それであの人は本当にそいつと闘っているのか？　つまり、身体的にも立ち上がって、そいつと闘うのか？」

シェレメーチェフがうなずいた。

「そいつは何者なんだ？　あの人の知り合いか？　誰かあの人が一緒に仕事をした相手か？」

「それはわかりません」

「もし分量を増やすなら増やしてもいい」。アンドレーエフスキーが言った。「あの人の心臓なら耐えられるね」

「君は改善していると言ったはずだぞ！」、カリンが言った。アンドレーエフスキーはやれやれといわんばかりに答えた。「あなたが決めることさ、ヴァーチャ」

カリンは記録をもういちど入念に確認して、鼻をこすった。アンドレーエフスキーはシェレメーチェフにこっそり目配せをしてにやりとした。カリンはどうしてよいかわからず、かといって同じ医師なり看護師なりにそれを悟られるのも耐えがたかった。鼻をこするのが確かな徴候だ。結局のところ、これまでどおり彼が何もすることなく一カ月様子を見ようと言うのがアンドレーエフスキーとシェレメーチェフには明瞭だった。

「徘徊はするのか？」。カリンがだしぬけに訊いた。

「徘徊ですか？」。シェレメーチェフが言った。

「ウラジーミル・ウラジーミロヴィチがだよ！　徘徊するのか？」

「いいえ」

「夜中には？」

シェレメーチェフは首を振った。

「君は部屋のドアをロックしているか？」

「あの人は徘徊はしません」

「一度も？」

「一度もです」

「それでも部屋のドアはロックすべきだ、ニコライ・イリイチ」

シェレメーチェフはウラジーミルの部屋のドアを施錠するつもりはなかった。他にどうしようもないとき以外は、そんなことを考えるのもいやだった。ひとを幼児のように閉じこめるなんて由々しき背信行為だ。それに、そんなことは必要ないのだ。第一に、ウラジーミルは徘徊しない。第二に、徘徊するとしてもモニターを通じてきっとシェレメーチェフにもそれが聞こえるはずだ。

カリンは最後に鼻をひとかきした。「私が見るに、さしあたりは現状維持が一番いい」。彼は記録を返してよこしながら思慮深そうに言った。「来月、状況を見直してみよう」

「賛成だね」。アンドレーエフスキーがきわめて重々しく専門家らしい声で返答した。

「細大もらさず記録を取るのを忘れないように、ニコライ・イリイチ」。説諭するように指を一本かざしてカリンが言った。「完全な評価を下す必要があるからな」

「細大もらさず、ね」。アンドレーエフスキーが言った。

二人の教授は階段まで歩き、一歩後ろをシェレメーチェフがついていった。

「あの人に会いに来る人はいるのか？」。カリンが肩越しに目線をくれながら言った。

「あまりいません」。シェレメーチェフが言った。「三日前にレーベジェフ大統領があの人と一緒の写真を撮りに見えました」

「新聞で見たよ。彼はどうだった？」

シェレメーチェフは肩をすくめた。「別にいつも通りでした。みなさんあの人に大統領への祝福を言わせようとしましたが、あの人は拒んで何も言いませんでした」

「なぜなのか、理由を言っていたか？」

「私の感じでは、どうもあの人とレーベジェフ大統領はあまりそりが合わないようですね」

アンドレーエフスキー教授が笑った。

「何が進行中だったか、あの人は理解していたと思うか、君は？」。カリンが訊いた。

「先生がたが思われる以上にあの人は理解していたと思います。はじめ、あの人はレーベジェフが報告をしに来たと思っていました。レーベジェフがまだ何かの大臣だと。それからどうやら何か別のことが起こっているとおわかりになったようです」。シェレメーチェフは微笑んだ。

「あの人はカメラが気に入ったようですね。部屋に入ってくるなり、あの人の背筋が伸びるのがわかるくらいでした」

カリンはアンドレーエフスキーを横目で見て含み笑いをした。「虚栄心だよ。私が学生たちにつねづね言っているとおりだ。人間の性格の最も深い部分が最も最後になるまで失われないんだ」

彼らは階段を降りた。玄関ホールの警備員が持ち場からやってきて、二人の教授のためにドアを開けた。外には自動車が待機していた。

「君はいまも毎日あの人を散歩に連れ出すのか？」。カリンがシェレメーチェフに訊いた。

「はい、毎朝。朝でなければ午後にです。いくら天気が悪くても努めて出ることにしています。

ときにはあの人も嫌がるんですが、たまにのことです。楽しんでおられますよ」

「どれくらい歩くんだ?」

シェレメーチェフは肩をすくめた。「三〇分ですね。あの人が望めばもう少し歩きます。もし夜中に荒れたとか、あの人が疲れている場合はそれより短い場合もあります。そこは観察が必要ですね。あの人が疲れすぎると問題を抱えることになりますから」

「別邸から遠くまでか? いままで他の場所へ外出したことはあるのか?」

「長時間はないですね」

「ひょっとしたら外へ連れ出すべきかも知れないね、ニコライ・イリイチ」

「連れ出すべきだとお考えですか?」

「そう考えてもいいのではないか?」。カリンが言った。「外出だ。どこか別の場所にな」

アンドレーエフスキーがうなずいた。「あの人にはそれがいいだろう」

二人の教授はドアへ向かった。「あんなに心臓が強いと嫌になるな」。アンドレーエフスキーがそんなことを言うのがシェレメーチェフの耳に入った。「この調子だと何年も続くぞ」


医師たちの往診でシェレメーチェフはすっかり滅入ってしまった。アンドレーエフスキーが言うのは正しい――ウラジーミルの心臓があああも強いのは困りものだ。この人生の黄昏期《たそがれ》に長いあいだ家族や友人に無視され、打ち捨てられて、給料分の仕事をするだけの赤の他人の世話になっているより、心臓発作で倒れて逝ってしまうほうがましだ。

長年にわたるシェレメーチェフの観察によれば、別邸を訪れる者は減っていた。洪水のように押し寄せていたのが流れになり、ぽつりぽつりと来る程度になって、いまではすっかり干上がってしまった。シェレメーチェフが初めてやって来たころにウラジーミルの周囲で騒々しく群がっていた寄食者たちは、もはや元大統領がその後継者になんの影響力も及ぼさないとわかったとたんに飛び去っていった。当初はその手の有象無象はごろごろいたが、一年もすると連中の谺《こだま》すら聞こえなくなった。敬意を表することを義務と感じるロシア国内の政治家と海外の要人による公式訪問はもう少し長く続いたが、やがてそれも止んだ。ウラジーミルの病状が明白なものとなり、訪問されても政府側が戸惑うだけになったので、元大統領は公務から完全に引退し、これまでの代償として悠々自適の隠遁生活を楽しむ、というあたりさわりのない発表がなされた。プライベートな訪問客、あるいはウラジーミルにたいして愛情とは言わぬまでも忠誠心を抱く古い取り巻き連中はほとんどが病気か死去していたし、訪ねることができないほど高齢でも病弱でもない連中も、すでに自分たちの見分けもつかなくなっている男のところへ嬉々として参上するほど奇特でもなかった。しばらくすると、義務感の余韻だけでは誰もわざわざ別邸に寄りつこうとはしなくなった。そうなると残るはウラジーミルの家族だけだ。彼の最初の妻は亡くなっていたが、ウラジーミルが秘密裏に娶《めと》った二番目の妻は健在で、夫より三十歳も若く、富豪から富豪へと絶えまなく関係を持っていた。公式にではないが、事実上、彼が大統領職から退く前に、彼女はすでに夫のもとを去っていた。以前はクリスマスや復活祭ともなれば、彼の子どもや孫たちが海外から訪ねてきたものだが、いまでは決まって彼ら本人ではなく、彼らが来られない言いわけが届くのだった。ありがたいことに、とシェレメーチェフは思ったが、ウラジーミルには祝祭日の意識もなく、自分がどれほどないがしろにされているかも理解していなかった。

シェレメーチェフにすれば、彼はウラジーミルを他人だとは思えなかった。友人でもなく家族でもないが、自分は元大統領にとって匿名の介護士以上の何かであるに違いないと思っていた。ウラジーミルが彼の名前すら覚えていなかったとしても、彼のことを認識し、彼といて安心していることは確かだった。彼はウラジーミルの興奮があまりひどくなる前に鎮めてやれる唯一の人間だった。そしてウラジーミルの目に狼狽と恐怖の色が浮かぶとき、ウラジーミルが探しているのは彼なのだった。シェレメーチェフのほうでも、元大統領をただの患者以上に思っていた。六年ものあいだこれだけ親身に世話をしてきたんだ？　そうならないわけがない。怒りの発作、たどたどしく進行する洞察力の消失、彼の内面に残存する部分から噴出する妄想や幻覚を、彼ら二人は一緒にくぐり抜けてきた。ウラジーミルの意識にとってそれがいつであろうと、どんな世界に彼が住んでいようと、彼は依然として人間であり、依然としてウラジーミル・ウラジーミロヴィチであり、依然として感じたり、叫んだり、わめいたり、疑問を感じたり、笑ったりできる何者かであった。こんなに身近に、こんなに長く誰かと暮らし、こうしたことを経験して、たんなる職業上のものを超えた関係や気遣い、愛情さえも育まない、なんてことはありえなかった。たとえこの人にはこちらが何者なのかまったくわかっていなかったとしてもだ。

しかし、この別邸《ダーチャ》でウラジーミルとそういう関係を築くことのできた人間は一人もいなかった。二階に上がってくる者たち、毎日この人と顔を合わせるメイドや付き人たちでさえ、この人と言葉を交わすことは滅多になく、ためらいがちで確信なさげで口数が少なかった。というのも、認知症はそれに慣れていない人びとにしばしばそうした影響を与えることがあり、ウラジーミルという人物が放つオーラのせいでもあった。別邸の他の住人たちは、この人が日課の散歩に出たとき、通りすがりに見かける程度だった。この元大統領は、シェレメーチェフをのぞけば、自分のことを知らない、自分を生ける銅像か何かのように得体の知れないものと見なす人びとに囲まれていた。そのせいで、別邸中で唯一ウラジーミルを知り、面倒を見るシェレメーチェフが感じる責任は、ときに耐えがたいものに思われた。あるときは半年ぶりに二番目の妻がワルツでも踊るようにやって来て、二〇分後にはまた踊るように出て行ったのだが、自分の生存資金を維持するために必要な義務を果たしているのだ、ということがみえみえで、彼は胸が張り裂ける思いだった。

シェレメーチェフは介護士として、何年ものあいだに多くの人の死を目の当たりにしてきた。急逝する人もいれば、ゆっくりと死を迎える人もいる。従容として運命を受け入れる者がいるかと思えば、それに抗う者もいた。ある人は安らかに、ある人は苦しみながら。しかし彼に言わせれば――骨の髄にまで達する苦悶をともなう死をのぞけば――孤独死こそが最悪の死であった。

この世から旅立つときが来たら、その人を愛してくれた人たちから慰めを受けるのは礼節の基本であり、その人に慰めを与えたいと思うのが愛の基本である。しかし、と彼は思う。ウラジーミルにこのような余生を送らせる文明とは、いったいどんな文明なのか？　もしウラジーミルをして――長年にわたる公職での活動と祖国へのあれほどの貢献にもかかわらず――たかだかこの程度のことしか望めないのだとしたら、他の誰がどれほどのことを望めるというのか？

そう、シェレメーチェフはこの人の身に最悪の事態が起きるのを許すわけにはいかなかったのだ。誰からも慰められることなく死なせるわけにはいかない。少なくともそれだけは彼にも請け合えた。

医師たちは彼にウラジーミルを屋外に連れ出すべきだと言っていた。何が悪かろう。彼もウラジーミルも気分転換できるにちがいない。

医師たちを見送って戻ってみると、ウラジーミルはシェレメーチェフが座らせたところにそのままいて、肘掛け椅子との会話にどっぷり浸かっていた。

「ウラジーミル・ウラジーミロヴィチ」。彼は明るく言った。「あなたが楽しんでくださることをしましょう。湖へ行くのはどうです？　以前はよく行きましたよね、覚えておいでですか？　今日は散歩にはうってつけです。ステパーニンにランチの用意をさせましょう」

ウラジーミルは窓の外を見た。

「どうです、いい天気でしょう？　何か着るものを探してきます」

シェレメーチェフは衣裳部屋に入った。そこは全面が棚やハンガーのレール、引き出しで区切られており、シェレメーチェフが毎晩眠りに就く小部屋よりも何倍も広い。一組のハンガーレールには少なくとも三ダースの外套が吊るされ、毛皮もあればレザーもウールもあった。他のレールには六〇着か八〇着のスーツが吊されているに違いなかった。それ以外の場所にはジャケット、ブレザー、ボンバージャケットがぶら下がったレール、セーター、シャツ、靴の棚、下着や靴下、ベルトやカフスボタンの引き出しがあった。シェレメーチェフはスーツ一着にシャツ一枚、ベルト、靴を選ぶと、椅子にその衣服を並べて、部屋の真ん中にある戸棚を開いた。

収納棚は高さ一メートル五〇センチほど、幅と奥行きはそれぞれ五〇センチほどだった。光沢のある硬材からつくられたウラジーミルのための特注品で、観音開きの扉があり、それを開くと高さがわずか五センチほどの引き出しが列をなしている。それらのうちの一つの前面をシェレメーチェフが静かに押すと、黒いビロード張りの引き出しがするりと滑り出た。そこには五つのくぼみでできた列が三列あり、くぼみの一つひとつに腕時計が収まっていた。

シェレメーチェフはトレーの腕時計をざっと見て、それを押し戻すと別の引き出しを開け、文字盤が青くて銀色の時計を選んだ。

彼は戸棚を閉じると衣類をかき集め、まとめて寝室に持ち込んだ。

「さあ、ウラジーミル・ウラジーミロヴィチ、服を着ましょう」

できる範囲内でとはいえ、ウラジーミルにとってはまだ自分でできることは自分でするのが効果的だった。そのため、簡単なことで、誰かがやるより時間はかかったとしても、シェレメーチェフは可能なかぎりウラジーミルが自分の能力を維持できるよう手助けすることにしていた。ウラジーミルが着替えに手間取るあいだ、彼は元大統領の傍に立ち、この人が自分は何をしているのかわからなくなったときには、やさしく思い出させるのだった。

「選挙の夜に私が来ていたのがこれだ」。スーツの上着に袖を通しながらウラジーミルが言った。

「このスーツですか?」

「見ろ。ここに染みがある」。彼は左腕を上げ、肘の近くを指した。

生地にほんのかすかな黒ずみがあった。「いつの選挙の夜でしょう?」。シェレメーチェフは尋ねた。彼の世話を始めたころ、ウラジーミルは着ている衣服の一部が呼び覚ます話をしょっちゅう彼に聞かせたものだ。ブッシュ大統領との初の会見、アムール虎の狩り、戦火のさなかのチェチェン行き、オリンピックの開会式、北京での習主席との晩餐会。そういう生涯を送った人物から予期できるとおり、彼の話には果てがなかった。

ウラジーミルの眉間に皺が寄った。

「まあどの選挙かは大事なことではありません、ウラジーミル・ウラジーミロヴィチ。このスーツはいいですね」

「投票率七〇パーセントと少しのうちで得票率七二パーセントだ！」。唐突にウラジーミルが言った。「第一回目だ！　どう思う？」

「それはよろしいですね、ウラジーミル・ウラジーミロヴィチ」

「よろしいだと？　完璧だよ！　最初はわれわれも馬鹿正直で、投票率が高ければ高いほど良いと思っていた。いまではもちろん投票率が高すぎるように見えることがあるのも知っている。七〇と七〇、それこそわれわれの理想だ。七〇パーセントの投票率に七〇パーセントの得票、完璧なレシピじゃないか。実際のところ投票者がどれだけ多かったとしても、絶対数で言えば五割以上が賛成票を投じたと言える。何が起きてもおかしくないと思わせるために、たまにはもっと低い得票率の場合もあいだに挟みながらだがな」。彼はくっくっくっと笑い声を立てた。「いうまでもなく西側諸国ではわれわれがどうやったって不正選挙だと言うだろう。先月、ウィーンである記者が言うには、投票所から別の投票所へ行くバスに乗って追いかけたところ、全員が二回目の投票をしていたというんだな。イタリアの記者だ。どうしてそんなやつがまぎれこんでいたのか？　核軍縮会談のあとの記者会見で、そいつが私に喧嘩を売ってきたんだ。私の尻尾をつかもうとね。そんなこと、よほど気の利いた質問ができるジャーナリストだって覚束ないがな！　私がどう言ったかわかるか？　『君がバスで見たという人たちは誰に投票したんだ？　彼らに訊いたのか？』。そいつが言うには、彼らは私に投票したそうだ。そこで言ってやった。『君はそいつらの言い分をどうして信用できるんだ？　彼らは二回投票したと認めている。ということは、そいつらの口から出た言葉だって信用できないだろう。なにせ犯罪を自白してるんだからな!』」。ウラジーミルが笑った。「どう思う? それでやつは黙ったのさ!」

シェレメーチェフはウラジーミルに靴を手渡し、衣裳部屋のテーブルの上にある受話器を手に取った。

彼はホールにいる警備の詰所に電話をかけ、運転手のエレエーコフに自動車を手配させるよう警備員に頼んだ。「靴をお履きください、ウラジーミル・ウラジーミロヴィチ」。警備員が折り返し電話を寄こすのを待つあいだ、彼は言った。電話が鳴って警備員が話すには、ウラジーミルが乗ることになっている防弾仕様Sクラスのメルセデスは故障中で、エレーコフによれば翌日遅くまで使用不可だという。シェレメーチェフは警備員に、湖に行くだけなので、別邸《ダーチャ》に置いてある別の自動車、装甲した特注のレンジローバーでもいいとエレエーコフに伝えるよう言った。警備員はそれもどうかなあという口ぶりで、もう一度電話して訊いてみると言った。

ウラジーミルはぼんやりと床を眺めながら座っていた。靴を片方だけ履いて、もう片方は手に持ったままだ。

シェレメーチェフが促したが、ウラジーミルはまごついたまま彼を見上げた。

シェレメーチェフは、もう片方の靴をゆるめて履かせ、ウラジーミルが靴ひもを結ぼうとするのを眺めていた。そして結局は彼がきちんと蝶結びにしてやった。彼はウラジーミルに自分が選んだ時計を渡した。ウラジーミルはそれをじっと見つめ、かすかに眉をよせた。

「どうしたんです、ウラジーミル・ウラジーミロヴィチ?」。シェレメーチェフが言った。「別の時計のほうがよろしいですか?」

ウラジーミルが彼を見上げた。「なんだ?」

「時計をつけるのを手伝いましょうか?」

ウラジーミルは、こいつは馬鹿かというように彼を見た。「自分でできる!」

電話が鳴った。警備員はレンジローバーも都合がつかないと伝えてきた。

「い、い、二台とも故障中なのか?」。信じられないというようにシェレメーチェフが言った。

「それにヴァジーム・セルゲーエヴィチが言うには、さっきメルセデスなら明日の午後には使えると言ったけれど、明後日の朝まで用意できないそうです」

シェレメーチェフは信じられないというように電話を置いた。車が二台とも故障? いざというときはどうするんだ? 何か緊急事態発生時の対応策があるはずだと彼は思った。まあ幸運なことに、湖へ行くのは生きるか死ぬかの問題ではない。

「今日の湖行きはなくなりました」。彼はウラジーミル・ウラジーミロヴィチに言った。「そのかわり散歩に出ましょう」

「どこへだ?」

「どこでもお好きなところに」

「海岸通りだな」

「ええっと、そこにはどうやって行けたのでしたか」。シェレメーチェフが言うと、ウラジーミルはまだ手に持っている腕時計を手にとって、手首に巻きつけた。

第五章

海岸通りに出かけるという考えはウラジーミルの頭の中に長く残らず、階段を降りるときには忘れていた。シェレメーチェフは彼を外へ連れだした。別邸《ダーチャ》を出てすぐ周囲は芝生エリアで、その向こうの一部には、もともとこの敷地を覆いつくしていた白樺林がひろがっていた。シェレメーチェフが初めて別邸にやって来たころ、その敷地の残りの部分は、造園家が手入れをした草地と岩石庭園、高木の広々した空間で、川が流れ、池があり、装飾用の橋がかかっているという堂々たる景観だった。しかしその後、これらの土地は掘り返され、均《なら》され、醜悪なソーセージ状をした蜿蜒たるビニール製の温室で覆われてしまった。温室では、本来ロシアのどんな畑地にもないような果実や花をつける植物が育った。川は温室の灌漑用に進路を変えられ、パイプの中を流れた。このトンネルに沿っておよそ三〇メートルおきに、温室内に暖気を送り込むパイプの付いた巨大な鋼鉄製の暖房設備が立っていた。ヒーターはまだ稼働していなかったが、冬に歩くと、低くゴンゴンいう振動音が胃にこたえるほど響いてきた。トンネルのあちこちには、温室が建てられる以前から残されたベンチがあり、かつてそこにあったものを想起させるかのようだった。

シェレメーチェフは、普段どこへ行くかはウラジーミル任せだった。今日は温室の一つにまっすぐ歩いて近づいた。内部は暖かく、空気が湿っていた。温室内の両側の畝には大きな葉をもつ植物が支柱によって植えられていて、蔓には黒くつやつやの茄子がたわわに実っていた。

二人の作業員がそれぞれの苗床で草むしりをしたり、カタツムリやナメクジを取り除いたりしていた。

ウラジーミルが近づくと、作業員たちは手を止めて目を向けた。

ウラジーミルはにこやかに彼らに声をかけると、気楽に仕事を続けるよう命じた。作業員たちは不安そうに笑みを返した。

別邸の三人の庭師のうちの一人もそこにいた。アルカージー・マクシーモヴィチ・ゴロヴィエフは、濃い白髪で少しあばたの五十年輩の男で、歩くときわずかに足を引きずっている。ゴロヴィエフは過去に当局と何かいざこざを起こしたことがあるという噂をシェレメーチェフも耳にしていたが、シェレメーチェフの経験では、この庭師は親切かつ柔和な男で、いつも控えめで礼儀正しかった。彼は元大統領に威圧されないシェレメーチェフ以外の唯一の人物で、元大統領をどこか遠くの畏怖すべき偶像としてではなく同じ人間として見ることができ、ふつうに彼に話しかけることができた。ゴロヴィエフはウラジーミルに出くわすとつねに敬意を込めて話しかけるのだが、それも人が他者に関心を持つのは当然でないか、とでもいうような人間的な観点から純粋に健康状態を尋ねるのだった。今日は医師たちの往診で意気消沈させられたばかりか、ウラジーミルを別邸から外出させようという期待もくじかれた後だったので、シェレメーチェフは偶然とはいえゴロヴィエフに会えてうれしかった。

ゴロヴィエフは手にしていた道具を置いた。「おはようございます、ウラジーミル・ウラジーミロヴィチ。ご機嫌いかがですか？」

ウラジーミルの返事はなかった。

「散歩に行くところなんだ」。シェレメーチェフが言った。

ゴロヴィエフが微笑んだ。「そうですか、それであなたは？　ニコライ・イリイチ。調子はどうですか？」

「おかげさまで。あなたは？　アルカージー・マクシーモヴィチ」

「万事こともなくです。となりの温室には花が咲いていますよ。薔薇が。その咲きっぷりの素晴らしさといったら——明日には剪《き》るんですが。ウラジーミル・ウラジーミロヴィチはご覧になりますか？」

「ウラジーミル・ウラジーミロヴィチ？」とシェレメーチェフ。

ウラジーミルは何かに集中するように渋面を作っているが、返事はしなかった。

「行ってみましょうか」。シェレメーチェフが言った。

彼はウラジーミルをそっと押すと、二人とゴロヴィエフはヒーターのシャフト傍のドアを出た。そのとき新鮮な空気が襲ってきた。十月にしてはまったく涼しくなかったが、温室のむっと湿った空気のあとでは、一瞬、身が引き締まる感じだった。ゴロヴィエフが別のドアを開けてまた温室に入ると、暖気と湿気が彼らを襲った。シェレメーチェフは自分が着せたスーツ姿だとウラジーミルには暑すぎるのではないかと思ったが、彼が尋ねてみても元大統領はそれを無視した。

包み込むような花の香りが温室に充満し、陶然とするほどだった。薔薇は満開だった。温室の先のほうまで、ある品種から別の品種へと区画ごとに色とりどりの列をなしていた。

「これらは皇后《エンプレス》ジョゼフィーヌですよ、ウラジーミル・ウラジーミロヴィチ」。濃いピンク色のかぐわしい蕾《つぼみ》の前を通りながら、二人を案内するゴロヴィエフが説明した。「とてもクラシックな薔薇です。これは十九世紀に、ナポレオン皇帝の妻のために初めて栽培されました。現在はまた需要が高まっています」。彼は立ち止まって小さな剪定ばさみを取り出すと、立派な蕾のついた茎を切り取り、手際よく棘を落として、その蕾をウラジーミルに差し出した。

「これはマリーシカにやろう」。ウラジーミルが言った。

「それはいいお考えです」ゴロヴィエフが言った。「どうぞこちらへ、ウラジーミル・ウラジーミロヴィチ。他のものも少し見てみましょう」

庭師は二人を他のバラの苗床に沿って案内し、そのたびに変種の産地を辛抱強く説明しながら、ウラジーミルに極上の蕾を選ぼうと立ち止まった。

「ウラジーミル・ウラジーミロヴィチは何か他のものもご覧になりますか?」。温室の端まで来ると、庭師は尋ねた。

シェレメーチェフは、ウラジーミルに疲労の色が出ていないか確かめようと横目で見た。ウラジーミルは疲れが飽和状態になると仮眠が必要だと決め込んで、もうそれ以上進むのを拒みかねなかった。現に何度かは地べたに倒れただけでシェレメーチェフが警備隊を呼び、この人を担いで連れ戻す羽目になったことがあったが、そういうときもウラジーミルはしばしば抵抗した。そうなると鎮静剤を注射するか、倒れたまま一、二時間寝かせておくかという問題になった。夏場ならそれも悪くはないが、一月に散歩に出て、小道の両側に一メートルも雪が積もっている場合だと話は違ってくる。

ウラジーミルはまだ疲れているようには見えなかったが、なにしろあんなに荒れた夜の後だし、医師たちの往診もあって散歩に出た時間もいつもより遅めだった。シェレメーチェフは腕時計を見た。昼食の時間も近い。彼は空腹にも配慮が必要だった。

「そろそろ戻りましょうか」。シェレメーチェフが言った。「もうお戻りになりたいでしょう、ウラジーミル・ウラジーミロヴィチ」

ウラジーミルは肩をすくめた。

「われわれはもうここを出た方がいい」

「ではさようなら、ウラジーミル・ウラジーミロヴィチ」。ゴロヴィエフが言った。

だしぬけに、ウラジーミルが彼を探るように見た。「お前は何をしているんだ?」

「私は庭師です、ウラジーミル・ウラジーミロヴィチ」

ウラジーミルはもう一瞬ゴロヴィエフを凝視した。すると彼の視線から精気が脱け、うなり声を出して、そっぽを向いた。

シェレメーチェフはウラジーミルの手を引いて別邸に戻った。屋敷が目にはいると、ステパーニンが厨房裏の芝生をいらいらと歩き回っているのが見えた。遠くからでさえ料理人は興奮しているようだった。彼は檻に入れられた動物のように行ったり来たりしている。頭は垂れ、片方の拳を握りしめ、もう片方の手には煙草を摑んでいる。突然彼は立ち止まって、地面に転がっていた枝を蹴りとばすと、枝は宙を飛んでいった。

シェレメーチェフには料理人が怒りを爆発させているのがわかったが、通常ならこの男の癇癪など、皿洗い係の一人でも怒鳴りつければ和らいでしまう。

シェレメーチェフがはっと見まわすと、ウラジーミルは歩き続けていた。彼はあわてて追いついた。

二人は二階の居間に戻った。ウラジーミルの昼食がまもなく届けられるはずだった。

「スーツを脱いで着替えましょうか？」。シェレメーチェフが言った。

「なぜだ？」。ウラジーミルが質《ただ》した。「このスーツを着て選挙に勝ったのだ」

「存じております、ウラジーミル・ウラジーミロヴィチ」

「お前は選挙は不正だったと思うのか？　お前はそう言っているのか？」

「いいえ」

「七二パーセントだ！」ウラジーミルが声を張り上げて言った。「投票率七〇パーセントでだ」

「はい、ウラジーミル・ウラジーミロヴィチ」

ウラジーミルは怪訝そうに、じっと彼を見た。「モナーロフを呼べ」

「ですがモナーロフは――」

「呼ぶのだ！　私は待っている！」。彼は重々しい声で腕時計を指で叩いた。

「テーブルにいらしてはいかがです、ウラジーミル・ウラジーミロヴィチ」とシェレメーチェフ。「そろそろランチの時間です」

「よろしい。やつが来た」

「ここには他のかたはおりませんよ、ウラジーミル・ウラジーミロヴィチ」

「モナーロフ、食事は済んだのか？」

「いいえ」。モナーロフが言った。

ウラジーミルは両手をこすり合わせて笑った。

キャヴィア、ニシン、イクラ、ピクルスがテーブルに並んだ。モナーロフはキャヴィアをスプーンでひとすくいして手際よく口に運び、ついでグラスいっぱいのウォトカを流し込んだ。

それが彼のお気に入りの食べ方だ。ウラジーミルも同様にしたが、スプーンを持ち上げるときキャヴィアが少し上着の袖にこぼれた。彼はそれを振り落とした。「くそ!」。そこがシミになっているのを見ながら彼は言った。

モナーロフが笑った。

「キャヴィアの染みは落ちないからな」。ウラジーミルがぶつぶつ言った。

「吉兆だな」。モナーロフが二人のグラスをまた満たした。「またもや勝った選挙に乾杯! 二度も投票した者たちに乾杯……二度も……三度も……」

ウラジーミルはしばしまだ怒っているふうを装ったが、それから二人は大声で笑った。

ウラジーミルが気を許す相手はほとんどいなかった——実際一人もいなかった——が、しかしエヴゲーニー・モナーロフにたいしては最も親密にしていた。モナーロフは本物の秘密警察《チェキスト》で、レニングラードKGB〔旧ソ連時代の諜報機関・秘密警察である国家保安委員会のこと〕の古参の顔ぶれの一人だった。ウラジーミルがモスクワに来て以来、モナーロフはずっと彼と行動をともにし、大統領首席補佐官、国営石油会社会長、財務大臣、国土安全保障部長など、さまざまな役割をこなしていた。肩書きはどうであれ、彼には常にある役割があった。カネの操作だ。ウラジーミルの取り分の二〇パーセントを彼がハネてよいという約束にしてあった。こうしてモナーロフ自身もウラジーミルが命じたいくつもの秘密調査から判断するかぎり相当な財産を築くことになった。しかもモナーロフは良心的な誠実さでそれを履行していたのである。

モナーロフはキャヴィアをスプーンでもうひとすくいすると、スプーンを口にもっていく途中で手を止めた。「うれしくないのか、ヴォーヴァ? 浮かない顔をして」

「うれしくないとは言わん。考え込んでいるんだ」

「何を?」

　ウラジーミルは嘆息した。「私だって未来永劫続けられはしない。選挙でまたも勝利、それはそうだが、私が去ると、誰が後継者なんだ? どこに偉大な男たちがいるんだ、エヴゲーニー? ロシアを支配できるのは強い男だけだ。次なるツァーリはどこにいる?」

「拘置所にさ」。モナーロフはにやりとした。「でなきゃロンドンか。さもなくば死んでいるか。君が誰よりよく知っているはずだ、ヴォーヴァ」

「ひどくおかしいじゃないか」

　モナーロフはキャヴィアを頬張った。

「連中が拘置所やロンドンにいたり死んだりしているのは」。ウラジーミルが言った。「まさに連中が偉大ではないからだろう。なんだかんだ言っても、ロシアの現実について連中は貧弱な概念しか持っておらん。新興財閥《オリガルヒ》を見るがいい。やつらにとってそれはカネをめぐるものに過ぎん」

「コリャコフがそうだな。もう一つ契約が転がり込むなら、やつは君の言うことをなんでもやる。しかし他の連中は? トリコフスキーは? やつはどうなんだ?」

「トリコフスキーなんか連中のうちの誰よりそうさ! 偽善者だ。確かに民主主義者だが、自分のプロパガンダを放送するテレビ局と選挙を買収するカネを持ったら、たちまち民主主義者だ。その前は、ジェーニャ、そのころは彼の民主主義への愛はどこにあった? スイスで自分のマニフェストでも発表しながらふざけたことを言っているがいい。そんなものはへのかっぱだ。オーケイ、ではリベラル派を見てみよう。やつらの言うことを聞いていたらボリス・ニコラーエヴィチ〔・エリツィン〕のころに逆戻りだ。あのころの様子を覚えているか? 国民はすぐに忘れて薔薇色の見通しを持つものだ。カオスだ！　あんなことをもう一年も続けていたら、国はまるごと駄目になっていただろう。あの老人がやった唯一のスマートな決定は退陣することだった。ぶくぶくの豚め、その通りにしたじゃないか」

「そして君を任命したことさ」

「そして私を任命したこと。その通りだ。よかろう、二つのスマートな決定だ。しまいには彼を見るのも耐えがたかった。よく思ったものだ。あんたがロシアに何をした、この糞豚め！　ってな。あいつが握っていたチャンスをあいつがどうしたか見るがいい。わが国を旧に復するために何年もかかるだろうことは私にもわかっていた。実際何年もかかった。何年もだ！　そしていま、どうなろうとしているのか？」

モナーロフが首を振った。

ウラジーミルが気づくと、他の者たちもテーブルに着いているのだった。ルシキン、ナルザーエフ、セレンスキーと、長年クレムリンで自分と一緒だったKGB出身の手下たちだ。KGB出身の全員が彼を支持したわけではない。彼の上長だったグリーシャ・ラスチェフは再建された共産党に入党し、長年にわたるあれこれの罪状で刑務所に食らいこむなどして、彼の側近中では目の上の瘤《こぶ》になっていた。あんなやつは恥だ。ラスチェフはウラジーミルが駆け出しのころに出世の手助けをしてくれたので金持ちにしてやりたくもあったが——しかしたいしたことができるわけでもない。馬が水辺に近づこうとしないのにどうしてやれるだろう。まして水を飲ませることなどできやしない。それればかりか、他の馬に「こいつが水に毒を入れた」などと喚《わめ》き続けるやつに、だ。しかし彼とともに歩んできた忠実な者どもは、政府を支える岩盤だ。反対派を寄せ付けないために必要な鉄拳を繰り出す者たちだ。彼らは見返りを獲得した。

獲得していいわけがなかろう。どの国であっても、誰かが金持ちになる必要がある。ロシアだけ例外でなければいけない理由があるだろうか？

それでもウラジーミルほどの権力とヴィジョンを有する者は彼らのうちにはおらず、誰も彼のあとを継げる者がない。加えて手下たちも歳をとり、すでに彼よりも老人だ。彼より若いのはナルザーエフだけだ。

後継者が誰もいないということに彼らは賛成した。口に出して言う必要すらなかった。

「われわれに何ができる、ヴォーヴァ？」。セレンスキーが言った。「永遠に生きる者はいないぞ」

「われらがヴォーヴァに何ができるか、わかる者がいるか？」。ルシキンが言った。「ことによると彼は死なないかも知れない！」

ウラジーミルは彼を横目で睨むと、どうすればこんなに馬鹿なことが言えるのだろうか、と考えていた。オレグ・ルシキンはスラヴ人らしい頬骨を持つ筋骨隆々の大男で、過激なロシア民族主義者として、その頬骨を過度に自慢していた。美容整形のために顔の肌はピンと張っていた。彼が微笑むのを見るのはほとんど苦痛だった。その肌は、彼がそれほどまでにうぬぼれている頬骨で裂けそうなほどすれすれに見えた。彼は忠実だった。いや、これまでも常に忠実で、ウラジーミルが誰か安全で手堅く現実的な人間を必要とする一連の役割をいくつも担ってきた。しかし自分の忠誠心を証明するためにそういう馬鹿なことを言い始めたら、そのときそいつらには警戒が必要だ。

「ゲーナ・スヴェルコフはどうなんだ？」。ナルザーエフが提案した。

「軽量級だな」。あれはいかんというようにウラジーミルがつぶやいた。ナルザーエフ自身もふくめて取り巻き連はくすくすと笑った。配下の首相経験者たちは、自分と大統領職を交代した者も含めて軽量級だとウラジーミルは見なしていた――軽量級だからこそ彼らを選んだのだ。

「しかしヴォーヴァ、真面目な話、スヴェルコフならわれわれでコントロールできる。そうすればわれわれは君の遺産《レガシー》を守れるぞ」

ウラジーミルは、ナルザーエフの言わんとすることがわかっていた――彼らの利権という意味だ。そしてそれは決して小さなことではなかった。彼が不在となったあと、もし相応《ふさわ》しからぬ人間がクレムリンを手中に収めたらどうなるか、わかったものではなかった。そうなったら影響力だのカネだのを失うだけですむ話ではない。ロシアでは、ひとたび政治の風向きが変われば、どんなに高位を極めた者であっても、誰が刑務所に食らいこんでも不思議はないのだ。

ウラジーミルは誰よりもそのことを知悉していた。最も肝心なことは、彼自身が玉座に就くときにボリス・ニコラーエヴィチとその家族に保証したように、誰が後継者になろうと、いかなる捜査も許さないようにすることだ。三期目の大統領任期を終えて、また四期目を終えて真剣に引退を考えたときでさえも彼がぐずぐずと引退しきれずにいた理由は、これを保証することが困難だったからである。

「フョードロフは？」。セレンスキーが言った。

ウラジーミルが鼻を鳴らした。「リベラル過ぎる！」

「レポフは？」

「飛行機事故の後で人が変わってしまった」

「だが、誰か見つけない限り、レーベジェフがなってしまうリスクがあるぞ」

ウラジーミルは黙っていた。

「やつ自身が汚職まみれだから、われわれのうちの誰かの後を追うことはできんだろう」。セレンスキーが言った。「少なくともこれだけは言える。やつはありとあらゆるパイに指をつ突っ込んでいるぞ」

「レーベジェフの価値観は腐ってる」。ウラジーミルが言った。「やつは物事の秩序を反転させる。やつが求めるものはカネと権力で、ロシアの偉大さと安定はその目的のための手段に過ぎない。そういうことをしていると、次にやってくるのはカオスだ。いまカオスが存在しないのはなぜか？　私がロシアの偉大さと安定に身を捧げているからだ。カネと権力は――そんなものが少しでもあるなら――そのあとにやって来るものだ」

一瞬の静寂があり、たまらずルシキンが笑い出した。ウラジーミルは視線で彼を黙らせた。

それでもウラジーミルは、自分の後継が、他の連中たちのなかでもなぜか彼だけを挫《くじ》かせることに失敗したレーベジェフだろうという悩ましい思いを払拭できなかった。それはちょうどソ連の末期に、ミハイル・セルゲーエヴィチ〔・ゴルバチョフ〕に政権外に追い出されたボリス・ニコラーエヴィチ〔・エリツィン〕がどうにかして蜂起し、ミハイル・セルゲーエヴィチを転覆させたのが不可避だったのと同じなのだ。だからこそウラジーミルは、あんなに忌み嫌っていたレーベジェフをクレムリン内に入れ続けた。しかし、それも解決策にはならなかった。自分が去ったあと、レーベジェフがなんとかしてのし上がる道を見つけるのではないかと、ウラジーミルは腹の底では考えていたのである。ことによると、一挙にというわけではないかもしれない。もしかすると最初くらいはウラジーミルが誰かを後継指名できるかもしれない。しかしそのあと、自分のクレムリンへの支配が緩むことは間違いない。レーベジェフはおそらく最初の選挙には出馬すらするまい。もう二、三年カネをばらまいて支持者を買収し、万人お気に入りの親戚、コースチャ叔父さんとしてステージ上を闊歩したあと……やつの出番がくるのだ。

「私は遺言を書くべきなのだ」。ウラジーミルが不機嫌そうに言った。「レーニンのようにな。『レーベジェフでなければ誰でもいい』と」

「スターリンを蚊帳《かや》の外に置くにはたいして役に立たなかったな」。ナルザーエフが語った。

ウラジーミルは暗い顔であたりを見まわした。「レーベジェフはロシアを泥の中に引きずり込む。私の去ったあと、われわれに必要なのは……」

四人の男は彼が何を言うのか見守った。しかし彼にはそれを言い表わす言葉がなかった。彼が言いたかったのは、自分が去ったあとのロシアに必要なのはもう一人の自分なのだ、ということだった。

「まあそんなことを心配しなけりゃいけなくなるまで、まだ六年あるじゃないか」。モナーロフが言った。「今夜は君が成し遂げたことを嚙みしめようじゃないか」。彼はグラスを掲げた。

「ウラジーミル・ウラジーミロヴィチ、われらが第五期大統領、君の健康を祝して！」

彼らは杯をあおった。

そしてグラスを置いた。すると途端に彼らが老けこみ、白髪が増え、不安そうに見え出した。何かがおかしいとウラジーミルは思った。何がだ？　なぜ連中は揃って私に会いに来たんだ？

「ウラジーミル・ウラジーミロヴィチ」。モナーロフが言った。「もう行かなくては」

「私こそが選ばれた大統領だ！　任期はあと一年ある！」

「そうか、しかしもう行かなくては」

彼は一同を見まわした。ルシキン、ナルザーエフ、セレンスキー、いずれも険しい表情で彼に視線を返した。

「ヴォーヴァ、私たちの誰かが君に陰謀を企んでいるなどと疑われないように、一緒に君に会いに来たんだ。みな同意見だ。君はもう続けられない。民衆は気づきだしている」

「何にだ?」。ウラジーミルが質した。「何に気づきだしているんだ?」

「言ったじゃないか」

「いや、君は言っていない」

「私は言ったよ。わかるかい、君は思い出せないんだ」

「思い出せる! 私はなんだって思い出せる!」

「君はいつも忘れ続けてるからな」

自分が? 頭の中には言われたばかりの言葉があってそのへんを漂っているようだったが、うまく把握できない。「嘘をつけ!」。彼は叫んだ。「ただ私を辞めさせたいだけなんだろう!」

「ヴォーヴァ、私たちは友人だ。君のもっとも忠実なる友人なんだ。すぐに辞任しろ、そしてスヴェルコフに任せるんだ――」

「スヴェルコフなんぞありえない。スヴェルコフなんぞ、あちこちで穴が空いているときに使える詰め物にすぎん」

「スヴェルコフを選ぶんだ、ヴォーヴァ、そうすればやつが次の選挙で勝ってくれる。そうすれば少なくとも次の六年はレーベジェフを閉め出しておけるじゃないか」

「だめだ」

「君が毎日とどまっているあいだも、レーベジェフはますます強大になるんだぞ」

「かまうものか。ロシアをコントロールしているのは私だ。カネをコントロールしているのは私だ。部局をコントロールしているのは私だ――」

「実際のところ、ヴォーヴァ、それは事実じゃないんだ。君がサインした決定《ディクリー》は覚えているか?」

「どの決定だ?」

「決定だよ」。モナーロフが言った。

ウラジーミルは見まわした。ルシキン、ナルザーエフ、セレンスキーはいなくなっていた。

「なんの決定だ?」

「決定だよ」。モナーロフが言った。

「なんの決定なんだ?」。パニックになって彼は叫んだ。「ジェーニャ? 私が何に署名した? 思い出せない! なんの決定だ?」

モナーロフはすでに消えていた。そしてウラジーミルは思い出したが、モナーロフも死んでたな。そうだ、自分は葬儀にも出た。なのにやつは椅子に座って、キャヴィアをスプーン一杯も頬張っていた!

彼は焦って眉をひそめた。

「どうされましたか、ウラジーミル・ウラジーミロヴィチ?」。普段着をひと揃い衣裳部屋から抱えて戻ったシェレメーチェフが訊いた。うまく言い聞かせて着替えさせるときのためだ。

「お前は誰だ?」

「シェレメーチェフです、ウラジーミル・ウラジーミロヴィチ。お腹《なか》は空いていますか?」

ウラジーミルは疑わしげに彼を見た。「そうだ、私は腹《はら》が空いた」

ドアにノックの音がした。

「ランチの時間です」。シェレメーチェフが言った。

彼はドアのところへ行った。外には屋敷の付き人の一人がウラジーミルの昼食を持って立っていた。

「厨房のほうは大丈夫なのか?」。トレーを受け取りながらシェレメーチェフが尋ねた。

別邸《ダーチャ》の外で芝生を歩き回るステパーニンをちらりと見かけたのが、まだ頭にこびりついていた。

付き人は肩をすくめた。

「料理人は?　彼は大丈夫か?」

「料理人は見ませんでした」。付き人がつぶやいた。「私は料理を手渡されただけです」。彼はもうしばらく立っていた。「もう下がってよいでしょうか?」

「ああ」。シェレメーチェフが言った。彼はトレーをテーブルまで運び、そこに置いた。「さあウラジーミル・ウラジーミロヴィチ。食事が届きました」

「もうそんな時間か?」

「そうです。あなたはお腹が空いているのですよ、覚えてらっしゃいますね」

「これは朝食か?」

「ランチです」。シェレメーチェフは微笑んだ。「お忘れですね。朝食は召し上がりましたよ、ウラジーミル・ウラジーミロヴィチ」。シェレメーチェフは椅子から彼を立たせた。「こちらへ。さあいただきましょう」

シェレメーチェフは彼をテーブルへ案内すると、首の回りにナプキンを巻いた。彼はそれを用心深く結んだ。「これでよろしいですか?　きつくありませんか?」

「これでいい」。ウラジーミルが言った。

トレーの上にはボウル一杯のチキンスープがあった。シェレメーチェフはウラジーミルの手にスプーンを握らせた。

ウラジーミルはそわそわしていた。二、三分も経って、シェレメーチェフはスプーンを優しく彼の手から取って、スープをひとすくいウラジーミルの口元に運んだ。

「いかがですか？　美味《おい》しいですか？」

ウラジーミルの口もとに笑みが浮かんだ。「美味《うま》い」

シェレメーチェフはもうひとすくい持ち上げた。ウラジーミルはそれをずるずると啜った。

第六章

ステパーニンが自分の感情を圧《お》し殺す能力は、雪原で身を隠そうとするロシアの熊なみだった。その夜、彼はスタッフ用の食堂に座ってじっと考え込んでいた。煙草の火をもみ消しては次の一本に火を点け、ウォトカをグラス一杯あおっては次の一杯を注ぐべくボトルに手を伸ばした。その朝、別邸《ダーチャ》の外で彼が何にいきりたっていたのか知らないが、それがまだ彼を蝕《むしば》んでいた。

「何があったんだ?」。とうとうシェレメーチェフが訊いた。

料理人は呻った。彼は立ち上がると厨房のドアを開けて皿洗い係の一人を怒鳴りつけ、こちらに戻ってくると元気なく椅子にへたり込み、うんざり顔でウォトカのグラスを指でもてあそびはじめた。

「ヴィーチャ?」

ステパーニンが顔を上げた。「ボスは今日はどんな調子だったんだ? 元気だったか? あんたに何か面倒をかけたか?」

「遠出に連れ出そうと思ったんだが、自動車が故障中だった」

「二台ともか?」。信じられんという顔でステパーニンが言った。

シェレメーチェフが肩をすくめた。

「Sクラスのメルセデスとレンジローバーが？」

シェレメーチェフはまた肩をすくめた。

「くそったれだ！　故障中だと？　そうだろう。エレエーコフめ、ギャングもくそもねえな」

「やつはギャングなのか？」。シェレメーチェフが訊いた。

「いや、ギャングというわけじゃない。ギャングじゃないんだ」

「じゃあどういうことだ？」

ステパーニンがそのときシェレメーチェフを一瞥した目つきに、彼はもう慣れていた。軍隊にいたころ、部隊長が自分たちを奴隷のように貸し出して働かせたことがすぐに摘発されて処罰されるだろうとの考えを徴集兵仲間の一人に初めて打ち明けたとき以来、そんな視線をよく浴びてきたからだ。「エレエーコフは問題ない」。ステパーニンはつぶやいた。「やつは万事オーケーだ」。料理人は怒ったように煙草をもみ消し、箱を取り上げ、もう一本火を点けようかどうしようかと思案していたが、うんざりしてそれを投げ捨てた。

シェレメーチェフは彼を眺めていた。

「ニワトリさ」。料理人が唸った。

それでもシェレメーチェフはぴんと来なかった。

「ニワトリさ！　あのバルコフスカヤのあばずれが、急に、私のいとこが鶏肉を卸《おろ》してるんですとぬかしやがる。そのいとこはどこから出てきたんだ？　どこの石の下から這い出てきたんだ？　昨日はいとこなんていなかったのに、今日はいるんだ。訊かれたら答えるが、あれはさしずめ盗んだニワトリだな」

「どこから盗んだというんだ?」

「知るもんか」。怒ったステパーニンがシェレメーチェフを睨《にら》みつけた。「ニワトリを盗む方法がどれくらいあるのか、あんた知ってるか? 盗める場所がどのくらいあるのかわかってるか?」。ステパーニンはグラスに流れ落ちる液体を眺めながら、もう一杯ウォトカを注いだ。「ニワトリだけじゃねえ! カモも、キジも、ガチョウも、羽根のあるものならなんでもござれだ」。料理人はウォトカをぐいっと空けて飲み干すと、しかめっ面をした。「羽根さえつけりゃ」、ふと嗄《しわが》れ声になって彼が言った。「翼をつけて、顔に嘴《くちばし》さえつけりゃ、もうバルコフスカヤのクソいとこのものになっちまう」

「新鮮じゃないということか?」。シェレメーチェフが訊いた。

「そりゃもう新鮮だ!」。ステパーニンが言い返した。「新鮮じゃないわけがなかろう」

「品質はどうなんだ?」

「上々よ!」

「なのに……?」

ステパーニンは嘆息して件《くだん》の一瞥をくれたが、今回はまるで底知れない愚鈍さをもった馬鹿を眺めるような、さらにひどい視線だった。あんたのその馬鹿正直な純潔さはあまりに完全で、知識や経験によって汚されておらず、五〇億年にわたって存在するこの世界にも類例がないほどだな、とでも言わんばかりだ。「今日、うちに卸しているニワトリ業者が電話を寄こして、契約を打ち切られたと言うんだ。そして三〇分もしたら、今度はニワトリやらライチョウやらなにやらを持って別の業者のお出ましだ。なあ、コーリャ、教えてくれ、料理長《シェフ》は誰だい? ステパーニンか、バルコフスカヤか?」

「それは君に決まってるさ」

「すると納入業者を決めるのは誰だ？　ステパーニンか、バルコフスカヤか？」

シェレメーチェフはシェフと家政婦のあいだの慣習を知らないので、推測で言った。「ステパーニンなのか？」

「だとすりゃバルコフスカヤは何をしてるんだ？　ええ？」

「そりゃ自分のいとこだからだろう。きっと彼女の考えでは――」

「その通りさ！　あの女のいとこだからだ。いいとも、この件に関しちゃあ、バルコフスカヤのいとこだとしておこう、それは別にいいさ。あの女のいとこからニワトリを仕入れよう。うちの鶏肉業者もおれとは二十年来の友だちだってことは言わずにおこう。クリミアで一緒に国境警備に就いたんだ。そのころもうそいつはニワトリ泥棒をやっていた。やつが盗んで――おれが料理した。そりゃあ結構な宴《うたげ》だったさ。よかろう、しかしそれは忘れることにしよう。二十年来の友情やクリミアのどっかのくそおもしろくもない基地の警備任務よりバルコフスカヤのいとこのほうが大事だとしておこう」。ステパーニンは身を乗り出し、不審そうに目を眇《すが》めた。「今日、他に何があったかわかるか？」

自動車が二台とも故障中――だがステパーニンが話しているのはそんなことじゃないとはシェレメーチェフにもぴんと来た――という以外に、彼の気づく限り、普段と違ったことはなかった。

「街中のとあるレストランでもニワトリを仕入れることができなかったんだ。おれの言ってることがわかるか？」

「いや」。シェレメーチェフは言った。彼の頭はまったく混乱していた。ステパーニンが話しているのはどのレストランのことだろう？　クリミアの基地の時代に一緒だった友だちだとかというのがそこにも卸しているのだろうか？　そいつが卸しているとどんな不都合があるというのか？

ステパーニンはまじまじと彼を見て、首を振りながら椅子にもたれかかった。煙草をもう一本抜き出すと火を点けた。

料理人が口に出していないことがある、シェレメーチェフはそう感じた。しかし、なんだろう？　単にかつての軍隊仲間への忠誠心以上の何かがそこにあるようだ、と彼は感じとった。

「君が責任者として購入する他のものはどうなんだ？　他のものにもバルコフスカヤが何かしたのか？」

「いいか、まず、原則というものがあるんだ！」。ステパーニンが怒りを込めて言葉を返した。

「原則というのは有史以来のものだ。料理人が卸し元を決める。この原則なくしては――カオスだ！　そして第二に……」。ずるそうにシェレメーチェフを見つめると、彼は言い淀んだ。

「第二に……？」

「第二に……第二に……これは蟻の穴から堤《つつみ》も崩れるというやつさ！　あの女にこんなことをさせておいたら、まさにあんたの言うとおりになるだろうね。次は魚屋、それから肉屋だ。そしてチーズ屋、続くは青果店だ。それにドライフルーツ屋。それから――」

「ドライフルーツ？　ドライフルーツなんてわれわれはそんなに食べているかな？」

「そりゃ食べてるさ！　きっと驚くぜ」

「出されているのを見たことないな」

「まあそのほとんどは……街に、ちょっと知ってる菓子屋がいてな。なんにせよ、肝心なのは、これはきっかけに過ぎないということさ」

「ヴィーチャ、彼女にはそんなにいとこがいるのか？」

「いとこだと？　バルコフスカヤの立場になれば、いとこなんぞ探す気になりゃそこらじゅうにいるんだよ！」

「しかし、いとこが一人いるということは、おじとおばがいるってことだよな」。シェレメーチェフは指摘した。「そうするとそんなには――」

「バルコフスカヤにそんなことをさせていたら、あのあばずれめ、あんたも見ての通り、あらゆるものでやるだろうよ。そしてそんなことは正しくないのさ、コーリャ。公正じゃないんだ。物事はもともとあったままにあるべきなんだ。あの女もハッピー、おれもハッピー、みんなで美味いものを食って、世界は平和というわけさ」

「ドライフルーツのことがまだどうもわからんな」。ステパーニンの言う無限に出現するいとこの理屈は忘れようと決めて。シェレメーチェフが言った。そういう理屈は、どの面から見たってまるで呑み込めない。「ドライフルーツがいったいどこへ消えていくんだ？　ドライフルーツなんて最後にいつ食べたのか記憶にないんだが」

「あんたは何が好きだ？」

「杏《あんず》だな」

「あんたに一袋とっておくよ。いいか、これがどんなに危険か、あんたにはわからないか？こんなことでバルコフスカヤに勝たせていたら、全部失うことになるんだ。何もかもだ！　あいう女に軒を貸したら、母屋《おもや》をまるごと奪《と》られるぜ」

「それなら君はバルフスカヤのところへ行って、そう……たとえば……何かしら取り決めをしようと言うべきだ。あるときは君の友だち、あるときはあの女のいとこという具合にね。分ければいいんだ」

「分ける？」。料理人の目玉が飛び出しそうになった。「コーリャ、原則というものがあるんだ。それに……それに……」。ステパーニンの声が言葉を引きずった。彼は煙草をもみ消した。火が消えるだけでなく、形が崩れて粉々になるまで何度も何度ももみ消された。

「ヴィーチャ、何か私に隠していることがないか？」

ステパーニンは顔を上げてきっと彼を睨《にら》んだ。「おれが何を隠しているって？」

「わからん。わからんから訊いているんだ」

「コーリャ、おれの夢がなんなのか知っているよな」

シェレメーチェフはわかっていた。ロシア式フュージョン料理！　ミニマリズムの室内装飾！　が、それがバルコフスカヤが自分のいとこにニワトリの注文を出すこととなんのかかわりがあるのかがさっぱり理解できなかった。

「自分のレストランを持ちたいってそんなに法外な望みか？　おれは何を求めてるってんだ？　強制収容所《グラーグ》を再開しようというんじゃないんだ。考えても見ろよ。ロシア式フュージョン料理！　ミニマリズムの室内装飾！　何かしらまったく新しいものになる。開店初日の夜にはあんたのテーブルを用意しよう。しかしコーリャ、それが何かの犯罪なのか？」

「いいや、犯罪じゃないよ、ヴィーチャ」

「だから？」

「だから？」。シェレメーチェフは言ってみたものの、この料理人は家政婦のやったことのどこがそんなにひどいと考え、そのこととレストランを持ちたいという彼の夢とがどうかかわるのか、見当がつかないままだった。

ステパーニンは一瞬、彼をまじまじと見つめ、それから椅子にのけぞった。「くそったれだ！雄鶏を乗っけたくそったれだ」

「君はどうするつもりなんだ？」

「このままにはさせておかない」

シェレメーチェフは、これがすべて何かのジョークなのではと思って彼を眺めた。

ステパーニンが目を細くした。「おれは必要な手を打つさ」

「必要な手？」

「心配すんなって」。彼は鼻の横をたたいた。「ヴィーチャ・ステパーニンさまにゃ、いつだってプランてものがあるんだ」


確かにヴィーチャ・ステパーニンにはプランがあった。ただし、さほど洗練されたものでも巧妙でもなかった。本質的には無策の策なのだが――とはいえ特別な種類の無策なのだった。あくる日のこと、バルコフスカヤのいとこが御用聞きの電話をしてきたとき、彼は「何も要らないよ」と答えた。その次の日もそのまた次の日も彼は同じことを言った。ニワトリは要らない。カモも、ガチョウも、ハトも、ウズラも、キジも、シギも、ライチョウも、家政婦のいとこが卸しに来る羽根の生えた獣類《けもの》はいっさい不要にした。次にどうなるかはステパーニンにもまったくわからなかったが、彼の考えのかぎりでは、バルコフスカヤが引き下がるまでチキン・フリカッセを提供しなければいいだけの話だ。

チキン・フリカッセがメニューから消えた。チキンスープやキエフ風チキン、チキンの手羽先、チキンのシュプレームソースかけ、チキンのカッチャトーレ、チキンカリー、チキンサラダ、チキンのマンゴー添えなどなど、ステパーニンの定番鶏肉料理がすべて消えたのだった。骨の髄まで料理人であったステパーニンは失われたメニューに心を痛め、やがてまた厨房から送り出せることを願っていた。が、さしあたりは懸念するところのほうが大きすぎるため、感傷に浸っている場合ではないと自分に言い聞かせた。

ステパーニンは、自分の代わりにウラジーミルに謝っておいてほしい旨をシェレメーチェフに頼んだ。あの老人がどれほどグルジア風チキンを偏愛しているのか承知していたからだ。別邸での仕事を始めたそのときから、この料理人はウラジーミルをボスと呼び、その人の好物ばかり食べさせることを使命としてきた。そのために彼はシェレメーチェフにも元大統領の料理の好みを根ほり葉ほり尋ねたばかりか、わかるかぎりですべて調べ尽くした。ウラジーミルはほとんどすべての食事をスイートルームの居間に据えられたテーブルでとっていたので、ステパーニンは自分の苦心の成果をこの人がむさぼり食うのを見ることもなく、ボスがどう反応したのかはシェレメーチェフからの報告に頼るしかなかった。そのシェレメーチェフは、ウラジーミルが食事の最初に自分が何を食べたのかすら食べ終わるころには覚えていないこと、ましてや一時間後、一日後まで覚えているわけがないことをステパーニンに伝える度胸がなかった。ウラジーミルが喜んで食べる豆と牛の胸肉を、朝食、ランチ、夕食に出したとしても、彼はグルジア風チキンや牛の煮込みのトヴェーリ風、シタビラメのバターソースその他すべての高級料理を供されたのと同じように満足しただろうし、それらの高級料理も厨房からトレーで運ばれてきた途端に忘れ去られるのだ。

それゆえ、鶏肉が食事から消えたことにウラジーミルが気づくことはなかった。シェレメーチェフは彼に最近チキンを食べたかどうか訊ねてみた。

「食べたぞ」。ウラジーミルは答えた。「ランチにな」

まだ午前十時だった。

「もしもうチキンが出てこないと言ったらどうされますか?」

ウラジーミルは笑った。「冗談じゃないぞ。そんな馬鹿な提案は聞いたこともない。そんなことを言い出す官僚は馘首《くび》にしてしまえ」

「当面は問題があるかもしれません」

「問題?」とウラジーミルは応じた。「どういう種類の問題だ?」

「鶏肉に関してです、ウラジーミル・ウラジーミロヴィチ」

「いいや、鶏肉に関してはなんの問題もない。問題なのは」、ウラジーミルは指を一本振りながら言った。「実際には鶏肉が問題ではないのに鶏肉が問題だ、とロシア人が思っていることなのだ。鶏肉は、いわゆる西側の友人たちがわれわれに時間を浪費させるための陽動作戦だ。自分たちが食べない二級品の鶏肉を送って寄こして問題を起こすのは、ほかならぬ西側なのだ。なぜ私が彼らに制裁を科してこの生ゴミの送品を中止させなければならないか。そうとも、まさにこれこそが、オバマやメルケルその他の連中の狙いなのだよ。すべてはウクライナのパイプラインを経由したガスの完全に合法な供給制限にたいする無礼千万な報復なのだ。実際はその二つは比較の余地すらない。鶏肉はガスではない！　ガスは鶏肉ではない！　わかっているか?　ロシアには鶏肉問題なるものは存在しない。ロシアには問題など何もない。ロシアにおけるあらゆる問題は、強力かつ独立を果たしたロシアを正視できない西側の責任だ。ロシア人に鶏肉を食べるのを止めさせて冷戦に逆戻りさせようとする西側諸国の連中に、私は一撃を加

理した。

顔つきがゆっくりと変化して、また無表情になった。シェレメーチェフは彼の身の回りを整

ウラジーミルはすさまじい形相を浮かべると、力強くうなずいた。

「はい、ウラジーミル・ウラジーミロヴィチ」

えるよう呼びかけたい！」

「お前は誰だ?」。しばらくして彼が言った。

「シェレメーチェフでございます、ウラジーミル・ウラジーミロヴィチ」

いま思い出したというようにウラジーミルはうなずいた。「私の母は知っているか?」

シェレメーチェフは首を振った。

「私の兄弟たちは?」

「いいえ、ウラジーミル・ウラジーミロヴィチ」

彼は狡そうに笑みを浮かべた。「知りようもないな。彼らは私が生まれる前に死んでいるのだから」

「存じています」。シェレメーチェフが言った。

「どうして知った?」

シェレメーチェフは肩をすくめた。「誰もが知っております」

ウラジーミルが疑わしげに見た。「なぜ誰もが知っているのだ?」

「周知のことなのです、ウラジーミル・ウラジーミロヴィチ。とても悲しいことですが」

ウラジーミルはしばしば彼をあやしげに眺めた。「そうだ」。彼は言った。「きわめて悲しい。

私の母は二度と立ち上がれなかった。つい先週、母がこの十字架をくれたんだ」。彼は首にか

けた小さな金の十字架を指でいじった。

　シェレメーチェフはうなずいた。

「私はランチは食べたのか？」

「いいえ、ウラジーミル・ウラジーミロヴィチ」

「チキンが出たと言ったな。その通りか？」

「いえ」

「私はチキンを心待ちにしているのだ。グルジア風チキンを食べたことがあるか？　われわれはスリコに行くべきだ。なんというレストランだ！　二階に特別室があって——私のために開けてくれるのだ。南オセチアの戦争を祝いに、配下の者たちと私で行ったんだ」。ウラジーミルが笑った。「グルジア人どもをさんざんな目に遭わせて、それからやつらの料理を食べたわけだ！　ええ？　あの忌々しいシヴィリどもめらが。配下の者を呼べ。モナーロフ、ルシキン、やつら一党全員だ。今夜行くぞ」

「私に何ができるか考えましょう」。シェレメーチェフが言った。

「なんだと？　何ができるか考えましょう？　やるんだよ！　行け！　直ちに！」

「承知しました、ウラジーミル・ウラジーミロヴィチ。直ちに」

　シェレメーチェフはクリーニングから戻ってきた衣服を収納しに衣裳部屋とのあいだを往復すると、黙って整理を続けた。ウラジーミルはソファとの会話の真っ最中だった。彼はシェレメーチェフに気がつくと、急に話をやめた。

「私は何かを待っていたのかな？」。彼が尋ねた。

「そんなことはありませんよ、ウラジーミル・ウラジーミロヴィチ」

ウラジーミルは眉間に皺を作った。「ああ」。彼は言った。「じゃあお前は下がっていい」。彼はソファに向き直った。「メルケルが動揺していたというが、君はなんの話をしているのか？そんなことはなんでもない。あの女を動揺させたけりゃ、私なら犬を連れてくるぞ！」

日一日と過ぎていったが、それでもチキンは出てこなかった。ステパーニンはこのさき何が起こるのかと気が気でない日々を送っていた。彼も心の奥底では、自分のプランに致命的な欠陥があるとは言わないまでも、限界があることは理解していた。バルコフスカヤは別にフリカッセなしでも死ぬわけじゃなし、あの女が死ぬわけじゃないとすれば、他の住人たちから鶏肉料理を奪《うば》った以外に、彼は何を成し遂げたというのだろうか？　日を追うごとに料理人の緊張は増してきた。ニワトリなんかほんのきっかけに過ぎないとしたら？　バルコフスカヤが、肉類の納入ができる別のいとこ、魚を提供できるまた別のいとこ、乾物を商うまた別のいとこを見つけるとしたら？　自分は何も発注できなくなるのか？　別邸の住人は水だけを飲んで凌ぐことになるのか？　じゃあバルコフスカヤに水道局勤めのいとこがいたら？

夜中、彼は愛人とベッドで横になりながら、彼女がすやすやと眠るかたわらで不安そうに暗闇を見つめていた。日中の彼はさながら狩りに遭遇した動物で、バルコフスカヤが自分に仕掛けてくるであろう一撃を身構えるかのように、あちこち動き回りながら目を走らせていた。そうした不安は、彼の作る料理の質にあらわれた。調味料にはむらがあり、ソースの味付けは完全に調和が欠けていた。厨房から聞こえてくる罵声はいつになく声高になった。

そんなときバルコフスカヤが行動を起こした。ある朝、ワゴン車が一台乗りつけて来ると、そこからいとことその助手で花崗岩のような眉の身長二メートルもあるカザフ人が降りてきて、四ダースのニワトリ、一〇羽のカモ、二羽のキジを搬入し始めた。

「こんなもん発注してないぞ！」。二人組が厨房に踏み込んでくると、ステパーニンが叫んだ。

「家政婦が発注したんだ」。いとこが答えた。家政婦もただの顧客の一人に過ぎず、彼らの間に親戚関係などないかのような口ぶりだった。いとことその助手は鋼鉄製の調理台にどすんと鳥を置いた。「最高品質だ」

「要《い》らねえんだよ！」。ステパーニンが叫んだ。

「いや、もうあんたのもんだ」。いとこが言った。カザフ人は無表情に彼を見下ろしている。

二人が去ると、ステパーニンは怒りにふるえながら鳥に目をやったが、そのときふとアイデアがひらめいた。彼はエレエーコフに電話した。もちろん車は使えないのだが、金額が折り合えば午後に一時間だけレンジローバーが使えるかもしれないとのことだ。

その日の午後、ステパーニンはニワトリ、カモ、キジをレンジローバーの後部に放り込み、エレエーコフの息子に町中のとあるレストランまで運転させた。息子が戻ってきたとき、レンジローバーは空っぽだったが彼のポケットはいっぱいだった。

二日後、バルコフスカヤのいとこがまた配達にやってきた。ステパーニンがエレエーコフに電話すると、今回は車が二台とも故障中だという。いつ動かせるかわからないとのことだが、ステパーニンは朝八時に二台とも完璧な状態で車道を走り去っていくのを見ていたので、エレエーコフの言うことに意味深な、自動車や整備状態とは無関係な何かがあると勘ぐった。

「どうしたんだ、ヴァジーク？」。彼は運転手に言った。「はっきり言ってくれ。何が起こっているんだ？」

電話が沈黙した。

「ヴァジーク？」。ステパーニンが言った。「腹を割って話せよ」

「いいか」。エレエーコフがおずおずと言った。「おれたちには無理なんだよ」

「何が無理なんだ？」

「何が無理だって？」。エレエーコフが咳払をいした。

「いいか、バルコフスカヤがおれに話があると言ってきたんだ」

「あの女、何を言ったんだ？」

「おれにそんなことするなってさ」

「あんたにも支払うよ」

「そうじゃないんだ。仕事を失いたくなきゃ、おれには無理なんだって。単純な話だ。あんたの助けになりたいのは山々なんだよ、ヴィーチャ、しかしあんたのために仕事を失うわけにもいかないからな」

　ステパーニンは内心では苦々しくうなずいた。

「助けになりたいけど無理なんだ。まあ言ってみれば……こう考えてくれよ。この件であんたに手を貸したやつは、たちまちこのあたりじゃ干されちまうんだよ」

「くそったれ！」。ステパーニンが叫んだ。「雄鶏が乗ったくそったれ！」

「ヴィーチャ、あの女と手打ちしろよ。あの女だってすべてをせしめようってんじゃない、おこぼれが欲しいんだ」

「で、あの女はもうそのおこぼれに与《あずか》ってるじゃねえか？　ピンスカヤが掠《かす》めたのときっかり同じだけ、あの女も奪《と》ってるじゃねえか。なんでもっと奪るんだ？」

「わかってくれよ」

「あの女におれを厄介払いはできねえ。おれはあんたたちとは立場が違うからな。おれはあの女の言いなりにはならねえ」

「ヴィーチャ、おれが言ってるのは、ただただあんたも無茶ばかり言うなってことさ」

「無茶を言ってるのはあの女だろうがよ！　おれもピンスカヤとは三年のあいだ仕事をした。よきロシア的な取り決めだよ。彼女が取り分を得る。おれも取り分を得る。みんなハッピーだった。いまになってこのあばずれが現われて、これからは違いますなんてぬかしやがる。あの女はおれに話を通したか、ヴァジーク？　一度でもおれにお伺いを立てたか？」

「そうしたらあんたはイエスと言ったか？」。運転手は答えた。「いいか、こんなことを言って慰めになるかどうか、あの女はおれからもピンスカヤ以上に分け前をハネてるんだ」

「いくらだよ？」

「三〇パーセントだ」

「まあ、あの女はあんたを馘首《くび》にできるからな、ヴァジーク。が、あの女はおれには指一本触われねえ」

「でも請求書の支払いはあの女だろう？　あんたが食料品をどこから仕入れても、あの女が払わなければ、そいつらは何も持ってこないさ」

「まさにそれこそおれがこの件で闘ってる理由さ」

エレエーコフが溜息をついた。「いいかい、おれだってあの女を好かないことじゃ、あんたに引けをとらない。三〇パーセントもハネてるんだぞ」

「それがあんたの言い分か、ヴァジーク。ワインを水で割るやり口を知らんとは言わせんぞ」

エレエーコフは、それはそうだがと言うように肩をすくめた。「まあ、それはなんでもないことさ。おれがそのことで嬉しがるとでも思うか？　しかし現実は現実なんだ。ヴィーチャ、頼むよ、またテーブルに鶏肉を出してくれよ。チキンの手羽先にあんた特製の辛いソースのかかったのは絶品だぜ」。運転手は喉を鳴らした。「頼むよ、ヴィーチャ。この件はあのうるさい婆《ばば》あとどうにか折り合ってくれ。あんたならきっと手打ちができると思うな」

ステパーニンはがちゃんと電話を切ると、むしゃくしゃしながら厨房に戻った。ニワトリの死骸がいくつも調理台の上にあった。ふと彼は、誰かを殺すにはどれだけの毒をフリカッセに入れればいいんだっけ、と考えた。皿洗い係の一人が通り過ぎた。

「おいっ！」。彼は叫んだ。「これを処分しろ！」

「これをですか、シェフ？　届いたばかりじゃないですか」

「いいから処分だ」

「どこにです？」

「どこかは知らん。庭に穴でも掘りまくれってんだ！」

そうして皿洗い係は言われたことを実行した――いつも料理長から言われるように、命じられたことをしたまでである。彼は別邸の裏へ行って穴を掘り、ニワトリの死骸を放り込んだ。

翌日、さらに多くのニワトリが届いた。その翌日にはもっと多かった。ステパーニンはそれらに触れようともしなかった。毎朝、皿洗い係が外へ出て、穴を広げてはニワトリを捨てた。すると毎晩、キツネたちがやってきてそれを引きずり出した。別邸裏の区域には食い散らされたニワトリの死骸が散乱し、草むらの中で腐敗し始めた。

第七章

温室の醜悪なビニールハウスが別邸《ダーチャ》の敷地の美観を損なったのと同じように、いまでは鶏肉を埋めた穴から立ちのぼる悪臭が周囲の空気を汚染していた。いっぽう屋内では、ステパーニンとバルコフスカヤのあいだの緊張感が空気を殺気立たせていた。料理人ステパーニンの不快指数はますます募り、家政婦バルコフスカヤの言葉はもはや脅迫文句めいていた。厨房からは、料理人が自分の領地を荒しまわるたびに鍋釜の割れる音が響いた。バルコフスカヤは屋敷の廊下を闊歩し、メイドや付き人たちをまめに管理していた。しかしそのなかにあって、ウラジーミルの日常は以前と変わらず続いていた。ステパーニンの作るメニューから鶏肉料理が消えたことを別にすれば、何も変わらなかった。毎日、シェレメーチェフは彼にシャワーを浴びさせ、衣服を着せ、散歩に連れ出し、食事をとらせ、夜には着ているものを脱がせ、錠剤を与えてベッドに寝かしつけた。この日々は果てしがなく、カーボンコピーのように来る日も来る日もその繰り返しだった。ウラジーミルの次の発作がいつくるのだろうかという懸念だけが、唯一この暮らしに活気を与えていた。シェレメーチェフにしてみれば、この日々の変わらなさが、ますますひどくなる周囲の環境からの一種の避難所になっていた。

しかし、シェレメーチェフは外界からまったく遮断されていたわけではなかった。名目上は彼には週一日の休日があり、ときどきは消化した。ヴェーラという交代の看護婦が彼の代わりにやってくるときまってモスクワ行きの列車に乗り、地下鉄のドミトロフスカヤ駅近くに暮らす弟のオレグとその妻子を訪ねるのだ。だから休みをとらない日には、いつも電話が鳴った。

ニワトリが別邸裏の穴に捨てられ出して間もないある午後のこと、シェレメーチェフにオレグから電話があった。電話越しの弟の声はいわくありげで——何か悪いことがあったようだが、オレグは何も話そうとしない。シェレメーチェフがいくら促しても、彼から詳細を聞き出すことができなかった。オレグが言ったのは、深刻な事態なので直接会って話せないか、ということだけだった。明日別邸まで来られるか？　シェレメーチェフはその日の夜に来てほしいと言ったが、それはできないという。シェレメーチェフは一晩中、いったい何があったのかと自問した。誰かが病気なのか？　金銭トラブルか？　法律問題か？　なぜオレグは電話で話そうとしなかったのか？

オレグは国立の中等学校の数学教師で、妻のニーナはそこで秘書をしていた。オレグはシェレメーチェフの二歳下で、二人はいつも仲がよかった。シェレメーチェフ同様、弟のほうも小柄だったがシェレメーチェフほど小さくはなく、頭髪も兄よりはましだが、それ以外は二人は瓜二つだった。学校時代の二人は、そのころ人気のあった、みんなの膝までの背丈しかない子ども向けコミックの登場人物にちなんで「ピントー兄弟」と呼ばれていた。オレグはよく喧嘩してはシェレメーチェフに助けを求めた。大柄ではなかったとはいえ兄としての役割に忠実なシェレメーチェフは、取っ組み合いではなく、頭をぐっと低く下げ、血でも吐くような雄叫びを上げて弟とあらそう相手に突進して鳩尾《みぞおち》を突き、あわよくば相手に尻餅をつかせる、という異例の戦術を編み出した。不意打ち的な要素もあって、これは少なくとも一度は意外なほど成功したが、一、二度こういう目にあわされると、狙われた少年たちの多くは体をかわし、肩すかしを喰らったシェレメーチェフが転がっていくのを見るのだった。

表向きはシェレメーチェフや他の職員が別邸《ダーチャ》に来客を迎えることは禁じられていたが、上級職員はこの規則を曲げることができた。警備主任のアルトゥールも、あらかじめ来訪者を部下から聞かされていれば、快く便宜を図ってくれた。そのためシェレメーチェフが別邸の玄関ホールに駐在する警備員に弟が来る旨を伝えておいたら、翌日午後三時、オレグが到着したとの電話があった。彼はベビーモニターをポケットにしまうと急いで階段を下りた。ウラジーミルは居間のテレビの前に座らせておいた。放送されていたのは、彼が唯一観たかった歴史チャンネルで、その番組表は繰り返し流されるウラジーミル在職中の栄光の歳月をめぐるドキュメンタリーで埋められていた。

シェレメーチェフは心配そうに弟を迎えると、いったい何が弟を悩ませているのか探るように顔をのぞき込み、一階にあるスタッフ用の小さな居間に早足で弟を案内した。

「何か臭うね」。オレグは言った。「外の自動車道を来るときには気づいてたけど」

「鶏肉だよ」。シェレメーチェフは言った。「この建物の裏のね」

オレグは面食らったように兄を見た。

「訊かないでくれ」。シェレメーチェフは後ろ手にドアを閉めた。「で？　何があったんだ？」

「パーヴェルさ」。弟が答えた。

シェレメーチェフは息を呑んだ。「パーヴェルが？　どうかしたか？　病気なのか？」

「拘置所にいるんだ」

シェレメーチェフはどさりと椅子にもたれかかった。パーヴェルはオレグとニーナの一人息子で、シェレメーチェフの息子には似ていなかった――つまりシェレメーチェフにも息子のヴァシーリーがいたのだが――ときどきパーヴェルが自分の息子だったらと思うことがあった。ヴァーシャが世渡り上手で生意気でしたたかなのに対し、パーシャは繊細で思慮深く、思いやりがあった。これは決してシェレメーチェフが父として自分の息子を愛していなかったわけではない。ヴァシーリーがもう少し従兄のパーヴェルに似ていたら、息子を愛するという父としての務めももっと楽に果たせたのに、というだけの話だった。

「パーヴェルが何をしたんだ？」。シェレメーチェフが訊ねた。

オレグはポケットからホッチキスで留めた二枚の紙を取り出すと、何も言わずに兄に手渡した。シェレメーチェフはタイトルを読んだ。

コンスタンチン・ミハイロヴィチ・レーベジェフを讃え
彼がわれらの先の元首にして皇帝から祝福を受けた日に

「ブログだよ」。オレグが言った。「パーシャがインターネット上に書いたものなんだ」。オレグは溜息をついた。「レーベジェフが元大統領と一緒にいる写真が新聞にあったよね」

「知っているよ」。シェレメーチェフは言った。「それが撮られたときに私も居合わせたんだ」

「明らかにパーシャには悪印象だったんだ。息子は二人のどちらとも好きではないらしい。二人が一緒に写っているのを見て、それまで耐えていたのがとうとう決壊したというわけさ」。

シェレメーチェフはもう一度そのページに目をやった。

コンスタンチン・ミハイロヴィチ・レーベジェフを讃え
彼がわれらが先の元首にして皇帝から祝福を受けた日に

昨日、われらが新大統領コンスタンチン・ミハイロヴィチ・レーベジェフは、われらが先の元首であり統領であり……と会談をした。私は大統領と書こうとしたのだが、それはともかく、実際には彼《ウラジーミル》こそはわれらが皇帝だった。古き皇帝ウラジーミルが、新しき皇帝コンスタンチンに祝福を与えたのだ。これ以上に相応しいことがあるだろうか？　ウラジーミル・ウラジーミロヴィチが引退して以来、大統領の任期でいえば一期分が経過している（そして誰が疑うだろう、もし彼の知能についての噂が本当なら、彼がクレムリンから追放されたのは単に彼が耄碌《もうろく》したからで、情け深いことに彼の精神がまだ劣化していないとすれば、それでもわれわれは未だに彼を戴いていたのだろうか）、そして有能な愚者ゲーナ・スヴェルコフが公式には後継者だったかもしれないが、コンスタンチン・ミハイロヴィチこそが真の継承者だったのであり、これが真実なのである。

　われらが新大統領を超えるペテン師、大物ピンハネ屋、大物投票買収者が、果たしてロシアに存在するだろうか？　みなさん、これこそが新たなロシアにおける大統領のスキルだ。お訊きしたい、コンスタンチン・ミハイロヴィチは、いったいどこでこれらの必修技術を身につけたのだろうか？　お訊きしたい、いったいどこでそんなやり口を習得したのだろうか？　彼のロールモデルとなり師となったのは、老皇帝でなければ誰なのか？

　したがってコンスタンチン・ミハイロヴィチがわれわれを弾圧する次なる専制君主に成り上がるに際して（そして今日《こんにち》の彼の温かい言葉にもかかわらず――私の言葉に注目して

おくとよいが――おとぎ話に出て来る熊のように彼はわれわれを弾圧するだろう）、われわれが本当に責めるべきは彼なのか？　それともわれわれは過去にさかのぼって真の責任の所在を指弾すべきなのか？　もしウラジーミル・ウラジーミロヴィチが存在しなければ、コンスタンチン・ミハイロヴィチのような御仁《ごじん》がそもそも存在しえたのか？　雲が雨の前提条件であるように、ウラジーミル・ウラジーミロヴィチが狂った老軍用犬の仔犬であるコンスタンチン・ミハイロヴィチの前提条件なのだ。他の諸国でならそんな仔犬は生まれたときに扼殺《やくさつ》されただろう。ウラジーミル・ウラジーミロヴィチが築き上げたロシアでのみ、そうした生き物が成人まで生きられる……どころか栄華を極めるのだ。

　公式には、われらが老皇帝は引退してそれにふさわしい老後の余暇を過ごしている。非公式には、周知のとおり彼は老いさらばえ、子分どもですら排除するほどの厄介者になっている。しかしお訊ねしよう、いったい彼の耄碌はいつから始まったのだろうか？　最後の大統領の任期中なのか、その前の任期中なのか、さらにその前の任期中なのか、あるいはそもそもの始めからだったのか？　彼の認知症はとうのむかしに発症していたのだろうか？　ソヴィエト帝国とその警察国家の時代を懐かしく振り返ることしかできない超高齢のスパイで、四十八歳にして九十歳の頭脳の持ち主だったのだろうか？

　誰がそんな人物を作り出し得たのだろう？　彼はチェーカー〔「反革命とサボタージュ取り締まり非常委員会」の略で、ここではその後身のＫＧＢを含む政治警察全般の意〕の精神なのだろうか、あるいはルビャンカ〔ＫＧＢの本部庁舎や刑務所として使われた建物〕から湧き出る一〇〇年にもわたる権力への渇望の化身なのだろうか。それとも彼自体が一片のフィクションなのだろうか？　ことによると彼はわれわれの反自我であり、われわれの最も浅ましく最も堕落した欲望の投影なのだろうか？

彼がどんなことを成し得たか想像してもみたまえ。とりわけ窓ガラスの上のカエルのようにへばりつかず、二期で舞台から去っていれば、新たなジョージ・ワシントン〔アメリカ合州国の初代大統領〕にだってなれたかもしれない。ボリス・ニコラーエヴィチ〔・エリツィン〕が皿の上にロシアを載せて彼に手渡したとき、時間が、機会が、民衆からわき起こるより良き社会を求める大いなる意志があった。彼は奇跡を起こせたのだ。軽重にかかわらず誰しもに公平に適用される法の支配を、彼はわれわれにもたらすことだってできた。言論の自由、民主主義、公民としての責任を、彼はわれわれに与えることができた。繁栄する経済、誠実なる企業家精神、応報主義をもたらすこともできただろう。古い同盟国との互恵関係や古くからの敵対国との友好を築くこともできた。歴史的瞬間は彼のものだったのだ！　であるのに、実際にわれわれが得たものとはなんだろうか？　ドイツから帰還し、ロシアを導くのにふさわしい時と場所に収まるために、滑りやすい坂をあえぎながらよじ登る偏執狂の小頭脳から出てきた思想とは、いったいどんなものだったのか？

お訊ねしよう、われわれは何を得ただろうか？

ロマノフ家でさえ赤面するほどの汚職。スターリンでさえ微笑む残虐。

ロシアの富を詐取したペテン師どもとの取引では――おとなしくしていれば犯罪で得た資産が手許に残る。われわれその他大勢との取引では――おとなしくしていれば一切れ二切れのパンにありつける。淑女紳士諸君、それにサーカスもだ。冬季オリンピック。ワールドカップ。それらを覚えているか？　他の国の五倍もの費用をかけたイベントだ。というのも、それらはもはや実際にはイベントではなかった。富を国家から皇帝ウラジーミルとその取り巻きのポケットに移転させるための陰謀だったのだ。

われわれは帝国を憧憬するべきではなかった。それはわれわれ臣民に死と破壊をもたらしただけだった。そしてその憧憬ゆえに、帝国がかつて行なってきたことと同じくらい事態は酷かった。ジャーナリストたちの暗殺。チェチェン人の大量虐殺《ジェノサイド》。国内での弾圧。国外の誰彼に対する挑発行為。隣国への代理侵略と死。そして皇帝自身には数十億ドル。別邸と宮殿とヨットとジェット機、数十億、数十億、数十億、そして数十億のドル。悪臭を放つ薄汚れたカネの洪水が彼の頭上から浴びせかけられ、首までせり上がる。富の下水道はあまりにも深く広く張りめぐらされているのに、彼が何をしても、彼がどう隠そうとしても、ロシア全土がその悪臭を嗅ぎつけ、それが湧き出て流れてゆく音を耳にできたのだ。

お訊ねしよう、われわれ国民は何を得ただろうか？

マフィアが政府になってしまったためにマフィアを見つけられず、政府がマフィアになってしまったために政府を見つけることができない。石油とガス、兵器販売のほかには何もない空洞経済。

収賄者、破落戸《ごろつき》、詐欺師、横領犯たちの社会。口を噤《つぐ》んで大統領を支持するか、さもなくばカラシニコフ銃を携えて顔をマスクで覆った税務警察がドアをノックする国。正直で勤勉なロシア女性が腎不全で亡くなる一方、彼女より症状の軽い、より治療の必要性が少ない虚言者や収賄者、そして横領犯たちが、医師の白衣のポケットに数百ドルばかり滑り込ませることができるために治療を受けられる国。その医師どももまた患者同様の収賄者で横領犯ときている。

淑女紳士諸君、これこそ秘密警察《チエーカー》という化け物の発明品、ウラジーミル・ウラジーミロヴィチが築いたロシアなのだ。その知能に何が残ろうとも、彼は死期が近づくにつれて、もし自分が別の道を選んでいたらロシアはどうなっていただろう、と立ち止まって想像してみることはあるのだろうか。あるいは残されているだけの知能でも自分は血にまみれた数十億ドルを手にできる、といまなお考えているのだろうか？

万歳、コンスタンチン・ミハイロヴィチ、われらが新たな皇帝よ！　真の後継者よ！　あなたが陵辱《りょうじょく》し強奪し略奪すべきロシアがここにある。ロシアをあなたの意のままに。われわれは服従する。あなたが何をしようと、われわれの磔刑人ウラジーミル・ウラジーミロヴィチよりはまだましだ。

シェレメーチェフは読んだ内容に唖然とし、同じくらい感動し、愕然としていた。「あのパーシャがこんな風に書けるとは知らなかった」。彼はつぶやいた。

オレグは力なく肩を落とした。その表情もまた誇りと恐怖とに引き裂かれていた。シェレメーチェフはまたページに目を落とした。そこここのフレーズに視線を留めた。

……狂った老軍用犬の仔犬……四十八歳にして九十歳の頭脳の持ち主……秘密警察という化け物の発明品……われわれの磔刑人……

「連中は二日前に息子を連行したんだ」。オレグは言った。「窃盗の嫌疑でね」。シェレメーチェフは信じられないと言うように顔を上げた。「窃盗？　パーシャがか？」

「あいつがカリンカ義姉さんのために病院から盗んだものを覚えてるだろう？」

「オーリク、あれは六年も前じゃないか！　あの子は十四だったんだ！　そんなことでまだ告発できるのか？」

「弁護士が言うには、連中はありとあらゆるでっち上げで告発するんだとさ。煽動や大統領侮辱でもいいんだが、できれば連中は他の罪名を使いたいんだ。そうすれば西側の人権団体はあいつが実際にはなぜ告発されたかわからないし、抗議もしない。ふつうなら脱税容疑だけど、パーシャは生まれてこのかた一コペイカも稼いだことがないからな」。オレグは苦笑いした。「よくそれであいつをからかったもんだけど」

シェレメーチェフは紙束を返した。「オーリク、お前はこれに賛成なのか、あの子が書いたことに」

「それがどうしたんだ？　もし兄貴が賛成だとしても、こんなこと書くわけがない」。オレグは溜息をついた。「パーシャがどんなやつかわかっているだろう。あいつは若い。衝動的なところがある。思うことがあっても口にしちゃいけないことがあるって学んでいないんだ」

シェレメーチェフは黙っていた。オレグの言うことで彼が思いだしたのは、両親がよく聞かせてくれた、ブレジネフとその後継者時代のソ連で過ごしてきた話だった。当時は考えていいことと言っていいことが分かれていた。ありがたいことにそうした時代は去り、もうあんな風に生きる必要はなくなった、と両親はシェレメーチェフに語ったものだ。

「連中はあの子をどうするつもりだろうか？」。彼は小声で訊いた。

「場合によるね」。聞き耳を立てている者がいないか確かめるようにオレグは一瞬あたりを見まわし、椅子の中で身を乗り出した。「弁護士から検事に話してもらったんだ。パーシャは若い。そして初犯だ――それに大統領もまだ就任したばかりだし、あまり強権だと思われたくないはずだ、一種のハネムーンの時期だから、と言うんだが……弁護士によると、ふつうならこれをもみ消すのにかかる費用はだいたい一万ドルだろうと」

「それは弁護士費用か？」

「いや、検事に渡す金だよ、コーリャ兄貴。検事にいくらか、警察にいくらか、それで告発は取り下げになる。今回のようなケースだと、連中が当てにするのは一万ドルというところだ。もちろん、どっかのお偉いさんがこれををいい見せしめにしなければ、の話だが」

「つまりパーシャを見せしめにしたい者がいるということか？」

「いや、見ただけでもこの手のものはインターネット上にかなりある。パーシャだけじゃない。いまのところレーベジェフは、こんなもの一笑に付してやるってことだろう。やつが頭に来るまでは、検事と警察はこんなものは自分たちの小遣い稼ぎの方便としか考えていない。パーシャをパクリはしたけど、起訴する気なんか実際はないんだ。連中にとっては今年の休暇をマヨルカ島で取るための手段というだけさ」

「ということは、お前はその一万ドルが入り用なわけだな、そうだろう？」

オレグは首を振った。彼は一瞬口をつぐんだ。「コーリャ兄貴、連中は兄貴のことに感づいたんだ」

「感づいたって何を？」

「兄貴が大統領の世話係だってことにさ」

「それで？」

「それで連中は兄貴なら存分にカネを持ってるだろうと考えるわけさ」

シェレメーチェフはまじまじと弟を見て、笑い出した。ことの重大さにもかかわらず、笑い出さずにいられなかった。

オレグは肩をすくめた。

「兄貴、おれが兄貴に何を言えるだろう？」

「私が何をしているか、連中は知っているのか？」。シェレメーチェフはにわかには信じがたいというように訊ねた。

「言ってやったさ」

「それで？」

オレグはまた肩をすくめた。

「オーリク、私は彼の世話係だよ。あの人は認知症だ！　私は介護士なんだ！」

「連中には言ったんだ！　なのに連中の頭の中じゃ、兄貴にカネがないなんてありえないことなんだ。あの人に近い人間は誰もがカネを持っている。みな知っていることさ。あの人に触れた指はカネまみれになってしまうってね」

「私の指ではないな」

「ほんとかな？」

シェレメーチェフはしげしげと弟を見た。

「兄貴？」

「そう！　本当だよ。どうすれば私が金持ちになれる？」

「あの人は何十億の値打ちがあるからな」

「その何十億とやらはどこにある？　そんなカネがここにあるか？」

「豪壮な別邸《ダーチャ》じゃないか」

「あの人は自分のポケットには鐚《びた》一文入ってやしないんだよ！　あの人は認知症なんだ、オレグ！　請求書払いではあるが……どうなっているのかは知らない。家政婦の仕事だ。私の場合、ペテルブルクのどこかの弁護士事務所から銀行口座に給与振り込みがある。それだけさ。知ってるのはそれだけ、他にはなにもない。あの人から盗もうったって一コペイカも見つからない」

「つまりいまの状況に付け入ろうと画策する人間はここにはいないってことか？」

シェレメーチェフは口ごもった。ステパーニンが彼に語った話によれば、明らかにエレエーコフと自動車について何か胡散臭《うさん》いことが進行中だが、彼が知っていることといったらそれだけだ。

「いいかい、兄貴」。オレグが言った。「カリンカ義姉《ねえ》さんが病気だったとき、おれは兄貴にあらゆるものを差し出した。実を言えば、ニーナはそんなこと止めてと言ったんだ」

「お前はそんなこと言わなかったじゃないか」

「ニーナは言ったんだ、あなたは私たちの未来、私たちの退職後の生活を手放した。でもそれだけじゃ足りないから、きっともっと要求されるんだわって」

シェレメーチェフは耳を疑った。

「オレグ、なぜ言わなかったんだ！　そうすれば私も……」

「何ができた？」

シェレメーチェフは思いつかなかった。他に頼るところもなかったのに、本当にオレグからさらに受け取るのを拒めただろうか？　弟が彼に言わなかったのはむしろ幸いだった、と後ろめたさを感じた。

「そんなことはいいんだ。おれは妻に耳を貸さなかったんだ、兄貴。そしてどのみちおれは

「……」

「なんだ？」

「なんでもない。おれたちは切り抜けた、大事なのはそこなんだ」

シェレメーチェフは眉をひそめた。「オーリク、私の持っているものはなんでもお前にやろう。ここに来て以来、私は節約できるものはなんでも節約してきた。銀行に数十万ルーブリはある。いまならもう少しあるかも知れない」

「数十万ルーブリ？　それじゃ二〇〇〇ドルか。連中が欲しがっているのは三〇万ドルなんだよ、兄貴。三〇万ドルだ」

シェレメーチェフは目を見開いて弟を見た。

「兄貴、本当のことを言ってくれ。それくらいあるのか？　長いあいだあの人の世話係をしてきたんだろう。あるのかないのか？」

「ない。何も持っていないんだ」

「パーシャが刑務所送りになったらどうなるか、わかるだろう？　いまのところ連中も兄貴から大金が転がり込むと思っているから、あいつを丁寧に扱ってはいるさ。でもあいつは生き残れないよ、コーリャ兄貴！　連中のことだ、あいつは八つ裂きにされるんだ」

「私には何もないんだ。銀行にあるだけなんだ」

「なんで兄貴が持ってないんだ？」。オレグは叫んだ。「あの人の世話をしてるんだろう。あの人はロシア一の資産家だ。たぶん世界一だろう。彼は耄碌《もうろく》してる。それで兄貴が何も持ってないって？」

シェレメーチェフには答えようがなかった。オレグは首をのけぞらせ、目を閉じ、不満いっぱいに歯ぎしりをした。「ごめん」。最終的に彼は言った。「こんなこと言うんじゃなかった。兄貴は原理原則の人だからな。いつもそうだ」。ふと彼は笑って首を振った。「パーシャもそうだねって言うだろう」

「私にカネがあればと思うのは山々なんだが」

「でも、ない。その点ははっきりしてるんだろう？　ねえ兄貴、ニーナが言うには……兄貴、パーシャがカリンカ義姉《ねえ》さんのことを書いているのは気がついた？」。オレグはブログの出力紙を手に取ると、金持ち連中が治療を受けているあいだに腎不全で亡くなった女性について、パーヴェルが触れている箇所を読み上げた。しかしそんなことをするまでもなかった――その一文はシェレメーチェフの心に刻まれていた。「彼女が亡くなったとき、あいつは参ってたよ、兄貴。かなり参ってたんだ」

「知ってるさ」とシェレメーチェフ。

「だからあいつは盗んだんだ」

「それがどうしたって言うんだ？　なんでもないことだろう！　病院の備品を少しばかりなんて。看護師がぱんぱんのスーツケースをいくつも持って出てくのを見たことがあるくらいさ。それにあれは六年前なんだ。あの子は子どもだった。連中は本当にそんなことであの子を告発できるのか？」

オレグは力なく首を振った。「いいかい、あの子は十四だったけど、何が起こっているかは知ってたんだ。カリンカ義姉《ねえ》さんがなぜ治療を受けられないのか知ってたんだよ。おかしなことさ。あいつがどうやって感づいたかは知らない。おれは一言だって話していない。たぶん誰かが話したんだろうね。彼女が死んで、あの子は変わってしまったよ、兄貴。急に彼は深刻に考え出すようになった。不正があるとか、誰かが賄賂を受け取っているとか耳にしたら、何日もそのことで思い悩むようになったんだ」。オレグは溜息をついた。「それが悪いと言ってるんじゃない。あいつのそういうところは、わが子ながらよくできている。若いくせに悪くない。そういうところは好きだ。カリンカ義姉《ねえ》さんの死があいつを変えた、それだけだ。私に言わせれば、ああいう風になるよりはいい、と……」。そこでオレグは言い淀んだ。オレグが次に誰のことを言おうとしているのか、シェレメーチェフはわかっていた。

「ヴァーシャについては言えないな」。シェレメーチェフはつぶやいた。

「わかってる」。オレグが言った。「でもヴァーシャはなんとか乗り切ったんじゃないか？　義姉さんが死んでも堪《こた》えていなかった」

「それなりの影響はあったさ」。シェレメーチェフは小声で応じた。

「そうかな？」

オレグが言ったとおり、おかしなことではあった。カリンカの甥にあたるパーヴェルが彼女の死を取り巻く状況に反応し、社会的良心を募らせていった。かたやカリンカの息子であるヴァシーリーのほうは正反対の反応を示した。カリンカが亡くなったとき彼は十九歳で兵役のために不在だったが、戻ってきても父親と暮らすことはなかった。カリンカの死後、ヴァシーリーは彼を飲み込むありとあらゆるビジネスの――あるいはもっとひどいところではないかとシェレメーチェフを怖れさせた――世界に彷徨《さまよ》い出ていった。彼は自分の息子がどこに住んでいるのかも知らなかった――というのも、ヴァシーリーはつねに住所不定にしていたからである。シェレメーチェフがまだモスクワにアパートを持っていたころは、ヴァシーリーもたまに顔を出しにくることがあった。彼の運勢には浮き沈みがあるようだった。高級車で乗りつけて、シェレメーチェフが生涯一度も買ったことのない高価な舶来の食材を持ってくることがあるかと思えば、別のときにはグルジアワインの瓶を下げて地下鉄でやってきた。そして持ってきたものはすべてテーブルに並べ、一時間ほどいたと思ったら、もう帰ってしまうのだ。

シェレメーチェフは何を話してよいのかわからなかった。小部屋に座っている二人の兄弟は、綽名《あだな》が奉《たてまつ》られた四十年後も瓜二つの「ピントー兄弟」だった。

「ともかく彼はどれくらい悪いんだ?」。やや間があってオレグは尋ねた。

「誰が?」。シェレメーチェフが言った。

オレグは天井に目をやった。まるで頭上の部屋にウラジーミルがいるかのように。

「あの人は自分だけの世界に住んでいる」。シェレメーチェフは言った。「何が起こっても、あの人にはまったくわからない。まだ自分が大統領だと思ってるんだ」

「一日中、何をしているんだろうか」

「座ったまま旧友たちに話しかけてよ。もちろんここには旧友なんて一人もいない、でも彼らを思い浮かべている」

「いったいなんの話をするんだろう?」

「さあね。会話の半分も私には聞こえないな」

「兄貴は聞き取ろうとするのか?」

「なぜ私が聞き取る必要がある? あの人の会話なんだ。あの人にもプライヴァシーの権利はあるよ」

オレグは兄を疑わしげに見やった。しかしシェレメーチェフは大真面目だった。ウラジーミルが想像上の来客たちと交わす会話に聞き耳を立てるなんて、彼が現実の人間と交わす会話を盗聴するのとどこが違うんだ、というのがシェレメーチェフの考えだった。ウラジーミルに関する限り、実際に彼はああいう会話をしているのだから、あの人にとってはそれも現実のものなのだ。ウラジーミルにもプライヴェートにそうした会話をする権利があるというのは、シェレメーチェフが尊重するべき自分の患者の尊厳の問題だった。たとえシェレメーチェフがそのとき部屋に居合わせるのを避けられないことがしばしばあったにしても、である。

「あの人がなんの話をしているのか、興味はないのか？」。オレグが訊いた。

「ここは私の居場所じゃないんだよ」。シェレメーチェフは応えた。「それにたまたま私の耳に入ることがあったとしても、何がなんだかちんぷんかんぷんだ。で、オーリク、お前がカネを工面できないとしたら、連中はパーシャをどうするつもりなんだ？」

「十年以下の懲役さ」

シェレメーチェフは怯《ひる》んだ。「私のものは一ルーブリ残らずお前のものだ、約束しよう」

「数十万程度なら、そっちに残しておいた方がいいんじゃないかな」

「検事に話してみようか？　私には何もないんだと言うことはできる」

オレグは考えた。「役に立つかどうかはわからないけどな。弁護士に訊いてみるか」

「そうしてくれ。連中が会うというなら私から説明できる」

「ヴァーシャはどうなんだ？」。オレグは言った。「あいつには金があるだろうか？」

「三〇万ドルか？」

「いくらでもあるだけさ！　弁護士が言うには、多少は交渉の余地がありそうだ」

「彼に話してみよう。あれがいくら持っているかは知らないけどな」

「今日中に話してくれないか、兄貴」

シェレメーチェフはうなずいた。

「電話してみよう」

また間が空いた。数分のあいだ二人の兄弟は座ったまま黙り込んで、それぞれの思いにとらわれていた。

「あの人に会えるかな？」。たまりかねたようにオレグは訊いて、また天井を見上げた。

「それは本当に許可が出ないんだ、オーリク」

「あの人にはわからないだろう？　何が起こっているかさっぱりわかってないって言ったじゃないか」

「そうさ」

「だとしたら……？」

シェレメーチェフは嘆息した。

「わかった。少しだけだぞ」

二人が階段を昇ると、途中でステパーニンの愛人であるメイドとすれちがった。シェレメーチェフはウラジーミルの居間のドアを開けた。ウラジーミルは椅子に座ってテレビに向かっていた。そこには若き日の彼が映っていた。最初二人の目に入ったのは彼の後頭部だった。シェレメーチェフはオレグをそっとうながして部屋へ入らせた。ウラジーミルの頭がこちらを向いた。オレグは立ちすくんだ。

「こいつは誰だ？」。ウラジーミルは言った。

「私の弟です」。シェレメーチェフが応えた。

「名は何という？」

「オレグです」

ウラジーミルは冷ややかなその碧眼《へきがん》でオレグを見つめた。

「何か臭うか？」

「臭いませんと言うんだ」。弟が口ごもるのを見てシェレメーチェフがささやいた。「鶏肉にはなんの関係もないんだ」

「いいえ」。オレグは言った。

「そうか？」。ウラジーミルは言った。オレグはシェレメーチェフをちらりと見てからうなずいた。

「いまいましいチェチェン人がどこかこの辺にいるのだ、わかる。そいつの臭いがする、くそったれめが」。ウラジーミルは笑った。「私に不意打ちを喰らわせようとしても、そうはいかん。私は五〇メートル先からでもやつを嗅ぎ分けられるんだからな。熊のようなものだ！　わかるかね？」

オレグはうなずいた。

ウラジーミルは彼のことをもう少しのあいだ眺めていたが、じきにテレビに戻っていった。

「チェチェン人とは誰のことなんだ？」。オレグはささやいた。

「わからん」。シェレメーチェフはつぶやいた。

ドアまで来てオレグは立ち止まると、振り向いた。ウラジーミルは座ったままテレビに釘づけで、二人のことは忘れていた。オレグはパーシャのブログを丸めた紙束で、シェレメーチェフを軽く叩いた。「兄貴はこれに賛成するか？」。彼は小声で言った。「パーシャが書いたこれに？」

シェレメーチェフは弟をちらっと見ると、こちらにそっぽを向いて腰かけている耄碌したこの人物を見た。彼はやれやれというそぶりで、「そんなことは本当に考えたこともないんだ」。

シェレメーチェフが息子に電話をかけることはほとんどなかった。何かが彼を思いとどまらせた。ヴァーシャが金もうけのために何をしているのか知らなかったし、それを知ってしまうのが怖くもあった。

しかし彼はその夜、オレグと約束したとおりヴァーシャに電話した。

驚いたことに、ヴァーシャはもうパーシャのブログのことを知っていた――そして、控えめに言ってもパーシャに同情する気はなかった。彼はパーシャを釈放するのに検事が金を要求することを珍しくもなんともないと思っているようだった。シェレメーチェフがお前に払えないものかと尋ねると、ヴァーシャは素っ気なく笑った。

「連中はいくら欲しいって?」

「三〇万ドルだ」。シェレメーチェフは言った。

ヴァーシャはまた笑った。「せめてお前がその一部だけでも工面できたら――」

「せめておれに工面ができたとして――できないけどさ――なんでそれをパーシャに渡すんだ？　そしたらあいつは出てくることができるだろうけど、また同じことをするのかい？　あんなものが自分以外の誰かに影響を与えられるって、あいつは思ってるわけか？　ちょっとはあの中で過ごさせりゃあ、少しは世の道理がわかるんじゃないか」

「ちょっとは中で過ごさせる？」。シェレメーチェフは耳を疑った。「本気で言ってるのか、ヴァーシャ？　お前の従弟なんだぞ」

「あいつは馬鹿だ。あいつのしたことはただの道楽さ。あんなことを書いたくらいで誰かを変えるなんてできるわけがない——賛成するやつらは賛成するし、しないやつらは賛成しないんだ——だからやつが何か言っても人の心を動かすなんてありえない。あいつの書くものがなんの変化ももたらさないのに、なぜあんなことをするんだ？　自分がどこか他の誰それより優秀だと思わせたいからさ。パーシャはいつもそんな感じさ。それで、聖なる殉教者がその台座に立ち上がるとき何が起こる？　誰もが苦しむんだ。オレグ叔父さんも苦しむ。父さんも苦しむ。そしてあいつがおれの従弟だと周囲に知れわたれば、おれも苦しむんだ」

「お前がなぜ苦しむんだ？」

「おれがなぜ苦しむって？」。ヴァーシャはむかっ腹をたてて訊き返した。「パパ、パパはどういう世界に住んでるんだよ？　あんなことをしたパーシャがおれの従弟だって世間に知れわたったら——そのうち知れわたるだろうけど、そうでなくても疑われるじゃないか、やつの名《みょう》字《じ》もおれと同じシェレメーチェフなんだから——そうしたらおれの払うべき手数料も倍増ってわけだ。わかる？」

「いやわからんな。なんの手数料だ？」

「手数料だよ！　世間がどういう風に回っていると思ってるんだ？　なんてこった！　現実を見ろよ、パパ！　やつが出てこられるようにおれがカネを渡せば——言ったとおりそんなカネはないにせよ——でももしおれがカネを払ったら、どうなるか知ってるか？　おれがどれだけ多くの手数料を支払おうが、一部の人間とはまったくビジネスができなくなるんだ。だからオレグ叔父さんにはこう言えばいい。あなたの息子がそこまで馬鹿なのは気の毒なことですが、二、三年も中にいれば、出てくるころにはそこまでの馬鹿じゃなくなってるでしょうね、って」

「オレグ叔父さんにそんなこと言えるわけがない」

「いいさ。言わなきゃいい。ただ、おれのことをとやかく言うな。人には人の、おれにはおれの生き方がある。でもこれは教えてほしいね。年を取って働けなくなったら、父さんの退職後の生活費を払うことになるのは誰だい、パパ？　給料からかき集めて貯めた分じゃ一年分にも足りないって突如として気がついたとき、誰がパパを生かしておいてやろうとするんだ？　おれかい、それともパーシャかい？」

「別に退職後の生活費を出してくれとは頼んでいない。私はただお前が持っているのかと――」

「そんなカネなんてないね！　わかるよね？　それに、たとえ持っていたって、やっぱり出しはしないとおれは言ってるんだ。誰でも好きな人にそう伝えればいい」

　シェレメーチェフは黙った。

「それで、パパは最近どうしてるの？」。ヴァシーリーは訊いた。

「元気だよ」。シェレメーチェフは小さい声で言った。

「患者さんは？　まだご存命かい？」

「もちろんまだ健在だよ」

「ほんとかいそりゃ？　こないだもあの人がレーベジェフとテレビに映ってたじゃないか。あれは本人なのか、それともレーニンみたいに連中が死体に詰め物でもしたのかな？」

「そういうことは言うな！」

　ヴァシーリーは笑った。「必要なものはない？　お金は足りてる？」

「いい、私には何も必要ない。お前の従弟が――」

「もうその話はしなくていいよ、パパ。言っただろう。自分が何をしてるか、パーシャは充分わかっている年齢なんだ。あいつは馬鹿じゃないし、ガキでもない。おれたちが暮らしているのはロシアだよ。やつがああいうことをしたんだったら、挙げ句の果てにどうなるか、やつはわかってるんだ。生命まで取られなかったのはラッキーだよ。オレは真面目だぜ、パパ、あいつはこれを警告と受け取るべきなんだ。ああいうものを書くやつだ、なんて評判になった日にゃ、この国じゃ長くは生きていけない。オレグ叔父さんにそう伝えておいてよ」

「オレグ叔父さんにそんなことは言わん。もう充分心配してるんだからな」

「じゃあおれからどうしろこうしろとは言えないな」

また間が空いた。

「パパ、他に何か用件があるのかな？　おれもいろいろ忙しいんだ」

手数料か、とシェレメーチェフは思った。どういう意味だろう？　ヴァーシャはそうした手数料を誰に払っているのか？　その見返りに得ているものは？

彼が思い出すのは幼いころのヴァーシャだった。笑顔が絶えず、よく走り、生意気で、いつも限界に挑戦し、ときにはその限界を越えてしまうような少年だった。シェレメーチェフはカリンカのことを思い、彼女ならいまの息子をどう思うだろうかと考えた。同じヴァーシャなのだ、毎晩ベッドまで抱いて寝かしつけた同じ少年なのだが、また同時にそうではなく、自分たちがこの世に産み落としたこの子のことを、自分は何も知らないじゃないかと感じられてならなかった。

「ヴァーシャ……」。ためらいがちに彼は言った。

「なんだよ、パパ？　もうほんとに行かなくちゃ。どうかした？」

シェレメーチェフは深呼吸をすると、一気に吐き出した。「お前はいま、なんの仕事をしてるんだ？」

　ヴァーシャは笑った。

「頼むよ、ヴァーシャ、教えてくれ」

「知りたくないだろうね」

「いや、知りたい」

「いいだろう。こう言っておこうか。人助けさ」

「どういう人を？」

「誰でもさ」

「助けるって言ってもいろいろあるだろう？」

「みんなの望むことならなんでもさ」

「わからんな」

　ヴァーシャはまた笑った。「パパ、おれもう行かなくちゃ」

「お前が払う手数料というのはなんのことだ？」

「ああ言ったのは忘れてくれよ。手数料なんか払ってない」

「払ってると言ったじゃないか」

「他にどうしようもないときもあるんでね」

「人助けのためにか？」

「いいかい、パパ、おれほんとにもう行かなくちゃならないんだ。オレグ叔父さんには……叔父さんにはなんでも言いたいように言えばいい、でも、おれからは何も出せない」

　シェレメーチェフは口ごもった。いったん切り出したからには、もっと頼み込むべきなのはぶやいた。

わかっていた。

「パパ、もう行くよ、じゃあね」

それでもシェレメーチェフは口ごもっていた。もう行かせるしかない。「じゃあな」、彼はつぶやいた。

＊

シェレメーチェフはウラジーミルに夕食を出してからオレグに電話をかけると、ヴァーシャにもそんな大金はないことを伝えた。オレグが言うには、彼から弁護士に相談してはみたものの、シェレメーチェフが検事に会って自分は金持ちではないと伝えたところで、たいして役に立たないとのことだった。役人が数字まで挙げて一定の賄賂を要求した以上、それを撤回させるのは確かに微妙な問題だった。数字の範囲内での交渉というのも一つの手ではあるが、検事にたいして何か勘違いしてはいませんかと言い放ちかねない人物と組んで彼らと向き合うとなると、まったく話が違ってくるのだ。そんなことになると役人だってかえって意固地になるだろう。弁護士いわく、オレグに金《カネ》がないのなら、そして誰からもその金を工面できないのなら、ここは堪えるしかなく、要求額を控え目にさせようとして検事がメンツを潰されたと思わないよう祈るだけだという。そしてそのあいだもパーヴェルは、何をしでかしたかわからない犯罪者たちと勾留されているのだ。

シェレメーチェフは電話をおき、口には出さずに甥のことを思い、無事を願った。

彼はウラジーミルを寝かしつけに行った。パジャマの着替えを手伝い、錠剤を与えると、ウラジーミルはそれをコップ一杯の水で飲んだ。

「娘が来ていたのだよ、知ってたか」。ベッドの縁に腰掛け、コップをシェレメーチェフに返しながらウラジーミルは言った。

「今日ですか?」シェレメーチェフは訊いた。

「つい数分前に帰ったよ」

「そうなんですね? よかったです」

「今度結婚すると言ってたな」

「お嬢さんがですか? おめでとうございます」ウラジーミルは言った。「どちらの方と?」

「私の知らん男だ。エンジニアだ。航空関係のな」。ウラジーミルは言葉を切った。

「いい仕事だな。清潔で精密だ」

「お嬢さんにお子さんは?」

ウラジーミルは呆れた顔をした。「まだに決まってるだろ! まだ結婚しておらん」

「もちろんです。失念していました。お許しください」

「あの娘はそれを伝えにきたのだ! 人の話を聞いていないのか? 結婚は三カ月後だ。私は祝福もふくめて会ったんだ」

「しかしお相手はご存じないんですよね」とシェレメーチェフ。

「知っているさ」。ずるそうな笑みを浮かべてウラジーミルは言った。「もちろん知っている。私の娘ともあろうものがどこかの誰かと結婚するのに、私がその相手を知らないなどと言うと思っているのか?」

「いえ」。シェレメーチェフは言った。「しかし人から聞いて知っているのと、直《じか》にその人を知っているのとではやはり違うでしょうね」

ウラジーミルはにやりとした。「それはその通りだな」

「お嬢さんの母上はどうお考えですか？」

「娘の母親は喜んでいる。母親なりの疑いも抱いていたようだが、私が言ってやったんだ、子どもがそう望むのなら、つまりはそう望んでいるというわけだ、とな」

「つまり、よい取り合わせだとお考えなのですね？」

「そう、よい取り合わせだ。なにしろエンジニアだからな。航空エンジニアだ」

「それはさぞ清潔で精密なお仕事なのでしょう」とシェレメーチェフ。

ウラジーミルはうなずいた。二人はそのあと数分話しあい、航空技術について、ついでバルト諸国の国境防衛の現状についての意見を交換した。国境防衛の話題には、ウラジーミルの頭の中ではなんとなしに航空技術の話題からつながっていった。そしてウラジーミルは黙り込んだ。

「ウラジーミル・ウラジーミロヴィチ、もうおやすみの支度はできていますか？」

ウラジーミルは彼を眺めた。「私はいまそんなことの最中なのか？」

「はい」

彼はパジャマを見下ろし、足の部分の素材に指で触れた。

シェレメーチェフはていねいにウラジーミルの両足を持ち上げてベッドの上で回転させ、彼に毛布をかぶせた。

「おやすみなさい、ウラジーミル・ウラジーミロヴィチ」。シェレメーチェフは言うと、常夜灯をオンにした。

「おやすみ」。ウラジーミルは言った。

シェレメーチェフはドアに向かい、メインライトを消した。常夜灯はウラジーミルのベッドの脇だ。そのぼんやりと黄色い明かりの中にウラジーミルはひとり頭を枕におき、横になっていた。眼はまっすぐ見開いて、シェレメーチェフがまだそこにいるのには気がついていないようだった。

シェレメーチェフはパーシャが書いたもののことを思った。しかしあそこに横になっているのは私の患者で、私は彼の介護士じゃないか。シェレメーチェフは首を横に振り、パーシャの言葉を頭の中から振り払おうとした。

第八章

シェレメーチェフがベビーモニター越しにウラジーミルの声を聞いたのは、午前五時を過ぎたころだった。今回は元大統領は興奮しておらず、もう起きる時間だと思って混乱していたのだった。シェレメーチェフは彼の部屋に入ると、ベッドに戻っておやすみくださいと言った。言ってみるだけの価値はあったが、効果はめったになかった。十五分ほど後にはまた部屋に戻って、ウラジーミルを居間に座らせなくてはならなかった。居間では彼のお気に入りの放送局が、そのチャンネルで最も繰り返し放映されたベラルーシとの国境戦をめぐるドキュメンタリーの一つを流していた。あの戦争によって、同国の北半分がロシア連邦に併合されることになったのだ。ウラジーミルはいつもこれを観るたびに感極まって泣き出さんばかりだった。シェレメーチェフは自室へ戻ってもう少し眠ろうとしたが、片耳はモニターに当てていた。モニターからは、ウラジーミルが二十年前にロシアの部隊とともに展開した戦車と火器の轟音でパチパチと鳴る音が聞こえていた。このときロシア軍は、地元の愛国者たちとの戦闘で休暇を過ごすことにしたプライベートな参戦だった。

朝食後のいつもの時間に、彼はウラジーミルを散歩に連れ出した。二人が外へ出るやいなや、腐敗する鶏肉の臭いがつんときた。キツネが入り込んで鶏の頭やしゃぶり尽くした死骸を別邸裏の芝生に散乱させないように、誰かが穴に蓋をしてあったのだが、それでも穴からは遺体安置所のような悪臭が漂っていた。二人が近づくにつれて、ウラジーミルは鼻に皺を寄せた。その目にいつもの表情が浮かぶのがシェレメーチェフには見てとれた。彼には周知のことだったとはいえ、どんな悪臭と出くわしてもウラジーミルの心中にはチェチェン人のことが浮かび、もう次の瞬間には跳ね上がって得意の格闘技の構えをとるのだった。「こちらですよ、ウラジーミル・ウラジーミロヴィチ」。先を急ぐように彼は言い、向きを変えさせた。ウラジーミルは疑わしげに左右にちらちらと目をくれながら彼につき従った。

二人は屋敷をぐるりと回ってまだ白樺の林に覆われた敷地部分に向かい、木々の間へと続く小道をたどった。すぐに空気はさわやかになり、あたり一面で鳥がさえずっていた。その小道は、別邸のメインの自動車道からガレージへ続く舗装された道を横切っていた。ガレージは一〇〇メートルほど離れた林の中の開けたスペースにあった。二台の黒い自動車、メルセデスとレンジローバーが建物の前にあり、エレエーコフと彼の息子がそれらを磨いている最中だった。二人とも赤毛で、息子の方はおやじの長身ヴァージョンといったところだ。

「行って声をかけますか」。彼はウラジーミルに言った。

ウラジーミルは立ち止まった。

「やめておきますか？」

「私は疲れている」

「五時に起きたからですよ、ウラジーミル・ウラジーミロヴィチ。さあ、もう少し先へ行きましょう」

「ベッドはどこだ？」

「まだ昼寝の時間ではありませんよ。昼食もまだですから」

「ベッドはどこだ？」

「私たちは外出中ですよ」

「もう横になりたい」

「ウラジーミル・ウラジーミロヴィチ！　おやめください！」。ウラジーミルがその場で倒れ込まないようシェレメーチェフは彼に手をさしのべた。「さあ、戻りましょう」

エレエーコフが叫び声を耳にして目を上げると、ちょうど介護士が元大統領とともに踵を返し、急いで立ち去ろうとするところだった。

シェレメーチェフは絶えずウラジーミルをつつきながら移動して、眠ってしまいたいという彼の気持ちを逸らしながらなんとか別邸に連れ戻すことができた。彼はウラジーミルを二階まで運ぶと、服を着たままベッドに寝かせた。ウラジーミルは仰向《あおむ》けに寝て、眠る前はいつもそうするように、目を見開いたまま上を見ていた。シェレメーチェフはカーテンを引いた。彼が振り向くまでウラジーミルは瞼を閉じていた。

シェレメーチェフはベビーモニターをつかんだ。数分後にベッドをのぞき込むと、ウラジーミルはまだ熟睡中だった。

彼はそっとスイートを離れ、しばし廊下にたたずんでいた。自動車を見たことでまたぞろ疑念が頭をもたげてきたのだ。先週、ウラジーミルを外出させようとしたときに二台とも故障してました、なんてありえない。

彼は表へ出て、林に向かった。

ガレージの前では、エレエーコフとその息子がまだ自動車を磨いていた。二台の黒い車両は秋の日差しを受けて黒光りしていた。

舗装道に出たところでエレエーコフがシェレメーチェフに気がつき、どうも、と話しかけた。息子のほうはちょっと視線をあげるとまた仕事に戻った。

「さっきウラジーミル・ウラジーミロヴィチと一緒じゃなかったですか?」。シェレメーチェフが近づくと運転手が訊いた。「何かありましたか? おれたちと話をするのはまずいってわけですか?」

「そうじゃないよ。あなたたちの顔を見に来ようとしたんだけど、ウラジーミル・ウラジーミロヴィチが疲れてしまってね。それで戻ったんだ、ヴァジーム・セルゲーエヴィチ。あの人は疲れたらすぐに引き返さないと、どこにいてもその場でバタンキューだからな」

「ほんとですか?」とエレエーコフ。彼は自動車から一歩下がると腕組みをして、シェレメーチェフと並んで立った。二頭の高級馬でも品定めしているような按配《あんばい》だ。「どうですか、ニコライ・イリイチ? 格調高き獣《けもの》たちでしょう?」

「ちゃんと動くじゃないか」

「動く? 当然ですよ! なんだと思ってるんですか? この手の自動車を? 精密機械ですから! 故障なんかしませんよ」

「先週あなたはどちらも動かないと言ってなかったっけ」

「先週? 気は確かですか? そんなこと言いませんよ! いつですか?」

「私がウラジーミル・ウラジーミロヴィチを湖に連れていこうと思ったときだ。階下《した》に電話したら、警備をとおして自動車は修理中だって」

運転手は一瞬、彼を見た。「ああ……そうでした、技術的にはその通りなんです」

「技術的？」

「そう、とても技術的なことなんです。こうした自動車については、なんにつけ技術的なんですよ。何しろ精密機械ときてますからね、ニコライ・イリイチ。コンピューターのプログラミングが山ほどあるし。極めてデリケートでね。とても敏感なんです。そうだよな、ボーリャ」

エレエーコフの息子が振り返って、ああそうだねと言った。

「つまり二台とも故障していたのか、していなかったのか？」

「どういう意味で故障と言うかによりますね」。運転手は言った。「動かせたかといえば、まあそうです。ただアクセルを踏むだけの話であれば。しかしこの手の自動車の場合、それは初歩に過ぎないんですよ。ときにこういう自動車は……チューニングが必要なんです。ピアノみたいに。チューニングせずに使おうものなら……まあそう、緊急のときなんか、その必要があるなら使っても構わないんです。しかし結果の責任までは持ちたくないということだけは言わせていただきますよ。いいですか、ニコライ・イリイチ、大事なことは、この二台がいつだってウラジーミル・ウラジーミロヴィチの意のままになるということです。二十四時間、年中無休ですよ！　ただし、あの人にこの二台が必要な場合は前もって言ってくれるのが一番いいってことで」

「どれだけ前もって？」

「そんな前でなくても。二日前とか」

常時ウラジーミルの意のままになるのであれば、なぜ前もって言う必要があるのだろう？　シェレメーチェフは理解に苦しんで眉をひそめた。「じゃあもし――」

「そうそう、まだあの人を湖に連れていく気はあるんですか？」。エレエーコフは言った。「行くんですね？　いつですか？」

「明日ならどうだろう？」

「明日？」。エレエーコフはポケットから小判のノートを取りだしてぺらぺらとめくった。「その次の日でどうですか。明日は自動車は……チューニングしなければ」

「またか？」

「自動車には無数のチューニングが必要なんですよ。チューニング、チューニング、チューニングです。それがこういった自動車の秘密でしてね。明後日ってことにしませんか？　明後日なら好都合でしょう？」

シェレメーチェフは肩をすくめた。ウラジーミルにとってなら、明日だろうが明後日だろうが同じことだ。

「いつにしようか？　何時なら出発できる？」

「午前がいいですね——散歩代わりに。まあ十時ぐらいですか」

エレエーコフはもう一度ノートを確認すると、渋面を作った。「うーん……午前中はあんまりよくないな。午後でどうですか。三時か。いや、二時にしましょう。二時は？　それでいいですか？」

「ウラジーミル・ウラジーミロヴィチは昼食のあと昼寝することもあるんだが」

「うってつけですよ！」。エレエーコフは朗らかに言った。「自動車の中で昼寝したっていいんですよ！　湖にどれくらいいるつもりですか？　一時間てとこですかね？」

「もうちょっとかもな」

「一時間半ですね。それ以上いたら老人には負担が重すぎますよ」。エレエーコフは鉛筆を引き抜いてノートに記入した。「よし！　明後日の二時だ。二時に出発して、あっちにいるのは一時間半。帰り道が三〇分。四時半には帰り着いてますね。これで予約完了だ！」

ノートと鉛筆は運転手のポケットへ戻された。シェレメーチェフはすっかり面食らいながら運転手のなすことの一部始終を眺めていた。「それで自動車はチューニングされるんだな？」。彼は思いきって訊いてみた。

「チューニングもするし、磨き上げて、回転数も上げときますよ。ウラジーミル・ウラジーミロヴィチのためなら万事手抜かりありません」。エレエーコフは満足そうな笑みを漏らした。「ちょっとばかり遠出するのもあの人には良いもんでしょう、よい遠出を」

この別邸みたいに不快な空気の中にいたら、とシェレメーチェフは思った。遠出は誰にとってもいいに決まっている。彼はエレエーコフに目をやったが、彼はまた自動車をうっとり眺めている。この運転手はステパーニンと懇意にしていて、あの料理人に起こっていることを自分以上によく知っているはずだ。

「ヴァジーム・セルゲーエヴィチ」。彼は言った。「ステパーニンはどうしたんだろうな？　なんであいつはバルコフスカヤと意地の張り合いをしているんだ？」

「そちらはどう思いますか？」。眉をつり上げてエレエーコフが言った。

「彼は原則の問題だと言っていたが」

エレエーコフが笑った。

「納入業者を選ぶのは料理人と決まってるそうじゃないか。蟻の穴から堤《つつみ》がどうしたとか」

「蟻の穴から堤も崩れる、なるほど」。エレエーコフはウインクして答えた。「それはまたどういう意味なんでしょうね？」

シェレメーチェフはにわかにこの運転手が自分を見る目つきにはっとさせられた。この目つきを含むいろんな目つきに彼は慣れていた。憐れむような、面白がるような、お前の住む世界とは別にお前が気づいてさえいないようなパラレルワールドがまるごと存在することを告げるかのような目つきだ。

「どういう意味だ？　ヴァジーム・セルゲーエヴィチ」

「いいですか、ニコライ・イリイチ……それは本当におれにはかかわりのないことなんですよ。だからたぶんおれの口から伝えるべきではないんでしょうが……」

「なんだって？」

「言うべきじゃないんですが……」

「ヴァジーム・セルゲーエヴィチ、頼むよ！」

エレエーコフは溜息をついた。この人は本気で自分から何か聞き出したいのだろうか。「承知しました。つまりステパーニンはピンスカヤと申し合わせをしてたってことですよ。おわかりですよね。この件はここまでにしておきましょう」

「ピンスカヤと申し合わせ？　なんの申し合わせだ？」

「じゃあお訊きしますがね、ニコライ・イリイチ。いったいどうしたらピンスカヤとその亭主――家政婦とトラック運転手――が存分にカネを貯め込み、引退してキプロスのヴィラに住めると思うんですか？　ええ？　そんなカネの出どころはどこなんでしょうね？　それにヴィーチャ・ステパーニンは、彼の夢であるモスクワのレストラン開業資金をどうやって稼ぐつもりだと思いますか？　ニコライ・イリイチ、おれが言いたいのは、申し合わせがあったってことだけですよ」

シェレメーチェフの眉が不審そうに歪んだ。「なんだ、それは？」

「正直、くわしいことはおれも知らんのです。あえて推測しろと言うなら、請求書が二通りあったとでも言いますか。一つはあの女が払う本物、もう一つはピンスカヤが資金を提供してくれる誰かに見せるためのもの。一方がもう一方より高くなってるだろうくらい、考えりゃわかりますよね。で、その差額は誰かのポケット行きってわけです。ステパーニンにいくらか、ピンスカヤにいくらかって。ロシアじゃいつものやり方です。だがこれはただの推測ですよ、ニコライ・イリイチ。なにか他の方法だってあり得ます」

「それでいまバルコフスカヤがそれを止めようとしているわけか？」

「止める？」。エレエーコフは疑わしげに首を振った。「ロシアじゃかつてペレストロイカってのを試したことがありましたが、それでおれたちはどうなったのやら。誰もあれをもう一度やろうなんて思いませんよ」

エレエーコフが正しかったのは一部だけだった。ステパーニンとピンスカヤのあいだに申し合わせはあった――が、それは単に二重請求に関する問題ではなかった。料理人と家政婦が何年も一緒に働いているうちに、それは何やらより入り組んだ複雑なものへと発展していった。その要《かなめ》となる事実はこうだ。ステパーニンの軍隊時代の友だち――ニワトリ泥棒ではなく厨房で一緒に働いていた人物――が近郊のオジンツォヴォの町でレストランを経営していた。ステパーニンはなんらかの理由で一連のプロセスにもう一つ余計な経路を加えて、この旧知の同志に食料品を届けるのがよいと考えたのだ。要するに、ステパーニンが発注するのは毎日別邸《ダーチャ》で飯を食わせる四〇人分の食材だったが、納入業者は価格を倍にし、決して損を出さないようにして、八〇人分でも足りる量を納めた。ステパーニンはその余分の四〇人分の食材を友人のレストランに売って、カネをポケットに入れた。当初はステパーニンがワゴン車を雇って余分の食料をレストランに運ぶ手間もここに含まれていたが、現在ではこの作業も効率的になり、納入業者が直接レストランに配達して現金のみをステパーニンに届け、家政婦に毎月送る水増し請求書でその分を回収するのだ。一方、ピンスカヤのほうは慣行として請求書総額の一〇パーセントを自分のものとした。納入業者はそれを知っていたばかりかその一〇パーセントは現金で彼女に与え、そのうえでさらに請求書を二〇パーセント水増しした。この二〇パーセントには家政婦分の一〇パーセントだけでなく、自分の側の追加利益も少々は含まれていた。全体としてこれは模範的で真に愛国的ではないにしても完璧に行き届いた取り決めで、誰もが満足していた。ステパーニンの納入業者たちのビジネスは通常の二倍になり、さらに一〇パーセントの上乗せがあるのだ。ステパーニンは毎月着実にレストランの開業資金を貯め込んだ。ピンスカヤにとってステパーニンとの申し合わせは、別邸に持ち込まれるその他あらゆる商品やサービスに関するさまざまな申し合わせによってそびえ立つ物体のごく一ブロックにすぎず、彼女はそれでキプロスのヴィラのローンをせっせと支払った。ピンスカヤとその夫はここを引き払う日が待ちきれなかったのだ。

避けようもないことだが、この冴えわたるような戦略にも、見る人が見れば単純に欠陥とみなせる部分はあった。つまり、こうして余分の歩合を少しずつでも他の歩合に乗じてゆけば、結果的に、別邸の食料品は本来あるべきコストの二倍半も割高になってしまう。食品の大量調達について知る者が一〇分でも時間を割いて食糧が必要な人数と供給コストの金額を計算し、二分かけてでも割り算をし、一人当たりいくらになるか勘定してみるといい。この些細な欠陥は、さぞかしけたたましいサイレンを乗せた派手な赤い信号灯のように際だっていたことだろう。しかしステパーニンもピンスカヤも、追加のあげく最終的に到達したレベルのパーセンテージで最初から始めるような馬鹿ではなかった。二人はかなり控え目に開始し、時間の経過とともに罰を受けずに貯金できることがはっきりするにつれて、その歩合はより法外なものになっていった。もちろん何事にも無料《タダ》というものはなく、余分なカネがどこから来るものなのか、つまり誰がモスクワのレストランやキプロスのヴィラの支払いをしているか、二人は完全に理解していた。しかし二人がそうした知らず知らずに恩恵を受けている人びとに感謝しようと思ったところで――無謀とは言わないまでも賢明ではなかっただろう――どうやって感謝すればよいのかは知るよしもなかったろう。この請求書を支払っているのは国なのだろうか？　それともウラジーミル自身の莫大な資産からなのだろうか？　あるいは誰か他に資金提供者がいるのだろうか？　それが誰であれ、気にしている気配はなかった。ピンスカヤは毎月大胆に水増しされた請求書と別邸に搬入されたすべての商品の領収書を集めてはペテルブルクの弁護士事務所へ送った。すると毎月彼女が納入業者に支払う銀行口座の資金が補充されて、また引き出せるようになっていた。

ステパーニンとピンスカヤの申し合わせが生み出す現ナマの総額をもしシェレメーチェフが知っていたら、さぞ驚愕したことだろう。エレエーコフの言い分を聞かされたあとなら、月に数百ドル程度のことだと想像していたに違いない。彼にとってはすでにそれだけでも相当の額だったが、ふだん別邸に暮らす四十人分の食料とアルコールの総額の二倍以上にもなるようなぼろ儲けだとは思わなかったはずだ。

ピンスカヤが不正に得た資産もろともキプロスに逐電したあと、ガチョウが湖面に強行着陸するようにバルコフスカヤが飛び込んできたのは、この左うちわ状態の真っ只中だった。ペテルブルクの弁護士たちと違って、バルコフスカヤはあれこれの数字をはじき出すのに一〇分、割り算をするのに二分を使った——実際には電卓を使ったから一六秒だったが。あらゆる家政に精通していたバルコフスカヤはすぐさま二×二＝四を計算し、ステパーニンが引き出している八を割り出した。ステパーニンが彼女の歓心を買おうとチキン・フリカッセを作る気になった忘れられない日に彼女が料理人に話しかけたのは、この件についてだった。請求書を突きつけられても彼はまったく否定のそぶりを見せなかった。証拠に議論の余地がなかっただけでなく、彼はこう推測したのだ——あとでそれが正しいことが判明したのだが——バルコフスカヤの目的は、キックバックや手数料にまみれたアウゲイアス王の牛小屋〔エリス国王アウゲイアスは三〇〇〇頭を飼育している牛小屋を三〇年間掃除しなかったというギリシャ神話の逸話より〕に成り果てた別邸を一掃にすることではない。別邸《ダーチャ》のあらゆるひび割れから滲みだしてくる汚れた金のヘドロのどこにバケツを降ろせばいいのか、バルコフスカヤ自身がわかるように把握することではないのか、と。ステパーニンは、自分が納入業者たちや友人のレストラン、そしてピンスカヤと結んでいる申し合わせについて説明した。この取り決めは関係者全員にとってまったく公平なものだと彼は考えていた。それに対してバルコフスカヤは取引条件についての態度をなんら示さず、ステパーニンを心配させかつ悩ませた。それがあの晩のチキン・フリカッセで、露骨にバルコフスカヤの気を引こうとして作ったものだったのである。この家政婦の歓心は容易には買えなかった。数日してバルコフスカヤが従来の鶏肉取引への対抗手段に打って出てきたとき、チキン・フリカッセでは不充分で遅きに失したことをステパーニンは悟ったのだった。

しかし彼女はどこまでやるつもりなのだろうか？　鶏肉の調達を彼女のいわゆるいとこに切

り替えることで――ステパーニンはその血縁なるものに疑いを持っていた。というのも彼の見る限り、そのいとこというのはそいつに毎日付き添ってくる無骨な用心棒に似たカザフ人なのだ――あの女はステパーニンを排除しようとしている。なるほど、たかが鶏肉のことだとはいえ、バルコフスカヤが鶏肉の配達にカザフ人を採用できるなら、他の何を配達するにせよカザフ人――あるいは他のなんとか人――を見つけるのも無理な話じゃないだろうし、そうなると彼の居場所はどうなる？　もし彼女にこのままのさばられては、彼は一巻の終わりだ。

毎日ニワトリは届き、毎日それらは悪臭を放つ穴に廃棄された。ステパーニンにしたところで、そんな穴を掘れと本気で指示したわけではなかったが、普段は三度も教わらなければ鍋に蓋《ふた》をすることさえできない皿洗い係の馬鹿が、今回ばかりは忠実に命令を遂行するなんて、どうして知りえよう。いまでは毎朝ニワトリをそこへ運ぶのが厨房の儀式として定着しており、皿洗い係たちはそれを楽しみながらこなすのだ。そんな事態にステパーニンは体調不良を起こしていたが、それは何もこれから先にやってくる資金繰りの行き詰まりのせいばかりではなかった。二〇羽以上の申し分なく上質な鶏を毎日廃棄処分にすることが、料理人としての彼の感受性を侵害するのだ。バルコフスカヤのいとこが、こちらで注文してもいないのに運び込ませる他の鳥についても、いうまでもなく最高級品で、値の張るものばかりだった。やつの正体がなんであれ、バルコフスカヤのいとこが上質の鶏肉を仕入れる伝手《つて》を持っていることは、ステパーニンも認めざるを得なかった。彼が鶏肉のオーダーを止めてからすぐ気がついたことだが、バルコフスカヤはこの状況にステパーニンよりも長く耐えうるのだ。おそらく彼女は今回の事態の展開にいささかも動じてはいない。つまり彼が鶏肉を使おうが遺体安置所に廃棄しようが、あの女は鶏肉の分け前を稼いでいるわけだ。一方、ステパーニンは収入の一部を失い、バルコフスカヤがすぐにでも自分のビジネスの他の領域にまで食い込んでくるのではないかという恐怖から、睡眠中も悪夢で埋め尽くされる始末だった。

最悪の場合としてステパーニンが怖れているのは、あの女が自分を完全に追放しようとすることだった。家政婦には、メイドや庭師、付き人、運転手を雇用する責任があった。警備員たちの雇用主については彼も心当たりがなかった。彼自身はいとこの義理の親のコネを通じてこの仕事に就いたが、そのいとこの義理の親は、ウラジーミルの人件費や生活費を支払うための資金を分配しているペテルブルクの弁護士事務所の一人となんらかの関係を持っていた。ステパーニンは、青白い顔色をした赤毛のもじゃもじゃ頭のレペフという弁護士と一度だけ会ったことがあり、面会後に一万五〇〇〇ドル——貯金の全額と地元のサラ金業者から工面した多額の前払い分——を、番号だけが開設された銀行口座に振り込んだ。そうして彼はこの仕事を自分のものにしたのだ。弁護士には菓子折りも送っておいた。思うに、バルコフスカヤが仕事に行き当たったのも似たり寄ったりのルートを通してなのだろう。彼女のパトロンが何者で、そいつにいくら払ったかまでは彼には見当も付かなかった。レペフとあの女の後ろ盾のあいだの事情、あるいはどちらがより強力で、二人のうちどちらが——どちらかだとして——気にかけているのかに応じて、彼女は自分のパトロンを使ってステパーニンを追い出しにかかりかねない。ステパーニンはレペフの支援を信頼してよいのかもわからなかったのだ。そこで予防策として、彼はレペフにもう一箱、菓子折を送った。自分の存在、引いてはこの仕事によって生じる利権を得るために彼がそれなりのカネを支払った事実を思い出してもらわねばならない。そしてこれはわれながら入魂の皮肉だと思えたが、バルコフスカヤのいとこから配達されたものでこしらえたチキン・パイを送っておいたのである。

それでも彼の危惧が和《やわ》らぐことはなかった。チキン・パイの効果など知れたものだ。もう一度キャッシュが必要なのかもしれない。そして、たとえバルコフスカヤが彼を追い出しにかからなかったとしても、ステパーニンがすでに失ったカネ、あるいは強欲な家政婦が熱望しているらしいさらなる収入のことを、この弁護士がどうにかしてくれるのではないか、と。

睡眠の悩みをついぞ持たないらしいエレーナが寝息をたてるそばで、夜ごと料理人は不安と不満で心ここにあらずだった。なぜバルコフスカヤがやってきた？　なぜあの女が？　なぜいまになって？　投資した一万五〇〇〇ドルは、前の家政婦とのやりとりで何倍にもなって返ってきたが、おれにはまだまだ必要なのだ。あの無思慮なあばずれのピンスカヤはなぜあと二年いてくれなかったのか。そのころにはおれも自前のレストランを持つのに充分な資金ができただろうに。いや、そうではない。ピンスカヤはおそらくあのトラックを転がしながらロシア人の半分を轢き殺さなかったのが不思議な糞デブ亭主とキプロスへ出奔することで頭がいっぱいだったのだ。あと二年、それだけでいい、それでおれも辞めるだろう。あと二年あればレストランはおれのものなのだ。

いつもは饒舌《じょうぜつ》なステパーニンだが、その夜、スタッフ用の食堂で飲んでいるところへシェレメーチェフと出くわしても、まったく話しをする気にならなかった。シェレメーチェフにしても、ステパーニンがバルコフスカヤと交戦中の理由を知ってしまったし、パーシャが勾留されているのにこうして手を拱《こまね》いているしかないと思うと気が塞《ふさ》ぎ、会話の気分ではなかった。ステパーニンは彼にグラスを押しつけると、黙ったままウォトカをなみなみと注ぎ、それからむっつりと自分のグラスを啜《すす》った。

二人は黙って物思いに沈んでいた。

「ウラジーミル・ウラジーミロヴィチは今晩のフィッシュ・パイを気に入ったようだ」。思いあまったようにシェレメーチェフが口を開いた。

「上出来とはいかなかったがな」

「でも気に入っていた。あの人が普段より食べていたからな」

ステパーニンはうなずいた。いつもなら笑みがこぼれるようなそんな話題も、ステパーニンの気分を晴らしてはくれなかった。

「エレエーコフが、君とピンスカヤの申し合わせについて教えてくれたよ」。ややあってシェレメーチェフが口を開いた。

「おれの申し合わせ？」。ステパーニンが彼のほうに向き直った。「へえ、あいつずいぶん口が軽いじゃないか。ギャングめが。エレエーコフのことを教えてやろうか。いったいどれだけボスに自動車が必要だというんだ、ええ？　エレエーコフは一日中何をしてると思う、コーリャ？　あそこに鎮座して自動車を磨いてるのか？」

「まあ実際、彼がしていたのは――」

「違うね」。ステパーニンは続けた。彼の発した質問は明らかに「何もしてないだろう」の意味なのだ。「われらが友人ヴァジーム・セルゲーエヴィチ・エレエーコフは、彼と息子の二人で、自分で買えば一台二〇万ドルはする高級車二台にお偉いさんを乗せて回るという、ちょっとした小商《こあきな》いをやっているんだ。カザン大聖堂が頭の上に落っこちてくることがあっても、自分じゃ絶対に買えない自動車だ。でも、買う必要なんてあるのか？　ないね。なぜって一日中ここのガレージに自動車を停めておけば、やつがそれを好きなようにできるし、実際にやっている！　やつは毎日、二週間前から予約でいっぱいさ！」

「毎日じゃないだろう」。シェレメーチェフはつぶやいた。ノートを使った小芝居が突如として腑に落ちてきた。

「毎日みたいなもんだ。しかしバルコフスカヤはあいつのビジネスに手を付けることができるだろうか？　いや、あいつが客から受け取るのはキャッシュだし、それがいくらあるかはあの女も知りようがない。せいぜい三〇パーセント要求するのが関の山だ。やつはあの女に一〇パーセントかあるいは五パーセントを渡して、ほらこれで三〇パーセントだと言うのだろうが、あの女のほうじゃそれが違っているかどうかどうしてわかる？　あの女自身そのことを承知している。ところがおれの場合……」。ステパーニンは言葉を切って、シェレメーチェフを見つめた。ウォトカが一分ごとに彼の口をなめらかにしてゆく。「あんた本当に知らないいんだな？　あんたのまわりじゃ誰もが持っていってしまうんだ、コーリャ。こいつはくそったれ、雄鶏を乗せた大いなるくそったれだ。メイドたちは欲しいものがあれば何でも盗んでる――リネン、石鹸、タオル、家具までもが行方不明だ。ピンスカヤはそれもお構いなしさ。連中が盗めば盗むほど彼女が購入する必要が増えたからな。買うものが増えれば増えるほど、あの女がハネる額もでかくなった。手を付けちゃならないのはボスのものだけだ。これは公正中の公正だ。そこがあんたの領域であることには、おれたちみんな同意したってわけさ」。ステパーニンは笑った。「まるであんたが盗むみたいだけどな？　で、あの人から盗めるものなんてあるのか？　古いスーツ二、三着だろう」。彼はまた笑った。「あんたも貧乏くじを引いたな、コーリャ！」

「生まれて一度も盗みを働いたことはない」。シェレメーチェフは小声で言った。

「誰かがそう言ってたのを聞いたことがある」。ステパーニンは言った。グラスを上げてウォトカを飲み干すと、顔をしかめて頭をふりながら歯ぎしりした。「でもあんたのことは、ニコライ・イリイチ・シェレメーチェフ、おれは信じよう。まわりを見てみろ、コーリャ！　外の温室は見たか？　ブルドーザーで地均《なら》しをして温室が建ったときのことは覚えているか？　あの温室はなんのためだと思う？」

「ここで使うためか？」。シェレメーチェフはためらいがちに応じたが、言葉が口から出てくるときにはもう自分の答えが間違いだろうと思っていた。かつてオムスクの中心街で建築中のアパートに連日バスで運ばれていたころ、徴集兵仲間が笑いをこらえながら彼に「おれたちほんとは何を建ててると思ってる？」と訊いたことがある。彼は「軍の兵舎を建てているに決まってるだろう」と答えたが、そのときと同じように間違っているのだろう。

「面白いな！　この別邸《ダーチャ》一つに、モスクワの半分を充分にまかなえるほど巨大な温室が必要なのか？　見ろよ！　このくそったれな敷地全体をよ。まるで農場じゃねえか！」。ステパーニンは首を振った。「いいか、こういうことなんだ。二年ほど前、庭師たちがピンスカヤのところへ行って言ったんだ。どうですこの土地、せっかくいい場所なのに遊んでいます。私たちがここへ温室を建てて、野菜を栽培して売りますよ。あなたの取り分は他と同じく一〇パーセントです、とね。あの女はそれを快諾した。庭師たちは温室を建設する請負業者を探す。当然、庭師たちは契約の一〇パーセントをハネる。ピンスカヤも一〇パーセント――あるいはもっとだろう。あの女はペテルブルクの弁護士どもに、あんたが考えたのと同じように別邸の分をまかなうために温室を建てますとか説明する。やつらも快く了承する。いいか、コーリャ、弁護士どももまったく同じように何事につけ一〇パーセントをハネるんだ。おれたちがここでカネを使えば使うほどやつらの取り分もでかくなる。こうして温室が建って、いまや庭師たちのビジネスになってるのさ」

「ゴロヴィエフも？　彼も一枚噛《か》んでいるのか？」

「ゴロヴィエフもさ」。ステパーニンは断言した。

シェレメーチェフは呻《うな》った。他の庭師のことなら案外そんなものかと思っていたが、ウラジーミルのことにも誠実に関心を寄せ、あの控えめで物腰柔らかな庭師のゴロヴィエフまでとは。「ピンハネしない者は一人も、い、い、いないのか？」。彼は叫んだ。

「もちろんいるさ。あんただよ！　あんただけだ、コーリャ」。彼は自分用にウォトカをもう一杯注ぐと、シェレメーチェフのグラスに注ぎ足した。「誰もがハッピーだったところへ、このあばずれのバルコフスカヤが首を突っ込んできたんだ。くそっ！　あの女はピンスカヤがハネていたものならなんでもそれ以上に欲しがるんだ」

シェレメーチェフは押し寄せてくる嫌悪感を振り払うべく、グラスを手にするとウォトカをあおった。

「それはそうと、あの女がエレーナを馘首《くび》にしたよ」

シェレメーチェフは目を上げて彼を見た。「エレーナを？」

「あの女、エレーナが盗みを働いたっていうんだ。大した発見だよ！　なんでエレーナだ？　あの子たちは、メイドたちはみんな盗みを働いている、誰でも知ってるさ。他のやつらの盗みを止めさせるために、バルコフスカヤなんて何もしてないじゃないか。いや、あの女のいやがらせの標的はおれなんだ。エレーナを辞めさせて、おれにいやがらせをしたいんだ」

ステパーニンの愛人のメイドのことを思ってシェレメーチェフは眉をひそめた。「エレーナはそれでどうした?」

ステパーニンは肩をすくめた。「厨房にやってきて一時間も泣いてたよ。するとバルコフスカヤが警備員を二人もしたがえてお出ましだ。エレーナは連行された。持ち物をまとめる時間を一〇分だけ与えられて放り出されたよ。門の外の道路に立たせて放ったらかしさ。そのあとエレーナがどうしたかは知らない。スーツケース二つは持っていった」

「手伝ったのか?」

「手伝えるわけないだろ。おれは料理中だったんだ」

二キロ先の一番近いバス停までスーツケース二つをひっぱっていく泣き顔のメイドのことをシェレメーチェフは思い浮かべた。それまで感じていた惨めさがすっぽりと彼を呑み込んだ。

「私の甥が拘置所にいるんだ」シェレメーチェフは不意に口に出してしまった。

ステパーニンは興味深く彼を眺めた。「本当か? 何をしたんだ?」

「ネット上にレーベジェフ大統領のことをあれこれ書いたのさ……ウラジーミル・ウラジーミロヴィチのこともな」

「どういう内容だ?」

「あまり褒められたものではないな」

「その甥《おい》はいくつだ? 六歳か?」

「二十歳だ」

「あまり利口でもないなそりゃ」

「連中は釈放するなら三〇万ドル用意しろってさ」

料理人はかすかにひるんだ。「ニコライ、おれにはそんなカネは……」

「そうじゃないんだ、そんなこと思っちゃいない……でも実際、ヴィーチャ、手を貸してくれないか？　なんでもいいけどとっかかりにはなるだろうから……」

ステパーニンは首を横に振った。本当のところ、彼は別邸に届きもしない水増し価格の食材を求めるスタッフたちの途方もない食欲と、そして疑うことも知らずに請求書の払いをしてくれる人物の大盤振る舞いのおかげもあって、銀行にはその程度の金額なら――実際にはそれより数ドル多く――持っていた。しかし、大統領について――しかも一人だけでなく二人の大統領について――侮辱するようなことを書くほど間抜けで拘置所に入りたくてたまらないどこかの反体制派のために、自前のレストランを持つという夢を延長するつもりは彼にはさらさらなかった。

シェレメーチェフは溜息をついた。「いや、もちろんそうじゃない。頼んでいるわけじゃない。私には何もない。数十万ルーブリ、それきりだ。弟のオレグなんてもっと少ない」

ステパーニンは憐れむようにシェレメーチェフを見た。この何年ものあいだあの老人に仕えながら、その立場を利用してこなかったとは。「ボスには取るに足るものが何もないんだろうな」。ステパーニンは心中でこの問題を考えながらステパーニンは言った。「古着が多少あるきりか。品物はいいが、それでも古着じゃなあ。あんなのを売ったとていくらになるものやら……」。ステパーニンの声が途絶えた。彼は眉間に皺を寄せ、その皺はいっそう深くなり、やがて破顔一笑した。

「どうした？」

「ヴィーチャ・ステパーニン、お前は天才だ！」。料理人は大喜びで自画自賛した。

シェレメーチェフはどうしたんだというように彼に見入った。

「売れるものがあるぜ、コーリャ。それにこれなら盗みなしでいける」

「なんだ？」

「ボスに会う機会だよ！」。ステパーニンは意味ありげに眉をつり上げた。「いいかい、あの人が大統領だったときは、ビジネスマンがただあの人に会うだけで一〇〇万ドルかかったと言うじゃないか」

「一〇〇万ドル？」

「そう言われているんだ。いま、たとえば、まあいま誰かボスに会いたい人がいるとする。あの人が健在かどうかなんて誰が知ってる？」

「あの人はいつも健在だ――」

「でも誰も知らんだろう？　知っているのはただ一人」。ステパーニンがまた眉をつり上げた。「あんたさ」と彼は言ったが、これはシェレメーチェフが要領を得ないときの用心だ。「あんたはあの人の介護士だ。みんなあんたに訊くしかないよな」

「それはそうだが……」。シェレメーチェフが警戒してつぶやいた。

「そいつらに課金するんだ！」。ステパーニンが勝ち誇ったように叫んだ。

「あの人に来客なんていないんだ」

「じゃあ夫人に払わせるんだ！　彼女はまだ来るんだろう？　あの人に課金して会わせるんだ。夫人が払わないと言うなら、お加減がよくないもので、とかなんとか言ってやりゃいい」

「夫人に？」。シェレメーチェフは恐怖に駆られて訊き返した。

「彼女はまだ亡くなってないんだろう？」

「めったに会いに来ないな」

「じゃあ子どもたちから取るんだ」

「子どもたちから？」

「どうしてやらない？　コーリャ、連中にとっちゃ大したことじゃないんだ。そのまったく反対だ。連中がいくら持ってるか知ってるか？　想像してみろよ？　あれこれあって連中が別邸に来るだろ。連中の夫であり、父であり、なんでもいいが、その人物を世話する人間が——唯一連中を妨害できる人間が——なんの要求もしないときた。これは非ロシア的だ。連中のハンドバッグはあんたに渡すはずの現ナマでぎっしりなんだよ、間違いない」

確かにシェレメーチェフは一、二度ばかり、娘のうちの一人のハンドバッグの中に分厚い札束を目にしたことがあった。しかし、病人の妻や娘たちから面会料を取るとなると……そのアイデアで彼は気分が悪くなった。

ステパーニンはシェレメーチェフの顔つきを見て笑った。

シェレメーチェフのポケットから唸《うな》り声が聞こえた。彼はモニターを取り出して耳に当てた。

「あの人は大丈夫なのか？」

シェレメーチェフはもうしばらく耳を傾けてからうなずいた。

「今夜は荒れそうか？」

「誰にもわからんよ」。シェレメーチェフはモニターをポケットに戻した。

「あんたがどうやってるのかおれは知らんよ、コーリャ。夜中に何回あの人に起こされるんだ？　それこそあんたはあの人に払わせるべきなんだ！」。ステパーニンは笑った。「これだよ！　これしかないだろう！　あの人に言うべきだ、一回につき一〇〇ドルですってな。あの人にしてみれば屁でもないんだ。間違いなくあの人はフェラチオ一回につき一〇〇ドルだって躊躇《ためらい》なく払ってたんだよ。あんたが部屋に行かなきゃならないときは、コーリャ——一回につき一〇〇〇ドルさ！」

「それであの人を止められるとは思わないがな」

「止めたいとは思っちゃだめだ！　コーリャ、肝心なのはそこだよ。一晩に十回、二十回と呼んでもらわなくちゃ」

「誰が払うんだ？　あの人自身は一銭も持っちゃいない」

「一銭もか？」

「一銭もだ！　持ってたって何に使うんだ？　それに、そんなことであの人に請求など私にはできないな」

シェレメーチェフが最後に言った言葉の不条理は無視して、ステパーニンはウラジーミルが無一文だという難題に智慧を絞っていた。そんなことは彼には思いもよらなかった——元大統領が、その保有資産にも関わらず、手許には鐚《びた》一文も持っていないかもしれないとは。「なんてこったよ、ええ？　世界一の大金持ちだったとか、ロシア一だったとか、そういう話だったよな。その人物が現にここにいるのに、ポケットに一ルーブリもないとはな」。ステパーニンは呆れ返ったように言葉を切った。「ほんとにそうなのか？　一銭もか？」

「一銭もだよ」

ステパーニンは信じられんといったように首を振り、グラスのウォトカを飲み干した。すぐさま自分のグラスにもう一杯注ぐとボトルを差し出して見せた。シェレメーチェフは遠慮した。

「なんてこったよ」。ステパーニンは繰り返した。「ときどき何もかもがくそったれに思えることがあるな、コーリャ？」

シェレメーチェフはしばし彼を見やった。「しかしあれだ、エレーナのことは気の毒だったな」。彼は小声で言った。

ステパーニンは溜息をついた。「いい女だったよ、あの娘。もっとも実のところ、少しあの女にうんざりしていたんだ。もう一人のイリーナについてどう思う？　色っぽいよなあ。畜生め、こんなことがあるとあの娘も逃げ出すさ。バルコフスカヤはイリーナがやってることも先刻ご承知なんだからな。おれに近づくと仕事がパーになるんだ」。彼はまた嘆息した。「まずは鶏肉、つぎに女たち。次はなんだろうな、コーリャ？　あのあばずれは狂ってるよ。ピンスカヤとおれは三年もよろしくやっていたんだ――そこへいきなりバルコフスカヤ元帥がやってきて戦争だ。一撃、また一撃ときたもんだ。あの女の強欲は飽くことがない。あんたが何もインチキをしてないのは幸いさ、コーリャ――あんただって狙われただろうな。あの女は最後の一ルーブリ、最後のおこぼれまで欲しがるんだ。神様仏様、他の人のために少しはとっておいてくださいよ、なんてありえないんだぞ！　あの女が独り占めしなきゃすまないんだ。そういう手合いを相手に、いったいどうしろってんだ」

「彼女と話したことはあるか？」

「もちろんさ！　二度ばかりな。言ってやったよ。あんたのいとこに引っ込んでるよう言ってくれってな。シェフはおれだ！　おれが自由に仕入れるからなって」

「もし君が提案に応じるとしたら……？」。シェレメーチェフはそれとなく言った。

「エレエーコフもそう言うんだが、あいつのことは信用ならねえ。やつはまた鶏の手羽先が食べたいというだけの話だ。コショウとタマネギとピリ辛ソースでおれが作るあれ、知ってるよな？　やつはあれが好物なんだ」

「あれは私には辛《から》すぎるんだ」

「そうかい？　早く言ってくれよ。あんた用には辛くないソースを用意しよう。そうだ、それで思い出した。ちょっと待っててくれ」

　ステパーニンは厨房へ入っていった。しばらく彼が皿洗い係たちに怒鳴っているのが聞こえたと思ったら、茶色の紙袋を持って戻ってきて、それをどさりとテーブルに置いた。

「なんだいこれは？」

「干し杏《あんず》さ！」とステパーニン。「あんた大好きだって言ってたろう、覚えてるか？　あんたにやるよ」

　シェレメーチェフは袋を開けて一つだけ摘まむと、ステパーニンに袋を渡した。ステパーニンは両手からこぼれるほど取り出した。

「おいしいな」。一切れ齧《かじ》りながらシェレメーチェフは言った。

「言っただろう、最高級品さ」。料理人は口いっぱいに頬張りながら答えた。「こいつを知り合いの菓子店に卸すと結構な金額になる。いいかい、あんたも似たようなことができれば甥っ子を拘置所から出してやれるんだ」

　シェレメーチェフは沈んだように首を振った。

「もう一つ食えよ」とステパーニン。

　シェレメーチェフは一つ摘まむと悲しげに頬張った。ステパーニンも同じように摘まんだが、彼の心は自分自身のトラブルへと戻っていく。

「ヴィーチャ」、意を決したようにシェレメーチェフが言った。「ウラジーミル・ウラジーミロヴィチをどう思う？」

「そりゃどういう意味だい？」

「甥がブログで書いたんだ。あの人にはロシアを救うチャンスがあったのに、そうせずに滅茶苦茶にしてしまったとね。それに甥が言うにはあらゆる者から何十億、何十億、何十億とカネを掠《かす》めるとか」

料理人は深く溜息をついた。「さあな」

「もしあの人が違ったやり方をしていれば、ひょっとしたらロシアはもっとましな国になっていたはずだと」

「そしてうちの婆さんに金玉がついていたら、婆さんが爺さんだったろうというわけか。わかるもんかい？　これはこれだしロシアはロシアだからな、コーリャ。ロシアに住むとは地獄に住むことなり――プーシキンがそんなこと言ってなかったか？　それがおれたちの運命なんだ。ウラジーミル・ウラジーミロヴィチがおれたちを絞り上げてなかったら、別の誰かが絞り上げてたろうよ」。ステパーニンはボトルに残った最後のひと注ぎのウォトカを自分のグラスに空けて、ぐいと飲み干した。彼はテーブルから飛び上がった。「おれは行ってあのくそったれどもがどうしているかを見てくるよ」

彼が足どりもあやしく厨房に消えていくのをシェレメーチェフは見ていた。彼にはわかっていた。料理人が酒に強いことは彼も知っていたが、ここまですでにステパーニンは、馬でもノックアウトできるほど飲んでいた。

シェレメーチェフはとりとめなく食堂にとどまっていた。厨房からはときおりステパーニンの怒鳴り声が聞こえてくる。やがてシェレメーチェフもそこを出た。元は職員宿舎があった廊下を通って、彼は玄関ホールへ歩いて戻った。家政婦たちの事務室はここにあった。彼はステパーニンがバルコフスカヤについて話していたあれこれのことを思った。彼女だってステパーニンにそう思わせるほど邪悪で執念深い魔女であるはずがない。きっと腹を割って話せば彼女だって――。

ドアが開いた。シェレメーチェフは飛び上がった。その女が目の前にいるのだ。

「今晩は、ニコライ・イリイチ」。彼がそこに立っているのを半ば予期していたように、彼女は穏やかに言った。

「ええと……こ、今晩は、ガリーナ・イヴァーノヴナ」。シェレメーチェフは口ごもった。

「私に会いにいらしたの？」

「いえいえ」

家政婦は彼を通してくれなかった。

「いままでヴィクトル・アレクサンドロヴィチと話していらしたでしょう？」

シェレメーチェフはうなずいた。

「彼とはよくお話しなさるのね」

「一日の終わりに一息つくのも良いものですよ」

「なんの話をなさったの？」

「いや、まあ別に」

「何か話していらしたわね、ニコライ・イリイチ」

「噂話ですよ」

「なんの噂話？　あたしゴシップなら大好きよ」

「噂話じゃないんです！　つまりその、雑談ですよ」

「どういう雑談？」

　シェレメーチェフは彼女をまじまじと見た。

　沈黙が続いた。この沈黙をどうすればいいのか、彼にもわからない。家政婦もどうしようともしない。

「そうね。あなたとばったり会えてよかったわ」。ようやく彼女が口を開いた。「今日はエレーナ・ドミートロヴナに辞めてもらわなきゃならなかったことを、あなたに話しておきたかったんです。もっとも、ヴィクトル・アレクサンドロヴィチとお話をされたんでしたら、とっくにご存じでしょうけれど」

　シェレメーチェフはうなずいた。

「彼女、いろいろ盗んでたのよ」

「本当ですか？」。シェレメーチェフは言った。

　家政婦は身を寄せてきた。「ニコライ・イリイチ、誰と時間を過ごすか、気をつけなくてはだめよ。とくにいまはあんなことがあった後だから」

「何があった後ですって？」

「あなたの甥のことはみんなの耳に入ってますわ。元大統領は要人です。あの人は象徴なのよ。警備の問題もあります。反体制派を元大統領の傍に近づけたいと思う人はいませんわ」

「私は反体制派じゃありません！」。シェレメーチェフは言った。「六年もあの人のお世話をしてきたんです。反体制派ならそんなことをするはずがないでしょう？」

　バルコフスカヤは眉をつり上げた。

「分別の足りない私の甥が間違ったことを書きましたよ。でも、すぐにあの子も物事を正しく見ることを学ぶでしょう」

「あたしがあなたなら、自分が誰と過ごしたか、警戒しますけれどね、ニコライ・イリイチ。誰と雑談するかですわ。よく言うでしょう、われら対やつらしかいないのよ」。バルコフスカヤは含み笑いをした。「おやすみあそばせ、ニコライ・イリイチ」

彼女は自分のオフィスに戻った。シェレメーチェフはしばしそこに立ちつくした。心臓がどきどき鳴っていることに気がつくと、すぐにそこから廊下へ出た。

別邸の玄関ホールの警備室では、警備員が携帯電話で何かに没頭していた。シェレメーチェフは階段を昇り、二階の廊下をゆっくり歩いた。彼は自分の甥を否定してしまった！　甥のことを間違っているとか、物事を正しく見ていないとか言ってしまった。しかし、正しい物の見方とはなんだろうか？　警察の言うとおりに見るということか？　シェレメーチェフは自分の言ったことに呆然となって、自分が嫌になった。パーシャは何も間違っちゃいない。彼は良識を備えているし、正直で善良だ。ロシアが彼を拘置所送りにするというのなら、どこかおかしいのはロシアの方だ！

彼は自室に戻るとベビーモニターを置いて、服は着たまま、どさりとベッドに横になった。カリンカのことが頭によぎった。照明を落として彼女と話をするのが恋しかった。朝も一緒に紅茶を飲むことが恋しかった。ときどき藪から棒にそういう感情におそわれるが、彼女に死なれてからの数カ月間と同じように心が痛むのだ。亡くなってもう六年か。いやもっとだ——三月で七年になる。あのつらい最期の月日から七年が経つのだ。

彼は溜息をついた。休日にウラジーミルの世話をする交代看護師のヴェーラが彼の熱情をかき立てるようなことをして、それを隠すそぶりもしなかった。事実、彼女は赤々と灯る松明《トーチ》のように炎をかざし、それで彼の顔を灼《や》かんばかりだった。本当のところ、彼もときどきはヴェーラのことを思い、二人のあいだに起こるかも知れないことを夢想した。しょせん彼も男だった。しかし冷ややかな陽の光にさらされてしまえば、それもただ一個の夢想に過ぎなかった。

彼は孤独な一人部屋を見渡して、カリンカと二人で暮らしていたモスクワのアパートのことを思い出した。ここ数年は別邸《ダーチャ》が彼の住居《すまい》になっていた。しかし今夜、どちらにも権利のない戦利品をめぐり、ステパーニンとバルコフスカヤのあいだで高まる敵意によって汚染された空気のなか、他の住人たちが本当は何を企んでいるのかを知ってしまった後となっては、別邸はもはや住居というより毒蛇たちの巣窟に感じられるのだった。

第九章

　翌日は、晴れわたって風が強い秋日和《あきびより》だった。シェレメーチェフはほんの数時間とはいえ、別邸《ダーチャ》からの外出を心待ちにしていた。エレエーコフ運転商会（とでもいまは考えておこう）に予約した湖への小旅行にのぞんで、彼はウラジミールに前回お流れになったときに選んだスーツではなく、アウトドアにふさわしいものを着せることにした。なんのかんのと言っても過去三十年を生きていたロシア国民なら――少なくともテレビ、新聞、インターネット、絵画その他、クレムリンがコントロールし、影響を及ぼすことができるメディアで存分に浸透した偉大なる指導者というイメージから目を逸らすのでなければ――知らないわけがないように、レニングラード生まれの元大統領は大いなるロシアの自然の中でこそ精彩を放つのだ。たとえいでたちは狩猟用であれ釣り用であれ、乗馬服、迷彩服、飛行用の装備、スキー服などなんであれだ。毛皮、デニム、カーキ、スノースーツ、さらに――若いころはしばしば――平気で上半身裸になって全世界に見せつけたものである。

　ランチの後、シェレメーチェフはウラジーミルの居間のソファに服装をならべた。ジーンズに白いTシャツ、黒いタートルネックのセーター、毛皮の襟が付いた革製のボンバージャケット、厚手のウールの靴下、そして黒のブーツだ。

「着替えましょうか、ウラジーミル・ウラジーミロヴィチ。お手伝いしましょうか？」

「いや」。ウラジーミルは答えた。彼は立ち上がってズボンを脱ぐとジーンズをはいた。出だしこそうまく行くように思われたが、彼はシャツ姿のままソファに座り、動きが止まってしまった。シェレメーチェフは二分ほど待ったものの、自分が何をしていたのかウラジーミルが忘れてしまったのは明らかだった。時間に遅れるとエレエーコフが長く待ってはくれないだろう。彼はもう一度ウラジーミルをうながし、すばやく手伝いながら最後まで着替えさせた。

「お前は誰だ？」。シェレメーチェフが跪《ひざまづ》いて靴下と靴を履かせようとしていたとき、彼は尋ねた。

「シェレメーチェフです。あなたにお仕えして六年目です、ウラジーミル・ウラジーミロヴィチ」

「お前は私の母親を知っているのか？」

「いいえ、ウラジーミル・ウラジーミロヴィチ。まだお目にかかる機会がございません」

「残念だな。お前にも引き合わせてやろう」

「こちらの足を上げてください、ウラジーミル・ウラジーミロヴィチ。そうです……ブーツを履かせてください……そうです……あとひと息です、ウラジーミル・ウラジーミロヴィチ……」

「われわれは出かけるのか？」

「出かけますよ。さきほど申しました」

「どこへ出かけるのか？」

「湖です。さあこちらのブーツを……いいでしょう、お立ちください」

シェレメーチェフはウラジーミルがボンバージャケットを着込むのを手伝い、そして一歩退いた。目の前に立っているのは、シェレメーチェフが長いあいだ目にしてきた写真のなかのウラジーミル・ウラジーミロヴィチだった。もちろん年老い、禿げが進み、痩せていたが、まだはっきりあの人だとわかる。いまだ姿勢もよく、その年齢の男性としてはまったく素晴らしい肉体的な外見だ。十歳か二十歳若くても通るだろう。

彼は微笑んだ。「見事です、ウラジーミル・ウラジーミロヴィチ。お待ちください、腕時計をおつけします」

シェレメーチェフはウラジーミルの衣裳部屋に入り、元大統領の腕時計を収納したキャビネットの扉を開けた。

引き出しの一つを開けると、いくつもの金時計がある。スリムでエレガントだが、探しているのとちょっと違う。別の引き出し、また別の引き出しと開けていき、よりふさわしいと思えるものを見つけた。文字盤にミニダイヤルがつき、本体から大きな銀色のリューズが突き出た黒とシルバーの分厚い腕時計で、まさにスポーツマン用の逸品といえる。彼は寝室に戻り、ウラジーミルの手首にそれを装着した。

「これはトリコフスキーからの贈りものだ」。彼が留め金をつけていると、ウラジーミルが言った。

「そうなんですね?」。シェレメーチェフは応じたが、彼にとってその名はなんの意味もなかった。「戴いたときのことを覚えてらっしゃいますか?」

「もちろんだ」。彼は一人笑いした。「若いころ、われわれは友だちと言ってもいいほどだった。トリコフスキーとはそういうやつなのだ。彼がこいつは使えるやつだと思ったら、もう血を分けた兄弟だったが、それでもやりすぎということはなかった」

「これでよし」。一歩退《さ》がってシェレメーチェフは言った。「行きましょう」

「どこへだ?」

「湖でございます」。シェレメーチェフは自分の腕時計を見た。「さあウラジーミル・ウラジーミロヴィチ。遅刻しますよ」

階下ではアルトゥールが副官のリョーシャと待っていた。リョーシャは頭をつるつるに剃り上げたずんぐりした男だ。他に三人の警備員がついていたが、全員ダークスーツに黒シャツで、野外へ出かけるにはパトカーの赤色灯なみに目立つことはなはだしい服装だ。アルトゥールが長身痩軀で繊細なまでの顔立ちなのに対し、リョーシャの方はもっと典型的な警備員体型で、胸板にはぐっと厚みがあって筋肉隆々、物腰もぶっきらぼうだった。

二台の自動車が正面玄関の外に停まった。

エレエーコフが運転していたのはメルセデスだった。防弾仕様の野獣のような自動車で、プライベートな顧客たちにも大いに好まれていた。そうした顧客の多くには敵がいて、それぞれの理由から自動車の利用を恐れていたからである。エレエーコフの息子が運転するのはレンジローバーで、やはり装甲が施されていた。ウラジーミルはメルセデスの後部座席、アルトゥールの横に座った。シェレメーチェフが座ったのはエレエーコフの隣の助手席である。リョーシャと他の警備員たち一統は二台目の方に乗りこんだ。

「みなさんよろしいですか?」。バックミラー越しにアルトゥールに目線を送りつつエレエーコフが言った。

アルトゥールがうなずいた。

一行は出発した。敷地内の車道の一番奥まったところで詰所の警備員がゲートを開けると、街に通じるあまり使われていない幹線道路の方に向けて、自動車が一台、もう一台と曲がっていった。

彼らは無言のまま、車は森の中を走った。シェレメーチェフはときどき肩越しに振り向いて、後部座席でシートベルトをしたまま窓の外に視線を送っているウラジーミルを確認した。この人の頭の中では何が起こっているのだろう、どこへ連れて行かれると考えているんだろうと思った。ウラジーミルはときおり不快そうに鼻に皺を寄せて臭いを嗅いでいた。

「ステパーニンに何が起こってるんですか?」。エレエーコフはシェレメーチェフに、他に聞こえないような小声でささやいた。

ちょうどシェレメーチェフの方でも同じことをエレエーコフに訊こうとしていたところだった。前の晩のバルコフスカヤの遠回しな脅迫のことを思い出して、シェレメーチェフは肩をすくめた。「おかしな事態になってきたな」

「彼もあの女とうまく折り合いをつけられればいいんですがね。このまま争ったって、彼の責任にされちまいますよ」

シェレメーチェフはその話はしたくなかった。別邸内で起こっているらしい窃盗や恐喝のことを考えると気分が悪くなった――とはいえ、この車内でエレーコフの隣に座っている自分は。まさにその渦中にいるのだ。

「彼はあなたとは話すんでしょう?」。運転手はなおも続けた。「どうですか? いつになったらまた彼のピリ辛手羽先を食べられるんでしょうね」

「何か臭うか?」。後部座席でウラジーミルがアルトゥールに言った。

「彼がどうするかは本人次第だよ」。シェレメーチェフはつぶやいた。

エレエーコフは不満げに首を振った。

「何か臭うか？」。ウラジーミルはしつこく訊いた。

「あの人は後ろで何が問題だってんでしょうね？」。エレエーコフがぶつくさ言った。ステパーニンの無駄な抵抗のせいで数多くの好物料理を犠牲にしたことに苛立《いらだ》っているのだ。「あの人は何をずっと文句ばかり言ってるんですか？　自動車は綺麗なもんですよ。私がこの目で確認したんですから」

「チェチェン人がいると思っているんだ」とシェレメーチェフ。

「自動車の中に？　チェチェン人が？」。エレエーコフはアルトゥールに視線を投げた。「あんたはチェチェン人だっけ、アルトゥーシャ？」

アルトゥールが首を横に振る。

「ウラジーミル・ウラジーミロヴィチ、チェチェン人なんかいませんよ」。エレエーコフは言った。それから彼はまた声をひそめてシェレメーチェフの方を向いた。「あなたもチェチェン人じゃないですよね、ニコライ・イリイチ？」

シェレメーチェフは首を横に振った。

「おわかりですか、ウラジーミル・ウラジーミロヴィチ？」。エレエーコフがまた後部座席に視線を投げる。「自動車の中にチェチェン人はおりません」

ウラジーミルは狡そうに微笑んだ。「それはお前の考えだ」

「トランクの中に誰かいるとでも思ってるんですかね？」。エレエーコフはそっとシェレメーチェフに言った。

「われわれが乗る前にトランクはチェック済みだ」。運転手に警備のプロとしてのプライドを傷つけられたかのようにアルトゥールが言った。

「忘れるんだ」。シェレメーチェフがつぶやいた。「あの人はいつもチェチェン人がいると思っているんだ」

「何者ですか？　あの人の知りあい？」

「わからん。いつもそいつの臭いがするって言うんだ」

「チェチェン人は臭いでわかるんですか？」

「チェチェン人なら何人か知っていますが」。アルトゥールが言った。「いつも彼らからただよう臭いは……料理に使うあれはなんでしたっけ？」

「にんにくか？」

「いえ」

「玉ねぎだろう？」

「いや。ウイキョウです。そうだ、ウイキョウだ」

「ウイキョウ？」とエレエーコフ。「ウイキョウってなんだ？」

「そういうのがあるのさ」

「ハーブの一種だね」。シェレメーチェフが言った。

「ウラジーミル・ウラジーミロヴィチ、ウイキョウの臭いがしますか？」。エレエーコフが大声で尋ねた。

「馬鹿を言うな」。ウラジーミルが言い返した。「それでモナーロフはどこにいる？　諸君はやつを拾わなければならん。やつは自動車の中で私を待っていることになっていたのだ。さあ引き返すぞ！」

エレエーコフは怪訝そうにちらりとシェレメーチェフを見た。

「このまま行けばいい」。シェレメーチェフは小声で言った。

湖に着くとアルトゥールが飛び降り、あたりが安全なのを確認してからシェレメーチェフが手を貸してウラジーミルを降ろした。その後ろでは、他の警備員たちがレンジローバーから降りた。

「お二人はどのへんを散歩しますか？」。アルトゥールがシェレメーチェフに訊ねた。

「どこだって同じだろう」。自動車にもたれてエレエーコフがぶつくさ言った。彼は指で腕時計を示した。「一時間を超えないこと、ニコライ・イリイチ。われわれの言ったことをお忘れなきように」

「われわれはウラジーミル・ウラジーミロヴィッチの行きたいところについてゆく」。アルトゥールが言い返した。彼はシェレメーチェフの方を向いた。「あの人が行きたいところ、どこへでもです、ニコライ・イリイチ。急がなくていいですよ」

エレエーコフはそれには何も言わなかった。シェレメーチェフは笑みを浮かべた。元大統領からいくら巻き上げられるかを見学するためにここに来たわけではない者が、少なくとももう一人いた。アルトゥールはそつなく慇懃《いんぎん》で、自分の職務の遂行とウラジーミルの安全確保だけを気にかけていた。彼にとってこれは金の問題などではなく、プライドの問題なんだということをシェレメーチェフは理解していた。ともあれこの外出にアルトゥールが同行していることは、前の日に露見した後味の悪さを和らげた。

「お二人はどちらへ向かいますか？」。アルトゥールがもう一度訊ねた。

シェレメーチェフは見まわした。湖のどちらの側の景色も似たようなものだった。われわれの他にも二、三人がそこかしこに見えた。どちらでもいいな。彼はあてずっぽうに右側を指した。

アルトゥールはリョーシャともう一人の警備員を使って、そのあたりを歩いていた数人を立ち退かせた。さらに他の二人の警備員は、シェレメーチェフとウラジーミルがアルトゥールをともなって歩き出した後から、少し距離を置いてついてきた。

湖面をわたって爽やかな風が吹いていた。白樺の葉がちょうど色づき出したばかりで、炎で塗ったように岸辺の森を照らしていた。

「先週もここに来たのだな」。一〇〇メートルほど歩いたところでウラジーミルが言った。

「とても爽やかでしょう？」。シェレメーチェフが言った。

「そうだな。とてもだ。これから泳ぐのか？」

「今日ではありません、ウラジーミル・ウラジーミロヴィチ」

「ダイビングは？」

「いたしません」

ウラジーミルは見まわした。「今日はカメラは来ておらんのか？」

「ただの散歩ですよ。ただちょっと新鮮な空気を吸いに来ただけなのです」

ウラジーミルはもう数歩進んだ。「そんな馬鹿なことがあるか！　私が新鮮な空気をくれなどと頼んだか？　私は忙しいのだ。モナーロフはどこだ？　モナーロフは来たのか？」

「ここは散歩をお楽しみください、ウラジーミル・ウラジーミロヴィチ」。シェレメーチェフは言った。

「正直に言えよ、やつは私への陰謀を企んでいると思うか？　モナーロフについてはいろいろ耳に入っておる。私がこれ以上職務に堪え得るとは思っていないようだ。最近のやつは以前とはちがう。連中はみな怖れている。それこそが問題なのだ。私がいなければ自分たちが奈落の底までまっしぐらなのを連中は知っている。船が沈むと思えばネズミのようにたちまち逃げ出すんだ。できるうちにやつらを排除しておけばよかったのだ。まだできる。手遅れではない。私は直ちに――」。彼はここで言い淀むと、狡そうにシェレメーチェフを見やった。「やつら全員を呼べ。モナーロフ、ルシキン、ナルザーエフ、セレンスキーだ。一カ所に集めろ。今日中に手配しろ」。そこでいきなり彼は訝《いぶか》しそうに目を細くしてアルトゥールを睨《にら》みつけた。「お前は誰だ？　知り合いか？　名はなんという？」

「アルトゥール・アルチョーモヴィチ・ルカシヴィリです、ウラジーミル・ウラジーミロヴィチ」

「ルカシヴィリ？　グルジア人か？」

「父がグルジア人です」

「では母親は？」

「母はチェリャビンスクの出身です」

ウラジーミルは唸った。彼はさらにしばらく疑わしげにルカシヴィリを眺めると、頭の向きを変えて森になっている湖岸を見つめた。彼は大きく息を吸って吐き出し、腰に両手を当てて、まるで領主ででもあるかのようなポーズを決めた。それぞれ三〇メートルほど離れて二組の警備員が護衛のために構えていた。向こうの方の沿岸では、警備員に誘導されて立ち退いた人たちが彼の方を見ていた。彼らは元大統領に気がついているのか、あるいはこれだけの人間が護衛についている人物とは何者だろうと思っているのか。

「われわれが諸君たちグルジア人にお仕置きをしたときには」とだしぬけに彼はアルトゥールに言った。「ブッシュ大統領はご機嫌ななめの幼児であった。あの男、あいつは馬鹿だ。あいつに会った瞬間、こんなやつは指先でひとひねりだと思った。あいつはあなたの心の奥底が見えると言いおった。たいした魔術師だ！　ありもしないものが見える人間なのだ。アメリカ人はああいうやつを大統領に祭り上げ――そして物事が望むとおりに進まないときには、ぬけぬけと私を非難する。いいか、忘れるなよ、あいつらがミハイル・セルゲーエヴィチ〔・ゴルバチョフ〕と、ボリス・ニコラーエヴィチ〔・エリツィン〕と、そして面と向かって私と交わした約束を――あいつらは次々に破りおったのだ。そうではないか？　誰もが知っていることだ！」。彼はいたずらっぽい笑みを浮かべた。「諸君、諸君らがゲームをしたければ、ウラジーミル・ウラジーミロヴィチとゲームをしたければ、その見返りがどうなるか気をつけることだ！　そうではないか？　それこそ、ブッシュの馬鹿が理解すべきことなのだ、それほどすごい眼力があるというならな」。彼は湖を象《かたど》るように並ぶ木々を見まわした。「この森に熊はいるのか？」

「どうでしょうね、ウラジーミル・ウラジーミロヴィチ」。シェレメーチェフが応えた。

「今日は私は狩猟をしているのか？　銃はどこだ？」

「今日ではありません」

「釣りか？」

「いいえ」

「乗馬か？」

「いいえ、ウラジーミル・ウラジーミロヴィチ」

「ならば私はここで何をしているのだ？　カメラはどこだ？　隠し撮りか？　なぜ隠す？　シャツを脱ごうか？」

「いいえ」

「国民はそういうのが好きなのだ！」。ウラジーミルはジャケットを脱ぎだした。

「ウラジーミル・ウラジーミロヴィチ――」

彼がジャケットをシェレメーチェフに投げつけると、ジッパーが彼の頬に強く当たって血が出た。

今度は黒のタートルネックを脱ごうとしている。

「ウラジーミル・ウラジーミロヴィチ！」。シェレメーチェフは彼に手を伸ばしながら言った。

「そんなことをなさっては――」

ウラジーミルがセーターを脱ごうともがいたとき、肘《ひじ》がシェレメーチェフの顔面をとらえ、ジッパーでできた傷をひろげることになった。シェレメーチェフは石に躓《つまず》いて、仰向けにひっくり返った。ウラジーミルは頭からセーターを脱ぎ終わると、彼の横に置いた。

アルトゥールはこちらの男からあちらの男へと目を向けた。

「大丈夫です」。シェレメーチェフはよろよろと立ち上がった。

「どうぞ」と言いながら、アルトゥールはポケットからハンカチを取り出した。「その傷はひどそうですね」

シェレメーチェフが頬にハンカチを押し当てると、血で赤く染まった。騒ぎを見て、海岸沿いに並んで離れて立っていた二組の警備員が近づいてきた。アルトゥールが彼らに手を挙げて応じた。

ウラジーミルはTシャツを脱いだ。かつては筋骨隆々の胸や両腕を無駄に世界に見せつけたものだが、いまや痩せ細り、母親からもらった金の十字架が胸筋のあいだの皺くちゃな皮膚の谷間にぶら下がっていた。

「カメラはどこだ?」。知っているぞとばかりに彼は笑みを浮かべた。「わかっている! 森の中だろう。望遠レンズだ。ああ、そうだ、見えるじゃないか」。彼は誇らしげに立ち上がって、ゆっくりと左右に向き直り、幻のカメラマンたちに湖を背景にした自分のショットを撮る時間を与えた。そして森の方に向かって歩み出した。

リョーシャと他の護衛の者たちが両側から駆け寄ってきた。

アルトゥールがシェレメーチェフの方を見て、「捕まえたほうがいいですか?」

シェレメーチェフは、裂傷のできた頬にハンカチを当てたまま返事をしなかった。彼らは立って見ているだけだった。ウラジーミルは身をかがめて、倒木の幹を持ち上げようとしているが、重すぎた。彼は別の倒木の幹に手をかけて、どうにか数メートルほど引きずった。そして立ち止まると、その幹の片方を両腕で持ち上げてポーズを決めた。肘を曲げて上腕二頭筋をひけらかし、顎《あご》を上げた。

「ありゃ何をやってんですか?」。警備員の一人がささやいた。

「カメラにポーズを取ってるんだよ」。シェレメーチェフが答えた。

「どれ? どのカメラですか?」。髪をなでつけながら警備員が言った。

「斧《おの》を持ってこい!」。ウラジーミルが叫んだ。「木こりの腕前を見せてやる。いい写真になるぞ。何をしている! 斧だ!」

「斧は持ってくるのを忘れたようです」。彼の方に数歩進んで、シェレメーチェフが呼びかけた。

「馬鹿者どもめ！　なら後でつけ足してもよかろう。私が木を切り倒したと言えればいいわけだ。この丸太、植木のようにここに植えたとは誰にも言わせんぞ」。ウラジーミルは幹を落とすと両腕を上げ、ありもしない斧をつかんだポーズを取った。さらに腕を振って木を割る男らしいポーズを何回か決めると、見えない道具を傍に投げ捨て、つかつかと森から歩み出てきた。

「わかった、もういいだろう！　写真を見せたまえ。どれを使うかは私が選ぶ」

ウラジーミルは岸辺に脱ぎ捨てた衣服の山のところで歩みを止めた。Tシャツは着たが、セーターとジャケットは地面に置いたままだった。シェレメーチェフがそれらを着せようとしたが、ウラジーミルは彼を払いのけた。「行くぞ」と彼は言った。そしてTシャツ姿のまましっかりした足取りでメルセデスへ戻ると、せっかちにシートに座った。他の全員も慌てて二台の自動車に乗り込んだ。

「空港まで」。ウラジーミルは命じた。「なんだこのシベリアの森は。正直に言うが、もっと近くでできんものなのか？　まるでモスクワ郊外には森がないみたいではないか！」

エレエーコフはシェレメーチェフに視線を投げると、「今度は空港ですか？」とささやいた。

「あなた、四時半には終わってるって言いましたよね！」

シェレメーチェフは首を振った。「別邸へ戻るんだ」。彼はつぶやいた。

「何をしている！」。ウラジーミルが叫んだ。「電話しろ！　フライトの準備を手配しろ！　燃料補給もしていない馬鹿パイロットを待ってたくないぞ！」。別邸への帰りのドライヴの前半、ウラジーミルは空港へ行け、シベリアを出るんだ、たかが写真撮影のために私の時間を三日も棒に振らせないようにスケジュールを組め、と叫び通しだった。彼はますます興奮していった。シェレメーチェフが振り向くたびに、アルトゥールは物を問いたげな視線を送ってきた。シェレメーチェフは頬の傷にハンカチを押し当てたまま座って、ウラジーミルがあとどれだけ興奮するのか、手に負えなくなったときに備えて鎮静剤の注射を持ってくればよかった、と考えていた。しかしそのあと、これといった理由もなくウラジーミルは落ち着きを取り戻した。別邸に帰り着くころには楽しそうに座って、アルトゥールにも親しげにフェージャと呼びかけながら、自分が外国の指導者と交わした駆け引きのあれこれについて話していた。「連中は私を押し込めることができると考えていたんだ」。別邸の入口の車道を自動車で上りながら、彼は言った。「しかしわれわれが一枚上手だったんじゃないか、フェージャ？ 連中を押し込めたのは私のほうだ！ ただ正しいボタンを押せば――ウクライナへの圧力を少々、中国とのロマンスを過熱気味に少々――西側のやつらが対応策を練りながら互いに唸り声を上げ、いがみ合うから、それを見物するわけだ」。彼はほくそ笑んだ。「犬みたいにだ！ 第一に、フェージャ、私は人間関係論のスペシャリストなのだ。内務機関員《チェキスト》であるだけでなく政治家でもあるならば、そうあらねばならんのだ」。ウラジーミルはまたもやほくそ笑んだ。「連邦政府に送り込まれた秘密工作員たちが任務を完了したいまとなっては、大きな違いはないがね！」

　エレエーコフが車を停めた。

「到着しました、ウラジーミル・ウラジーミロヴィチ」。シェレメーチェフが言った。

「ようやくか！」

　シェレメーチェフはウラジーミルを邸内へ連れていった。エレエーコフとその息子は二台の装甲車で、来訪中のアゼルバイジャン鉱山の富豪との約束の場所へと早々に出かけて行った。

この富豪は自動小銃を提げた十人以上の護衛なしに街へ出るような思い切った真似はしないのだった。

「ウラジーミル・ウラジーミロヴィチを二階まで運ぶのに手助けが要《い》りませんか?」。アルトゥールが訊いた。

「ありがとう、アルトゥーシャ」とシェレメーテフは応じた。「この人なら大丈夫だ。ただちょっと目に入る景色が変わったからね。少し興奮したんだろう。なんとかなるよ」

リョーシャと他の警備員は解散していた。アルトゥールは、ウラジーミルがスイートに戻るまでを自分の目で見届けないことには任務完了とはいかないと感じたらしく、その場に残っていた。「ついて行かなくていいですか?」

「ありがとう、アルトゥーシャ、こっちは大丈夫だ」

「大した手間でもないんですよ、ニコライ・イリイチ。ウラジーミル・ウラジーミロヴィチの安全に責任を持つのは仕事じゃなくて名誉なんです」

シェレメーチェフは微笑んだ。「この人は安全だよ、アルトゥールシャ」

「あと、その顔の傷もちゃんとした手当ての必要がありますよ」

「君のハンカチを借りているしね。洗ったらすぐ返すから」

「そんなことはいいんです。ただあなたの顔を見るかぎり、あまり傷の具合がよくなさそうです」

シェレメーチェフはウラジーミルに向き直った。「さあウラジーミル・ウラジーミロヴィチ。階上《うえ》へ上がりましょう」

ウラジーミルは階段を昇り出したはいいが、二、三歩でやめてしまった。

「お疲れですか？」

　ウラジーミルがうなずいた。

「さあ、お手伝いしましょう」。シェレメーチェフはウラジーミルの腕をとって優しく引き上げた。

　ウラジーミルは疲れたように一歩だけ上った。

「さあウラジーミル・ウラジーミロヴィチ。一歩ずつですよ」

「ほんとに手伝わなくていいんですか？」。下からアルトゥールが呼んだ。

　シェレメーチェフは彼を見下ろした。「いや、こっちは大丈夫だ。ウラジーミル・ウラジーミロヴィチは頑健だからね。ただもう若くないんだ」

「やはりエレベーターを設置した方がいいようですね？」

「そうだね」とシェレメーチェフ。この別邸でならそのアイデアに賛成する人が少ないことはなかろうと彼は思った。めいめいがコストの分け前にあずかろうと考えるからだ。彼はウラジーミルの方に向き直った。「こちらは平気ですね、ウラジーミル・ウラジーミロヴィチ？一歩ずつですよ……そうです。もう一歩……あんな遠出の後だと疲れるのも当たり前です。部屋に着いたらひと休みしましょう……そうです……もう一歩……」

　アルトゥールは二人が階段を昇っていくのを見ていた。森で上半身裸になり、斧をつかむ仕草をしながら腕を上げ、命令を発し、かつて国家元首だったころのように一同にあれをしろこれをしろと一喝していた老人が、いきなりこの変わりようだ。一歩、それからひと休み……。一歩、そしてひと休み……。

　シェレメーチェフと元大統領は階上まで上りきると、視界からゆっくり消えた。

ふとアルトゥールの腕を引く者があった。振り向くと、ステパーニンが隣に立っていた。料理人は左右に目配せし、寄りかかってきた。「あんたの耳に入れておきたいことがあってな、アルトゥーシャ」

シェレメーチェフの顔の傷は出血しつづけていた。彼があれこれを終えて鏡を見ると、頬骨の上に五センチほどの深い裂傷が走っていた。彼は傷をきれいに洗った。皮膚の端がぎざぎざと大きく開いていた。どうにか止血できたと思うたびに顔が動いて傷が開き、また出血し始めた。ウラジーミルの夕食が運ばれてきたとき、彼は片方の手で食事をさせながら、もう片方の手で傷口にガーゼを一切れ押し当てていた。

傷は縫わなくてはならなかった。シェレメーチェフはロスポフ医師に電話した。彼は地元の医師で、モスクワから大教授連が往診に来るあいま、ウラジーミルの日常のケアを担当していた。シェレメーチェフは医師に、ちょっとした事故があって何針か縫う必要があることを伝えた。医師はやってきたが、手当が必要なのがシェレメーチェフだと知って機嫌を損ねた。シェレメーチェフは、二階の自分の寝室に隣接したスイートに医師を連れて行き、事故に遭った経緯を説明した。

「病院に行けばよかったんじゃないかね」。ヨードチンキを浸した綿棒でシェレメーチェフの頬をこすりながら、医師はぶっきらぼうに言った。

「ウラジーミル・ウラジーミロヴィチから目を離すことができなくて……」。消毒する痛みで歯ぎしりしながらシェレメーチェフは答えた。

ロスポフはぶつくさ言った。彼は傷の洗浄を終えると縫合に必要な器具をバッグから取り出した。手袋をはめると、「痛いぞ」と告げて、傷の周囲の皮膚に局所麻酔を注射した。

シェレメーチェフの顔が痛みにゆがんだ。

「じっとして！　ほら。効いてくるまで少し待つぞ」

麻酔が効くのを待つあいだ、医師は部屋を見まわした。ロスポフは恰幅のいい、概して物わかりのよいタイプだった。彼が別邸《ダーチャ》に呼ばれることはさほどなかったが、それでもシェレメーチェフは長年のうちにその人となりを知るようになっていた。呼び出されたことへの苛立ちが消えつつあることも、すでにシェレメーチェフにはわかっていたのである。加えてこの医師が高額な診察料を請求してくるに違いないことも。

「どんな感じだ？」。鋏《はさみ》の先でシェレメーチェフの頬に触れながら、医師は言った。「何か感じるか？　麻酔は効いてるか？」

シェレメーチェフがうなずいた。

「よし。じゃあまずは整えよう」

彼は傷でぎざぎざに開いていた皮膚の両端を鋏で切りそろえた。そして座ったまま身をそらせ、自分の手仕事を確認し、少し切り込みを加えて鋏を手放した。

「六、七針だな」「小さい傷じゃないぞ」と医師が言うと、シェレメーチェフはうなずいた。医師は仕事に取りかかった。「で、この事故はどうして起きたんだ？」。縫合針を一刺ししながら、彼は尋ねた。

「ジッパーですよ」

意味を図りかねるように視線を上げた。そして素早く手の動きを繰り返しながら縫い目を結び始めた。

「ウラジーミル・ウラジーミロヴィチが私に上着を投げつけたんです」。ロスポフが二針目を刺す前に手をを止めると、シェレメーチェフは言った。「あの人を散歩に連れていったら興奮してしまって」

医師はうなずいた。「いまはどうなんだ、その興奮の方は？」

「落ち着いていますか？」

「悪化したのか？」

「ほとんど変化ありません」

「薬は効いてるのか？」

「わかりませんが、おそらくは」

「で、カリン教授はまだ診察に見えているのか？」

「毎月もう一人教授を同道してやってきますよ。アンドレーエフスキーとか言いました。ご存知ですか？」

医師は首を横に振った。彼は二針目を刺して結び、縫合糸を切った。「七針は縫う必要がありそうだ、ニコライ・イリイチ。いいか？」

「ご指示のとおりで結構です」

彼は次の一針を入れた。「あの人が興奮すると決まって話すのは誰のことだったかな？　誰だっけ？　グルジア人？　ウクライナ人？　シリア人だったか？」

「チェチェン人です」

「そうだった！　チェチェン人だ。あの人がわれわれを引きずり込んだ対戦国だな。君はどう思う？　あの人は罪の意識を感じているんだろうか？」

「わかりませんね」。ウラジーミルがチェチェン人にたいして罪悪感を抱いていると思わせるようなことは、シェレメーチェフには一つも思いあたらなかった。声の調子にしても、目に見えているらしいものへの攻撃にしても、悔悟の念を感じさせるものではなかった。しかし、だとしたら、なぜあの人は絶えずチェチェン人の気配を感じ、なぜ脅威するのだろうか？

「つまり今日もそうだったのか？　またあのチェチェン人なのかね？」

「いえ、今日は湖に出かけたんです」

シェレメーチェフは遠出のこと、湖畔で起こった一〇分ほどの修羅場のことを簡単に説明した。ありもしない撮影会のためにウラジーミルが服を脱いだ話に医師は苦笑した。

「小生が子どものころ」と彼は言った。「目にするのはそんなものばっかりだったな。馬に乗ったり、ボートをこいだり、虎狩りをしたり、なんだかよくわからんが。毎月のように世界に立ち向かうわれらがマッチョ大統領の写真を目にしたもんだ」

シェレメーチェフは答えなかった。医師は黙々と手を動かし、数分後に縫合を終えた。そして座ったまま身を引くと、傷口を観察した。医師は指で傷に触れ、もう一度ヨードチンキを浸した綿棒で最後の一拭きをした。

「よし、これで終わりだ。麻酔が切れて痛むようならアスピリンを服用するように」。彼は手袋を脱ぎ、針をより分けて、それ以外のものを束ねた。

「そのへんのものは置いといてください」とシェレメーチェフが言った。「処分しておきますから」

「抜糸のときは来たほうがいいかな。それとも自分でできるかな？」

「自分でできますよ」

「一週間は触らないようにして様子を見ること。そのあと縫い目が閉じていると思ったら抜糸していいだろう。もし傷口がふさがっていなければ、もう二、三日そのままにすること。自分じゃどうにも判断できないときにはまた来てもいい」

シェレメーチェフはうなずいた。

「傷跡は残るだろうな、ニコライ・イリイチ。ふさがるように最善は尽くした。裂傷が閉じさえすれば治る見込みがあるから、ひどい傷跡にはならないだろうが」。医師はバッグを持ち上げた。「ウラジーミル・ウラジーミロヴィチに挨拶しておこうかな」

二人は廊下づたいに歩いていった。ウラジーミルはテレビの前に座っていた。医師が挨拶をした。ウラジーミルは相手が誰だか判別できないまま彼を見た。

「医師のロスポフです」

「誰か病気なのか?」。ウラジーミルが応じた。

医師は微笑んだ。「いえ、通りかかったのでちょっとご挨拶に寄らせていただきました。お変わりないですか、ウラジーミル・ウラジーミロヴィチ?」

ウラジーミルが医師を見る目は疑い深かった。

「お訊きしてみただけですよ」

「上々だ。お前は誰なんだ?」

「ご存じですか?」

「お前はどうなんだ?」

「医師のロスポフです」

「ロスポフなら知っている。議会にいたな」

「あれは小生の父ですよ」。医師は言った。「父は八年前に亡くなりました」

「きわめて信頼できる男だ。いつも最も高値の入札者に票を売っていたな」

医師が神経質そうに咳払いした。

「まったくもって名誉とは言えまい」。ウラジーミルが続けた。おそらく医師が咳払いしたのを関心がある徴《しるし》と見たのだろう。「ただ一つのことを除けば原則というものがまるでない――最も高く支払った人間が投票権を得る、という以外にな。しかし私はそれに反対ではない。いいか、聞けよ、ああした男が相手なら少なからず自分の立場がわかっている。自分が得るものがわかっているはずだ。他の誰よりも多く支払えば味方につくし、少なければ去る。単純明快だ。そして原則主義者たちも、世間知らずだとはいえ、どう付き合えばいいかわかるだろう。いや、厄介なのは原則の他に売り値を持った連中だ。あるときはこちらで、あるときはあちらでとな。連中ときたら女のようなもので、ある日にはイエスがノーの意味で、次の日にはノーがイエスの意味なのだ……わかるわけがない！　ただベッドに入って足を広げてればいいのだ、ロスポフのようにな！　ああいう人物なら私はいつでも応じてやる」

「つまりその」、医師は言った。「小生はただ――」

「あいつのことは好きだった。真のロシア人だ！　気取ったところもないし、羞恥心もない。いつも手を差し出している。金さえいただけるなら言うとおりにいたします、とな。で、やつは死んだのか？」

「八年前です」。医師が小さく答えた。

「悲劇だ。私は葬儀に行ったか？」

「いいえ、ウラジーミル・ウラジーミロヴィチ」

ウラジーミルが笑った。「まあ、やつは長いあいだ私から存分に奪《と》ったからな。どうしてやつのことを知っている？」

「父でした」

「お前も議会にいるのか？」

「いいえ、小生は医者なのです」

「なぜここにいる？　誰か病気か？」

「どこか悪いのですか？」

「いや」

「せっかくですから看てさしあげましょう」。医師は手を伸ばし、ウラジーミルの脈を取った。脈拍を数えながらも彼の目は泳いでいた。「これは素晴らしい時計ですね、ウラジーミル・ウラジーミロヴィチ」。医師の指はまだウラジーミルの脈に当てられていたが、彼はもう数えてはいなかった。「ウブロですか。これはいい」

医師はバッグから聴診器を取り出し、ウラジーミルの胸の音に耳を傾けた。医師は腕時計から視線を逸らすことができなかった。これは湖への遠出の前にシェレメーチェフが手首にはめてやったものだった。

「もう結構だ！」。ウラジーミルがかんしゃくを起こしだした。

「いいでしょう、異常なしです、ウラジーミル・ウラジーミロヴィチ」

「お前はロスポフの息子か？」

「そうです」

「あの老いぼれに伝えるのだ。来週しかるべく投票しないと一ルーブリも払わんぞ。鐚《びた》一文もだ、わかったか？　必ずやつに伝えろよ」

「承知しました」

「よし。下がれ」

「ではまた、ウラジーミル・ウラジーミロヴィチ」。老人の手首の腕時計を最後まで盗み見しながら医師は言った。

ウラジーミルは無言で手を振って彼を追い払うしぐさをした。

スイートの外にいたシェレメーチェフは、医師の父親のことを聴いて、どう話していいやらわからずにいた。二人で階段を下りるとき、医師は首を振った。「たいしたペテン師だな」

医師が言うのがウラジーミルのことなのか医師の父親のことなのか、シェレメーチェフには判じかねた。

「あの人がしている腕時計を見たかね？　あれの値段を知ってるか？」

「高いんですか？」。シェレメーチェフには想像もつかない。

医師が笑った。彼は片袖をまくると、シェレメーチェフに自分のしている腕時計を見せた。ずっしりした銀時計で、紺色の文字盤に銀のベルトがついている。「時計に目がなくてね。小生の泣きどころだ。妻には幼稚だなんて言われるが気にしていない。これはブライトリングのクロノスペースで結構なしろものなんだ。これがいくらか知ってるか？　七〇〇〇だ。ドルだよ、ニコライ・イリイチ。ルーブリじゃなくてね」

シェレメーチェフは医師の毛むくじゃらの手首に巻かれた腕時計に目を見張った。

「そうさ。七〇〇〇ドルだよ。で、いいかい、そんな金を工面するのは小生にも容易じゃない。しかしあの時計ともなると……とてもじゃないけど手が出ない。レベルが違うんだ」

「七〇〇〇ドルどころじゃない？」

医師はまた笑った。「あの人が自分で払ったものじゃないだろうがね、間違いないよ。きっと誰かからの貰いものだろう。何かを決裁するときのちょっとした袖の下、誰かさんの望みを叶えてやったことたいする心付けってとこさ。便宜を図った見返りに、労働者の生涯賃金があの人の手首に巻かれてるんだ。理不尽なことさ、ニコライ・イリイチ。あれだけ資産があり余っていながら、たぶん彼は一度も金を払ったことなどないんだろう。脱帽するしかないね。たいしたペテン師さ——世界チャンピオンだね」。医師はしばし考えこんだあと、表情が一変した。「ここに新しい家政婦が来たんだろう、誰かから聞いたけど？」

シェレメーチェフはうなずいた。

「小生にも紹介してくれないか」

「もちろんです、ただ確認してみないと、もし彼女がいま——」。ウラジーミルが叫ぶ声がシェレメーチェフのポケットのモニターから聞こえてきた。彼は申しわけなさそうに医師を見た。「おっと戻らなくては。あの人が興奮するといけませんから」

「わかった、家政婦に会うのは今度にするよ。傷のことはお大事に、ニコライ・イリイチ。傷口が開くとひどい跡が残るからな。縫ったところには触れないように」

ウラジーミルの用件はトイレだったが、すぐまたシェレメーチェフは彼をテレビの前に座らせることができた。

その晩遅く、オレグが電話してきた。パーシャの面会に行ってきたが、片目のまわりが黒い痣《あざ》になっていたという。なんとしても家族からカネを引き出すために、子ども扱いは止めになったようだ。看守が見張りながらの会話でもあり、パーシャは何があってそうなったのか話すのを拒んだ。

「あの子も勇敢であろうとはしたんだけど……耐えられないんだ、コーリャ兄貴！　なんとかおれたちで出してやれないか」

「彼は本当にそうして欲しいのかな？」。シェレメーチェフが尋ねた。

「何を言ってるんだ？」。オレグが詰《なじ》った。

シェレメーチェフはウラジーミルの言ったことを思い出していた。何があろうと原則を貫く人もいるのだ。「あの子に訊いてみたか？　あるいはお前が賄賂を払うことなど望んでいないかもしれない」

「そりゃ中に入ったときにはそんなことも思っただろうが、いまは違うよ。目に真っ黒な痣《あざ》をつけられりゃ、そうじゃなくなるよ、兄貴。中のやつらがあの子にどんなことをするか、わかったもんじゃない……生きて帰れるかどうかもわからないんだ」

弟はいまにも参ってしまう瀬戸際のような声を出した。

「オレグ、大丈夫だよ。私たちであの子を出してやれる」

「どうやって？」

「誰かカネを持っている人間を調べたか？　私に二〇〇〇ドルある。おそらく少しずつなら工面できるだろう」

「兄貴、あいつがぶち込まれた理由を耳にしたら、誰もおれに一コペイカだって寄こしやしない。厄介者扱いさ。『ああ大統領を侮辱したんですって？　元大統領まで？　さよなら、オレグ・イリイチ』ってね。パーシャは正しいよ、兄貴――これがウラジーミル・ウラジーミロヴィチの築いたロシアなのさ。あの人は死んだも同然だが、おれたちはこれからもずっとここたのだから。あいつはその日暮らし、そのまた日に暮らさなくちゃならない。いまパーシャは――なまじ立ち上がって真実を言う度胸があったために――その代償を支払う必要がある。そうだろう、兄貴。誰が払うべきなんだ？　あの老人、こんな混乱状態を生み出したあの老人が払うべきなんだ。刑務所に入るのはあいつだ。あいつこそ厄介者扱いされなきゃならない！　ああ、あの人は老いぼれて物忘れが激しい。ああ、あの人は放置しておけばいい。いいかい、それがどうした？　パーシャは若くて前途洋々だ、何事かを話すこともあるし真実だって伝えるさ、それでどうなった？　これがおれたちのロシアだよ、兄貴。で、誰が悪いんだ？」

シェレメーチェフは黙っていた。

オレグは嘆息した。「ヴァーシャはどうなんだ？」。思い出したように彼は言った。「あの子はなんて言ってるんだ？」

「何もできないそうだ」

「従弟のためにも？　しっかりしてくれよ。ヴァーシャならあらゆるところに知己がいる。あの子は猫みたいなもので、落ちても足から着地するんだ。あの子にできることが何もないなんて言わないでくれよ。あの子はなんて言ったんだ？」

「金はないって言ってたよ」

「それだけ？」

「それだけだ」

「そんな金はないと？」

「私たちが言うような額ではな。私が思うに……あいつのビジネスについては私も知らない。そんなにうまく行ってないんじゃないか」

「兄貴、誓って言うけど、監視されてる気がするんだ。勤め先の学校でね。見まわすと誰かがこっちを見ている。連中は知ってるんだ。そしてこう思ってるんだ――息子が大統領を侮辱したのはこいつだ、息子が拘置所に食らいこんでいるのはこいつだ、とね」

「オーリク、被害妄想もいい加減にしろ」

「被害妄想じゃないさ。ニーナも気がついてるんだ」

われら対やつらか、とシェレメーチェフは思った。バルコフスカヤの言ったことだ。人間の考え方は、古きソヴィエト時代とあいも変わらずなのか？

「いいかオーリク」。意を決したように彼は言った。「私たちであの子を釈放してやるんだ」

「どうやってだよ？」。またオレグが叫んだ。

シェレメーチェフは目を閉じた。それがわかれば苦労はない。

彼の頭にイメージが浮かんできた。小さかったころのパーシャは物思いに耽《ふけ》りがちな子どもで物静かだったから、いつもこちらから話しかけていたっけ。でもだんだん打ち解けてくると明晰で聡明だから話しやすくなる……カリンカの葬儀のときの写真だと、パーシャは十四歳でヴァーシャの隣に立ち、頭一つ分は従兄より背が低かった……真面目で無私無欲な青年に育ち、はやばやと大義名分に身を投じたのである。

ロシアで起こりつつあること、いわゆる不正を耳にすることはあった。しかしそれが自分の知り合いの身に起こっているとは、ついぞ思わなかった。それに何が真実なのかは決して知りようがなかった――物語にはつねに二つの側面がある。しかしそれはもうテレビ画面上の名前でも顔でもない。生まれた日にこの腕に抱いたパーシクなのだ。だからこの物語には二つの側面などなかった――あるのは一つ。

「大丈夫だ、オーリク。うまい手が見つかるさ」

「どうやって」。またオレグが言った。

シェレメーチェフにも答えはなかった。かわりに「土曜にそちらへ会いに行くよ」と言った。

「休みを取ったんだ」

彼は携帯電話をポケットに戻すと、ウラジーミルに薬を与え、就寝準備をさせるために階上に上がっていった。部屋に入って元大統領を見たとき、オレグの声から聞こえた苦悩、そして弟がウラジーミルにたいして抱く苦い思いが平手打ちのように彼を襲い、途中で歩みを止めてしまった。しかし自分は介護士であり、肘掛け椅子に座って邪心なく無表情でこちらを見ている老人が自分の患者なのだということを思い出すと、努めてそのような気持ちを取り除こうとした。

ウラジーミルはまだ湖へ外出したときのTシャツとジーンズのままだった。服を脱がせていると、ウラジーミルがシェレメーチェフの顔の傷をじっと覗きこんでいるのがわかった。

「それはどうしたんだ?」

「なんでもありませんよ、ウラジーミル・ウラジーミロヴィチ」

ウラジーミルは指を突きだして傷をつついた。

シェレメーチェフが飛び退いた。「やめてください!」。彼は怒気まじりの声を上げた。

その反応を楽しむように、ウラジーミルはにやりとした。

「いててて」。シェレメーチェフはつぶやいた。「どうかさわらないでください」。自分を包み込んだ怒りの靄《もや》に戸惑って、彼はそっぽを向いた。心臓がどきどきしていた。ウラジーミルの世話をしていたこの六年間で、一度たりとも彼に怒りを覚えたことがない。もどかしかったり、不満を感じたり、辟易したり……そう、もちろんそういうことはどんな患者が相手でもあることだ。しかし怒ったことは一度もなかった。彼は深呼吸した。患者にたいする怒りは、介護士として、そう感じること自体を決して自分に許してはならない感情だった。

靄が退いたと感じるまで、彼はしばらく待ってから近寄り、またいきなり一突きされないように気をつけながら、慎重にウラジーミルがパジャマを着るのに手を貸した。医者が羨望していた腕時計を外させ、服と一緒に衣裳部屋へ戻した。その腕時計のあった引き出しを開け、所定の場所に置き、前面に指を当てながら引き出しを押し込もうとしたが、そこで躊躇した。いま戻した腕時計はとても自分には手が出せないと医師は言っていたが、その彼の手が届く範囲ですら七〇〇〇ドルにもなるのだ。労働者の生涯賃金だと医師は言った。そしてここには、この引き出しには、そうした時計が一つではなく――十五もある。

シェレメーチェフは他の引き出しも無造作に開いてみた。金時計に銀時計、文字盤が白いもの、青や緑のもの、文字盤に小さな宝石が埋めこんであるもの、金属製のリストバンドのもの、革製のベルトのものもあった。彼は革のベルトを二つばかり仔細に眺めた。すべすべしてまったく使われていなかった。別の引き出しを開く。こちらは一つ分の空きがある。きっちり歯が並んだ下顎から一本だけ歯が抜けているみたいだ。別の引き出しはすべて埋まっていた。

シェレメーチェフは後ずさりした。この戸棚にはいくつ引き出しがあるんだ？　数えたら二十五だった。引き出しごとに十五のビロードのくぼみがあり、腕時計の収まっていない空きのくぼみはいくつか散見されるだけである。これらの腕時計はめったなことで隠し場所から取り出されることがなかった。ウラジーミルがその対価を払う必要がなく、贈りものだったというのは本当だろうか？　医者でさえ買えないほど高価な腕時計を？

ウラジーミルが隣室でベッドに寝つくのを待っているあいだ、シェレメーチェフは豪華に設《しつら》えられた戸棚のなかで閉じられ、完璧な正確さで一つまた一つと重ねられている引き出しを見つめていた。引き出しの上に引き出しがあり、腕時計の隣にまた腕時計がある。

そしてパーシャは賄賂がないばかりに獄中にいる。見た目にも高価なこれらの腕時計が顧みられないままくぼみの中に鎮座しているあいだにも……。

彼はわれに返った。彼は自問した、ニコライ、お前はいったい何を考えているんだ？

第十章

ロスポフ医師の手当てを受けた顔の裂傷は、シェレメーチェフが思っていた以上に彼の頰に傷をつけていた。翌朝鏡をのぞくと、茄子紺《なすこん》色に腫れた頰に、血の固まりでできた小さなサボテンのような縫合糸の結び目が点々と細い黒い線となって走っていた。

彼に会う誰もがシェレメーチェフの頰の裂傷を目にすると、何かコメントを求められいるのだと受け取ったようで、シェレメーチェフがそこにいるだけで、みなさんが知恵や機智だと思うことを訊いてみたいんですよ、と新発見の欲求をふれまわっているようなものだった。「気をつけなくてはいけませんよ、ニコライ・イリイチ」とメイドが廊下で話しかけてきたが、その口調は普通ならよぼよぼの八十代の老人にむかって使うものだった。「また飲んだんですか？」と、朝食のトレーをウラジーミルに運んできた付き人が、耳から耳まで笑みを浮かべて言った。そしてそもそもの負傷の原因となったウラジーミルは、彼を見るなり「お前が誰であろうとも剃刀《かみそり》ぐらい使えるようになれ！」と一喝した。

「はい、ウラジーミル・ウラジーミロヴィチ」。指で突かれる圏内から身を引きながらシェレメーチェフは答えた。

ウラジーミルの朝食を手伝ったあと、シェレメーチェフは彼を居間に置いたまま階下に降りた。職員用の食堂では、五、六人の警備員たちが騒々しく朝飯をとっていた。その中にはリョーシャや、前日の湖行きに同行した他の二人の警備員もいた。あははという笑い声や軽口の合唱が彼を迎えた。軽口の多くは武器のうちでも最も致命的なもの、すなわちジッパーがもたらす危険についてだった。

「そりゃ笑えるね!」。シェレメーチェフはいらだたしく言い放つと、パンと蜂蜜に食いついた。

軽口はもう数分も続き、しだいに止んだ。

そのうちに警備員たちも散っていった。シェレメーチェフは一人座ってコーヒーを啜り、パーシャと彼の黒ずんだ目について考え、ときおり頬の裂傷の周囲の柔らかい腫れをおずおずとつついてみた。前夜、オレグの声に響いていた恐怖と絶望を思うと苦しかった。もしヴァーシャがパーシャの境遇に置かれたらどう感じるだろうか想像してみた――ヴァーシャがそんな境遇に陥ることは想像もできないが、それは何もパーシャのようなことをヴァーシャが書くことなど絶対にない、というだけではなかった。ヴァーシャが拘置所にいたら、おそらくあいつがその場を仕切るだろう。でもパーシャでは……オレグは正しかった――あの子がどうなってしまうか、あの子の身に何が起こるか、無事に生きて戻れるのか、わかったものではない。

そしてオレグはもう一つ別の点でも正しかった――これはカリンカのためなのだ。パーシャのなかで何年も蓄積され、あのブログで爆発した怒りは、カリンカの死から始まった。オレグが言うように、どういうわけか彼は何が起こっているのか察知してしまい、以降の彼は以前の彼ではなくなってしまった。

シェレメーチェフはパーシャの勾留に自分が一役買ったかのように、深い自責の念にとらわれた。

ステパーニンが厨房から顔を出した。彼は自分用の粥《カーシャ》を一皿とコーヒーを手にしていた。「喧嘩するなら銃を持っていけよ、コーリャ」

「笑わせるなよ」

「ひどいことになったな」。手ぶりでシェレメーチェフの顔を再現しながら彼は言った。

ステパーニンが笑った。「かたやジッパーときた日にゃ、防禦も難しいな」

「いい、それに肘もだ」。シェレメーチェフがぼやいた。

「ボスがあんたに肘鉄を食らわせたのか?」。ステパーニンは感心したような表情を浮かべた。

「何をやったか知らないが、よっぽどあの人を怒らせたんだな」

シェレメーチェフはその手に乗らなかった。

料理人はにやりとした。かつての彼に戻ったようだった。バルコフスカヤが彼の鶏肉の仕入先に攻撃を開始して以来、絶えず彼の表情に浮かんでいた不安げな渋面はそこになかった。彼はカーシャに蜂蜜を振りかけてスプーンにすくうと、すました表情で食べた。

何が起きているのかとシェレメーチェフは思った。

ステパーニンはそそくさと食べ、コーヒーに口をつけた。彼はどんとコーヒーカップを置くと、またにやりとした。「ウラジーミル・ウラジーミロヴィチが近いうちにグルジア風チキンを食べたがると思うか?」

シェレメーチェフは驚いて彼を見た。「バルコフスカヤとはすっかり話がついたのか?」

ステパーニンは謎めいた笑みを顔に浮かべて立ち上がった。

「つまり万事オーケーということか?」。にわかに安堵を感じてシェレメーチェフは訊いた。

「これからそうなるのさ」

「これ、いい、いから？」。あまりいい響きがせず、料理人の口調も不吉そうに感じられた。「これからとはどういうことだ？」

「先に始めたのはどっちだ、コーリャ？　おれか、それともバルコフスカヤか？　どうだ？　戦争を始めたら誰かが傷つくんだ」

「ヴィーチャ、君はいったいなんの話を――」

「またすぐランチでグルジア風チキンをご提供できるでしょうとウラジーミル・ウラジーミロヴィチに伝えてくれるだけでいいんだ」

ステパーニンがバルコフスカヤをどうやって失脚させようと計画しているのか、シェレメーチェフには見当がつかなかった。しかし料理人の暗示によってさきほど感じた安堵感は霧消し、湧き上がる不吉な予感にとって代わられた。パーシャへの罪悪感と懸念、それに裂傷した頬のずきずきする痛みが加わり、シェレメーチェフはいっそう惨めを感じた。パーシャの境遇をみていると、カリンカの最悪だった日々を思い出させた。彼女の病状は目の前で悪化の一途をたどっていたのに、カネがなくてなすすべもなかったのだ。あえて兄らしく保護者のような口ぶりでパーシャを拘置所から出す方法を見つけようとオレグには話してみたものの、ここはオレグを救うために頭を低くかまえて突撃した学校の運動場ではなく、勝ち目のある相手との戦いでもなかった。むろん「ピントー兄弟」だってそんなに多くの乱闘を勝ち抜いたわけではない。なんにせよ、相手は肩すかしを覚えたガキどもでもないのだ。弟を慰めたいという本能的な願望からああ言ったまでだが、しょせん虚しい言葉づらだけで、オレグに何か希望を与えたとしたところで、その希望は事実とは食い違っていた。パーシャを釈放するのに充当できる潤沢な資金など彼にはとうていなく、他の誰かが用立ててくれるあてもない。

昨夜、ウラジーミルの腕時計の棚の前で考えたことが思い出された。しかしそれはクラス全員の前に出て嫌われ者の教師を一発ぶん殴ることを夢見る子どもと変わらない、ただのファンタジーだった。シェレメーチェフは自分のことをわかりすぎるほどわかっていた。どだいそんなこと彼には無理なのだ。


その朝、ウラジーミルを散歩に連れ出すとき、シェレメーチェフは彼を遺体安置所には近づけないようにした。十月にしては珍しく穏やかな日で、臭いもきつかった。もしステパーニンがバルコフスカヤとの対立を終熄させる方法を見つけたのなら、少なくともこの穴を埋めて悪臭を絶つはずなのだ。といってエレエーコフのガレージにも行きたくなかった。彼はウラジーミルを別の方向へうながした。

敷地の大部分を覆っている長いプラスチック製のトンネルとトンネルのあいだは、風もなく、日中もほとんど暖かいと言えるほどだった。ウラジーミルは誰かと会話でもしているかのようにぶつくさ言っていた。そのすぐ横を歩きながら、パーシャへの無力感にとらわれたシェレメーチェフはくよくよと考え込んでいた。明日は休みを取ったのでオレグには会いに行く旨を伝えていたが、彼の方から新しく話せることは何もなかった。もちろん弟には会いたかったが、オレグの窮状を知りながら徒手空拳で訪ねていくのは寒々しくもあった。

ウラジーミルは温室のあいだに――あれはシェレメーチェフの理解では温室というより商売目的の農場だったが――ぽつんと置かれたベンチを見つけた。通常、元大統領は一日の残りの時間は座って過ごすことが多いこともあり、朝の散歩時にはウラジーミルを歩かせるようにしていた。しかし今日はすっかり落ち込んでいたので、そこまで気も回らなかった。職務怠慢だったが、二人がベンチへたどり着くと、ウラジーミルがここで歩くのを止めたいというので座らせた。

シェレメーチェフは彼の横に立っていた。ウラジーミルはあいかわらず独り言をつぶやきながら、彼のことはほぼ念頭になかった。シェレメーチェフもやや躊躇《ためら》ってからそこに座った。目の前の温室には、そのなかで農作物に取り組む作業員たちのシルエットが浮かんでいた。シェレメーチェフはウラジーミルをちらっと見た。元大統領は腕を組んで座り、その視線はどこか中空を睨《にら》んでいた。

ウラジーミルの幻覚や空想が悪化しているのではないか、とシェレメーチェフには思えた。来る日も来る日もこの人と暮らしていると、それを見分けるのは難しかった。また、つねに一緒に過ごしていると、病気で肌の色や体重が変わったかどうかはわかりにくく——半年ごとに会うほうがはるかに判断しやすいし、その変化にもたちまち気がつく。一度、カリンカの容態が本当に悪化したとき、その前年に撮った写真をたまたま見つけて、彼女の容体がどれほど悪化していたのか、にわかに感知したことがあったのをシェレメーチェフは思い出した。ショックだった。たった一年で？

彼はふたたびウラジーミルに目をやった。この老人は何十年も前の過去のなかを生きていた。ウラジーミルは半年前ならまだときおり思い出せる名前もあったのだが、いま別邸《ダーチャ》にいる人間のことをたった一人でも認知できているのだろうか、と疑われた。まったく他人としか思えない人びとだけに囲まれて暮らすのはどういう気持ちなのか、彼は想像しようとした。考えてみると恐ろしかった。しかしウラジーミルは少なくとも自分には親しみを感じているとシェレメーチェフは確信していたし、別邸で彼の世話をする他の者たちを遠い過去の友――や仇敵《きゅうてき》――と取り違えることもあった。だから彼が生きている世界は、たとえ完全に歪んでいたとしても、シェレメーチェフが想像するほど冷たくよそよそしいものではないのかもしれない。なるほどそれはファンタジーであり、ウラジーミルの頭のなかにだけ存在する記憶の産物だったが、ウラジーミルはその事実についてももはやなんの洞察もできないので、あの人自身にとってはその世界が現実なのだ。ある意味、自分や他の誰かが住む世界と同じように本物なのだとシェレメーチェフは思った。

温室から、苗を積んだ長くて平らな猫車《ねこぐるま》を押しながらゴロヴィエフが現われた。二人を見ると庭師は立ち止まった。猫車を置いてこちらへやってきた。

「おはようございます、ウラジーミル・ウラジーミロヴィチ」。彼はいつも通り丁寧に言った。

ウラジーミルは彼を一瞥すると、また目を逸らした。

「今朝のウラジーミル・ウラジーミロヴィチは何かで頭がいっぱいでね」。シェレメーチェフがそう説いた。

ゴロヴィエフが微笑んだ。「そうですか？　国政のことですねきっと。あなたのその顔の傷はひどいですね、ニコライ・イリイチ」

「ちょっと事故があってね」とシェレメーチェフ。「見た目ほどひどくもないんだ」

「すぐよくなりますように」

「ありがとう」

ゴロヴィエフのことをどう受け止めていいのか、シェレメーチェフにはわからなくなっていた。以前は善良な好人物という印象だったが、彼もまた他のみなと同様に分け前をハネていたのである。

庭師はそこに立ったままだった。

「ウラジーミル・ウラジーミロヴィチは今朝はあまり話をする気分ではなさそうだ」。思いあまったようにシェレメーチェフが言った。

「ニコライ・イリイチ……座ってもいいでしょうか？」

「ここに？」

「はい」

シェレメーチェフはやや逡巡したが、席をつめて、なんとか自分とウラジーミルのあいだにわずかなスペースを確保した。庭師は彼の隣に座った。

「私は……」、ゴロヴィエフは低い声で話し出し、まだぶつぶつ言っているウラジーミルをちらと見て言葉を切った。「あなたの甥御さんのことは実に気の毒だとお伝えしたかったのです」

シェレメーチェフは驚いて彼を見た。

「何があったか、みんな知っています。ブログも読みましたよ、ニコライ・イリイチ。もちろん私が知ったときにはもう削除済みでしたが、見つける手段はいろいろあります。インターネット上のもので完全に消えるものなんてありませんよね？　また思い切ったことを書いたものです。それだけはお伝えしとこうと思いました」

「それでいま彼は罰を受けているんだ」

「はい」。庭師はしばらく何も語らずに座っていた。「ニコライ・イリイチ……人から私のことは聞いたでしょう？」

「聞いたとは？」

「私の過去について」

「いや」

庭師はわかっていますよと言わんばかりに彼を見た。

「まあ何かあったとは聞いたけど」。シェレメーチェフは白状した。「でもそれ以上のことは知らないし、知りたい理由もないだろう？　何かあったとしても私にはかかわりのないことだよ、アルカージー・マクシーモヴィチ」

ゴロヴィエフは笑みを返した。「私が何をしたとあなたが考えているかわかりませんが、おそらく実際あったことよりひどいのでしょうね」

「どうだろう」

「話しましょうか？」

「結構ですよ」

「若いころ、大学を卒業した私はジャーナリストでした。もちろん当時は状況が違っていました。そこにいるあなたの患者とその取り巻きは、まだ新聞やテレビ局を完全に掌握していたわけではありませんでした。私たちは愚かにも、ロシアは変わった、他の文明国並みになった、そしてそれが永遠に続くものだと考えていたのです。もちろん私たちは間違っていた。私たちのうちの何人かは首を深く突っ込みすぎた。あまりに深く突っ込みすぎて、首を失くしてしまいました」

「あなたが？」。シェレメーチェフが言った。「何があったんですか？」

「いや、つまり文字どおり――首を失くした者もいたんですよ、ニコライ・イリイチ。私に関していえば、仕事を失って数年を獄中で過ごしました。それだけで済めば御《おん》の字《じ》でしょう？

われわれのうちの何人かは亡くなりました。もちろんアンナ・ステパーノヴナ〔二〇〇六年に射殺された反体制派の女性ジャーナリスト、アンナ・ポリトコフスカヤのこと〕もです。彼女のことは誰もが覚えていますが、他にもいたんですよ、大勢いたんだ。あのころはジャーナリストの暗殺なんてスポーツみたいなものでした。いま振り返ってわかるのは、生きて出てこられたただけ幸運だったということです」

「それで庭師に？」

「すぐにじゃないですよ。あれやこれやいろいろあって……細かなことはいいんです。庭師の仕事には平和で誠実な面がある、それなんです、ニコライ・イリイチ。作物は生きる、作物は育つし、作物は死ぬ。適切な条件であればすくすく育つし、不適切な条件下では枯れてしまう。雑草を生えっぱなしにしておけば、すべての息の根が止まってしまう。雑草を刈り取れば、他のものが生える余地が生まれる。それが生の真実というものじゃないですか？　結局のところ、他に真実なんてものはあるのでしょうか？」

ウラジーミルが何事かつぶやいた。ゴロヴィエフは耳をそばだてた。すぐにまた元大統領はおとなしくなった。

「この人が何を考えているのか、知りたいものですね」。庭師は静かに言った。「この人の頭のなかで何が起こっているのか、いつも不思議でした。ロシアに対しても世界に対しても大詐欺師ですよ。あんなに長いあいだ、あんなに多くの人に嘘をつき続け、それで自分は何が真実かを知っているのでしょうか？」

シェレメーチェフは庭師の口からそんな言葉が出てきたのに肝をつぶし、驚愕の面持ちでゴロヴィエフを一瞥《いちべつ》した。しかもウラジーミルとはわずか一メートル！　庭師は彼の頭越しに老人を見やっていたが、ゴロヴィエフの表情には非難ではなくただ好奇心が浮かんでいるのをシェレメーチェフは看て取った。まるでさきほどの問いを本当に真剣に考えているかのようだった。

「ジャーナリスト時代のテーマは？」。話題を変えようと、シェレメーチェフが訊いた。

ゴロヴィエフが彼に視線を戻した。「あらゆることとですね。でも本当に大きくて、私にとどめを刺したのは、この人がトリコフスキーを追い詰めたときでしょう」

「トリコフスキー！」。ウラジーミルがぶつぶつ言った。

「彼は新興財閥《オリガルヒ》の一人でした」と庭師はシェレメーチェフに説明した。「ただしトリコフスキーは完璧ではなかった。そのことは私が真っ先に認めますよ。新興財閥の一員になるということは、定義上、経済犯罪を犯したことになるんです。それに個人的にも彼は極端な自己中心主義のきらいがありました。しかし私が思うに、あなたのこの患者が彼を追い回すまでに、彼は民主的なヴィジョンを身につけ。おそらくある種個人的に改心していたのかもしれません……本当のところはわかりませんが。ひょっとしたら彼なら変革をもたらせたかもしれません。いずれにせよ、この人たちが彼にやったようなことをする権利はなかったのです。彼は確かに聖人ではありませんが、さりとて悪魔でもなかったのです」

「お前は自分が聖人だとでも思うのか」。ウラジーミルが問うた。

シェレメーチェフは何か言おうとしたが、庭師がすかさず唇に指を当てた。

ウラジーミルが荒い鼻息をたてた。「お前は急に聖人になりおって！」

「私たちは聞かないほうが――」

「しーーーっ！」。ゴロヴィエフはわずかに身を乗り出し、片手でシェレメーチェフをつかんで押しとどめると、眉間に皺《しわ》を寄せて一言一句を聴き取ろうとした。

「お前たちは〝民主主義〟という言葉を使いさえすればいいのか」。ウラジーミルが言った。

「それでたちまち民族の救世主というわけか」

トリコフスキーは首を横に振った。「そういうことではない」

「お前は本物の改宗者なんだな」。ウラジーミルは皮肉っぽく言った。

「おれはある種のことについては後悔したことがないとは言ってないんだ、ウラジーミル・ウラジーミロヴィチ」。トリコフスキーが応じた。

ウラジーミルが笑った。「ある種のこととはな！」

「人は軌道修正ができる。かつておれがビジネスを構築するにあたってやったことは、その時代の条件がしからしむる――」

「そうだろうとも」。新興財閥を斬り捨てるようにウラジーミルは発言を遮《さえぎ》った。それを楽しんでいるのだ。他に誰が新興財閥に黙れと一喝できるだろうか？　この壁の外、自分の大邸宅や自社の役員室で彼らは王《キング》だ。しかしここでは違う。クレムリンではそうではない。赤レンガの壁の向こうではボスはただ一人なのだ。「時代の条件がしからしむる……」。彼は口真似をして見せた。「よく聞くんだ、リョーヴァ。お前なら事業家にも政治家にもなれる。しかし両方は無理だ。人生には選択が必要なのだ。どちらかだ。資産家か公職か」。ウラジーミルは肩をすくめた。彼はにこりともせず、自分の言葉の歴然たるでたらめをおくびにも出さなかった。そんな言葉が嘘八百なのは、何よりも彼自身が証明しているのだが。

「お前も自分の選択はしたのだろう」

「ウラジーミル・ウラジーミロヴィチ、おれの言いたいことは民主主義では誰でも発言できる、ただそれだけだよ。実業家だろうとなんだろうと、誰でも立候補できるのさ」

「ボリス・ニコラーエヴィチ〔・エリツィン〕のときもそうだったな。誰でもなんでもできるし、なんでも発言できる。なんたる悲惨だ！　やつがロシアを生ける屍に変えて、お前たちのような狂犬が毎日、少しまた少しと食い荒らしていった。だからお前たちは二度目もやつを推《お》したんだろう、お前とその仲間たちが食い荒らし続けられるようにな」

「あんたのときもおれたちが推したんだ」

「は！」

「そうさ。もしおれたちが誰か他のやつを選ぶように言ってたら、ボリス・ニコラーエヴィチはどうしたと思う？」

ウラジーミルはにやりとした。「あの老人は今日が何曜日かもわからなかったのだ」

「おれたちに耳を貸すぐらいにはわかってたんだよ」。新興財閥が応えた。

「ならば機会があるうちに私を排除するよう言えばよかったではないか。いま私はお前に言ったからな。しかもこれが最後だ、リョーヴァ」。ウラジーミルは人差し指を振って見せた。「政治には首を突っ込むな。お前や他の者がいなければあの老人が私を後継者に選ばなかったかもしれないというのは本当かもしれん。よかろう。しかしどうでもいいことだ。それはお前たちと彼とのあいだの問題だ。私に言わせれば、お前たちは理由ではなく手段なのだ。私がこの地位にある理由は、ロシアに秩序と安定をもたらすため、狂った鳥どもが目をつつきにくるような場所になるのを防ぐためだ。そしていま私はそれを実行中なのだ！」。彼は一方の掌に握り拳を叩き込んだ。「私が終止符を打つんだ。いつかお前たちも私に感謝するだろう。お前でさえもな、レフ・フョードロヴィチ」

「おれたちにはそれが可能な方法があると思うが」。トリコフスキーが言った。「あんたは――」

「いや。そんな方法はない。私は駆け引きはしない。交渉もしない。いいか——お前の考え方はまるでビジネスマンだ。だから政治に身を置くべきではないのだ」

「政治に駆け引きはないのか？」

「政治ではお前は私の言うとおりにすればいい。お前は自分が何をすることになるかわかっているか？　テレビ局と新聞社に出かけて、そこで働く反体制派の巣窟を解雇一掃するんだ。そしてお前は残りの連中が私の指示どおりになるのを確かめるんだ。誤解が生じないように、モナーロフがときおりお前と話をしに行く。政治に関する限りそこが肝要だ。やることはせいぜいそれだけだ。それ以外は、お前は銀行や石油会社やニッケル鉱山の面倒を見て、大儲けすれば良い。なぜならお前がビジネスの面倒を見ているあいだに、私は政治の面倒を見る。そしてロシアには秩序が生まれ、ロシアに秩序が生まれた暁《あかつき》にはビジネスマンの金儲けが可能になり、やつらからは見返りがある。こうしてみんながハッピーになる。お前を含めてな。それがお前がやろうとすることで、お前の友人たちすべてがやろうとすることでもあるのだ」

「おれがやらないと言ったら？」。トリコフスキーは静かに言った。

ウラジーミルは溜息をついた。「お前の会社は税務検察の監査は受けてきたか？　身辺清潔な法人があったら教えてくれ。そうしたら黄金のクソをする牛を見せてやろう」

トリコフスキーはかぶりを振った。「おれの会社に未払いの税金なんて一銭もない」

「一銭もない？」。ウラジーミルが笑った。「税務検察が監査に入ったら、おそらくお前の聞いたことのない未納分の税金がたっぷりあるのを見つけるだろう」。彼は笑った。「あんまり未納分が多すぎて、いざ払うとなればお前の会社なんてまるごと破産だ。むろん税務検察は完全な独立組織だから、リョーヴァ、まあ確かなことは言えない。虫の知らせとでも呼んでくれ」

「不法行為だな！」

「国は税金の代わりにお前から事業を取り上げるかもしれないが、しかしお前については、レフ・フョードロヴィチ、われわれはロシアでの脱税を容赦しない。ここはロンドンではない。ここでは脱税を見せしめにするからな。しかしこんなことはみな要らざることだ。なぜわれわれはそんな話をしているのか？　お前が政治に関与せず、私が指示を出したときに私を支援する、そうすれば私はお前の事業を支援する。お前は私の言うがままになっていれば大金を儲けることができる。それでお前はハッピーになれるじゃないか」

「そんなことを言われて誰がそうですかと言うんだ！」。トリコフスキーは反駁した。「捏造捜査にもとづいてこの規模の企業をまるごと没収する？　そんなことはできないさ。おれには議会《ドゥーマ》の支持がある」

「ほう、お前に議会の支持があると言うのか？」

「そんなことをしたら、ロシアのあらゆる事業家が脅《おびや》かされる。すると投資がどうなるか、あんたはわかっているのか？」

ウラジーミルがにやりとした。「すると連中はそんなカネをどこへ持っていくんだ、リョーヴァ？　ロシアで許可されていることが、他のどこでできるんだ？　他のどこでそんな利益を出せるんだ？　ロシアの秩序と安定があればこそ、連中はさらに多くのことを叶えられる。連中がお前のケツを追ってくると思うか？　いや、連中はお前の没落を眺めることになるだろう。議会《ドゥーマ》でのお前への支持については……なにしろ私は人間関係論の専門家だ。この職はそうでなくては務まらないからな。大金持ちどもについて私が気づいたことの一つだが、連中は他の人たちが自分たち個人に関心があると考えてしまうわけだ。身の回りにイエスマンばかり集めてしばらく過ごすと、お追従《ついしょう》をたやすく忠誠心と取り違えてしまうようになる。私の場合、誰かが私に忠実ではないかと気がつきはじめたら、そいつの忠誠心など、せいぜい次の手数料がスイス銀行のやつの口座に振り込まれるまでだ、ということを思い出すね。そこでお前が何者なのか思い出してみたい。お前はペテン師だ。横領犯だ。ロシア国家が債務に溺れ、アフガンからの退役兵とその戦争未亡人が冬に飢えていたとき、お前とその仲間は、これも善意からだな、ボリス・ニコラーエヴィチに一ルーブリあたり一〇コペイカを支払うことで鉱山や油井や銀行を手に入れた。税務当局からの電話があると、国民が思い出すのはこのことだ、レフ・フョードロヴィチ。さあ、議会のお前の友人たちのうち何人がこのようなことと関わりあいになりたいと思うかな？　あと、ところで、連中のうちの何人が税務検察の来訪を歓迎するかな？」

トリコフスキーは信じられないという顔で彼を眺めた。「これがロシアを救う道だと本当に考えているのか？　あんたやKGBのあんたの手下どもにすべてを決めさせることが？」

「ではお前やお前の仲間のペテン師どもにやらせるのがその道とやらだと思っているのか？」

「民衆に賭けてみるさ」

「もちろんそうだろう。お前の新聞社やテレビ局が国民にどう考えればいいかを教えてくれるんだ。他の国の市民たちと同じようにな。お前たちはボリス・ニコラーエヴィチに選挙を勝たせた――」

「それにあんたにもだ」

「そのとおりだ」。ウラジーミルは身を乗り出した。「本当に考えているのか？　いつかお前たちが私から勝利を奪ってしまうかもしれないようなリスクを私が冒すなどと、お前たちは本当に考えているのか？　頭を使え、リョーヴァ。引導を渡されるころには、ボリス・ニコラーエヴィチはアルコール漬けのスポンジ以外の何者でもなかった。私がアルコール漬けのスポンジに見えるか？　お前たちがやつにしたことと同じことを私にはできないのだ。だからお前たちは私を選んだろう、違うか？」

新興財閥は返答しなかった。ウラジーミルは彼を眺めていた。あえて沈黙を長引かせることで、よりこの会見の興趣を味わっていたのだ。

「この人はトリコフスキーに話をしているようだな」。つかんでいた手首をようやく放しながら、ゴロヴィエフがシェレメーチェフにつぶやいた。「そんなことあり得るだろうか？　彼は自分がトリコフスキーと話していると思っているのか？」

シェレメーチェフは応えなかった。

誰かに聞かれているのに気づいているかのように、ウラジーミルは黙ったままだ。

「いいですか」。ゴロヴィエフは元大統領を見ながら静かに考え込んだ。「この人は不思議ですよ。なぜこの人はああいう人間になったんでしょう？　なるほどソ連時代にKGB将校だった彼が生まれながらにして民主主義者になるべくもありません。しかし権力を得るやあそこまで残忍で、あんな汚職まみれになるとは……KGBがこの人をそういうふうにしたのか、あるいはそもそも生来のものなのか？」

「そろそろ時間かな」と神経質そうにシェレメーチェフは言った、「もし興奮し出したら――」

庭師はシェレメーチェフを越えて身をかがめ、元大統領に顔を近づけた。「あなたは汚職まみれでしたね、ウラジーミル・ウラジーミロヴィチ。誰も想像できないほどのスケールの汚職にね」

「私がか？」

「そう、あなたが」

ウラジーミルは笑った。

ゴロヴィエフは座り直した。「見てください、ニコライ・イリイチ。興奮してませんよ。笑ってるじゃないですか」

「それでもそろそろ――」

「甥御さんの言うことは正しいのですよ、ニコライ・イリイチ。この人はわれわれを十字架に磔《はりつけ》にしたのです。そしてわれわれが暮らすロシアはこの人のものなのです。そこで問題は、これを単にこの人のせいにすればいいのでしょうか、それともわれわれがこんな目に遭ったのはある種の必然だったのでしょうか？　この人がわれわれにしたことは独力でできるものなのでしょうか？　もしこの人が正反対のことをしていたら、ＫＧＢの連中はこの人を失脚させて、誰か別の人間を彼の地位に据えたのでしょうか？」

「それは本当にわからないな、アルカージー・マクシーモヴィチ」。この会話を終えるためだけにシェレメーチェフは返事をした。彼は立とうとしたが、ゴロヴィエフが引き留めた。

「何千回も自問自答したのです」。彼は真剣に語りはじめた。「それでも真実はわかりません。もしすべてがこの人の罪だというのが答えであれば簡単です。われわれの憎むべき相手がこの人ただ一人なら簡単なんです。しかし一人の人間によってすべてがなせるわけではありませんし、一人の人間がすべての悪の責任を持てるわけでもないでしょう。それでも……この人から始めることはできたはずです。もしこの人がこんなではなく、もっと民主的で、――いや、そこまででなくても多少なりとも正直で、かつ富に貪欲でなく、人間としての最低限の良識を保持していたら――権威主義や腐敗からわれわれをそっと押して遠ざけることができたはずです。

あの人が少し押し、また別の誰かがまた少し押して、そうやって後押ししていけば、いまごろはレーベジェフのような見世物小屋の盗人などではなく、真のリーダーをトップに据えた自由な国になっていたでしょう。しかしこの人はわれわれを引き留めたり少しずつ押し出したりするかわりに水門を開栓して、われわれは流されてしまった。そう考えればこの人は有罪です。そう、告発どおりの有罪なのです」

一瞬、シェレメーチェフの好奇心が居心地の悪さに勝《まさ》った。庭師が語ったその半生を思い描きながら、彼はゴロヴィエフを見た。

「この人を憎んでいるのかな、アルカージー・マクシーモヴィチ？」

ゴロヴィエフの表情にうっすらと笑いが浮かんだ。「これだけ近くに座る機会があれば、素手でこの人を絞め殺していたでしょうね、ニコライ・イリイチ。この人に近づくためにあなたを絞め殺す必要があれば、そうしていたでしょう。でもいまでは……」。ゴロヴィエフは肩をすくめた。

「そう、私はこの人が憎い。かつてこの人が何者であり何者でなかったか。この人が何をして何をしなかったか。この人はしなかったが、するべきだったのではないか。そのすべてを憎んでいます。私はこの人を許さない。許すに値しない。しかし肝心なのは、ニコライ・イリイチ、どれだけの期間、この人はわれわれを支配した？　何十年？　あなたの甥が本当に言いたいことは……」。庭師は言葉を切った。「ところで彼はいくつですか、あなたの甥御さんは？」

「二十歳だ」

ゴロヴィエフはうなずいた。「そうでしたね。そういう話でしたね。若い。実に若い。そう、彼が問いかけているのは、若い世代の誰もがわれわれに問いかけるべきことなのです――どうしてわれわれはこの男にこんなことをさせておけたのか？　少年時代から秘密警察《チェキスト》になりたいなんて考えたこの恐るべき小男に。どうしてこんな大した実績もなく視野の狭い人物をトップに据えてしまったのか？　どうしてわれわれはこんな男を許容したのか？　あなたの甥御さんが言うように、どうしてわれわれはロシアを十字架に磔にして手に釘を打つような時間と機会をこの男に与えたのか？　これは一夜にして起こったことではありません――何年もかかったんです。そのときわれわれはどこにいましたか？」

ウラジーミルの口の端に笑みが浮かんだ。

ゴロヴィエフは身を乗り出した。「そうじゃないですか、ヴォーヴァ？　あなたはすべてのことを少しずつ、次々にやりましたが、われわれは盲人のように、夢遊病者のように、あなたを見ていながら何も見えていなかった。どうしてわれわれはあなたにやらせることができたんだ？」

ウラジーミルは、いまはなぜかオーバーオール姿のトリコフスキーを嘲笑した。「お前たちは私に何もやらせなかったのだ、リョーヴァ。私には自分がやるべきことがわかっていたから、唯一可能な方法でそれをやったまでだ」

「その結果がこれか。いつまでだ？　どこで終わるんだ、ヴォーヴァ？」

ウラジーミルは目を細めた。

「われわれを支配し、議会を支配し、マスコミを支配する。そのあとは？」

「そのあと？」

「これが永遠に続くのか？　これがロシアなのか？　それですべてか？」

「それですべてだと？　私はこの国に秩序と安定をもたらす。まずはそれからだ。それが唯一の方法だ」

「唯一の方法？　この国のあらゆる契約から二〇パーセントをピンハネすることが？　KGBで二十年も机を温めていた連中を担ぎ出し、国内最大の企業を経営をさせているように見せかけて、実際には利益をスイスの銀行口座に横流しすることが？　誠実なロシア人には税務検察を送り込むいっぽう、最高のペテン師どもはお目こぼしするように命じることが？　若手ジャーナリストにたいする評決や判決をどうするか、裁判が始まってもいないうちから判事の耳にささやくことが？　いったいどんなロシアなのか、ウラジーミル・ウラジーミロヴィチ？」

ウラジーミルは答えなかった。沈黙こそが権力者の特権であり、それが暗黙裡の脅迫であることを知っていたからだ。

「あんたにもわかる日が来るのを願っているよ、ウラジーミル・ウラジーミロヴィチ。いつかあんたが亡くなる前に、自分のしたことを知る日が――」

ウラジーミルが笑った。「私の勝利を知った連中は軒並みそんな言いぐさをするんだ。『待っていろよ、ウラジーミル・ウラジーミロヴィチ、そのうちお前の番だ』とな。しかし私の番など来ちゃいない。お前の番が来たんだ」

「いいや、あんたの番が来たんだ。内心じゃわかってるだろう？　わかってるはずだ……」

ウラジーミルは笑い続けた。彼には聞こえていないし、聞こうともしていなかった。からからという笑い声が相手の言葉をかき消した。

そして彼は黙りこんだ。

ウラジーミルにはトリコフスキーの目に不思議な悲しみが見てとれた。まるでこの新興財閥《オリガルヒ》は自分自身の将来、かつて思い描きながら現在では失われつつある人生と、それに取って代わる人生とが見えているようだ。逮捕、裁判、法廷の鉄格子、事業の接収、シベリア監獄での年月、それから何年も経てウラジーミルの恩赦による釈放。これは解放の甘美さを拭いがたい苦々しさで汚す、屈辱的な終幕だった。

勝利したというのに、ウラジーミルは予期せぬ言いようのない不安、名状しがたい疑念を感じた。

「出て行け」。にわかに気分を害した彼はぶつぶつと言った。「出て行くんだ！」

ゴロヴィエフが立った。「これで失礼しなければ」。彼はシェレメーチェフに言った。「あなたの言うとおりでした。この人を怒らせてしまいましたね。このとおりだ、ニコライ・イリイチ、そのつもりじゃなかったのですが。最初に言ったように、私はただあなたの甥御さんが気の毒だと言いたかっただけです。すぐ出てこれるといいですね」

シェレメーチェフも立った。「どうもわからない。そんな反体制派の前科があって、どうやってここでこの仕事に就けたんです？」

「ウラジーミル・ウラジーミロヴィチがここに来るずっと前から仕事をしてたんですよ。もう八年前ですか。あのころは誰もわざわざ身辺調査なんかしなかったんです。ありていに言えば、私はただの庭師ですからね、そうでしょう？　それにウラジーミル・ウラジーミロヴィチは大邸宅をいくつ所有していますか？　ここは数多くあるうちの一つに過ぎません。当時この人がここまで足を運ぶことなんてついぞありませんでした。ミーチャ・ザミンスキーと私の二人だけで敷地を手入れをしていたのです。あとでウラジーミル・ウラジーミロヴィチが連れてこられて滞在するようになり、われわれは三人目の庭師のほかに、ご存知の誰彼が加わりましたれて……」

「私が耳にしたことは本当かな、この温室の作物はすべてあなたが私利のために育てているとか？」

「と、その他数人の利益ですが」とゴロヴィエフ。「それはそのとおりです」

「でも合法じゃないんだろう？」

ゴロヴィエフが肩をすくめた。「合法？　非合法？　このロシアで違いがありますか、ニコライ・イリイチ？　肝心なのはそれが可能か不可能かなのです。それが正しい問いですよ」

「どうも理解が足りないんだが、アルカージー・マクシーモヴィチ。あなたの話だと汚職とか横領とか……それこそあなたが闘ったものじゃないか？」

「しかしニコライ・イリイチ……私は敗けたんですよ」。力なく顔に笑みを浮かべて、ゴロヴィエフは肩をすくめた。「私は世界を変えられなかった。私なりにやりましたよ。でも二十六歳になるころには敗北したんです。そしてそのとき痛感したのは、自分がさほど勇敢ではなかったことで、私にしてみれば驚きでした。どんなことにでも立ち向かう勇気があると思っていたんですけどね。が、周囲の人が殺された翌日にはオフィスの前で私の担当編集者も射殺され、それで気がついたんです、もう自分にはこれ以上の勇気なんかありゃしないとね。私まで死にたくなかったんですよ」

「そんなことが？」。シェレメーチェフがささやいた。

ゴロヴィエフは肯定した。「あなたの甥御さんを拘置所から出して、遠くへ、国外へ脱出させてあげるといい、ニコライ・イリイチ。声を上げたところで、ここでは次々に封殺されるだけでしょう」。庭師はウラジーミルのほうを身振りで示した。「この人が作ったロシアでは、反体制派ではいられません。結局こちらから屈服するか、あちらが終止符を打つか、なのです」

「この人がそんなロシアにしたんだろうか。何もかも一人でできる人間なんかいないんじゃなかったですか？」

「いや、しかしこの人は自己の欲求を充たすために他の人間を利用した。ここはこの人の国なんですよ、ニコライ・イリイチ。この国はすべて彼のものです。偶然の産物なんか一つもない――目に入るものはすべてこの人の望んだものなのです」

眉間に皺を寄せ、小さく首を振ってシェレメーチェフは庭師を見た。

「いいですか、ロシアはロシアだし。この人がしたことも歴然としている。いま私にとって本当に重要なのは、この人が何を考えているか、です。これが自分の作り出したものだと、この人は信じているのでしょうか？　この人は何か変えようとしたものがあるんでしょうか？　もしないのなら、この人が一人でできたかどうかは別として、すべてこの人の責任だというのと同じ意味ですよ」

シェレメーチェフは元大統領のほうに振り向いた。ゴロヴィエフもそれに倣った。二人はベンチに座る老人を見下ろした。老人は目の前に居並ぶ温室のビニールシートをうつろに眺めていた。

「いいですか、ニコライ・イリイチ」とゴロヴィエフが口を開いた。「どうしていま私がこんなことをやっているのか、とあなたは訊きましたよね。私が二審で有罪判決を受けたとき――実際には連中が私を起訴した日に有罪認定されたので、その日が判決日でもあったわけですが――そのときの判事は本当はそれほど悪人でもなく、私を懲役五年に処したのもここにいるこの老人から言われたことをしただけで、それがこの判事の仕事でした。で、その判事が私に言うわけです。……アルカージー・マクシーモヴィチ、君に才能があることは明々白々だ。その才能を現実に適応させることを学ばないとなりません。われらが大統領ウラジーミル・ウラジーミロヴィチもよく言っていたものです。われわれはみな新しいロシアを建設するためにわれわれにできることをしなければならない、とね」

ゴロヴィエフはウラジーミルに視線を送ったが、彼はまだベンチに腰掛けたまま、その視線の先に何かがあるふうでもなかった。「新しいロシアの建設のためにこの人は何をしたのか？言いましょう。この人はあらゆる方法でわれわれからカネを巻き上げたんです。この人はトラックに積めるだけのわれわれのカネを持ち出し、世界中の自分の口座に送金しては、お仲間にも同じことをさせました。それこそがこの人がわれわれに示してくれた方法でした。いまの私とこの人とは明らかに別の部類の人間です。こちらは庭師の分際です。しかし、判事が言ったとおり、私も他の人たちと同様に自分の役割を果たす必要があります。それがわれわれ愛国者の義務です。だからこそ、です。この人の土地で、この人がカネを払って建てた温室で、この人がカネを払って雇っている作業員によって栽培された野菜を、ここから市場に荷台いっぱいに載せて送るたびに思うんですよ。ウラジーミル・ウラジーミロヴィチなら、たとえ私がピンハネして貯めている額がわずかであったとしても、よくぞおれからカネを搾取し返したと、私を誇りに思ってくれるんじゃないですか」

第十一章

ステパーニンが約束したとおり、翌日のウラジーミルのランチ用トレーにはグルジア風チキンが載っていた。シェレメーチェフは居合わせず、この現代の講和の奇跡を目撃することはなかった。その日は休日で、オレグを訪ねに出かけていたのだった。ウラジーミルの世話をしていたのは交代看護師のヴェーラだった。通い始めてかれこれ二年にもなるのに、ウラジーミルはヴェーラのことを認識していなかった。普段は彼女を自分の母親だと思っていたのである。

ヴェーラはオジンツォヴォの病院でときおり交代勤務に従事するほか、シェレメーチェフの穴埋めで週一回シフトに入るような個人的な副業も引き受けていた。彼女は二人の子どものシングルマザーで、ヴェーラの言い分では、彼女を捨てた夫は口臭と体臭のきつい酒浸りの女たらしだった。ヴェーラの話を聞いたシェレメーチェフの頭のなかでは、安酒の瓶を片手に側溝《どぶ》に寝ころび、自分を跨《また》いでいく人たちから一、二コペイカせびり取ろうと片手を伸ばす、ほとんど乞食のような男が思い描かれていた。ある日、ヴェーラが口をすべらせて、元夫がオジンツォヴォに店舗を構える薬剤師だとわかったときはまったくもって驚いた。夫に捨てられたとの話だったが、協議離婚が成立しており、そこには十一歳と八歳になる子どもの養育費や定期的な面会も含まれているとのことだった。

それでもシェレメーチェフはヴェーラをとても好ましく思っており、ヴェーラのシェレメーチェフへの思いにはそれ以上のものがあった。彼女は地声が大きくて化粧が濃く、すぐに我を張るが、愉快で温かみがあり、寛大だった。元夫にまつわる身の毛もよだつような話にも、いつもある種の抜け目なさと皮肉めいたユーモアがこもっていた。彼女は早い段階からわざと恥ずかしそうに小柄な男性が好みであることをシェレメーチェフに打ち明け、話すときにはウインクすらして見せた。そして毎週、彼から仕事を引き継ぐときには、休日は恋人と一緒なんでしょうと当てこすりを言い、それでいて、そうじゃないのはわかってるのよ、でももしそういうことに興味があるのなら……とちゃっかり秋波を送っていた。

シェレメーチェフの休日は二十四時間と決められており、夜勤はヴェーラがすることになっていたが、いつも夕食後あるいは夕食前に戻ってくると、彼女を帰らせた。ウラジーミルの混乱は夜にいっそうひどくなり、もしウラジーミルが目を覚まして見なれない顔が自分をなだめようとするのに気がつくと、警備員を呼ぶか精神安定剤を注射するかでしか鎮めることができないくらい本格的な発作を起こしかねなかったからである。

ヴェーラの出勤は午前十時だった。「今日はどちらへ、コーリャ?」と彼女が尋ねた。一度あたしもついて行きたいな」と意味ありげに目を輝かせて言った。「お邪魔でしょうしね」「言っとくけど君が私と一緒に出かけたら、ウラジーミル・ウラジーミロヴィチの世話をする人がいなくなるからな」。シェレメーチェフは冷静に応じた。

ヴェーラは笑った。

「遅くならないようにするよ、ヴェーロチカ」

「あなたさえいれば、遅すぎることはないわ」。いわくありげに彼女は言った。意味を二重に伝えようと一呼吸置いてから微笑んだ。別邸《ダーチャ》前にはバス路線がなかった。そこでエレエーコフもしくはその息子が街へ出かけるときにシェレメーチェフを同乗させることがあった。あるいはタクシーを呼ぶことができた。天気がよいときは幹線道路まで二キロ歩いて、そこでオジンツォヴォ行きのバスを待つこともあった。

今回はアルトゥールが乗せてくれた。彼は窓をスモークガラスにした革の匂いのする濃紺のBMWに乗っていた。シェレメーチェフが乗り込むと、彼は一目見て言った。「けっこうひどい傷ですね。癒《なお》りそうですか？」

「大丈夫だろう」

「痛みますか？」

「いや、痛くはないんだ。ただつっぱるんだ、笑うときなんかに」

「じゃあ笑うわけにはいきませんね、ニコライ・イリイチ」とアルトゥール。

シェレメーチェフはつい笑ってしまった。

「ウラジーミル・ウラジーミロヴィチはどうですか？」

「おかげさまで元気だよ」

アルトゥールはうなずいた。アクセルを入れると、二人を乗せた車は別邸の門へと車道を下った。街道へ出てそこを曲がったところでアルトゥールは、あなたの甥のことは聞きました、すぐ解決するといいですねと言った。シェレメーチェフはありがとうと言った。ハンドルを握る年下のアルトゥールを見て、こんなに礼儀正しいセキュリティがいるのを不思議に思った。

「こんなことを訊くのもなんだけど」。彼は言った。「なんでこの仕事に就くことになったんだい？」

「私自身はそんなつもりはまったくなかったんですよ、ニコライ・イリイチ」。アルトゥールは答えた。「モスクワの工科大学で電子工学で学びながら、いとこが経営する警備会社のアルバイトで、ここで働いていたんですよ。週の土日はここのシフトに入って、平日は研究室に戻るという簡単なものでした」

「学業のほうは？」。シェレメーチェフは訊いた。「卒業できたのかい？」

そうではないというように頭を左右に振った。「あいにく、いとこが事故に遭って」

「交通事故？」

「そんなものです」

「それは残念だったね」

「しようがないですよね？　いきなり会社のトップが不在になったんですから。私なりにこの仕事については理解していたので、そのまま引き継ぎました。そしてウラジーミル・ウラジーミロヴィチを警護する契約が取れたんです。もちろん断るわけにはいきません。契約がどうこうの問題じゃないんです、ニコライ・イリイチ――こういう仕事ができて光栄なんです。拒める者はいませんよ」

「私もあの人の介護責任者を依頼されたときは同じように感じたよ」

「そうですよね。学業を断念したのは後悔もあるんです。いつか復学して学位を目指します」

「甥のパーシャも大学生でね」

「そう、すぐに学業に戻れるといいですね」

アルトゥールは彼を駅で降ろした。シェレメーチェフはそこから電車に乗って、モスクワのベラルースカヤ駅まで出ると、そこで接続している地下鉄駅まで降りていった。駅の格天井《ごうてんじょう》は漆喰《しっくい》で、床は黒とグレーの大理石だった。ドミトロフスカヤで地下鉄を降りると、近くに弟が暮らすソ連時代のアパートがあった。アパートまでは歩いて十五分かかった。その途中でシェレメーチェフはチョコレートを一箱買った。

彼が着くと、オレグとニーナはその頬の傷に見入った。シェレメーチェフは二人になんでもない、ちょっとした事故で、と言うと中へ入った。紅茶とヴァトルーシカ〔カッテージチーズを使った菓子パン〕を前に二人はパーシャの無事を報告したが、不安げな表情は隠せなかった。

オレグがパーシャの目の黒い痣《あざ》を見て以後、ニーナも一度だけ息子に面会に行ったが――公式に許可されている月に一度の面会以外は一回につき一〇〇ドルの賄賂が必要なのだ――パーシャはいまも調子は悪くないとのことだ。ニーナは涙をぬぐった。「連中は家族にカネを払うつもりがあれば勾留者を丁重に扱うし、そうでなければ誰よりも手ひどい目に遭わせるの」

シェレメーチェフは何も言わなかった。パーシャのことで彼が感じる罪悪感は、ニーナが居合わせると倍増するのだった。紅茶を啜っているオレグに彼女がちらちらと視線を送っているのが見えた。

「私だってカネはない」。シェレメーチェフは言った。「ニーナ、私にどれだけあるか言おうか。二二万三〇〇〇ルーブリ、小銭もすべて含めてだ」

「じゃあヴァーシャは?」。ニーナが言った。「彼は実業家なんでしょう。あの子にもないなんて思えないわ」

「訊いてはみたんだよ」

いやだわと言うように鼻をしかめてニーナが首を振った。

「ニーナ、オレグが来た日にあいつに電話したんだ――」

「あそこに入るべきなのはあの子だわ、コーリャ義兄《にい》さん！　パーシャじゃないわ。パーシャがこうなったのは、カリンカ義姉《ねえ》さんのせいよ。誰が義姉さんの息子？　誰なの？　パーシャじゃないわ！」

シェレメーチェフはうなだれた。オレグと会ったときに彼が言ったことを踏まえれば、こう言われる気はしていた。まったくフェアじゃない。ある悲劇にたいして誰がどう反応しようと、私に責任の取りようなどない。パーシャが一方の道を、ヴァーシャが別の道をたどったからといって、私を責められてもどうにもならないのだ。それでも看護師としては、愛する人のことを身体を壊すほど心配している人については配慮が必要であることくらい彼はわかっていた。ニーナは自分を見失っているのだろう。現状だと、後になって後悔するようなことを多少は彼女が言ってもおかしくない。

「コーリャ兄貴」。オレグが小声で言った。「本当に誰か心当たりはないか？　適当な人の口添えがあれば、パーシャは出てこれるんだ」

「つまりウラジーミル・ウラジーミロヴィチのことか？」

オレグは肩をすくめた。

「オーリク、あの人にはお前も会ったじゃないか。ニーナ、あの人がどんな様子なのかオーリクから聞いたか？　あの人は何を言っても覚えちゃいない。過去を生きてるんだ」

「それでも」とオレグは言葉を重ねた。「ウラジーミル・ウラジーミロヴィチがまともに話してさえくれれば……」

「オーリク、考えてもみろよ……」。もどかしさをこらえるように、シェレメーチェフは言葉を切った。「いいかい。私だって助けになりたい。パーシャのためならなんだってする。でも信じてくれ、いまこの瞬間にウラジーミル・ウラジーミロヴィチに『パーヴェル・オレゴヴィチ・シェレメーチェフを釈放すべし』と命じるよう言ったとして、三〇秒もしたらなんの記憶も残ってないいんだ。名前も、何をするつもりだったのかも覚えちゃいない。なんにもだ。それが老衰の仕組みなんだ。過去のことは覚えている。誰も思い出せないようなことは覚えているが、現在のことは何も覚えてはおけない。私があの人を介助し始めてもう六年だが、もう私が何者なのかすらわからないんだよ。想像できるか？　シャワーを浴びさせる、服を着替えさせる、食事をさせる、ベッドに寝かせる、なのに毎日――五回も一〇回も――お前は誰だと訊いてくるんだ」

「一筆書かせればいいんだ」。オレグが言った。「兄貴が代わりにパーシャは釈放すべしとか書けば、彼もサインくらいできるじゃないか」

シェレメーチェフはしばらくそのアイデアについて考えてみた。「私があの人の代わりに一筆書いてサインさせることはできるかもしれない――あの人が何をするかわかったものじゃないにせよ――しかし私はそれを誰に提出するんだ？　あの人の言うことを聞く者は一人もいない。誰も彼のアドバイスを求めてはいない。あの人をよく知る人なら、そんなものなんの意味もないのをわかっているさ」

「ほんの二週間前に大統領がいたんでしょう」。ニーナが言った。

「彼の発言は聞いたかい？」

「写真は見たわよ」

「私は居合わせたんだよ、ニーノチカ。何があったか話そうか。ウラジーミル・ウラジーミロヴィチは、レーベジェフを財務大臣だと思っていたんだ。それでどうしたと思う？　あの人はレーベジェフを解任しようとしたんだ！　椅子を拳《こぶし》で叩いて、この役立たずめ、財務省は面汚《つら》しだ、出て行け！　ってね」

「拳で叩くところなんて見ていないわ」

「まあ、そこはカットしたんだろう。言っておくと、レーベジェフは一言二言、痛烈な言葉をお返しした。終始レーベジェフは笑顔だったが、あの言葉は聞かせたかったたね。まさに酔っ払いの戯言だ。いまここで繰り返すことはしないけれど」

「誰か他の人はどうなんだ？」。オレグが言った。「あの人に面会に訪れる人がいるだろう。その人たちなら兄貴の話を聞いてくれるんじゃないか」

「誰も来ないんだ」

ニーナはさあどうだかという目で彼を見た。

「ニーノチカ、本当のことだけど、一人の友だちも来ないんだ」

「家族はどうなの？」

「二度目の夫人が……最後に会ったのは半年前、二〇分ほどいたかな。それにお嬢さんたち……この数年に二、三回というところだ。仮にそのうちの一人が明日やって来たとしよう、そして協力を取り付けて誰かにパーヴェル・シェレメーチェフを釈放してあげてと電話をかけたところで、それでどうなるというんだ？　レーベジェフが面会に訪れたときのことを目にしたかぎりだと、ウラジーミル・ウラジーミロヴィチの身内の誰かがあの人に代わって訴えたところで、もっとパーシャに不利になるだけだろうな」。シェレメーチェフは言葉を切った。

「ニーノチカ、私はどうしたらいいんだ？　教えてほしい！　なんでもしよう。私の言うことが信じられないのかも知れないが、でもウラジーミル・ウラジーミロヴィチは本当に孤独なんだ。家族も、友だちも、誰もいないんだ」

「お金はどうなってるの？」

「それについてもわからない。私は給料を受け取っている、それだけだ。とはいえそれでもあそこの人たちはみんな横領を繰り返している。家政婦も――」

「兄貴、そんなこと言わなかったじゃないか！」

「私だって知ったばかりなんだ。ショックだよ。料理人、運転手、メイド、庭師たちまで、何かを奪《と》れるやつは全員だ。そういうシノギをやっていないのは警備員ぐらいでね。あとはもう誰も彼もだ。残りの連中は麦樽の中のネズミさながら、奪れる分はいくらでも奪るつもりだからな。いまじゃ醜い争いまで――」

「でも。それは義兄《にい》さんじゃないわ」。ニーナがさえぎった。「違うのよ、それはニコライ・イリイチ・シェレメーチェフじゃないわ」

「なんだって？」

「あなたは何もせしめようとはしないんでしょう、そうよね？　そりゃしないわよ。コーリャ義兄さんは違うんだから」

「ニーナ……」。そう言ってオレグは彼女の手首に手をかけたが、ニーナは怒りながら払いのけた。

シェレメーチェフは肩をすぼめた。「ことによると私の欠点だな」

「なんて正義感でしょう！」

「ニーナ！」

「何よオレグ？　ロシアで唯一、決して中抜きをしたことのない人が、よりによってあなたのお兄さんなのよ。どうなの、こんなことが自慢になるの？」

「自慢だと言うつもりはない」とシェレメーチェフは答えた。「私は実業家ではない。どうやって始めればいいかさえ見当もつかないんだ」

「盗みかたを知るのがそんなに難しいのかしら」

苦しんでいるニーナに寛容でなければ、とシェレメーチェフは舌を噛む思いで自分に言い聞かせた。

「義兄《にい》さんは違うのよ。コーリャ義兄さんは違うのよ、こんな原則主義者なんて。自分の代わりに弟に汚れ仕事をさせようとするのよ」

「ニーナ！」

「自分の妻を死なせる前に――」

「ニ、ニ、ニーナ！」

ニーナは口を噤《つぐ》んだ。

「死なせる前ってなんだい？」。シェレメーチェフは言った。「いったいなんのことを言ってるんだ？　死なせる前にどうしたって？」

ニーナとオレグが視線を交わした。「なんでもないわ」。ニーナがぼやくように言った。

沈黙が降りた。重苦しい、張りつめた沈黙が続いた。

「さあ」。オレグが言った。「ランチにしよう」

ニーナが冷肉、チーズ、パンを出した。オレグはワインのボトルを開けた。

誰にも言葉がなかった。

「ヴァーシャにはよく会うのかい？」。堪えかねたようにオレグが訊いた。

「いや、そんなにはな」。シェレメーチェフは答えた。

また沈黙が訪れた。啜ったり咀嚼したりする音だけがわずかに響いた。誰も食欲がなさそうだった。

「彼の世話なんてして、どうやって我慢するんですか?」。だしぬけにニーナが問いかけた。

この質問にシェレメーチェフは眉をひそめた。「ウラジーミル・ウラジーミロヴィチのこと? あの人は老人だよ、ニーナ」

「彼がこの国をどうしたか、なんて一度も考えたことないんでしょう?」

「私は六年もあの人を世話してきたんだ。ニーナ、君はこれまでそんなこと言わなかったじゃないか」

「だからいま言ってるのよ! パーシャも言った――私が言って悪いことないでしょう? 彼が私たちにしたことを見てよ! 私たちがどうなったか見てよ!」

パーシャが拘置所に入れられて以来、実はシェレメーチェフもそのことを考え始めていた。前日のゴロヴィエフとの対話もあって、彼の心中で抱いていた疑問はさらに鋭角になった。しかし彼のような職業の人間にとっては危険な道行きであることは理解していたから、考えることを自制していた。「私は看護師なんだよ、ニーナ。そしてあの人は認知症の老人で、介護の手が必要なんだ。私が考えてきたことはそれだけさ。私の半生は介助を必要とする人の世話に費やされてきたけど、その人たちが何をしてきたか、何をしてこなかったかなんて尋ねたことはなかった。ウラジーミル・ウラジーミロヴィチも同じことだよ」

「彼さえいなければ、パーシャも拘置所なんかにいないのよ」

「あの人がパーシャを逮捕させたわけじゃない」

「彼を弁護するっていうの？」

「兄貴は弁護なんかしてないだろう」。オレグが言った。

「じゃあどう考えてるか言ってみてよ！　どう、コーリャ義兄《にい》さん？　あの人を弁護しているの？」

シェレメーチェフはゴロヴィエフのことを想起した。あの庭師のふるまいは彼を困惑させた。彼はいまでも元大統領を非難し、憎んでいるようだが、その憎しみはもはや存在しない誰か――あるいは何か――に向けられていた。元大統領ウラジーミル・ウラジーミロヴィチであった人間の肉体の殻《から》でありいまなお存在する彼の一部分は、もはや憎むに値しないものだった。「私はあの人のことを弁護も非難もしない」。ようやくシェレメーチェフは口を開いた。「私は看護師だよ、ニーナ、政治家じゃないんだ」

「でも人間でしょう！　伯父さんでしょう！」

「いいかい、ニーナ、あの人がロシアにしたことを君がどう考えようと、あの人はもう別人なんだ」

「彼はいつだって彼よ、コーリャ義兄さん。その他のことはみんな言いわけよ！」

シェレメーチェフは首を横に振った。「違う。あの人は老衰と病気で惑乱している。他の誰でもが受けられるケアを、あの人は受けるに値しないというのかい？」

「あの人に何の価値があるかなんて知らないわよ！　そんなことを決めるのは判事で、私は判事じゃないわ。でもたとえ他のみんなと同じケアを受けるに値するからといって、義兄さんが介護することはないじゃないの」

「私は価値の多寡でその人を差別しないんだ。必要とする人に必要なだけ施す。それが私の義務なんだ」

「正義の人ね！」。ニーナがせせら笑った。「自分の妻にたいする義務はどうだったのかしら、コーリャ義兄さん？　教えてくれる？　お義姉《ねえ》さんのときにも必要なものを施したのかしら？　できることはすべて――」

「ニーナ、もういい！」。強い口調でオレグが割って入った。「お願いだからやめてくれ！　そんなことを言ってなんになる？　義姉さんのことは関係ない」

「あらそうなの？　あの怪物のお世話をしながら自分が何をしているのか、義兄さんは考えるべきよ！」

オレグは深く息を吐いた。「ニーナ、兄貴がウラジーミル・ウラジーミロヴィチの世話をやめたところでパーシャを救えるのか？」

「少なくともそのことは考えてみるべきよ！」

「コーリャ兄貴に何を考えろとか、おれたちが口を挟むことじゃないだろう」

「そろそろ帰ったほうが良さそうだ」。シェレメーチェフが言った。

オレグは頭を振った。

ニーナは腕を組んで引き留めようともせず、あてつけるように黙っていた。

シェレメーチェフはすぐさまそこを辞去した。オレグが地下鉄までついてきた。二人は駅の入口で立ち止まった。しばらく二人は互いを見やった。「カネがないのは本当にすまないと思う」。シェレメーチェフが言った。「生まれてこのかた、まわりじゃ誰もがピンハネばかりしてるのにな」。彼は力なく肩をすぼめた。「おれは一度もしたことがない」

「ニーナにあんなことを言う権利はなかったんだ、とくにカリンカ義姉さんのことはね。兄貴がどういう人か、おれたちはよくわかってるよ。兄貴は原則《プリンシプル》のある人なんだ」

「お前だってそうじゃないのか？　身内をかばおうとして私に賄賂を渡そうとするやつらからピンハネするようなことは、私はしなかった。必要に応じて分け隔てなく人の世話をしてきた。それのどこが特別なんだ？　それが驚くべきことだというのなら、私たちが住んでいるのはどんな国なんだ？　しっかりしろ、オーリク！　お前だって自分の子どもの成績を上げるためにカンニングさせようとする親からピンハネするのか？　もし生徒が袖の下を持参して点数を上げてくれと言ったら下駄を履かせてやるか？　もっとも私の場合は立派な賄賂、多額のカネのことだけどね。もちろんしないよな？」

オレグは自分の足元を見ていた。

「オーリク？」

オレグはしばらく黙っていた。そして不意に顔を上げると兄を見た。「義理の姉が死にかけていて、彼女のために金を工面する唯一の方法がそれだとしたら、おれはどうすればよかったんだ？　その義理の姉が亡くなり、彼女のために投じたすべてのために借金を抱えていたとしたら、おれはどうすればよかったんだ？」

シェレメーチェフは弟を見た。「オーリク……」。信じられないという面持ちでつぶやいた。

「なんだい？」

「お前、カネを受け取ったのか……」

「そうだ！　おれはカネを受け取った！　カネを奪《と》ったのさ！」。彼は情けない思いで首を横に振った。「おれがそれで満足していると思うかい？　ひどいものさ！　この国全体があまりにひどいくそったれなんだ」。オレグはふたたび口を閉じると、兄の目を正視できないまま深い溜息を吐いた。「しかしいずれにしても、ニーナがあんなことを言ったのは悪かったと思ってる」

「そんなことでニーナを恨むことはないよ」。シェレメーチェフはかろうじて答えたが、いま聞かされたことにまだ驚きを隠せなかった。

地下鉄駅の入口に立つ二人の兄弟の周囲を、通行人が行き来していた。

「それで、これからどうなるんだろうな」。シェレメーチェフが重い口を開いた。

「わからないね。この先の出口がまるで見えない」。そう言うなりオレグは手で顔をおおった。

「何年も流刑にされるかも知れないいな」

シェレメーチェフは二の句が継げなかった。彼は弟を抱き寄せた。オレグは兄の肩に顔を埋ずめた。

二人はしばらくのあいだ、波間であやうく均衡をたもつ岩石のように――恥知らずで貪欲なロシアの官僚機構に抗い、なぎ倒され沈んでしまう怖れのなかに――立ちすくんでいた。

シェレメーチェフが背すじを伸ばした。「私たちでなんとかしよう、オレグ」

オレグはうなずいたものの、それを信じるそぶりは見せなかった。彼は深呼吸をすると一歩退いて、頬の涙をぬぐった。そして踵《きびす》を返すと歩いていった。

シェレメーチェフは、肩を落としてよろめくような足どりで遠ざかる弟を見送った。

交代看護師のヴェーラは、彼が戻るころまでには屋敷の誰かからパーシャのことを聞かされていた。彼女から甥を釈放させられるのかどうかを問われ、シェレメーチェフは力なくうなだれた。

「それで動揺されているのですか、コーリャ」

「まあこんな目に遭えば動揺もするだろう」

ヴェーラは彼に意味ありげな一瞥《いちべつ》をくれた。「あたしにできることはないんですか？」

シェレメーチェフは首を横に振った。

「本当に？」

「ヴェーラ……」

「あたしを受け入れてさえくれれば、コーリャ！」。彼女は懇願するようにシェレメーチェフを見た。「本当にそう思うの。あなたこんなにいい人なのに。あなたには誰かが必要なのよ。奥さんが亡くなって何年ですか？　六年？」

彼は返事をしなかった。

ヴェーラは切なそうに笑みを浮かべ、溜息をついた。「また来週ね。でも何かお困りなら電話してね、コーリャ？」

「ありがとう」

「ほんとによ、お願い」

ヴェーラが階段を下りていくのを彼は見ていた。下まで着くと、彼女はこちらを向いて手を振った。ロビーにいた警備員がその仕草りを見てシェレメーチェフを見上げ、いやらしくウィンクして寄こした。

シェレメーチェフはウラジーミルの夕食を手伝い、そのあとベッドに寝かしつけた。彼自身の夕食には、ステパーニンがどうだと言わんばかりにチキン・フリカッセの皿を差し出した。ステパーニン経由の仕入れ先から届いた鶏肉を使っていた。バルコフスカヤはこれに手もつけようとしなかったぜ、とステパーニンがにやにやと満面の笑みをうかべて報告した。

「あの女も自分が負けたことぐらいわかるのさ」。彼は得々と説いた。

「何をしたんだ?」

「道理をわからせてやったのさ。それだけだ」

「どうやって?」

ステパーニンはまたにやりとして、鼻のわきをたたいた。「心配ご無用さ、ニコライ・イリイチ」

シェレメーチェフも心配はしなかった。あまりにも頭を悩ませることが多すぎたのである。彼はベッドに入った。ウラジーミルの部屋からは、ベビーモニターを通して、一晩中、うめき声や鼻息、何事かをつぶやく声が聞こえてきた。シェレメーチェフはその日、ニーナから言われたことを考えていた。パーシャの身に起こったことについて、オレグが兄を責めていないことはわかっていた。オレグはさぞこんなはずではなかったと思っているに違いない——パーシャがもっと違う育ちかたをして、シェレメーチェフにカネがあるか、あるいはあの子を救い出せるあてでもあれば、と。しかし彼はそれで兄を責めることはまったくなかった。一方、ニーナときたら……最初の苦しみやショック、責めを負わせる誰かを見つけたいという欲求が吹っ切れたあと、彼女の怒りがどれだけが残っているかは見当もつかなかった。

カリンカは、ニーナが自分たちに嫉妬しているのだとずっと信じていた。オレグはあなたのことを崇拝しているのよ、それがニーナには耐えられないんだわ、と。シェレメーチェフにしてみれば、オレグが自分を崇拝しているなどとは考えてみたこともなかった。崇拝されるべき点などほとんどなかったからだ。カリンカは彼のことをよく笑ったものだ、あなたには鼻の先にあるものが見えないのよ、と言って。

カリンカ……。

ニーナの言葉に彼は身を切り刻まれる思いだった。私が彼女を死なせたのだろうか？　自分の妻を？

カリンカが腎臓病を発症したのは四十四歳のときだった。二年ほどして腎機能が止まり、透析が必要になった。医者たちが賄賂を要求するようになったのはそのころだ。手始めに診療所の患者リストに載せてもらうのに一〇〇〇ドル。診察のたびに一〇〇ドル。むろん医師らのためではない――もちろんそうじゃない――建前上は患者には無料とされていた設備や消耗品費の一部に充てられた。シェレメーチェフはまず自分とカリンカの預金を使った。そして家財道具や家具のうち必需品以外はすべて売り払った。あとはオレグに助けを求めるしかなかった。腎臓移植者リストにカリンカを載せるのは問題外だった。それだけで数千ドルはかかったからだ。オレグの金も尽きた。透析は完全に中止されたわけではなかったが、断続的になった。週に三、四回だったものが一、二回になったのである。透析を終えるたびにカリンカの血圧は急上昇し、浮腫が出るようになった。オレグがどうにかして追加の費用を工面してくれたので、数週間は透析の頻度が増えた。

これがさらに二年も続いた。そしてカリンカはある日突然、心臓発作で亡くなった。

私はオレグの臨時収入の出所がどこなのか、本当に一度も自問自答したことがなかったのだろうか？　私は本当に今日気がついたばかりなのだろうか？　本当に？

なぜ私は言わなかったのだろう？　わかった、そういうことなら私も賄賂を受け取ろうと。なぜ自分が賄賂を払わされているのと同じように、他のやつらから受け取ればよかったのだ。なぜそうしなかったのだろうと彼は思った。考えもしなかったのか？

おそらく彼はカリンカが死ぬとは思っていなかったのだ。しかし、週三回の透析が必要な人間が一回しか受けられないとすれば、結局のところどうなる？

ニーナの言葉がまた彼を苛《さいな》みはじめた。「自分の妻にたいする義務はどうだったのかしら、コーリャ義兄さん？　教えてくれる？」。その問いに彼は輾転反側し、喪失感に苦しめられた。この問いに向き合い、それにたいする解と自分のしたこと――ないしはしそびれたこととの折り合いをつけるすべはなかった。

しばらくしてシェレメーチェフはきれぎれの眠りに落ちていった。数時間後に彼が目を覚ましたとき、どこかに違和感があった。横になったままで二、三分、原因を突きとめようとした。するとわかった。ベビーモニターの音がしないのだ。ざわざわがさごそいういつもの音が聞こえてこないのだ。

彼はモニターを調べてみた。音量はいつものレベルまで上げてあった。スピーカーを耳に当ててみる。モニター自体のかすかな空電のヒスノイズだけだ。他のものは何も聞こえない。

さらに数分間、モニターを耳に当てたまま、彼はベッドに横になっていた。そのときある想念が彼をつらぬいた――まさかウラジーミルが亡くなった？

一瞬、彼は考えた。これはそんなにひどいことだろうか？　あの人がどんな人生を送ってきたというのか？　彼がいまどんな状態にあろうが、今後は悪化するばかりだ。眠っているあいだに安らかにこと切れていたのであれば幸福ではないか。

彼は起き上がってウラジーミルのスイートに向かった。寝室のドアは半開きで、照明は点《つ》いていた。のぞき込んだがベッドには誰もいない。シェレメーチェフは震え上がった。ウラジーミルはさだめしチェチェン人と戦闘中で、どこかにじっと隠れて襲いかかる構えで待ち伏せしているのだろう。

「ウラジーミル・ウラジーミロヴィチ?」。彼は静かに呼んでみた。

返事はない。

シェレメーチェフは用心深く寝室に入っていった。ウラジーミルがどこからか飛び出してきて、こちらに向かって突進してくるのではないかと身構えた。

なにごとも起こらない。

寝室を横切って浴室へ向かい、明かりを点けるとシェレメーチェフはすばやく後ろへ退がった。そして彼は入口ドアに目を配った。誰もいない。戻って衣裳部屋へ向かった。

「ウラジーミル・ウラジーミロヴィチ」。今度は声を大きくして呼びかけた。

居間に行ってみる。やはりがらんとしている。「まずいぞ……」と独りごとを言った。カリン教授の忠告どおり、ドアを施錠しておけばよかったのだ。

彼はいちばん近くの電話へ駆け寄って、一階ロビーの警備員を呼んだ。呼び出し音が鳴り続け、ようやく眠そうな声が出た。「もしもし?」

「ウラジーミル・ウラジーミロヴィチを見なかったか?」。シェレメーチェフは問いかけた。

「ウラジーミル・ウラジーミロヴィチ?」

「あの人を見なかったか?」

「いいや、だってあの人――」

「いないんだ。あの人が外へ出て行かないように持ち場を離れるな。人を出して外を見てくれ。早く! 私は二階をチェックするから」

シェレメーチェフはパジャマ姿のまま廊下を走り回り、ドアというドアを開け放ったが、どの部屋も寒くて暗く、がらんとしていた。彼は照明を点けながら、もう何年も使われていないスイートルームでウラジーミルの名を呼んだ。あの人はどこへ行ってしまったのか？　チェチェン人と戦闘中のはずだが、その戦いはあの人をどこへ連れていったのか？

シェレメーチェフが階段を駆け下りると、ロビーに警備員がいた。

「ウラジーミル・ウラジーミロヴィチが通るのを見たか？」

「いいえ」

「私が電話する前はどうだった？」

警備員は頭を左右に振った。

「寝てたのか？」

警備員はまたすぐさま首を振った。

シェレメーチェフは信じなかった。「他の者にも外を見るよう伝えたか？」

「伝えました」

「誰に？」

「警備員全員にです」

「何人だ？」

「全員ですよ、ニコライ・イリイチ」

「い、何人なんだ？」

「二人です」。警備員は足下を見つめながら、ばつが悪そうに答えた。

「君を含んでか？」

警備員は唇をかんだ。「おれとゴーリャです」

「それ以外のみんなはどこだ?」。シェレメーチェフは憤然と質《ただ》した。

警備員は肩をすくめた。

「アルトゥールは? ここにいるのか?」

「アルトゥールは……正確にはわかりません」

「リョーシャは?」

「リョーシャも……同じくです」

スタッフ控え室へ続く廊下から、バルコフスカヤがガウンとスリッパ姿で出てきた。「なんの騒ぎなの?」。彼女は訊いた。

「ウラジーミル・ウラジーミロヴィチがいなくなったんです」。シェレメーチェフが言った。

彼女は手を口にあてた。「なんてこと! 誰かにさらわれたの?」

シェレメーチェフにはウラジーミルが誘拐されたとは思えなかった。

「警察に電話しましょうか?」

シェレメーチェフはその考えには強く反対した。「おそらくあの人は徘徊しているんですよ、ガリーナ・イヴァーノヴナ。われわれで探してみましょう。上の階は全部見て回りました。警備員にも――まあここに居合わせている者には――外を見てもらっています。あなたはこの一階を確認してもらえませんか。そして残る何人かには外を見てもらいましょう。エレエーコフ、ステパーニン……」。家政婦の顔をよぎった嫌悪の表情を目にしてシェレメーチェフは言い淀《よど》んだ。「起こせる人なら誰でもいいですよ」

「あなたはどうするの?」。家政婦が聞いた。

「私も外へ出てみます！」

シェレメーチェフは二階にとって返してコートを羽織り、ブーツに足をねじ込むと、また下りてきた。

「ニコライ・イリイチ、これを！」。警備員がドアのところで呼びながら、懐中電灯を差し出した。

シェレメーチェフはそれを手にした。「自分の分を持ってついて来るんだ！」。彼が走り出ると警備員がぴたりと彼の後を追った。街道の方向に、暗闇に突き刺さる懐中電灯の光が見えた。

「あれはゴーリャです」。彼の背後で警備員が言った。

「じゃああっちへ行こう」。シェレメーチェフは別邸の裏側に回った。と、すぐに遺体安置所の臭いが鼻をついた。恐ろしい考えが浮かんだ。「あの中を調べるんだ」。彼は警備員に呼びかけた。

「あ、あ、あそこを？」

「あそこに落ちていないとも限らない。私はあっちへ行く」

巨大でグロテスクなソーセージのような温室が、暗闇からぼうっと浮かび上がってきた。

シェレメーチェフは一番近い一つへ飛び込んだ。むっとする湿った空気が彼をおそった。懐中電灯の光に照らされた植物が列をなして陰のほうへ延びると闇に没していた。熟れた茄子がまるまると黒光りして闇の中に垂れ下がっていた。

「ウラジーミル・ウラジーミロヴィチ？」。あの人の名を呼びながら、彼は植物の列に沿って走ると、植物の葉が腕をかすめた。温室の端までくるとドアを走り出て、次の温室へ向かった。

シェレメーチェフは立ち止まった。右手の、少し離れたところで暗闇がぼうっと明るくなっている。地べたに置かれたランタンが下から照らすなか、に子ども向け絵本のイラストのように、二人の人間がベンチに座っていた。

走り疲れたシェレメーチェフは、息を切らせながら、それでも駆け寄っていった。

ベンチに座っていたのは庭師のゴロヴィエフだった。その隣にはパジャマ姿のウラジーミルが、肩にコートを羽織って座っていた。

「ニコライ・イリイチ!」。庭師が呼んだ。

「ウラジーミル・ウラジーミロヴィチ」。二人のところまで来てシェレメーチェフは言った。

「大丈夫ですか?」

「この人は無事ですよ」とゴロヴィエフが答えた。

シェレメーチェフは疑わしげに庭師を見た。「ここでこの人と何を?」

「この人がベンチに座っているのを見つけたんです」

「いつ?」

「ついさっきですよ。なんとか戻らせようとしたのですが。そうですよね、ウラジーミル・ウラジーミロヴィチ? さあ、ウラジーミル・ウラジーミロヴィチ、こんな格好じゃここは寒すぎますよ」

「あなたはここで何を?」。シェレメーチェフが質した。

「眠れなくて。ちょっとトマトの世話でもしに行こうと思ったんです」

シェレメーチェフはにわかに信じられないという面持ちで彼を見ていた。

ゴロヴィエフが微笑んだ。「夜中でもしょっちゅう起きてますよ。警備の連中に訊いてみてください。彼らには何度も見られていますす」

「肩に掛けてあるのはあなたのコート?」

ゴロヴィエフがうなずいた。

庭師のコートと交換しようと、シェレメーチェフは自分のものを脱ぎかけた。

「急ぎませんよ」。ゴロヴィエフが言った。「ホールの警備員のところに置いといてください。朝にでも取りに行きます」

「でもあなたが寒いでしょう」

「いや。私ももう宿舎に戻ります。トマトは朝まで待ってくれます」。庭師は立ち上がった。

「おやすみなさい、ウラジーミル・ウラジーミロヴィチ」

ウラジーミルが彼を見た。「おやすみ」

庭師は自分のランタンを持ち上げた。「おやすみなさい、ニコライ・イリイチ」

彼はそう言って立ち去った。

シェレメーチェフは呆気にとられて声も出ないまま、彼が去るのを見送っていた。あの庭師がたまたま来てみたら、昨日三人並んで腰かけていたのとまさに同じベンチにウラジーミルが座っていたなんて、本当にあり得るだろうか? その三人のうちの二人が偶然、未明の三時にここで出くわすなんて? しかし偶然でないとしたらなんなのだ? 偶然以外にどうすればこんなことが起こるのか?

機会があれば元大統領を絞め殺していたかも知れないと告白した庭師は、ここに座っているあいだ、やろうと思えば元大統領になんでもできたはずだ。ウラジーミルはまったく彼のなすがままだったのだ。

「大丈夫ですか、ウラジーミル・ウラジーミロヴィチ?」

ウラジーミルはうなずいた。

「どこにいるかおわかりですか？」

「プラスコヴェーフカ〔ロシア南部のクラスノダール・クライにある村。建設費九億ドル以上をかけた「プーチン宮殿」と呼ばれる豪邸がある〕だ」

「で、何をなさっているんですか、ウラジーミル・ウラジーミロヴィチ？」

「私が何をしているかって？」

シェレメーチェフがうなずいた。

「お前は何をしているのだ？」

「ここにいた男……彼は何かしましたか？」

「誰がここにいたって？」

「庭師のゴロヴィエフです」

ウラジーミルの眉間に皺が寄った。「それはあのろくでなしのボロヴィエフのことか？」

「いえ、ゴロヴィエフです。アルカージー・マクシーモヴィチですよ」

「やつは名前を変えたのか？」

「いいえ」

「やつはロンドンへ逃げたのだ。卑怯者め。ここに連れ戻せていれば、強制収容所《グラーグ》さえホリデーキャンプに見える場所にぶちこんでやったのに！」

「戻りましょう、ウラジーミル・ウラジーミロヴィチ。ここに座っていたら寒すぎます」

「そう思うか？　なんでもいいがお前は誰だ？」

「シェレメーチェフです」

「ああ、お前はボロヴィエフの話をしていたんだったな。ボロヴィエフは知っているか？」

「いえ」

「ホモのろくでなしだ。裏切り者の豚野郎だ！」

シェレメーチェフは溜息をついた。「さあこちらへ、ウラジーミル・ウラジーミロヴィチ」

「それにしても、やつも長くなかったな？　油断するとみなロンドンで死ぬことになるぞ」。ウラジーミルは笑った。「連中がいつも飲んでいる英国紅茶のせいだ。あれを温める方法は一つではない！」

「さあ、ウラジーミル・ウラジーミロヴィチ」。シェレメーチェフは言った。ウラジーミルは自分がいま口にしたことのどこがそんなにおかしくて笑うのか、彼にはさっぱりわからなかった。彼はウラジーミルの片腕をそっと引いた。「ここは寒いから風邪を引きます。さあ立ってください」

ウラジーミルは立った。シェレメーチェフは最後にもう一度ベンチの周囲を懐中電灯で照らして見まわすと、二人は歩いて引き返し始めた。

バルコフスカヤはホールで待っていた。彼女は元大統領が姿を見ると、首からかけた十字架に指で触れながら、「ああよかった」とささやいた。

「問題なしです」とシェレメーチェフが口にした。「万事問題なし」

「本当に？」。バルコフスカヤは不安げにウラジーミルを見た。

「私が二階にお連れします。この人が無事だと他のみなさんに伝えてください、ガリーナ・イヴァーノヴナ」

彼はウラジーミルを連れて階段を上り、寝室に入った。そこでシェレメーチェフは元大統領をつぶさに観察した。パジャマは濡れて泥だらけだったが、それ以外はどこも問題なさそうだった。シェレメーチェフは衣裳部屋から新しいパジャマを取り出し、ウラジーミルに手を貸して着せた。ウラジーミルは子羊のように従順で協力的だった。シェレメーチェフは彼をトイレに連れていき、ベッドに戻した。

老人は彼を見て微笑んだ。

「お疲れですか、ウラジーミル・ウラジーミロヴィチ？」

ウラジーミルはそうだなと言った。

シェレメーチェフは浴室に入ると、ウラジーミルの錠剤を保管している棚の鍵を開けて、鎮静剤を持って戻った。あんなことのあとだし、一錠多く飲んでも害はないだろう。ベッド脇からコップ一杯の水を持ってきて、ウラジーミルに渡した。「さあ」。ウラジーミルのもう一方の手を開かせると、掌《てのひら》に錠剤を押しつけた。「お飲みください」

ウラジーミルはそれを口に含み、二口ほどの水を飲んだ。喉を通るときに喉仏がごくりと音を立てて上下した。

シェレメーチェフはコップを取り返すとそれを置いた。彼はウラジーミルを手伝ってベッドに入らせ、明かりを消した。常夜灯だけが点いていた。

「おやすみなさい、ウラジーミル・ウラジーミロヴィチ」

返事はなかった。

ドアのところでシェレメーチェフは立ち止まると、振り返ってベッドで横になっている老人を見た。ウラジーミルはもう目を閉じていた。次の瞬間には軽い鼾《いびき》をかき始めた。

シェレメーチェフはドア枠に頭をもたれかけさせた。ニーナはなんて言ったんだっけ？　盗みかたを知ることがそんなに難しいことなのか？

盗みかたなら自分だって知っている。ウラジーミルがすやすやと眠るのを見ながらシェレメーチェフは思った。もし一般に言われていることの半分、あるいは四分の一、ないしは一〇分の一でも本当だとすれば、それでもこの人はロシア最大の詐欺師であり、収賄者たちや横領犯たちの王だったのだ。もしこの人の甥が拘置所にいたらどうするだろうか。二の足を踏んでなどいないだろう。

躊躇《ためら》うのは彼、シェレメーチェフぐらいなものだろう。同僚たちが揶揄するように言えば、聖ニコライだけなのだ。

シェレメーチェフは目を閉じた。あの老人のものは古着くらいしか盗む価値がないから貧乏くじを引いたな、とステパーニンが笑いながら言ったことを思い出した。しかしステパーニンにしても、ここに他に何があるのかは知らないのだ。

ウラジーミルの衣裳部屋にある腕時計の棚には、空いたくぼみが二つ分あった。シェレメーチェフはときどきソファの後ろや靴下の引き出しなど、他の場所でも腕時計を見つけることがあった。そうした腕時計は、ウラジーミルが何かのときに持ち出したものの置きっぱなしで忘れられているに違いなかった。それで引き出しのなかのくぼみがそのまま残っているのか？それとも、もともとそれらの置き場所は塞《ふさ》がっていなかったのか？あるいはそれらはかつて盗まれてそのままになっているという証拠なのか？この六年間というもの、シェレメーチェフは誰かが棚の中をチェックするのを見たことがなかった。しかし腕時計の資産目録くらいあるのではないか？しかしそんなものがあったとすれば、誰かがときおり――少なくとも元大統領の世話をするようになって一度くらいは――全部そろっているかチェックするのを目にしているはずだ。

それでも彼には、資産目録があるのではないか、そしてもしも自分の考えを実行に移したら誰かに見つかってしまうのではないか、という怖れがあった。

しかし、彼を思いとどまらせていたのはそれだけだろうか？　怖れが？　徴兵に応じた者が罪を犯したら誰かに捕まるだろうという怖れ？　介護士が賄賂を受け取ったら誰かに懲罰をくらうだろうと怖れ？　他のすべての人間にとって日常茶飯事であることを承知しているのにもかかわらず？　怖れだけはない、臆病なのだ。鼻水を垂らした極度の臆病者なのだ。人はいつもその臆病さを原則《プリンシプル》だと考える。彼にたいする嘲笑や辛辣さのなかにも、その誠実さが不承不承ながら認められていることは彼も知っていた。おかしなことに、ときにそうした嘲笑をあびると、かれは自分の原則を貫く決意をいっそう強固にした。しかし自分には原則なんてものがどれほどあっただろうか？

原則ももちろんあるにはあった。資産家に金があるからといって、金のない患者を衰弱させることはできなかったが、それは怖れだけが理由なのではなかった。しかし、それは原則だろうか、弱さだろうか？　ロシアに弱さの存在する余地などない。じゃあもし原則だとするなら、原則の入り込む余地などさらにないではないか。一連のことが彼に教えるのも、つまりはそういうことなのではないのか。

彼は偽善者なのだ。自分の代わりに弟に手を汚させるほど美徳を売りものにする臆病者だ。彼は思う、オレグはいまでもああしたことをやっているのだろうか、と。しないわけがあるか？　ロシアが国を挙げてうまくやっているのに、オレグがやってはいけないわけがあるか？なぜ愚鈍な兄のようでなければならない？

そして彼——シェレメーチェフ——に怖れがなかったとすれば？　そのときはどうしただろ

う？　やはりその原則とやらに固執するだろうか？

彼はずっと怖れを抱き続けるのか？　いまも？　ずっと？

シェレメーチェフは忍び込むように衣裳部屋に入った。隣室の常夜灯から柔らかい明かりが差し込んでいた。シェレメーチェフは寝室をちらりと見返すと、ウラジーミルがまだ眠っているのを確かめた。

彼は振り返った。目の前には棚がある。すべての扉を開けていった。

シェレメーチェフは引き出しの数をカウントした。二十五の引き出しがそれぞれの場所にきちんと収まっていた。

二十五！

自分の妻にたいする義務は？　ニーナはそんな言葉を彼に浴びせ、それには彼も骨の髄まで堪《こた》えた。自分はあまりにもプライドが高くて独善的であるために、自分の原則とやらを犠牲にできないのだろうか？　カリンカのためにでさえ？

しかしカリンカはもういないし、何をしたところで帰ってはこない。自分がしてしまったことはしてしまったことであり、しなかったことをしたことにもできない。どうにかして折り合って生きていくしかないのだ。だが、パーシャはまだ救ってやれる。

腕時計がびっしり詰まった引き出しが幾重もに重なる棚を前に、ニコライ・シェレメーチェフは自問した。このさき自分の原則はどうなるのか。そして甥にたいする義務は？

第十二章

その夜、シェレメーチェフはよく眠れなかった。ウラジーミルががさごそと動き出して、自分もベッドから起き出す理由ができたときは、かえってほっとした。自分が眠れなかったわけを考えずにすんだからだ。彼は自分が何をしようとしているかわかっていた。正確には、決心というより、そうせざるを得ないという事実への諦《あきら》めだった。それが間違っているのか正しいのかは彼にも判断できなかったし――おそらくは両方なのだろう――一方ともう一方のバランスをどう取ればよいかもわからなかったから、もう考えるのを諦めたのだった。パーシャは拘置所にいる。それだけで充分だった。

ウラジーミルにシャワーを浴びてもらい、着替えさせると、シェレメーチェフは外へ出て、弟に電話をかけた。

「オレグ」。彼は言った。「いいことを思いついた」。シェレメーチェフは周囲を見まわして、近くで誰も聞いていないのを確かめた。それでも彼は声を低くした。「あるんだ、あるんだよ……たぶん売れると思う」

「どうした?」。オレグが言った。

「このあいだ言ったよな。私はウラジーミル・ウラジーミロヴィチの介護でカネを奪《と》ったことはない。給料だけだった。ニーナが私のことを馬鹿だと思っているのもわかる――」

「いいんだ兄貴、あいつもあんなこと言わなきゃよかったんだ。謝まるよ……」

「まあ待て。最後まで聞いてくれ。まだあの人に判断力があった勤めはじめのころ、ウラジーミル・ウラジーミロヴィチが私に謝意を伝えようとしたことがあった。私はあの人にそんな必要はないし気が進まないと言ったんだが、あの人はどうしても、と聞かないんだ。断りにくいしな」

「そりゃそうだ。元大統領なんだから」

「いまなら当然そんなもの受け取るはずもないんだ、あの人は自分のしていることが本当にわかってないんだから。でもそのころは物忘れもまだまだ少なかったし、あの人が何かしたいと言ったときは、自分でその内容を確かに理解できていた。つまり倫理的に考えると甘受するしかなかったんだ。わかるよな」

「兄貴のしたことならなんでもね。だからそれで倫理的だったんだ」

シェレメーチェフは口ごもった。自分には嘘がつけないのではないか、オレグが自分の声に何か嗅ぎつけるのでは、と不安だった。しかし実際には、彼がでっち上げたストーリーは、自分自身の耳にも驚くほど真に迫って聞こえ、不快なまでにすらすらと口をついて出た。

「お前がうちに来たとき、そして昨日もまたお前になんでもいいから助けになってもらえないかと訊かれたとき……普通に銀行にいくらあるかを考えた。でも昨夜、たしか金目のものがあったはずだ、それが売れるんじゃないかってことに気がついた。いずれにせよ何がいいたいかと言えば……」。シェレメーチェフはまた言葉を切った。この調子で続けたら一線を越えてしまうことはわかっている。たとえこれ以上何もしなくても、あるいはオレグが申し出を断ったとしても、少なくとも彼の心の中ではもう後戻りはできなかった。

「兄貴、どうしたんだ」

　シェレメーチェフは深々と息を吸うと、それを吐き出すように言った。「腕時計をもらったんだ」

「時計？」。オレグは言った。「どんな時計？」

「どんなって……腕時計さ。私もまったく詳しくないんだ。でも見栄えがする逸品でね、このあいだたまたまウラジーミル・ウラジーミロヴィチの主治医がここに来たとき着けていた腕時計なんて七〇〇〇ドルだとか言っていた――これは私がもらったほうじゃなく、医者がしていた腕時計だけど――しかも他にはもっと高価なものもあるらしい。その医者によれば、たとえばそのときウラジーミル・ウラジーミロヴィチがしていた時計ははるかに高額なのだそうだ。労働者の生涯賃金だぞ、オーリク！　ウラジーミル・ウラジーミロヴィチは知ってたのだろうが、あの人がいま私の手許にある時計をくれたのは、彼のための仕事を始めて一年後のことだった――その一周年記念なんだろうな――だからあの人は純粋に感謝の念を表わしたんだろうし、それでなんの値打ちもないものを寄こすわけがないと思う。誰がその価値を知ってるんだ？　おそらく本当に貴重なものをくれたんだよ」

　沈黙があった。

「オレグ？」。シェレメーチェフは言った。

「それをパーシャのために売っていいのか？」

「もちろんパーシャのためなら売るさ！　たかが腕時計だぞ、オレグ。誰も気にしやしない。私はなんて身につけたことすらないよ。初仕事に就いたときに買った古時計で充分だ。それも食器棚にしまったままさ。これだってさすがに三〇万ドルにはならないだろう？　でもなにがしかはなるはずだ。手付け金みたいなもんさ。それでもし検事が要求する額なんてこちらにないと認めてくれれば、あるいはそれで手打ちになるかもしれない。ほら、普通なら一万が相場だとお前も言ったじゃないか。そうだろう？　医者と話をするまでそんなこと考えもしなかったが、この時計にはそれだけの価値があるんじゃないか」

　またしても電話からは音声が途切れた。

「まあ腕時計は高価かも知れないが」。オレグは言った。「でもそんなに高くなるかな？」

「わからない。可能性はあるんじゃないか」

「で、売っていいのか？」

「言うまでもない」

「でも兄貴には意味があるものなんだろう」

「パーシャ以上にか？　オレグ、後生だよ！　腕時計じゃないか。腕時計は腕時計だ。もっと大事なものがあるよ。大事なのは自分の甥だ。大事なのは弟だよ」

「ニーナが昨日言ったことは悪かったね」

「おっと、彼女のことも大事だった」

　オレグはしばし笑った。「ニーナはちょっとひどかった。兄貴に原則を枉《ま》げてくれなんてよく言えたもんだ」

　シェレメーチェフが息を吐く音が聞こえた。「その原則が正しいのかどうか、もうわからないんだ。それが原則なのか、原則だったのかさえわからない。いずれにしてもロシアじゃ、原則で飯が食えるのかすらわからないんだからな。たぶん私も病院勤務時代を通してずっとカネを取るべきだったんだろう。みんな札束を持って来たものだよ、オレグ。私が断ったら、みんな誰か他のやつのところへ行った。私が何かを救うことなんてなかったけど、それでも連中は払おうとした。やろうと思えばできたんだ。たぶんそうするべきだったんだろうね」

シェレメーチェフは自分の心の声に耳を傾けた。自分がいま口にしている考えに胸がむかつく思いだった。あのときそんな選択をしなかったのを神に感謝だ、とすら思った。しかし、選択したじゃないか？　カリンカが死に瀕していたとき、自分ではそうとは思わないうちにその選択をしてしまっていたじゃないか。彼は賄賂を求める連中にカネを支払っていたが、カネが尽きたときに自分が賄賂を受け取る側になろうとは考えもしなかった。カリンカのためにさえ、だ。その彼のどこが間違っていたというのだ？

「兄貴、コーリャ兄貴、まだ聞こえてる？」

「すまん、聞こえているよ」

「それで兄貴はどうしたいんだ？」

「この腕時計だけど。オーリク、どこで売ればいいかな？　どこか高値で買ってくれないだろうか？」

「心当たりはないのか？」

「一日中、時計を売り歩けばいいっていうのか」

「おれに手伝えって言うんだな？　本当にそいつを売っていいんだな？」

「そうだ！　いくらになるかはわからんが、いくらであってもお前のものだ」

オレグは笑った。「兄貴、なんて言っていいんだ！」

「じゃあ何も言うな。兄弟じゃないか。お前のほうで買い手を見つけてくれないか？」

「なぜヴァーシャに相談しないんだ？　この手のことについてはあいつの方が明るい思うけどな」

「ヴァーシャを巻き込みたくないんだ」

「でも兄貴――」

「いや、ヴァーシャは駄目だ！」。気がつくと彼は弟の提案に本能的に反応していた。「誰か探してみてくれないか？」

「やってみよう。兄貴が手放す気なんだから、おれもそれくらいはやる」

「わかった。誰か見つかったら電話してくれ」

シェレメーチェフは携帯電話のスイッチを切った。にわかに彼は自分が震えているのに気がついた。ついにやってしまった――半世紀におよぶ誠実な生き方はこんなふうに放棄していいものではない。しかし、彼に怖気が走った理由はそんなことではなかった。オレグが「ヴァーシャに電話すれば」と言ったときにとっさに出た本能的な反応のせいだ。いや、ヴァーシャは駄目だ！　彼がそう感じたことにどんな意味があったのか？　シェレメーチェフは自分が息子を信用していないことに気がついた。


シェレメーチェフはしばらく屋内へ戻らず、もう数分のあいだ外にいた。ステパーニンの皿洗い係が二人で大きな黒い桶を抱えながら現われた。彼らは鶏肉の墓穴の横で足を止めると、桶を地面に置き、穴を覆っていた木蓋を持ち上げた。遠くからでも漂ってくる腐敗臭がシェレメーチェフの鼻をついた。彼が見ていると、二人の皿洗い係は桶をひっくり返し、新鮮なピンク色の鶏の胴体がこぼれるように転がり落ちた。

彼は少し近寄ってみた。「どうなってるんだ?」

皿洗い係たちはそれぞれ片手で蓋を持ち、もう一方の手で鼻をつまみながら蓋を穴にかぶせていた。一人がシェレメーチェフをちらりと見て、肩をすくめた。

厨房では、ステパーニンがスチール製のベンチの一つに不機嫌そうに腰かけていた。片手にウォトカのグラスを持ち、目の前にはボトルがあった。

「何かあったのか?」。シェレメーチェフが訊いた。「また鶏肉を捨てているじゃないか」

料理人はウォトカをぐいと口に含むと、何も言わずにもう一杯注いだ。

「ヴィーチャ?」

「あいつらおれの仕入先に火炎瓶を投げ込みやがった」。ステパーニンがつぶやいた。

「火炎瓶を投げ込んだ……?」。シェレメーチェフは呆気にとられた。「誰がやったんだ?」

「バルコフスカヤさ」

「いいいいいいバルコフスカヤが君の仕入先に火炎瓶を投げ込んだのか? いつだ? 昨夜か? でもあの女がここにいたのを——」

ステパーニンがこちらを向いた。「そりゃバルコフスカヤ本人じゃないさ! 誰かが代わりにやったんだ。明々白々だ」

「で、そいつらが代わりにやったと言ってるのか?」

「そんな必要もないだろう」。ステパーニンはウォトカを呷《あお》ると、その強さに噎《む》せ返った。「言わなくたってわかることもある」。彼は首を横に振った。「くそっ!」

「ヴィーチャ」。シェレメーチェフはゆっくり言った。「バルコフスカヤのいとこに鶏肉の配達をやめさせるために何かしたんだろう?」

料理人は肩をすくめた。

「ヴィーチャ?」

「教訓を与えたとでも言っておこうか」

「どういう教訓だ?」

「足の一本や二本折れるくらいの教訓さ」

「君がそいつの足を折ったのか?」。信じられないという面持ちでシェレメーチェフは質《ただ》した。

「おれが直々《じきじき》にじゃないさ!」

「誰かにやらせたわけか? 気でも違ったか? 何を考えてのことだ?」

「何を考えてとはどういうことだ。おれの将来なんだぜ、コーリャ! おれの夢なんだ! すべてがこれ次第なんだ! わかるか? あのバルコフスカヤのあばずれにだっておれを止めることはできない!」。ステパーニンはウォトカのボトルを取り上げ、腹立ちまぎれにまた注いだが、アルコールをスチール製のベンチに少しこぼした。「あんたもやるかい?」

「いらん」

ステパーニンは飲んだ。「あんたみたいにやるほうが簡単なんだ」。彼は苦々しげに言った。「給料だけ受け取ってそれで終わりってほうがな。なんにも面倒がない。もちろんあんただって粗末に暮らして貧しいまま死ぬんだろうが、それも悪くないんじゃないか」

「ありがたいね」。シェレメーチェフは料理人の頭をボトルでぶん殴ってやろうかと思った。

ステパーニンはシェレメーチェフに敬意を表して乾杯するそぶりをした。

シェレメーチェフは彼からボトルをひったくった。「まだ九時だというのに、もうへべれけじゃないか。これじゃあ料理どころじゃないだろう」

ステパーニンは手を振った。「知ったこっちゃねよ」。彼は皿洗い係たちを睨《にら》みつけた。「レンジを洗っとけって言っただろう！　お前ら何をぐずぐずしてる？　すぐ始めるぞ。お前もだ」。彼はアシスタントの一人に怒りの矛先を向けながら叫んだ。「出汁《だし》はどこだ、この野郎」

「昨日使いました、シェフ！」

「作り置きしてもないのか？　おれがいちいち指図しなけりゃならないのか？　この惚《ぼ》け茄子《なす》！」。ステパーニンはシェレメーチェフを振り返った。「見たか？　これがうちのスタッフの仕事っぷりだ。わが優秀なる料理人たちさ！　由緒正しき修業済みだ！」

「君は誰を使ってバルコフスカヤのいとこに教えを授けたんだ？」。シェレメーチェフが訊いた。

「なんだと？」

「誰にバルコフスカヤのいとこの足を折らせたんだ？」

「足を折ったかどうかは知らないね。腕だったかも知れんな」

「誰なんだ？」

「誰だと思う？　アルトゥーシャさ」

「アルトゥーシャ？　ここのアルトゥーシャか？　警備の？」

「ア、ア、ア、ア、アルトゥーシャ？」

「他に誰がいる？」

「いや……しかし……」。シェレメーチェフは絶句し、呆然となった。

ステパーニンが笑った。「あんた、ほんとになんにも知らねえな、コーリャ。あいつのBMWを見たかい？　やつは半年ごとにあれを買い換える――最新モデルにな！　なんにも知らないとしても、あれを見れば何かしらの察しはつくだろう。ルカシヴィリ一族はオジンツォヴォ随一のピンハネ料を稼ぎ出してるんだ。もともとはアルトゥールのいとこから始まったんだが、そいつは二、三年前に車の中で別のギャングに射殺された。それでアルトゥーシャがその後釜に収まった。彼がそのギャングを始末したあと、街に残るはルカシヴィリ一家のみというわけだ」

「でも彼は電子工学を学んでいると言ってたぞ！」

「そうかもしれない。けど知ったこっちゃないだろう？　オジンツォヴォで商売を始めたい、レストランを持ちたいとき――なんならガキを散歩させるときですら――ルカシヴィリに金を払う。その見返りにしつこいポリ公どもを厄介払いしてくれるって寸法さ」

「彼がどうやって――」

「あの警備員たちがここで何をやってると思う、コーリャ？　昨夜あんたがウラジーミル・ウラジーミロヴィチを探そうとしたときも、あいつら実際ここに何人いた？　しかもそいつらはアルトゥールの兵隊の一部に過ぎない。もっと大勢いるんだ。雇うのは用心棒、ボディガード、なんでもござれだ。オジンツォヴォで警備をつけたければ、ルカシヴィリに頼るしかない。息子に訊いてみるといいよ――彼は全部知っている」

「私の息子？」

「そうさ。名前はなんだっけ」

「ヴァーシャか」。シェレメーチェフが小声で言った。

「ヴァーシャ！　そうだ。ヴァーシャだ」

「息子はアルトゥールと仕事してるのか？」。シェレメーチェフは恐るおそる尋ねた。

「いや。アルトゥールがいうには一度あんたの息子と話したことがあって、シェレメーチェフの息子だと名乗ったそうだ。このオジンツォヴォで誰かの警護が必要だったらしい。それにはかならずアルトゥールに話を通さなければならないのさ」

シェレメーチェフは頭を振った。自分が耳にしたことをどう理解しようと頑張っても呑み込めない葛藤があった。

ステパーニンが笑った。「元大統領の別邸《ダーチャ》だ！　ここがピンハネ警備の牙城になってるなんて誰も思ったりしないさ。でも考えてみろよ。ルカシヴィリは頭が切れる。全面的な監視、電流が通ったフェンス、なんでそんなにチンピラを雇っているのか訊かれても、これなら正当な警備ビジネスだ。まあそんなことを訊くやつもいないけどな……これ以上は望めないな」

「うちの息子は他に何をしているんだ？」。シェレメーチェフがささやいた。

「知るわけないだろう？　自分で訊いてみるんだな、コーリャ」。料理人は口を噤《つぐ》んだ——が、シェレメーチェフの表情はほとんど懇願せんばかりだ。「まあアルトゥールの言い方だと、あんたの息子も、人助けする男たちの一人のようだな」

「どういうことだ？」。すがるようにシェレメーチェフは訊いた。「ピンとこないな」

ステパーニンは嘆息した。「たとえばここにレストランがあるとしよう。そこへ要人が食事に来るとする。この人物に敵がいることは明白なので、当然ボディガードを引き連れて現われる。ここまではいいな。しかし面倒になるのは御免蒙りたいんだ。実際にはボディガードに何もさせたくない。何かあったときにレストランのためにならないし、もし警察が介入しようものなら先々までカネを払い続けることになる。そこで良からぬ考えを抱く者をその夜はこちらに近づけないよう自衛が必要になるかもしれない。そのとき頼れる存在がいるわけさ」

「何を助けるんだ？　人を探す手配師ということか？」

「ご名答。彼らは何があっても口を割らない」

「ヴァーシャはそういう一員なのか?」

「そうじゃないかと言ってるだけさ、コーリャ。アルトゥーシャの言葉によればそのようだな。そういう連中はどこにでもいるんだ。必要なのが一人のときでも、そういう連中が十数人がそのへんをごろごろしていて、お互いに足の引っ張り合いをしながら、どいつも異口同音に他の連中より自分の方がいい人を紹介できますよ、なんて言ってくるんだ」。料理人はにやりとした。「あんたの息子は、バルコフスカヤのいとこの件には一切関わってない、その点は安心するんだな。彼はそういう部類には入っていない。あれははっきりアルトゥーシャとその子分たちの仕事だ。もちろんおれは払わわされたよ。でも、おれがあいつの料理担当ということで、かなり値引きしてもらった。やつが食べたいものはなんだって作るさ。やつの言うところじゃ、子分たちはバルコフスカヤのいとこの配達用ワゴン車もぶっ壊したらしい。余計なことだ。おれはそこまでは頼んでない。無料サービスだそうだ。なかなかのもんじゃないか?」

「バルコフスカヤは知っているのか?」

「おれの知ったこっちゃないね。それであの女がどうしようってんだ? ルカシヴィリ一家と戦うのか?」

「でも、誰かが君の仕入れ先に火炎瓶を投げ込んだんじゃないのか」

「そうだな、思うに……確かその仕入先もアルトゥールに少しばかり金を借りていた」

「それでアルトゥールが火を放ったのか?」

「そうじゃない、そこまで状況は悪化してなかった。ただアルトゥールもそっちまでは護っていなかったと思うだけさ。やつが護っていれば誰も彼に手出しできなかっただろう。それでもアルトゥーシャは面白くないはずだ。オジンツォヴォで誰かが罰を受けるとしたら、その実行役はルカシヴィリ一家だ。ここはやつらの縄張りだからな」

シェレメーチェフは頭を抱え込んだ。「ヴィーチャ、もう手に負えないぞ。君はバルコフスカヤと話さなければ」

「何を話すんだ？　おれからチキンを奪い去ってくれてありがとう――ほかに何をご所望《しょもう》ですかってか？　ロシアじゃな、コーリャ、一つのことで弱みを見せたら、すべてのことで弱みを見せたも同じなんだ」

「君の仕入先はどうするつもりなんだ？　警察には届けたのか？」

「火炎瓶を投げ込まれましたっていうのか？　気は確かか？　警察を味方にするのにいったいいくら払えばいいんだ？　確執があるなんて嗅ぎつけられたら最後、ポリ公どもにしてみれば復活祭《イースター》とクリスマスが一緒に来たようなもんだ。オランダ競《ダッチ・オークション》りだよ。どちらでもカネのある方が勝ちだ。連中は値をつり上げる専門家だからな」

「オランダ競《ぜ》りってのは入札額を下げるもんじゃないか」

「じゃあ逆か。どう言えばいいんだ？　フランス競りか？　おっとそこの馬鹿野郎！」。皿洗い係の一人がレンジのガスバーナーを外すのが目に入ったので、にわかに叫んだ「それができるのはおれだけだ！　前に言っただろう！」

「それでどうするつもりなんだ、ヴィーチャ？」

「この前はバーナーを滅茶苦茶にされたせいでおれは一週間も料理に使えなかったんだ」

「ヴィクトル！　どうするつもりなんだ？」

絶句したステパーニンは肩をすくめた。「さあな。このまま放っておくわけにはいかないだろう。順調にいけば、二年後にはモスクワにレストランをオープンするだけの資金ができる。それにいくらかかるか知ってるか？　つまりおれが考えているようなレストランだ。五〇万ドルだよ、コーリャ。それだけ貯めればここから出て行く。わかった、もう半分は超えた。だから本音で言ってくれ、ウラジーミル・ウラジーミロヴィチはあと二年は生きられるのか？　断言できるか？」

シェレメーチェフは耳を疑った。ステパーニンに必要なのは五〇万ドルだったのか——その半分がすでにある！　パーシャを釈放するには充分じゃないか。「ほら、私の甥がまだ獄中にいるんだ」

「まあそんな馬鹿なことをしたらどうなるかわかるよな？」とステパーニンは口にしたが、暗に何を言われているのかわからないほど、あるいはきまりの悪さを感じる余地もないほど、見るからに彼はぐでんぐでんだった。

シェレメーチェフは料理人を眺めていた。彼は腰かけながら空のウォトカグラスをもどかしげにまさぐっていた。ステパーニンは思い立ったようにシェレメーチェフが取り上げたボトルに手を伸ばした。シェレメーチェフはされるがままにそれを渡した。飲め、と彼は心中で言った。飲み過ぎて死んでしまえ、豚野郎め。

ロシアでは誰もが利己的なのだとシェレメーチェフは思った。自分自身が中心か、せいぜい家族のためだ。

彼はうんざりし、すっかり意気消沈していた。ステパーニンにひさしく抱いていた好意もにわかにどうでもよくなった。料理人と家政婦はその嫉妬と強欲に灼かれて死ぬまで争えばいいのだ。それが当然の報いだ。

シェレメーチェフは立ち上がった。

「ウラジーミル・ウラジーミロヴィチに鶏肉料理はしばらく出ないかもしれませんとでも伝えておいてくれ」。ステパーニンがつぶやいた。「埋め合わせはしますからってな」

もうこれ以上、料理人との上っ面だけの付き合いはごめんだとシェレメーチェフは思った。

「誰に言ってるんだ？　あの人は君が何を作っても覚えてはいないんだ。一口食べるごとに忘れてしまうからな」

ステパーニンは心の底から苦々しそうな表情でシェレメーチェフを見た。上等だとシェレメーチェフは思った。

その日の午後、ステパーニンはバルコフスカヤからのメモを受け取った。肉類の仕入れ先は明日から新しい業者に変更になる、従来の仕入先が納品した場合は代金が支払われることはない、というものだ。そのメモを受け取ったとき、豚肉とレバーをミンチ肉にしていたステパーニンは、怒り心頭に発してそのメモを破り捨てると肉挽き機に投げ込み、その夜、バルコフスカヤのためだけに調理したテリーヌに混ぜてそれを彼女に食べさせた。

別邸のほかの住人たちのために、彼はビーフストロガノフにライスを添えて出した。そしてしばらくのあいだ肉類はこれが最後ですと周知した。付き人がトレーを抱えて二階のウラジーミルのところまで運び、居間のテーブルにならべた。

トレーが届いたときはシェレメーチェフもそこにいた。彼はウラジーミルに夕食の準備ができた旨を語りかけた。ウラジーミルは彼を軽くあしらった。忙しくて邪魔されたくなかったからだ。彼はちょうど大資産家ディーマ・コリャコフの話に耳を傾けているところだった。コリャコフはモスクワに環状道路を建設する計画を持っていた。率直に言ってそんな環状道路など誰からも望まれない無用の長物なのは周知の通りだが、少なくとも彼にはそれを推すことに一定の益があった。数十億にも上《のぼ》るコストの手数料が二〇パーセントとなれば、断るのは難しいだろう。しかしそのあとコリャコフは辞去しなくてはならなかった。ウラジーミルの内縁の妻が、ウラジーミルと二人で共同後援しているチャリティイベントについて、実業家と打ち合わせをしたがっていたからだ。するとそこへ、ウラジーミルが東ドイツで秘密警察《チエキスト》として駐在していたときに指揮を執っていたKGB大佐グリゴーリー・ラスチェフが現われた。ラスチェフはソ連崩壊後に新生共産党から出たロシア議会議員で、口が軽い元KGB将校にしてクレムリンの利権に無関心、という稀有な人物になっていた。このどちらか一方ならまだしも両方を兼ね備えることなどありえないにもかかわらず、である。とりわけこの男は秘密警察時代のウラジーミルについてあまり好ましくない発言を──多くは出版物の中で──行なう習慣があり、そのうちの一部は議論の余地なく事実だと立証できるものだった。その結果──まったくなんの喜びもともなわずに──ウラジーミルはこの男を何度も投獄しなくてはならなかった。そのうちのいくつかの罪状は正当と言えた。最後の事件でこの男は三年のあいだ獄中にあった。

そのラスチェフが彼に面会を求めてきたのだ。ウラジーミルは同意した。彼は自分が感傷的な人間だとは思っていなかったが、結果的にウラジーミルの手によって処分されたこの男のことを思うと、同じKGB将校として一度は話す機会があってもよいと考えたのである。

それになぜ会わない理由があるだろうか？　ラスチェフは落ちぶれ果てていた。長身痩軀だったこの男が、いまや禿げ上がり、さらに痩せて青白く、まるでホワイトアスパラガスだ。鼻は鼻梁から下が左にねじ曲がっていたが、ウラジーミルが最後に彼に会ったときには鼻にそんな特長はなかったので、形成外科医が鼻をいじったのかと疑われたほどだ。ラスチェフが確かに、本当に刑期を勤め上げたことは明白だった。

「それで?」。ウラジーミルは言った。「私にどんなご用件かな、グリゴーリー・マルコヴィチ?」

「私はもう終わりだ、ウラジーミル・ウラジーミロヴィチ」。ラスチェフが答えた。「もうこれ以上は無理だ。今後、君はラスチェフのことを心配する必要はない」

ウラジーミルは、お前のことを案じたことは一度もない、ただ迷惑だっただけだ、とは機転を利かせて言わずにおいた。ラスチェフには一向に空気を読む気配がなく、ウラジーミルも彼を投獄するしかなかった。海外の秘密警察《チエキスト》時代にかけだしの自分を指導してくれた人間にたいして、彼が最もやりたくないことだった。

「なぜもう終わりだなどと言うのか」

「私は弱くなった……今回しばらく獄中《なか》にいて……二度とあれには耐えられん」

「酷い扱いを受けたのか?」

「知らないのか、ウラジーミル・ウラジーミロヴィチ?」。遠回しにラスチェフは質《ただ》した。

「私は聞かされたことしか知らない。あなたが不当に扱われたと言うなら、その者どもの名を教えてほしい、私が個人的に、法の最も厳格な命令に従って連中が不法行為の責任を取るようにさせる。ロシア大統領としてあなたに約束しよう」

ラスチェフは、その誓約にどれほどの価値があるかを正しく知る、一人の老秘密警察としてもう一人の秘密警察を見た。

ウラジーミルは微笑んだ。「グリーシャ、私に何が言える? あなたは歴史の間違った側にいるのだ。あなたは過去を振り返ることを選び――私は将来のほうを選んだ」

「人びとのために最善を望むことが間違っているかね？」」。両の目に昔日の情熱の炎をかすかに浮かべたラスチェフは訊ねた。「君は過去を振り返ることで何を望んでいるのか？　汚職や賄賂、横領、プロパガンダ、虚偽や欺瞞、あからさまな脅迫を放棄することは間違っているかね？」

「放棄する？　もちろん——放棄したいものは個人的に放棄するがいい。しかし糾弾する？それはいかん。もしそれらすべてを放棄したとして、それでもあなたは自分をコミュニストだと言えるのですか？」

「レーニンのようなコミュニストだ！　レーニン後に現われたのはすべていかさまと歪曲だ！」

「それはまた大量の歪曲ですな」。ウラジーミルは考え込んだ。「七十年だ。それでも強制収容所《グラーグ》をいかさま呼ばわりできるものかどうか」

ラスチェフは拒むように肩をすくめた。

「あなたは理想家なんだ、グリーシャ。KGBの人間としてはきわめて異質だ。どうしてだろう？」

「ヴォーヴァ、連邦の解体は二十世紀最大の惨事だった」

「賛成だね。私は繰り返し言ってきたし、公然と話したこともあった。だからこそ私はチェチェンでやったことをやった。分離主義はもう終わりだ！　大統領になって真っ先にやったことがそれだ。国民はもう戦争を望まなかった。アパートの建物に爆弾が一発か二発落ちただけで——連中はやらかしたんだ。魔法さ！　その後、私はやりたいことができるようになった。ところで、連中は臭うんだ。チェチェン人のことだがね。一つ忠告しておこう。首はもし一日ないし二日以上も地面に転がっていたら悪臭を放つ。いまも臭うのがわかるか？　嗅いでみろ……どうだ？　チェチェン人め、やつはいつもここにいるんだ。やつは舌を使えば私を殺せると思っているが、私の動きは俊敏なのだ。私は生首のために柔道の本を書いているんだ。どう思う？　いい考えだろう？」。ウラジーミルはしたり顔でうなずいた。「なあ？」

「あれは君がやった唯一の良いことだった、チェチェンは」

「唯一の良いこと？　グルジアはどうなんだ？」

「君の踏み込みが足りなかった。チャンスがあるうちに連中をつまみ出しておくべきだった」

「クリミアはどうなんだ？　奪還したではないか？　それに東部ウクライナも。ベラルーシも」

「よろしい、クリミアはそのとおりだ。それは認めよう。フルシチョフの馬鹿がどうしてあそこをウクライナ人にやってしまったのか、私にはこの先もわかるまい。なんて無能なんだ。レーニンなら絶対にやらなかっただろう。そしてベラルーシか、よかろう。それも認めよう。しかしウクライナの残りの地域はどうなんだ、ヴォーヴァ？　ガスを止めさえすれば、彼らは凍死する」

「そこが複雑なんだ」

「複雑だって──でたらめだ！　フィンランド駅で列車を降りたレーニンがそんなことを言ったか？　同士諸君、われわれは冬宮を襲撃する──しかしあれも複雑だ」

「レーニンなどくそくらえだ！」。ウラジーミルは苛立ちながら言った。「やつの話はやめてくれ」

「レーニンがくそだと？　君とは比べものにならんよ、ヴォーヴァ。彼は巨人だったが、君は彼の玉座に座るゴキブリだ」

「そのとおり。ありがとう。覚えておこう。もしまたそれを公然と口にすることがあったら、グリーシャ、あなたは同じ独房に戻されて、今度はあなたの鼻を反対側にへし折るぞ。さて、私に何のご用件でしたか？」

ラスチェフが身を乗り出した。

「群衆に支配を許したら何が起こるか、君も私も目撃しただろう。当時のドイツでの日々を覚えているか？　われわれはすべてがある状態からすべてがない状態へ……」。彼は指を鳴らした。「こんな感じだ。それすら必要なかった。数台の戦車、数発の銃声で終熄したはずなんだ」

「意志がなかったのだ」

「その通り」とラスチェフ。「数台の戦車が――」

「戦車じゃない。戦車など必要ない。もっといい方法だ。いいか、グリーシャ、あのころは意志がなかった、しかしいまはある。あなたの目の前にある。権力は頂点にいる一人の人間によって始まるのだ。ロシアではこれまでもそうだった。強度、安定性、一体性。一人の人間、一つの党、一つの国家だ」

「君は私が歴史の間違った側にいると言ったじゃないか」

「そのとおりだ。強度、安定性、一体性――しかしコミュニズムは違う。あれは袋小路だ。もっといい方法がある。管理された民主主義、これだ。都合よく選ばれた野党、選挙、その結果に疑問の余地はない。これが素晴らしく機能するのだ」

「泥棒たちの支配《ルール》だ」

ウラジーミルはにやりとして指を振った。「あなたもそんなことを言い続けてさえいなければ、グリーシャ、こんなに長く刑務所で暮らすことはなかったのにな」

「君が命令を下したのか？　君が私を逮捕するように指示を出したのか？」

ウラジーミルは自分のジャケットに綿毛が一つ付いているのを目に留めた。彼はそれを床に払い落とした。「ある時点になれば命令など出す必要がなくなるのさ、グリーシャ。何を要求されているかがわかれば、それを実行するだけだ。何か望みごとを伝えてそれを叶えてくれるとき、人はそれが権力というものだと考えるだろう。違うのだ、それは第一段階に過ぎない。最高レベルの真の権力とは、指示すら必要としなくても発揮されるのだ。連中がただ実行してくれる。そのときにこそ、連中の行動ばかりか内面までコントロールできるのだ」

ラスチェフは鼻を鳴らした。「それだって泥棒どものルールだ」

「泥棒どもの政府、泥棒どもの国ね……」。ウラジーミルは肩をすくめた。「好きなように呼べばよい。私は言葉を気にしたことはない。国は安定している。何に期待すべきか国民は知っている。秩序があり、パンがある。気に入らなければ出て行けばいい——国境は開いている。ボリス・ニコラーエヴィチ〔・エリツィン〕の末期と比べて、国民がこちらに軍配を上げないとは言わせない」

「毒は早いより遅く回るほうを好むと言わんばかりだな。ヴォーヴァ、誰にもあなたほどの機会はなかったのだ。われわれを潔白にすることもできたのに」

ウラジーミルが笑った。「潔白？　それがあなたの言う清廉潔白か？　いいか、あなたたちコミュニストは、あなたの言ういかさまと歪曲の七十年間は、泥棒どもによる支配ではなかったのか？　ノーメンクラトゥーラ〔ソ連時代の共産党における任命職リスト。転じて支配階級そのものを指す〕やアパラーチキ〔ソ連時代の党機関出身の支配的役人層〕のような高級官僚どもはより上質な衣服につつまれ、より贅沢な食材を手に入れていた。あれらは——たとえ運よく入手できたものだとしても、あらゆる面で最悪の目に遭う国民から盗んだものではなかったのか？　しかしかれら泥棒どもは泥棒であるだけではなく、愚劣な泥棒だった。馬鹿者めらが！　このシステムが手中にあるのに、それは彼らに何ももたらさなかった。連中が作り上げたこの堕落しきった経済に、盗むべき何があったというのだ？　どうだ？　ましなコート？　ましなソーセージ？　われわれが手にできた最高級品ですら、西ドイツの庶民がスーパーマーケットで毎日でも買えるものに比べれば、なんの値打ちもなかったのだ。そしてそのために強制収容所《グラーグ》を一〇〇〇万人の奴隷で埋め尽くす必要があったのか？　なんたる低脳連中だ！　そうなのだ。国を支配し、国民から盗む——それは何も悪いことではない。どこの国でも支配者たちはなんらかのかたちで盗む。それはいい。しかしまず盗むものがあるかどうかを確認しろ！」。ウラジーミルはしばし言葉を切った。「それは私と一緒に来た代理店の連中がわきまえていたことだ。連中は正真正銘の泥棒である新興財閥《オリガルヒ》が何を手にしたかをみて、自分たちの分け前を欲しがった。しかしレーニンやスターリンやその後をおそった愚かな者どものように黄金のガチョウを殺すのではなく、世話をしたのだ。新興財閥を利用してさらに多くの金の卵を生ませ、それを取り上げてきたのだ。ただしすべての卵についてではない。ガチョウの足元に少しは残しておいて、もっと生みたいと思い続けるようにした。われわれがやったのはそういうことなのだよ、グリーシャ。あなたが理解できなかったのもそこだ」

「君は他の連中に奪《と》らせただけじゃない、自分でも奪っていたじゃないか」

ウラジーミルは物申す価値さえないといわんばかりに肩をすくめた。

「君には偉大な指導者になるチャンスがあった。レーニンの没後、スターリンが権力を掌握する前にそうなれたかもしれない境遇にわれわれを連れ戻すチャンスがあったんだ」

「グリーシャ、そういうことを聞いていると頭痛がしてくる。殉教者などくそくらえというのが歴史の教訓だ。そいつらが自分を犠牲にしても世界は変わらんのだ。搾取者たちは搾取するし、しないやつはしない」

「それであなたはどうしたんです、ウラジーミル・ウラジーミロヴィチ?」。そう問うたのはシェレメーチェフだった。彼はウラジーミルのそばにずっと立って耳をそばだてていたのだ。いままで盗み聞きなどしたことなかったのに、である。

「私は奪《と》った。奪らない理由があるかね? 一方の手で私はロシアに秩序を与え、もう一方の手で自分の分を奪った。これはフェアな取引だ」

「あなたは何を奪ったんです?」

ウラジーミルは思い出し笑いをした。「あらゆるものだ」

「では他の人は? 他の人たちも奪《と》るべきなんでしょうか?」

「そうさせておけ。奪れる者には、奪らせておくのだ」。ウラジーミルは笑った。「われわれは全ロシアを手中にしているんだ、グリーシャ。行き渡るだけあるのだ。私を支持してくれれば欲しいものが手に入る。なぜか? 私が秩序をもたらしたからだ。私が大統領の任期を終えるとき、秩序が私の遺産《レガシー》になるのだ。秩序、強度、安定、一体性だ。耄碌爺《もうろくじじ》いのように瓦解したボリス・ニコラーエヴィチのロシアではなく、強いロシア、胸を張れるロシア、アメリカやその手下どもが笑うのではなく、恐れるロシアだ」

「これがそのロシアなのですね?」。シェレメーチェフが言った。

「そうだ。見渡すがいい、グリゴーリー・マルコヴィチ。これがロシアだ」

「あなたのロシアですか? あなたの創造した?」

「そうだ」。自惚れ混じりにウラジーミルが言った。「私のロシアだ。私の作ったロシアだ。他の誰にも成し遂げられなかったものだ」

「それで何も変えないのですか？」

「何もだ」

シェレメーチェフは夕食のトレーからナイフとフォークを取り上げると、テーブルに叩きつけるように置いた。

ウラジーミルは飛び上がった。

「召し上がってください！」。シェレメーチェフは一歩退いた。「あなたの食事です、ウラジーミル・ウラジーミロヴィチ。さあ！　お食べなさい！」

ウラジーミルは彼を見上げた。混乱が目の色いっぱいに表われていた。

シェレメーチェフは背を向けて、深く息を吸った。向き直ると、ウラジーミルはなおも同じ悲痛な面持ちで彼を見ていた。

「いいでしょう」。シェレメーチェフは告げた。それはウラジーミルにというよりは自分に向けてだった。彼は腰を掛けると、ウラジーミルの首にナプキンを巻き始めた。

「いただきましょう」

「お前は誰だ？」。ウラジーミルが尋ねた。

「シェレメーチェフですよ。あなたのお世話をしています。フォークをお持ちください、ウラジーミル・ウラジーミロヴィチ」

ウラジーミルはじっとしたままだった。おそらくシェレメーチェフの声に、彼らしくもなく温もりが欠けているのを感じていたのだろう。シェレメーチェフはもう一度深く息を吸って、この人をケアしようとする力を自分の中に見出そうとした。

「おなかは空《す》いていますか、ウラジーミル・ウラジーミロヴィチ?」

ウラジーミルはうなずいた。

「じゃあいただきましょう? 今日はビーフストロガノフですよ。ビーフストロガノフには目がありませんよね?」

ウラジーミルはふたたびうなずいた。

シェレメーチェフは少しのあいだ目を閉じていたが、ふたたび開くと作り笑顔になった。ウラジーミルが笑みを返した。

「ビーフストロガノフを食べている!」。彼は言った。

「わかっていますよ」。シェレメーチェフが答えた。「ほらフォークを、ウラジーミル・ウラジーミロヴィチ。フォークをお取りください」

シェレメーチェフはしばし待ったが、動く気配もないウラジーミルの代わりにフォークを取ってやった。

その夜遅く、オレグからシェレメーチェフに電話があった。弟は時計の買い取り業者の名を伝えた。

第十三章

オレグが教えてくれた住所は、モスクワの中心部、アルバート街近くの路地にある店のものだった。ショーウインドウには腕時計や宝石類が何点か、何世紀もそこにあるかのように埃をかぶって陳列されていた。ガラス窓には金色の飾り文字でロストヘンコフスキーという名が書かれ、鍵のかかったドアの傍にベルがあった。

シェレメーチェフはベルを鳴らしてみた。カチリという音がした。彼がおずおずとドアを押すとばたんと開いた。店は細長く狭く、左右に宝石棚が並んでいた。足を踏み入れると、店のもう一方の側の内扉が開いた。

彼はにわかにひるんだ。こんな場所だから、てっきり鼻毛ぼうぼうでだらしなくたるんだズボンを穿《は》いた皺だらけの老店主がいるものと思っていた。ところが彼を応接したのは、小柄ですらっとしたクリーム色とグレイのエプロンドレス姿の若い女性だった。綺麗にカットされた茶色のショートヘアが可愛らしい顔の半分にかかり、前髪が片方の目のあたりまでを覆っていた。

「いらっしゃいませ」。彼女は言った。

シェレメーチェフは神経質そうに咳ばらいをした。「こちらでは腕時計の買い取りをやってらっしゃるとか」

女性はうなずいた。

シェレメーチェフは、てっきり彼女が住み込みの時計職人を呼んできますとでも言うかと思って間を置いたが、彼と相対しながらカウンターの向こう側に立ったままだった。

「あなたが買い取りをなさるのですか？」

彼女はもう一度うなずいた。

「で、どうすれば……？」

彼女は首をかしげた。「お売りになりたい時計をお持ちでしたら、拝見しないことにはこちらも買い取りたいかどうか申し上げられませんよ？」

「ただその――大変失礼ながら――あなたがとてもお若く見えるので」

「二十八です」。挑むように彼女が言った。

「もっとお若く見えますね」

「お世辞のおつもりですか？」

「いえ」とシェレメーチェフ。「それはその……本当にそう思った次第です」

「ちょっとよろしいでしょうか。父は四週間前に亡くなりました。いまは店は私のものです。学校を卒業した日から父と働きました。もう十年になります。それ以前から実質的にはこの店で暮らしていたようなものです。腕時計について私の知らないことをご存じでしたら、ぜひそれがなんなのかお聞かせください」

「お父上のことはご愁傷さまです」。シェレメーチェフが言った。

「ありがとうございます。父が築いた商売なのです。どなたかのご紹介でこちらへ？」

「ある程度は」

「ある程度？　どういうことでしょう？　どなたかのご紹介ですか？」

「この店のことを耳にしたんです」

「そこ、ひどい傷ですね」

「どこです？」

「そこ、あなたのお顔です」

「ああ」。シェレメーチェフは頬に手をやった。傷は治りつつあったが、まだ抜糸されないまま傷口に残っていた。

「失礼ながら、喧嘩に飛び込むようなタイプにも見えませんね」

「事故なんですよ」

彼女は追い出したものかどうか迷うようにしばし彼を観察した。そして追い出さないことに決めた。「わかりました。どういうものかご説明します。私どもの商売は合法です。お疑いかも知れませんが」

「私は何も――」

「そう、合法なんです。つまり、私どもが腕時計を買い取りますね。もしそれが普通の腕時計なら――二、三〇〇〇ドル程度のものなら、私ども自身がここで売ります。もし何か特別なものの場合は、ここではなく別の場所へ持ち出します。ショップの場合もあれば、特定のお客様を相手にするディーラーの場合もあります。ですからいまの話でおわかりの通り、すべての腕時計がこの店のショーウインドウに並ぶわけではありません。ですからどのようなものをお持ちいただいても、確実に、なんらかのかたちで扱わせていただきます」

シェレメーチェフの顔がゆがんだ。二、三〇〇〇ドルもする腕時計がごく普通の腕時計だというのか？

「お名前は？」

シェレメーチェフは口ごもった。「ニコライ・イリイチ」

「ニコライ・イリイチ……？」。彼女は続きを待った。

「単なるニコライ・イリイチです」

「結構です。どうぞご自由に。私はアンナ・ミハイーロヴナ・ロストヘンコフスカヤです。それで何かをお持ちいただきましたか、ニコライ・イリイチ、それとも単なる雑談でしょうか？」

シェレメーチェフはコートの内ポケットに手を伸ばし、震えを抑えつつ、ハンカチにくるまれた小さな包みを引っ張り出した。彼はこの若い女性の視線のもと、それをカウンターに置き、ハンカチをしまった。

アンナ・ロストヘンコフスカヤは、路地裏にやってきて時計を売りたいという人に健全な疑念を抱いていた。彼らが持参するのは、なにせ半分くらいの確率でせいぜいが彼らお気に入りのスウォッチなのだ。しかし、今回のものがハンカチの中から出てくるのを見るやいなや、彼女は自分が何か容易ならない逸品を扱っていることに気がついた。

「よろしいですか」。彼女は尋ねた。

「どうぞ」とシェレメーチェフ。

彼女は指でさっと髪をかきあげると、腕時計を手に取った。時計を鑑定するあいだ、彼女が何を考えているのか、その表情からはまったくうかがうことができなかった。

ロストヘンコフスカヤが驚いたことに、ハンカチから出てきたのは、金およびプラチナ製で金のストラップがついたロレックス・オイスター・パペチュアル・デイトナだった。精査してさらに驚いたことに、文字盤の数字の位置および長針短針にはバゲットカットのダイヤモンドが嵌《は》め込まれ、輝きを放っているではないか。

ロレックス・デイトナならロストヘンコフスカヤも少なからず目にしてきたが、これほどまでに宝石が鏤《ちりば》められたものは見たことがなかった。ロレックスがこんなシリーズを製造していたことすら知らなかった、つまりこれは特注品であり、ロレックス本体が顧客からの注文に応じて――おそらくとんでもない費用をかけて――製造したか、あるいは購入後に熟練の時計職人があつらえたものだ。

「少しお待ちください」

ロストヘンコフスカヤは引き出しを開け、宝石商用のルーペを取り出した。彼女はレンズ越しにダイヤモンドを一つひとつ吟味した。それらは傷一つなく、透明度と色彩も非の打ちどころがないように見えた。彼女は今度はもう一度、時計自体を注意深く見てみたが、新品同様のコンディションだった。一度も着用されたことがないのでは、と思われた。

腕時計を鑑定しながら、ロストヘンコフスカヤは頭の中で数字をはじいてみた。箱から出したばかりのような水準の金とプラチナのデイトナ――三万ドル。ダイヤモンド仕様となると宝石だけで二倍になり、この時計のユニークさでその二倍になるだろう。興味をひく由来でもあれば、さらに二倍でもおかしくない。

「これはあなたのものですか？」

シェレメーチェフはうなずいた。

「お求めになったのですか？」

「贈り物なんです」

「どなたから？」

「叔父からですよ」

「そのかたは領収証はお持ちですか、叔父上は？」

「いや、もう――耄碌していて」

「失礼しました。それで、これは贈り物だとおっしゃいましたね？」

シェレメーチェフはうなずいた。

「叔父上は大変に気前のいいかたですね」

シェレメーチェフは答えなかった。

若い女性はしばらく口を開かなかったが、「ダイヤモンドが興味を惹きます。こんなデイトナは稀少でしょう」。彼女は言葉を切った。「おろらくロレックスのほうではそれぞれ誰が購入したか、正確に把握しているでしょうが」

「これはダイヤモンドなんですか？」。若い女性のほのめかしにも気がつかないまま彼は尋ねた。

「なんだと思われたんですか？」

シェレメーチェフは肩をすくめた。

ロストヘンコフスカヤは腕を組んだ。「わかりました。それでどうしましょう、ニコライ・イリイチ？　これを売却したいと言うんですね？」

「それでここを訪ねました」

「甥を溺愛する叔父上からいただいたものですよ？」

「現金が必要なんです。もし叔父がまだ健在なら真っ先にこれを売れと言うでしょう」

「つまりそれほど情に左右されるかたでもないと?」

「まったく違いますね」

「私も存じ上げていますか?」

「いえ」

「この腕時計は使用した形跡がありません」

「叔父は腕時計を数多く所有しているのです。人からの貰いものですが」

「叔父上への貰いもの? これほどまでの逸品を?」

本能的にシェレメーチェフの手が口へいった。しゃべりすぎだ。街へ出てくる電車に揺られながら叔父の話を練ったのだが、こんな時計をいくつも贈られる叔父がいるものか?

ロストヘンコフスカヤはこうした反応を察知した。彼の話をどこまで信じていいのだろうか。腕時計は盗品かもしれないが、自分の目の前にいるこの男が犯罪者とはとうてい思えない。しかし故買という線も考えられる。とはいえいったいどこの故買屋が、チェーンソーとタンゴを踊っていましたといわんばかりの傷を顔に作って現われるものか。この顔を忘れる者がどこにいようか?

「わかりました」。ようやく彼女のほうから申し出た。「問題は、ニコライ・イリイチ、こういった腕時計の場合――これだけのものですから――誰かが気づくものなんですよ。正直に申しあげると、デイトナなら私もたくさん見てきましたが、ダイヤが嵌め込まれたものは見たことがありません。二つとない逸品でしょう」

「それで値打ちが変わるのでしょうか?」。シェレメーチェフが訊いた。

「ここまでのレベルの場合……腕時計業界なんてとても狭いのです。こんな一級品は……もし誰かがこれに気づくとして、入手経路が一〇〇パーセント正当でない場合は……」。彼女は肩をすくめた。「ご理解いただけますか?」

シェレメーチェフの眉間に皺が寄る。

「おゆるしください、もう一度おうかがいしますが、本品に関する書類は一切お手許にない、という理解でお間違いありませんね?」

「叔父がくれたんですよ」

「では贈与証明書はお持ちですか?」

「なんでしょう?」

「叔父上があなたに贈りものとして与えたという証明書です」

シェレメーチェフは首を振った。

これに飛びついてきそうなディーラーにはロストヘンコフスカヤも心当たりがあった。しかしこれは盗品なのだろうか? 時計を持って店にきたこの男には犯罪者らしいそぶりはなかった。処分を検討する前にこの腕時計について調査したようにも見えない。あえて言えば、この男はこれにどれほどの価値があるか、まったく理解していない。

心当たりのあるディーラーなら、これを最低でも一〇万ドルで転売するだろうと彼女は踏んだ。これをそのディーラーの売値とすれば、彼女に支払われるのは七万五〇〇〇というところか。彼女の父親のルールは、売り上げ見込み額の三分の二を売り手に提示することだった。この場合だと五万ドルになる。しかし、盗品の疑いがある場合は計算も変わってくる。盗難が明るみに出た場合、通常であれば保険会社がこの腕時計を取り戻すためにいくばくかの金を支払うことになる――価値の二〇パーセントというのが相場だ。この時計の場合、保険会社の支払い額は二万ドルかそれ以上となる。父親のルールは保険会社の見積り額の半額を売り手に提示するというものだった。腕時計が盗品だと判明した場合でも、それなら充分に利益が残るし、誰にも気づかれなければさらに結構な利益が出るからだ。この腕時計であれば一万ドルとなる。

しかしそうしたことのすべては、売り手がどこまでわかっているのか、こちらが察知できるかどうかで決まる。

「五〇〇〇ドルですわ」。彼女は告げた。

「五〇〇〇？」。シェレメーチェフがつぶやいた。

「お持ちいただいたものは、中古のプラチナと金のデイトナで、並の品質のごく小さなバゲットカットのダイヤがいくつかついてますね、ニコライ・イリイチ。市場では、あなたが、たとえば、レーベジェフ大統領が就任式でこれを着けていたとでも証明しない限りは、よくて一万ドルです。その半額でどうでしょうか。それが五〇〇〇です」

ロストヘンコフスカヤはシェレメーチェフの反応を待った。彼はむっつりと腕時計を見つめている。

「どうですか、ニコライ・イリイチ？」

彼の夢想では、医師のロスポフが語っていたように、ウラジーミルが手首に巻いていたこの腕時計ならその何倍もの金額になると思っていた。そこから現実に引き戻されたときには、それでも理性的な検事であればパーシャを自由にしてやれる額、一万にはなるだろうと自分に言い聞かせていた。しかし五〇〇〇とは……。それで何かの足しになるのか？　売却する意味があるのだろうか？

「いいですか」、ロストヘンコフスカヤが言った。「私は真っ当な取引をご提案しています。いま申し上げましたとおり、もし運がよければどなたかがこれを一万で買ってくださるでしょう。でも買い手がつかなければ――売値が安くなるかもしれません。あなたに五割をお支払いしますが、残りの五割が私のものとは限らないのです。誰かこれを転売できる別の人のところへ持っていくだけです。数百くらいは私が取るかもしれませんが」

「わかりますよ」。シェレメーチェフは嘆息した。「私の甥が拘置所にいるのです。その子を出してやろうと思ったんですよ。せめて一万は……」

「ニコライ・イリイチ、それだと私にはどれほど残りますか?」

「わかります」。シェレメーチェフは口ごもると、腕時計をハンカチで包みだした。

「ニコライ・イリイチ、お待ちください、いいでしょうか。私もお役に立ちたいのです。何ができるか考えてみましょう。甥御《おいご》さんが拘置所にいらっしゃる。恐ろしいことです、ロシアは堕落頽廃しています」。ロストヘンコフスカヤはそこで言い止《や》むと、自分がそんな泣き落としに弱いのが信じられないというふうに首を振った。物心つくころから父のそうしたしぐさを見ていたのだった。「七五〇〇、七五〇〇ドルあればお役に立ちますか?」

シェレメーチェフは難色を顔にあらわし、それから肩をすくめてうなずいた。ロストヘンコフスカヤは微笑んだ。

「ありがとうございます」。彼は言った。

「交渉相手としてはなかなか手強いかたですね、ニコライ・イリイチ。七五〇〇! 私は一ルーブリも儲けになりませんが……でも甥御さんを拘置所から出してあげる足しになるんでしたら、そんなことかまいません。お金がすべてではありませんからね?」

「これは前払い金ですよ」。シェレメーチェフが言った。

「前払い金になるのなら幸いです。すると取引成立ですね？」

「あなたに一ルーブリも残らないんでは、なんだか申しわけが立ちませんね」

「ですからそれは結構です！　取引成立ですね？」

シェレメーチェフは少しのあいだ考えた。「いいでしょう」

「お金を持ってきます」

「いま？」

ロストヘンコフスカヤは向きを変えながら言った。「そう、いまよ」

彼女は店の奥へ消えた。彼女がいないあいだ、年配の女性が戸口に現われ、立って見張っていた。シェレメーチェフはその女に微笑みかけた。女は無表情に彼を見返した。

ロストヘンコフスカヤが戻ってくると、もう一人の女は引っ込んだ。

若い女性はそんなことありえないと思いながらもう一度この腕時計を確認し、見たところ実直そうなこの客が、彼女の母親が見張るあいだも時計のスイッチ一つ押していないことを確認した。つづいて彼女は五〇〇〇ルーブリ紙幣で七〇万ルーブリを用意した。

「これで七五四〇ドル分です」。彼女は札束を手渡しながら言った。「端数はおまけです」

「お釣りを出しますよ！」

「いいの、ニコライ・イリイチ、これであとくされなしです」

シェレメーチェフはもう一度礼を言った。「かなり大金だな」。彼は札束をつかみながら不安そうに言った。

「両方のポケットに分けるといいですよ」。ロストヘンコフスカヤがアドヴァイスした。

見ていると、まるで教師の言いつけに従う小学生のように彼は受けとった金を分けると、ジャケットの二つの内ポケットに入れた。

「領収書は必要ですか？」

彼は首を振った。

「こう言ってはなんですが……必要なだけの額でなかったのは申しわけなく思います。ただもしもっと必要であれば……ニコライ・イリイチ、叔父上は数多くの腕時計をお持ちとおっしゃっていましたね、他にももらえなかったのですか？」

シェレメーチェフは咳払いをした。「もう二つ三つあったかな」

「本当ですか？　どういうブランドのものか、あなたはご存じないかもしれませんが、これはロレックスです、他のものがどういうブランドかわかりますか？　すべてロレックス？」

シェレメーチェフは、医師が見たウラジーミルの腕時計のブランドを思い出そうとした。

「アブレだったか、オブレだったか……」

「ウブロ？」

「そう、それです」。シェレメーチェフは長年のあいだに他のブランド名も目にしていた。「パテックなんとか……」

「パテック・フィリップ？」

「そうそう。それにヴァシ……ヴァシ……」

「ヴァシュロン？」。興奮を隠すべく、自制心を総動員しながらロストヘンコフスカヤが言った。

「ヴァシュロン、そうでした。ああいうものに何か価値があるんでしょうか？」

ロストヘンコフスカヤは深く息を吐いて平静を取り戻した。彼女は無関心を装って肩をすくめた。「まあ、ものによりますね。ひょっとしたら見せていただく価値があるかもしれません。お宅にお邪魔してもよろしいでしょうか？」

「いやそれは」。シェレメーチェフは即座に言った。

「でもこの手の腕時計をお持ちいただくのはなかなか危険ですから――い、い、い、それだけの価値があるということではないのですが――それでもリスクを冒すことになるじゃないですか。私がおうかがいして――」

「それには及びません」

「結構です。ニコライ・イリイチ、まあ甥御さんを拘置所から出してあげるのにもっとお金が必要でしたら、もう何本かお持ちください、価値のあるなしを確かめられますから。ただし他のブランドがいいですね。ロレックスは充分です」

「ロレックスだと品質に難があるのですか？」

「もちろんロレックスも素晴らしいのです。でもこの次は他のものを少々見てみましょう？ヴァシュロン、パテック・フィリップ、ウブロ、もしお持ちでしたら他のものでも。好きなだけご持参ください。どうでしょう？　それでよいですか？」

シェレメーチェフは眉に皺《しわ》を寄せた。「考えてみましょう」

「お電話番号を頂戴できますか？」

彼は首を振った。

ロストヘンコフスカヤは名刺を渡した。「私の番号です」

シェレメーチェフは名刺をポケットにひょいと入れた。「さようなら、アンナ・ミハイロヴナ」

「さようなら、ニコライ・イリイチ。他の時計もぜひご持参ください」。彼女は彼に向かって媚《こび》を含んだ笑みを見せた。「またの機会をお待ちしています」

ロストヘンコフスカヤはボタンを押してドアのロックを解除し、予期せず現れた小男が出て行くのを見送った。

シェレメーチェフは、内ポケットの札束を、自分を地面に引きずり倒す重荷であるかのように意識しながら、地下鉄のアルバーツカヤ駅へと早足で戻った。

別邸《ダーチャ》に帰ってきたシェレメーチェフは、後ろめたさもあってこっそりと邸内へ入った。玄関ホールの警備員や階段ですれ違った付き人たちに、自分の企みを察知されていたに違いないと思っていたからである。急な呼び出しで代わりを務めにきたヴェーラは、ウラジーミルと二階にいた。彼は速やかにヴェーラを帰らせ、上着のポケットから現金を取り出すと、マットレスの下に隠した。

シェレメーチェフは酒が飲めるほうではなかったが、いまは喉に灼けつくようなウォトカを流し込みたくて仕方なかった。ウラジーミルは居間にいる。夕食を済ませて、ベッドに寝かしつけられるのを待っている。あと数分待ってもらおう。

シェレメーチェフは階下に降りた。警備員が七、八人いたが、夕食の残りを前にのんべんだらりとしている。ステパーニンから聞かされたアルトゥールの話のあとでは、連中を見る目も違ってくる。おそらく今夜の一騒動のために英気を養ってるのだろう。彼はサイドボードまで歩いてウォトカを一杯注ぐと、一息に飲み干した。テーブルにいる警備の連中がにやにやしながら彼を見ていた。

「顔の傷はどうだい、ニコライ・イリイチ？」。一人が呼びかけてきた。「また喧嘩でもしたのかい？」

シェレメーチェフが睨《ね》めつけると彼らは笑った。

二階へ戻ると、ウラジーミルは空気の臭いを嗅いで、チェチェン人のことを暗い声でつぶやいていた。そのチェチェン人が誰のことなのか理解できれば、自分もウラジーミル・ウラジーミロヴィチについて明るくなり、この人の秘密が解けるのではないか、とシェレメーチェフは折にふれて考えることがあった。しかしウラジーミルはそれが誰のことなのかは決して口にせず、彼にそう見える者をチェチェン人だと決めつけて罵倒を浴びせるのだった。

シェレメーチェフはウラジーミルをパジャマに着替えさせながら、彼が自分のしていることを忘れてしまうと手を貸してやり、この老人が確認をもとめるたびにうなずいた。ウラジーミルの衰えと自分の必要性を、シェレメーチェフはこれまで以上に痛感した。しかし昨日、彼は初めてシェレメーチェフの話に耳を貸し——実際に耳を傾けたのだ——ウラジーミル自身の口から際限のない権力濫用と汚職の告白を聞いた。しかも改悛したりそれを緩和させたりしようとする形跡すらなかった。ゴロヴィエフが聞こうとした質問を発してみたはいいが、聞きたくもなかった答えを得たのだ。

どうしてこれ以上この別邸に留まり、この人の世話ができるだろう？　しかしウラジーミルがこんな風に見つめているのに、どうして彼を置いて出ていくことができるだろう？

ウラジーミルがベッドに這い上がったので、薬を与えた。

「おやすみなさい、ウラジーミル・ウラジーミロヴィチ」。彼は言った。

ウラジーミルはいつも通り何も言わず、仰向《あおむ》けになって天井を見つめていた。シェレメーチェフは部屋の明かりを落とした。彼はウラジーミルの衣裳部屋に行きたいという誘惑に耐えた。そこにはさらに多くの腕時計が待っているのだ。ここは思案のしどころだ。彼は自室に戻って横になると、マットレスの下の札束が否が応でも意識され、バネを伝わってその感触が感じられるように思えた。

彼の電話が鳴った。オレグからだった。シェレメーチェフが時計店に行ってきたかどうか知りたかったのだ。

シェレメーチェフは言い淀《よど》んだ。「いや、まだなんだ」。彼は答えた。「パーシャはどうだ?」

「大丈夫だよ。店にはいつ行くつもりだ?」

「今日は手が放せなかったんだ。明日行ければいいが」

「本当にその時計でいくらかになるのかな?」

「わからんな、オレグ。行ってみないとな。おっと、もう切らなくては」

「コーリャ兄貴、何かあったのか?」

「なんでもない。明日は行ってみよう」。それ以上のことをオレグから聞かれる前にシェレメーチェフは電話を切った。

彼は枕に寄りかかって目を閉じた。すでにマットレスの下にはカネがあった。医師のロスポフが教えてくれるまで、腕時計一つで得られるとは想像だにしなかった額だ。時計店の若い女性のことや、そんな大金を払わせたために彼女に儲けが残らなくなったことを思うと、彼は申しわけなさで一杯だった。しかしこれでも不充分なのだ。なるほど、時計を売って得たカネに自分の銀行預金を足し、それにオレグがもう少しでも加えれば、検事に払う一万にはなるだろう——しかしいきなり値切ってみたところで検事は本当に応じてくれるのか？　一万ドルが期待外れの提示だった場合、検事側がさらに要求を強め、出獄するまでのパーシャの待遇がさらに酷くなるだけではないのか？　ウラジーミルの戸棚にはまだあと何本の腕時計があっただろう？　数百だ！　これだけあれば強欲な検事を鎮めるには充分だ。

　シェレメーチェフは、悪事を行なう予感に直面したときにつねに感じた怖さを思った。これはまわりの他の誰かであれば平気で無視できるらしい恐怖感である。つまりどこかにウラジーミルの腕時計の資産目録があるとして、いつか誰かがそれをチェックする。そのときもし紛失が見つかった場合、連中はいったい誰に罪を負わせるのだ？

　しかし衣裳部屋に出入りできる者は他にもいる。たとえばいつも何かを奪《と》りにくるメイドたちだ。そういえば、ほんの数日前にもメイドの一人が盗みを理由に解雇された。もっともそのメイドの本来の罪はステパーニンと寝ていた件ではあるが、メイドが奪ったとみなされるのは確実だろう。

　しかしそうなると、自分がおかした罪のためにメイドが拘置所送りになるが、それを黙認できるだろうか？　一方、ステパーニンの言い分では、メイドたちもこれまで少なからぬ罪をおかしているのだから、やったことではなくやらなかったことを理由に彼女たちが罰せられたとしても大差ないのではないか？

　しかし、そんなことが起こるのを傍観するなんて彼には想像すらできなかった。とはいえ、それなら腕時計を盗んで売り払うなんてことを思いつくわけもない——が、もうやってしまったじゃないか！

　ひょっとして資産目録なんてないのかもしれない。いや、あるはずだと彼は思った。

そんな目録があったとして、他の腕時計三〇〇本が揃っているのに、一本くらい失《な》くなったところで誰が気にかける？　別もが知っているとおり、ウラジーミル自身が時計を持ち出したのなら、そのうちクッションの下や靴下の引き出しから見つかるかもしれない。ある時点で一本ぐらい失《な》くなっていても不自然ではない。しかし、二本以上となると疑い出す者がいるだろう。

だがもう数個、たとえば三、四個ないからと言ってどうだというのか？　本当に誰か問題にする人がいるだろうか？　しかしパーシャのために必要なのは三〇万ドルで、腕時計三、四個では足りなかろう。それにオレグにどう言えばいいのだろう？　一つ数十万ドルで売れる腕時計を持っていたなんて？

と、彼はここで思考を止めた。「コーリャ」と彼は自問した。「お前はなんの話をしているんだ？　次から次に腕時計を盗むのか？　お前はそんな人間になってしまったのか？　どこにでもいる泥棒に？」

しかしそれは正当な理由のあることだった。そもそも告発されなくてもすんだ罪からパーシャを釈放するために、三〇万ドルを要求する権利が検事にあるのだろうか？　スーツを着ているからといって、よくいる窃盗犯以外のなんだというのか？

恐怖と先の見えなさと自己嫌悪とでシェレメーチェフは気分が悪くなった。こわごわと顔の裂傷に触れてみた。ウラジーミルが怪我を負わせて四日経ったいまもなお痛みは残っていた。

カリンカならどう言うだろうと彼は思った。彼女は死へ向かう数カ月のあいだ、決して、一度たりとも彼に賄賂を取れと言ったことがなかった。言ってくれたらよかったのに、と思った。ニーナがそうしたように、私との対決を強《し》いてくれればよかったのに。

しかし腕時計を、さらに腕時計を……。盗む……。

彼の物思いを中断させたのは空腹だった。ウラジーミルをのぞいてみると安眠しているので、モニターを手にとって階下へ降りた。いつもより遅かった。厨房のドアをノックすると、皿洗い係の一人がドアを開けた。

「まだ何かあるかな？」

皿洗い係は振り向いて奥に向かって叫んだ。「ニコライ・イリイチがお食事です！」

シェレメーチェフは食卓についた。ステパーニンが二皿ほど手にしてやってくると、それをテーブルに並べた。彼も並んで座った。シェレメーチェフはあっちへ行ってくれと言いたかった――彼とバルコフスカヤの仁義なき抗争を愚痴られるのは勘弁してほしかったのだ。

彼の前には、卵を添えたフライドポテトと、サワークリームで煮込んだ茄子《なす》とサラミのシチューか何かだ。

シェレメーチェフは不審げに料理人を見た。

「あのあばずれの肉は使っていない。鶏肉と一緒に穴の中にポイだ」

シェレメーチェフにはそれもそう長くは続かないだろうと思われた。警備の連中は食事から鶏肉が消えたくらいなら我慢もしようが、肉類すべてとなると話は別だ。「君は何を料理するつもりだ、ヴィーチャ？　空気でも料理するのか？」

「あのあばずれをこのままにはしておかんさ」

「ヴィーチャ」。シェレメーチェフはうんざりしたように言った。「彼女が勝つんだよ。請求書の支払いは彼女がする。それには勝てない。君はいったい何本の腕やら足やらをへし折りたいんだ？　どれだけの君の仕入先に放火されたら気がすむんだ？　彼女と会ってどうしたら解決できるか話してみたらどうなんだ」

「もう手遅れだよ」

「どういうことだ？」

ステパーニンは答えなかった。

シェレメーチェフはいらだだちを隠せないように首を振ると料理に手をつけた。

「どうだい？」。ややあってステパーニンが訊いた。

シェレメーチェフは肩をすくめた。「見た目よりおいしいな」

ステパーニンはにやりとせずにおれなかった。いかにして定番料理にひねりを加えてこのポテト料理を作り出したか、ステパーニンは熱心にまくしたてた。彼に対するシェレメーチェフの苛立ちが霧散した。実際のところステパーニンはかなりの腕前で、みんなに自分の料理を楽しんでもらいたいのだ。誰が料理人にこれ以上のことを求められるだろう？　バルコフスカヤへの意趣返しにでっちあげたこの二皿だって美味しかった。それにつまるところ、彼はそんなに悪い男なのだろうか？　モスクワに自分のレストランを持ちたいという彼の望みはそんなに悪辣なものなのだろうか？　ロシア風のフュージョン料理、ミニマリズムの室内装飾――それがそんなに忌まわしい夢なのか？　そして、彼にしてみれば順調満帆だったのだ。確かに彼がシェレメーチェフに語った途轍もない貯蓄額の話が本当だとしたら、上前を多少は――あるいは大いにハネたわけだが、しかし上前をハネない者がどこにいる？　自分、シェレメーチェフだけじゃないか。

それにあんなことをやったばかりでマットレスの下に分厚い札束を隠しているような自分に、人を裁く権利なんてあるのだろうか？　それを言うなら、料理人が掠《かす》めているのは誰のカネだろうか？　ウラジーミルのカネには違いないが、それだってどこからか盗んできたものだ。料理人だってゴロヴィエフと同じように、次は自分の番だとウラジーミルから奪《と》っているだけだ。そうやって金を掠めることが、無防備な人間の戸棚から腕時計を盗むより、はるかに罪が軽いように思われた――それもよりによってシェレメーチェフが介護している患者からなのだ。しかもそれを繰り返すかどうかの考えに耽《ふけ》っていたのだ。

「ヴィーチャ」。にわかに料理人にシンパシーを感じ出した。「軽はずみなことはするな。バルコフスカヤと話してみるといいよ。彼女がどう出るか様子を見るんだ。君が思うより彼女は物わかりがいいはずだよ」

ステパーニンは断固として首を左右に振った。「あの女が理解できる言葉は一つだけだ」

その夜、バルコフスカヤの肉の仕入れ業者の敷地に火炎瓶が投げ込まれた。翌日の昼食のサイドボードに、仔牛のカツレツ、羊肉のピラフ、トヴェーリ風ビーフ、ポークチョップ、レバーのシチュー、脳味噌のフライ、タンの蒸し焼き、ハムのテリーヌなどがずらっと並んだのを見たシェレメーチェフは、なにかしらそんなことが起こったに違いないと思っていた。敵を討ち倒して勝ち誇る雄鶏の鳴き声のように、ステパーニンによる豪華な肉料理の饗宴となったのだった。

野菜料理にさえ肉が使われていた。バルコフスカヤは一目見るなり食堂を出て行った。

そのあいだもシェレメーチェフは、自分に何ができるのかとの思いを反芻していた。一日が過ぎるごとに、パーシャにとっては獄中生活がまた一日延びることを意識せざるをえなかった。ベッドの下にあるカネはこれまで実際に手にしたことがないほどの大金だが、それでも足りないのだ。大海の一滴だ。

午前中は豪雨だった。午後になって雲が晴れるとシェレメーチェフはウラジーミルを散歩に連れ出した。

いつもはくすんで醜悪な温室のビニールが、雨粒をとおして屈折した陽光できらきら輝いていた。ウラジーミルは温室に向かって一目散に歩いていった。

シェレメーチェフも後を追った。もう一度ゴロヴィェフと顔を合わせる気はなかった。ウラジーミルが部屋から姿を消した夜に何があったのか、シェレメーチェフにはまだ謎が解けていない。どうしてウラジーミルは、ついその前日に座っていたのとまったく同じベンチにゴロヴィエフと腰かけていたのか？　ウラジーミルをスイートルームから連れ出したのは庭師ではないか、という疑いが生じてはいたのだが、どうやってゴロヴィエフがスイートのある二階まで上がり、ロビーにいる警備員の目をすり抜けてウラジーミルを連れ出せたのかわからなかった。警備員が居眠りしていたのだろうか。彼らが電話に出るまでにかかった時間からするとあり得ないことではないとはいえ、ベビーモニターから音がすれば目が覚めていたはずのシェレメーチェフにすら気づかれることなく、どうやって庭師が元大統領を連れ出すことができたのか？　そもそもなぜあの人を連れ出したのかもわからない。話をするためか？　何かもっと良からぬことでも？　二人を発見したシェレメーチェフは、長い時間をかけて企図された復讐劇を妨害したことになるのだろうか？　それとも庭師は本当にたまたま彼を見つけただけで、気持ちを落ち着かせ、暖めるためにコートを羽織らせ、誰かが見つけてくれるまで二人揃って待っていたのだろうか？　手を伸ばせるところにウラジーミルがいたら絞め殺していたかも知れない、と告白したその庭師が？

二人はトマトとイチゴでいっぱいの温室に入っていった。ゴロヴィエフのいる気配はなかったが、六人ほどの作業員が働いているところだった。ウラジーミルは満足そうに彼らに微笑みかけ、そのまま続けなさいと激励した。作業員たちは粛々として視線を返した。

次の温室は、黄色い葉の下で膨らみはじめたキュウリでいっぱいだったが、人影はなかった。ウラジーミルは苗床に沿ってゆっくり移動し、ときおり手を伸ばしては花に触れた。

シェレメーチェフの心はまたもやジレンマに陥っていた。腕時計の資産目録はあるのだろうか？　もしさらに持ち出したとして、捕まるのだろうか？

ここには彼と花々とウラジーミル以外には誰もいなかったし、ウラジーミルも自分の発言を覚えていそうにないのは花々と変わらなかった。

二人は植物のあいだを歩き続けた。

「ウラジーミル・ウラジーミロヴィチ」。シェレメーチェフは思わず口走った。「誰かあなたの腕時計についてご存知のかたはいますか？」

ウラジーミルは何も言わない。

「あなたの腕時計ですよ！」

「私が十歳のとき、母が腕時計をくれたのだ」。ウラジーミルはつぶやいた。「悪くない時計だ。母に会うときは、いまでもあれを着けることがある。母はあれを着けた私を見るのが好きなのだ。お前は私の母親を知っているか？」

「いいえ、ウラジーミル・ウラジーミロヴィチ」

「それは残念だ。次に母が来るときには、かならず会わせよう」

「あなたの他の腕時計はどうでしょう？　戸棚にありますよね？」

「男にとって腕時計は一つあればいいのだ。それが良いもので、手入れさえすれば、男の生涯に腕時計は一つで充分だ」

シェレメーチェフは眉をつり上げた。ウラジーミルの衣裳部屋にあるような戸棚を持つ人間から発せられた言葉として、これほど矛盾した哲学があるだろうか？「つまり他の腕時計のことなのですが、ウラジーミル・ウラジーミロヴィチ。ロレックスやウブロや……」

ウラジーミルが笑った。「私が目にするだけで、その腕時計を私のものにできるのだ。ディーマ・コリャコフが環状道路の許可を得るためにやって来たときのことは話しただろう？あれは最高級品だった！やつが来てそこに座りながら、着けてきたヴァシュロンのトゥールドイルを満足そうにいじってやがる――入手したばかりというのは明白だった――それで私がそれをちょっと見ただけで、やつは一分後にはそれを手首から外そうとしているのだ！」。ウラジーミルはくすくすと笑った。「やつめ、手首から外そうと慌てふためいていたから、『心配無用だ、ディーマ、私はすでに二つ持っているからな』と言ってやった。そのときのやつを顔をお前に見せたかったぞ！ともあれ、次の日やつはそれを送って寄こして、添え状にはこう書いてあった。『二つお持ちなのですから、どうせなら三つお持ちください』。ええ？お前はどう思う？」

「そういう腕時計は、どれほどの値打ちがあるんでしょう？」

「どの腕時計だ？」

ウラジーミルはぼんやりと彼を見た。

「ウラジーミル・ウラジーミロヴィチ、ヴァシュロンのなんとかとおっしゃいましたよね」

「ヴァシュロンのなんとか？どのヴァシュロンのなんとかだ？」

「いまその名前をおっしゃいましたが」

「私がか？」。ウラジーミルは疑わしげに彼を見やった。「名前？　なんの名前の話をしているのだ？」

これがおふざけなのか認知症なのか、ときどきわからなくなるのだ。「ヴァシュロンの腕時計です。ウラジーミル・ウラジーミロヴィチ」

「それがどうかしたのか？」

「ディーマ・コリャコフがそれをあなたに贈られたとか」

「どうしてお前が知っているのだ？　居合わせたのか？　それは誹謗中傷だ、わかるか！　誰も私には何も贈りはしなかったのだ！」

シェレメーチェフはいらいらして拳を握りしめた。「ウラジーミル・ウラジーミロヴィチ、誰が腕時計のことをご存知なのですか？」

「それだ、母が私に腕時計をくれたのは本当だ。そのことはお前に話したか？　私は十歳で、家に帰ると――」

「例の腕時計です！」。苛立ちが爆発したシェレメーチェフは怒鳴った。彼は老人の肩をつかんでいた。「誰が腕時計のことをご存知なのです？　登録書でもあるのですか？　目録があるのですか？　誰かが持っているのですか？　バルコフスカヤとか？」

ウラジーミルは狼狽《うろた》えながら彼を見た。

「彼女？　彼女の手許《てもと》にあるのですか？」

ウラジーミルは変わらず怯《おび》えた顔つきでじっと彼を見ていた。

シェレメーチェフは手を下ろした。彼は自分のしていることにぞっとして、しばしその手を見つめていた。「さあ」。彼は小声で言った。「戻りましょうか、ウラジーミル・ウラジーミロヴィチ」

その夜、ウラジーミルが就寝したあと、シェレメーチェフは扉を開け放った腕時計の戸棚の前にたたずんでいた。荘厳で言葉を失うほど迫力のある祭壇か聖遺物の前にいるように肌が粟立ち、吐き気を催して動けずにいた。ややあって彼は手を差し出すと、引き出しの一つを手前に押し出した。三列に並んだ、多くがシルバーや白の文字盤が彼を見返した。その中の一つにグリーンの文字盤のものがあった。彼は魅了されたようにそれを眺めた。

これらの時計にどの程度の価値があるのか、彼には見当もつかなかった。わずかにかろうじて判断できるのは、医師のロスポフがウラジーミルの手首に巻かれているのを見たあれだけだったが、さすがにシェレメーチェフはそれをアルバート街の店に持って行くような大胆なことはできなかった。もし彼が腕時計の窃盗を疑われた場合に、ロスポフだけはその時計がつい先週までウラジーミルの所有物だったと証言できるからだ。シェレメーチェフは、収納棚の時計の価格に本当のところどれほどの差があるのか、ウラジーミルの政権初期の腕時計にはせいぜい数万ドルのものもあれば百万ドルのものもある、という事実をまったく知らなかった。彼の頭の中で、それらはすべて同じカテゴリーに属していた。ほとんど想像もできない富の異次元から自分の目の前に落ちてきた代物《しろもの》なのだった。

ウラジーミルの寝室から物音が聞こえた。シェレメーチェフは衣裳部屋の明かりを消し、耳を澄ませた。ウラジーミルは何事かをつぶやいていたが、興奮したようすではなかった。シェレメーチェフはドアのほうから首を突き出した。ウラジーミルはベッドの上に座り、前を見つめていた。常夜灯の明かりは黄色っぽく、ほの暗かった。

「はい、ママ」

シェレメーチェフが見ていると、ウラジーミルがかすかに眉間に皺《しわ》を寄せた。

「もちろんです、ママ」

彼の母が息子を見つめる目は真剣だった。「ヴォーヴァ、お前はもう充分大きくなったとパパとママは決めました。でも、腕時計はおもちゃではないからね、わかる？」

「わかります、ママ」

「手入れをしないとなりません。大事にしなくてはだめですよ。これが壊れたらもう二度と手に入らないからね。とっても高くて買えないんだから、ヴォーヴァ。パパとママはこれを買うために無理に無理を重ねてお金を貯めたんですよ。お前のことをとっても誇りに思うし、愛しているからこそね。だから大事にしてよ、ヴォーヴァ。わかる？」

「はい、ママ。この時計、いま着けてみていい？」

母が微笑んだ。「もちろん。手伝ってあげる」

彼女は金属のベルトの留め金を外《はず》すと息子の手首に巻いて、しっかりと留めた。

「パパがお前に合うように短くしてくれたの。どう？　ちょうどぴったりね。大きくなったらパパがまた合わせてくれるから。さあ、自分で外したり留めたりできるようになってね」

彼女が留め金の扱い方を教えると、息子は何度かそれを繰り返した。彼は母を見上げてにっこりとした。

彼女は子どもの髪をくしゃくしゃにした。「気に入った？」

「とっても気に入ったよ、ママ！　ポレオットだね！　ポレオットが一番だよ！」

彼は喜びに目を細め、時計の細部にまで見入った。白い文字盤に細い長針と短針がついていた。十二と六が金色の算用数字で、他は数字の代わりに細い金の菱形が刻まれていた。秒針はありえないほど細い矢の形をしており、ダイヤルの外縁のまわりは秒が刻まれ、五分ずつに分割され、五秒目ごとに数字が振られていた。文字盤にはさらに二つ、タイマーなどを示す小さい文字盤が嵌《は》め込まれていた。十二の数字のちょうど下には、細くて黒い文字でポレオットと記載されていた。

「これは世界一の時計だよ、ママ！　絶対に壊さないから！　絶対になくさないって約束するよ。いつも着けるからね」

ウラジーミルの母から笑みがこぼれた。「よかったわ、ヴォーヴァ。ママのお父さん、あなたのおじいちゃんは、腕時計を一つしか持っていなかった。おじいちゃんのさらにパパが子どものころのおじいちゃんにプレゼントして、おじいちゃんはそれをずっと大事にしてきたのです。ママが最後におじいちゃんに会ったときもまだそれを着けていたっけ。封鎖〔ナチスドイツによる一九四一年から四四年にかけてのレニングラード包囲戦〕の前のことだったけどね。『良いものでちゃんと手入れさえすれば、男は生涯に一つの腕時計があればいいんだ』。これがおじいちゃんの口癖よ」

「はい、ママ」

「それにパパのお父さんは、レーニンの料理番だったのよ。レーニンだけでなく、スターリンも。そのことは知っていますね？」

「はい、ママ」

「それは誇っていいことなのです。偉大な人に仕えられるなんて、すごいことなのです、ヴォーヴァ。それを忘れてはいけません」

「忘れないよ、ママ」

「お前もいつの日か偉大な人に仕えることができるかも知れないわ、ヴォーヴァ」

ウラジーミルはうなずいたが、彼の視線は手首に巻かれた素晴らしい腕時計のほうにちらちらと落ちていた。「これはいいなあ、ママ！　ポレオットだ！　ポレオットには西側の時計だってかなわないよ」

「お前はちゃんとお手入れしますね？　約束できる？」

「はい、ママ。ぼくには時計はこれさえあればいいんだ。毎日お手入れするよ」

ウラジーミルの母はかがんで息子の額にキスをした。「大事にするんですよ、ヴォーヴァ。お前が一生涯これを大切にしてくれますように」

シェレメーチェフの見守るなか、ウラジーミルはそこに一分ほど座り続け、かすかに視線を上げると、また横になって毛布をかぶった。

シェレメーチェフは踵《きびす》を返すと、戸棚が開け放れたままの衣裳室に戻った。

第十四章

　翌朝、シェレメーチェフは起きるとすぐヴェーラに電話した。彼女は病院のシフト勤務中だったが、それが終わったら別邸《ダーチヤ》に来てくれることになった。彼は三時までにウラジーミルを彼女に預け、上着の中に三つの小さな包みを隠し持って、階下でエレエーコフを待った。彼は非番だったがウラジーミルのメルセデスで顧客を迎えに行くところで、シェレメーチェフを駅で降ろしてあげましょうと声をかけてくれたのだ。

　エレエーコフは静かに車道を走らせた。「アルトゥールのことは聞きましたか？」。車が別邸の門から街道へ出るときに彼は訊いてきた。

　シェレメーチェフは不機嫌そうにうなずいた。「やつはギャングだそうだね。ここでは他の連中もみなそうみたいだが」

「いいえ、昨夜起こったことなんですが」。エレエーコフは疑わしげに彼をちらりと見た。「知りませんか？　誰かに撃たれたんですよ」

「アルトゥールが？」

「命はとりとめたんですが、状態は良くないそうです。いま病院にいますよ。聞いたところでは身体から弾丸が三発も摘出されたとか」

シェレメーチェフは腰を抜かしかけた。狂気の沙汰だ。まるで別邸とそのすべての住人たちが、ある種の生き地獄の深みへと進んでずり落ちていくようなものだ。

「いやあ、これはやり過ぎですよ」。エレエーコフが言った。「アルトゥーシャ・ルカシヴィリを銃撃するなんて！　どこにそんなくそ度胸のあるやつがいたんだか、さっぱりわかりませんが。モスクワのマフィアか、あるいはカザフ人か……チェチェン人……ひょっとしたらグルジアの別の一派かも知れません。バルコフスカヤがそんな連中を知っているなんて、誰も思いもよりませんよね？　さてこれからどうなるのやら？」。エレエーコフが首を振った。「アルトゥーシャみたいな稼業に首を突っ込んでいたら、遅かれ早かれこんなことが起こるに決まっています。でもこれは手始めに過ぎないんでしょう、コーリャ。戦争になりますよ。警備の連中は全員ルカシヴィリの子飼いです。連中はもう何か計画しているに違いありません。もし私がバルコフスカヤなら、今夜は銃を抱いて寝ますけどね」

「彼女がこれに関係しているというのは確かなのか？」

「ええっと、昨日の晩飯に肉が出ましたよね、あの肉はステパーニンの仕入先からでした。誰かが彼女のいとこ、というか彼女の仕入先に放火したからです。私にはわかりませんが、あなたの言うとおり、すべてはただの口実に過ぎないのかもしれません。どこかの家政婦のためにルカシヴィリと戦争するやつなんていますか？　別のギャングがアルトゥーシャの縄張りに押し入るための口実を待っているのかもしれません」。エレエーコフは道路に目をやったまま、独り言のように肩をすくめた。「まあバルコフスカヤが一枚噛んでいようがいまいが、これは戦争になりますよ。それで私たちはその真っ只中にいるというわけですね」

シェレメーチェフは気持ちが沈んだままエレエーコフの隣に座っていた。別邸での自分の暮らしには、堅実で健全なことなどもう何も残されていないような気がした。そして自分がいましていること――さらにいくつかの腕時計をポケットに詰め込んでアルバート街の店に行くというささやかな任務――は惨めさを増すばかりだった。彼はこんな別邸に来なければよかったと思い、二度と戻らなくて済むことを願った。

彼は考えた。深刻に、である。モスクワ行きの列車に乗ってもう戻らない。新しい仕事を見つけてまた自立できるまで、オレグのところにでも泊めてもらえばいい。

しかしその現実味を想像してみた。ヴェーラには午後九時までには戻ると言ってある。もし彼が戻らなかったら。ヴェーラだって子どもたちの面倒を見るために家に帰らなければならない。誰がウラジーミルをベッドに寝かしつける？　バルコフスカヤか？　メイドのうちの誰か？　警備員の誰かだろうか？　あの人が夜中に起きたときに誰がそこにいるのだろうか？あの人にどう対応しどう落ち着かせたらいいのか、誰が知っている？　ウラジーミルの目に混乱と恐怖の色が浮かぶのを思い描いたが、それを消し去ってやれる者がいない。

「ニコライ・イリイチ」、エレエーコフが言った。「あなたは駅へ行くって言ってましたっけ？」

シェレメーチェフがあたりを見まわした。「なんだって？」

「駅ですよね？　駅へ行くんですよね？　駅？」

「そう」。シェレメーチェフが言った。「駅だ」

ベラルースカヤ駅まで四〇分のあいだ列車に揺られた。空が灰色に低く垂れこめた、重苦しい日だった。白樺の森が秋の紅葉で燃えさかっていた。いつもならその光景を見てシェレメーチェフの気分は高揚するのだが、今日はそんな気になれなかった。ベラルースカヤ駅から地下鉄でアルバーツカヤ駅まで行き、夕暮れのモスクワの夜景のなかに出た。彼は早足でアルバート街まで歩き、ロストヘンコフスカヤが店を構える路地へ入った。

彼はベルを鳴らした。ドアがカチンと鳴ったので、それを押し開けた。ロストヘンコフスカヤが笑顔で彼を迎えた。彼女がこの宝飾品や腕時計の霊廟のなかでは想定外に若いことに、シェレメーチェフは改めて驚きを隠せなかった。

「今晩は、ニコライ・イリイチ。またお会いできると思っていました」

「今晩は、アンナ・ミハイロヴナ」。彼はつぶやいた。

「それで何をお持ちになったのでしょう？　何か興味深いものですか？」

シェレメーチェフは上着のポケットの一つに手を伸ばし、ハンカチに包んだ二つの腕時計を取り出すと、カウンターに置いた。別のポケットからは三つ目の腕時計を出した。

ロストヘンコフスカヤはあまりの期待でにわかに手が震え出すのを鎮めようとした。「よろしいかしら？」

シェレメーチェフはうなずいた。

シェレメーチェフがウラジーミルの戸棚から腕時計を三本だけ持ち出したのは理にかなっていなかった。というのも、パーシャを釈放してやるのに三本で足りないことは明らかだったからだ。しかし誰かが実際に腕時計の資産目録を所蔵していた場合、数本程度なら失《な》くなっていてもさほど厳しく詮索されないだろう。彼はそれ以上持ち出す勇気がなく、自己嫌悪に陥った。

ロストヘンコフスカヤは一本目の腕時計を包みから解《と》いて、ガラスのカウンターに置いた。続く二本目も開いた。三本目がハンカチから出てきたとき、彼女の心臓がどきりと鳴った。

彼女が開封した一本目はウブロだったが、ロスポフ医師が見たものではない。ロストヘンコフスカヤは目の前のカウンターのガラス上に置かれた腕時計を見ながら、この価値をおよそ七万ドルと値踏みした。もう一つ、シェレメーチェフをいたく魅了したエメラルドの文字盤のものは三つのうちで最も価値が低く、このブレゲは四万程度だ。しかし三つ目、ティファニー限定のパテック・フィリップはコンディションも新品同様で大当たりだった。これはウラジーミルのコレクションでもとりわけ価値が高いものの一つで、彼の在任期間の後期、まだ彼に会見できた人びとのなかで、この人に腕時計を贈るとしたら真に特別なものでなくてはならないことが周知されていた時期に――もしそれを知らない人びとがいたとしても、ジェーニャ・モナーロフが即座にその人たちにはっきりと理解させた――彼に贈られたものである。ロストヘンコフスカヤはティファニー限定のパテック・フィリップのことを知ってはいたものの、実際に手にしたことはなかった。一目見ただけでは値段のつけようもなかったが、五〇万ドルはくだらないか、あるいはそれ以上だろう。

「これらは叔父上からいただいたものですの?」

「ええ」と彼は言った、あるいは言ったつもりだったが、なぜか言葉は出てこず、咳払いをした。「ええ」

「もっとお持ちでしょうか」

「おそらく」

そんな返事が馬鹿げていることは、ロストヘンコフスカヤも口には出さずにおいた。彼が持っていようがいまいが、彼が叔父から何をもらったかはわかっているはずだ。いずれにせよ、そのような叔父が実在するのかどうか、実際に贈与行為があったのかどうか、ロストヘンコフスカヤはいまはそのどちらも疑っていた

「もしまださらにお持ちだとして」、ロストヘンコフスカヤが探りを入れた。「お売りになりますか？」

「場合によっては」

「それは？」

「これらがいくらになるか次第です」

「承知しました」。ロストヘンコフスカヤは大きく息を吸った。「この二つですが」。ウブロとブレゲを指して言った。「二つで一万です」。彼女は間をおいた。「こちらは……」

　ロストヘンコフスカヤはパテック・フィリップをもう一度手に取り、再度鑑定して買い取り価格を決めようとしているみたいだった。彼女はシェレメーチェフのほうをちらりと盗み見した。このとぼけた小男が――いや誰であっても――ティファニーのパテック・フィリップを――なんらかの手段を使って――本当に入手し、しかもその価値をまったく知らない、なんてことがありうるのだろうか？　もしそのとおりなら、他の腕時計と同じように数千ほどの額を提示して、何十万という利益を得ることができる。もしそうでなければ、そんな提示額だと彼は立ち去りかねないし、彼女の手許からは永遠に失われることになるだろう――この時計と、おそらくはまだ彼が持っている他の腕時計も。

　二日前に彼が店に現れた瞬間から、この男は時計については何も知らないだろうとロストヘンコフスカヤは信じこんでいた。が、はたしてそうなのか。彼なり彼の叔父なりが本当に腕時計のコレクションを所有していて、一身上の都合から、即刻、おおっぴらにせずに密《ひそ》かに処分したがっているのだとしたら？　もし彼なり彼の叔父なりが自分を試しているのだとしたら？　あるいは先のロレックスであれば、彼女が支払った程度の法外な安価で手放せるのかも知れない。そこでもう二本ほど――上物ではあるが破格とまでは言えないものを――持ってきて、彼女の出方を見る。そこへ正真正銘の大当たりを投入するのだ。

彼女はルーペを取り上げ、レンズ越しに腕時計を鑑定しながら、判断を決しようとした。いや、と彼女は思った。これほどの時計を所有しているのに、そんな馬鹿正直なはずがない。

彼女の頭のなかで、他にも腕時計を売る気があるのか訊ねたときの彼の声が響いた――「これらがいくらになるか次第です」。

彼女は目からルーペを外した。

「まだあるかも知れないとおっしゃいましたね、ニコライ・イリイチ」

ほとんど何気なくだったが、彼が肩をすくめたようにロストヘンコフスカヤには見えた。一見して世間知らずに見える彼の態度も、いまでは巧妙な計算ずくに思えた。

また彼女の頭のなかに声が響いた。「これらがいくらになるか次第です」。彼女にとってその言葉の持つ意味がにわかに変わった。

「二五万で」。彼女は言った。

シェレメーチェフは目をみはった。

「わかりました、三〇万で」

「いくらですって?」

「三〇万です」

「ドルで?」

彼女が笑った。「なんだと思われますか? ルーブリだと? でも、これはまず確認のために何点か精査する必要があります。それにご存知でしょうが、店の奥にそんな大金は用意しておりません。このままお預かりしますので、明日またいらしてください」

「ここに置いていくわけにはいきません」。シェレメーチェフは答えた。

「では写真を撮りましょう」

「写真は困ります」

「承知しました。もう一度よく見せてください」。ロストヘンコフスカヤはノートを取り出した。彼女は眼鏡をかけると、パテック・フィリップを表から裏からと調べ、メモを取った。そして彼女は腕時計を注意深く元のとおりハンカチにくるみ、シェレメーチェフに返して寄こした。「他の二本分の代金はいまお渡ししましょうか？」

「いえ、私は……」

「ええ、わかります。値段が低すぎましたね。ただ……さきほど言ったことはお忘れください。二万でどうでしょう」

シェレメーチェフの眉がつり上がった。

「二万五〇〇〇では？」。ロストヘンコフスカヤは、この男が他にも腕時計を持って戻ってくるなら、三万、四万、あるいは五万でも支払う気だった。

彼はうなずいた。

「二万五〇〇〇ですね？　わかりました。いま用意します」

ロストヘンコフスカヤが店頭を離れると、前回来たときもいた年輩の女性が出てきて彼を見張った。シェレメーチェフが女に微笑みかけたが、彼女は冷たくはね返した。

「亡くなられたロストヘンコフスキーさんの奥様でしょうか？」。彼は尋ねた。

女はうなずいた。

「お悔やみを申し上げます」

女はまたうなずいた。

彼女の娘が分厚い札束を持って再度やってくると、老女はそこから去った。ロストヘンコフスカヤはシェレメーチェフの目の前で金額を勘定した。彼は前回と同じように、今度は言われなくても札束をポケットに分けて入れた。パテック・フィリップも上着にしまい込んだ。

彼は上着のあちこちから金があふれ出しているように感じた。彼はコートを着ると、膨らみが目立たないくらいには隠せますようにとジッパーを上げた。

「叔父上は一級のコレクターなのでしょうね」。願わくば今回に続く他の腕時計も、と考えつつ若い女性が言った。

「叔父？」。一瞬、腕時計をくれた叔父がいるというストーリーは、彼の念頭から消えていた。

「そう、もちろんです。そう、大コレクターですよ」

アンナ・ロストヘンコフスカヤはとびきりの微笑みを見せた。「伯父上の名前をお聞かせくれませんか？」

シェレメーチェフは首を振った。

「私にも？」。ロストヘンコフスカヤはもうしばらく優しい笑みを浮かべていた。「よろしいでしょう。こちらでも少し調べをつけておきますが、このパテック・フィリップが私の考え通りのものでしたら、三〇万で引き取らせていただきます。よろしいですか？　それでご異存なければ、お代は明日までにご用意しておきます。それから申し上げたかったのですが、少し確認してみたら、先日のロレックスにお支払いした金額はやや低かったようです。次回いらしたときには、その分として五万追加いたします。今晩お譲りくださった分にはさらに二万五〇〇〇を足しましょう。すべて現金でよろしいですね？」

シェレメーチェフはうなずいたものの、この若いお嬢さんが投入してくる金額には驚くしかなかった。「しかし本当に……」と彼は言いかけた。ロストヘンコフスカヤは、先日支払ってくれた額でさえあのロレックスでは儲けにならないと言っていたし、もしや甥が拘置所にいるという話に心を動かされ、彼を助けるために破産する覚悟ではないのかと懸念したのだ。

「問題ありません！」

「しかし――」

「これほどの額ですから、私どもが喜んでお届けにうかがいますが……」

「いや」、シェレメーチェフが言った。「私がここへ来ましょう」

「よろしいですか？」

「ええ」

「承知しました」。ロストヘンコフスカヤは微笑んだ。「時計をお忘れになりませんように！」

外に出ると、上着の膨らみが目立たないように背を丸くしながら、シェレメーチェフはアルバート街を歩いて引き返した。彼は気がついていなかったが、顔面にべったりと笑みが張りつき、歩いてゆくにつれて笑い顔が大きくなった。すれ違う人たちには、このにやけた小男には精神的な疾患があるように映ったことだろう。三〇万！　ロストヘンコフスカヤが追加で支払う七万五〇〇〇については言うまでもない。パーシャの保釈金としては充分な額が、すべて腕時計一本なのだ。オレグに話すのが待ちきれなかった。

彼は他の二本の腕時計の分まで支払ってもらうことに心が痛んだ。二万五〇〇〇ドル！　店に戻ればまた同額をくれるという。そう考えているうちに笑みも消えてしまった。パーシャにはそこまで必要ないので、彼には自分がロストヘンコフスヤの同情心につけ込んでいるような気がした。パーシャを拘置所から出すために必要なカネなら正当化できるような気がするが――他の時計の分のカネまで取るのは、純粋かつ単純に言って窃盗ではないか。

それでもたった四本の腕時計じゃないか、と彼は自分に言い聞かせた――誰も気がつきはしない。戸棚に眠っているすべての腕時計のうちの四本に過ぎない……しかしまだ彼の手許にある、彼のポケットに収まっている三〇万ドルの価値がある一本は――もし誰かが確認したら、その所在を突き止めようとするかもしれない。

彼はパニックの気分に襲われた。一瞬、無事に売り抜けられるのか不安になった。落ち着けと彼は自分をいさめた。どんなに価値のある腕時計でも一本であれば失《な》くなる可能性は高いし、なによりこの一本が売れなければ、パーシャを釈放するには一〇本、二〇本と売らねばならないかもしれない。そして彼はパーシャを出してやりたかった。それだけで充分だと決めていた。

三〇万。一つの腕時計が、だ。それほどの時計がまだ戸棚の中に眠っているとしたら？　彼が選んだ四本のうちの一本がそういうものだった。ラッキーだったのかも知れない。しかし五本に一本、一〇本に一本、二〇本に一本であっても、そうした価値のものがあるとしたら？　アルバーツカヤ駅で列車を待ちながら、あの戸棚に格納された富の本当のスケールに、彼は突如として衝撃を受けた。少し簡単な掛け算をしてみて――その答えに呆然となったのだ。桁を一つか二つ過大に計算したのか？　もう一度計算してみた。その存在を誰もが忘れているらしい腕時計の戸棚にそれだけの富が収蔵されているなら、ウラジーミルには他にどれだけの資産があるのだろうか？　そもそもどうしてそんなに入手しえたのだろう？　ロシア大統領には腕時計が支払われていたというのか？　それがあの人の給与だったのか？

パーシャはウラジーミル・ウラジーミロヴィチこそロシア最大のペテン師だと書いていた。半生を看護師の給料だけで暮らしてきたシェレメーチェフのような人にしてみれば、ロシア大統領としてウラジーミルが横領に関わった金額の本当の規模は、もし彼が知っていたとしても、想像もつかなかったろう。おそらく奪《と》った本人を含めた誰にせよ、それは思いもよらない額だった。しかしシェレメーチェフが戸棚の収蔵物から弾き出した数字はまだ想像の範囲内だと言えた。彼の心を揺さぶるには充分に巨額だったが、頭で理解できないほど大きいわけではなかった。ウラジーミルの窃盗の規模についてパーシャの書いたことが、初めて彼には実感として腑に落ちた。

列車が駅に入ってきた。上着のボタンを留め、コートのジッパーを首まで上げて、その車両の中の誰もが一生をかけても見ることができないほどの莫大な富を身にまとったまま、シェレメーチェフは乗り込んだ。

そのころ、アルバート街の路地にある店舗の奥の一室では、アンナ・ロストヘンコフスカヤがデスクに向かい、母親はその近くの肘掛け椅子に身を委ねていた。彼女が目にしたパテック・フィリップは喉から手が出るほどのお宝だった。ああした時計はそうそう毎日は持ち込まれることがない。たとえ三〇万ドルを払ってもなお転売すれば一〇万の、あるいはもっと利益が出るだろう。しかしまだ見たことのない時計についての話の方が、彼女の心をいっそう魅了した。いくつあるのだろうか？　一〇本？　二〇本？　もっとある？　そのなかには他にどんなお宝が見つかるのだろう？　あの一風変わった小男は、前回来たときはヴァシュロンについて語っていた。コレクションのなかにトゥールドイルがあるとしたら？　さっきはなぜなかったのだろう？　パテック・フィリップがハンカチから出てくるのを見た後となっては、もはやなんでもあり得る。彼女はアラジンの魔法の洞窟のようなものを想像した。自分がそこに入ることができさえすれば、父が三十年かけて築いた以上のことを一挙に成し遂げられるではないか。

しかし、あの小男がもうこれ以上は彼女に売らないと決めていたら？　彼女が提示した額が満足いく金額ではなかったとしたら？　もしパテック・フィリップを持って戻って来たとしても――それまでだったら？

パテック・フィリップを持って戻ってくることすらなければどうなる？　しかし彼女はさらに追加で七万五〇〇〇を支払うと申し出ている。彼女は自分にそうした衝動が備わっていたのを喜んだ。少なくともチャンスはもう一度ある。

ロストヘンコフスカヤは母親に目をやった。この年老いた女性はこれまでも気が塞ぎがちであまり健康ではなく、一カ月前に五十九歳で夫が亡くなるとすっかり打ちひしがれていた。母がいま自分のまわりで起こっていることをどう理解しているのかさえ、アンナにはわからなかった。来客中に彼女が奥の部屋で何かしなくてはならないとき、彼女は母に店番をさせたが、それももっぱらブラフ《はったり》でしかなかった。仮に客が実際にカウンターの下に手を伸ばして何かをつかんで逃げたとしても、母親は悲鳴すら上げないだろうと彼女は思っていた。

両親のうちのどちらかといえば、アンナは父親似だった。ソヴィエト帝国が動揺のあげく崩壊したとき、若きミハイル・ロストヘンコフスキーはアパラーチキ〔二七六頁参照〕志望の若手管理職だった。集権化されたソ連経済の指導者たちがモスクワに食糧を供給していた四つの倉庫のうちの一つで、四〇あるセクションの一つを管理していた。くすねてきた一摑《つか》みのソーセージを家の食卓にならべたり、盗んできた一箱のトマトを売ったりして、一、二ルーブリ稼ぐ機会があるこの仕事は、共産主義の楽園《パラダイス》生活そのものとして羨望の的だったし、この地位を任されたとき、ロストヘンコフスキーは大勢からやっかみ半分に祝福されたものだ。しかしいま、ほんの束の間のうちに、この仕事は彼に想定外の富を提供することになった。飢餓が街を脅かすなか、役人たちが職務を遂行しているそぶりをかなぐり捨て、瓦解しつつあるソ連経済のインフラから可能な限り多くの分け前をぶん捕ろうと躍起になっていた時期に、ロストヘンコフスキーにもまた、やがてロシアの新たな起業家を自称するようになる多くの若い世代の例に漏れずチャンスが到来した。彼は倉庫に踏み入って数台のトラックに食料品を積み込むと、モスクワに運んだ。コンテナに満載したチーズやソーセージ、小麦粉などを掠奪しうる法的権利といった微妙なことは一顧だにせず、彼はそれらが自分のものであるかのように売りまくった。しかも日に日に下落しつつあるルーブリではなくドルで、ドルを持っていない人がいれば、小さくて持ち運べて価値のあるものとならなんでも交換した。小さくて持ち運べて価値のあるものとは何か？　宝石だ！　指輪、腕時計、ネックレス、ブローチ、ブレスレット。お嬢さん、パン一キロならイヤリング一組でどうですか？　奥さん、サラミ一本分と結婚指輪では？　彼はたちまち食器棚一杯の宝飾品を所蔵することになった。危機が去り、ある種の秩序が回復するころには、ミハイル・ロストヘンコフスキーは倉庫番から足を洗って宝飾品ビジネスに飛び込んでいた。

アンナ・ロストヘンコフスカヤはこの話を聞いて育った。「一生に一度のチャンスだったんだ」とミハイル・ロストヘンコフスキーは後になって娘によく語った。彼はトラックに荷を積んでモスクワじゅうを売り歩いた波乱の日々を回想するのだった。「当時は狂気の沙汰だった。

おれたちのうちそこに飛び込んだやつらは一生安泰だったが、飛び込まなかった者は年金暮らしで餓死寸前だ。そんなチャンスはあるとしても一生に一度だ、アヌーシュカ。もしそのときが来たらつかむんだ、娘よ。つかむんだ！　そのために必要があればなんだってやることだ――くよくよ迷わずにな！」

父が日和見主義的だったのに対して、娘のほうはもっと断固とした性格だった。ミハイル・ロストヘンコフスキーは年を追うごとに薄汚れて流行遅れになる店に満足していたが、アンナはそれでは充分ではなかった。その可愛らしいルックスや彼女がしてみせる笑顔は、彼女の決意の深さにそぐわなかった。彼女は遙かに野心的で――何事にも幻想を抱くことがなかった。ロシアでは、トップまで勝ち上がっていくか、その他大勢とともに底辺に留まるか、いずれかなのだ。

父には一生に一度のチャンスがあって、それをものにした。自分の生涯に一度きりのチャンスがどのように姿を現わすのか、彼女はこれまでもしばしば思い描いてきた。そしていま彼女は知った。おとぎ話のルンペルスティルスヒェン〔『グリム童話』より。王妃に自分の名を当てさせようとする小男〕のように、路地裏の店に足を踏み入れた小男の姿で現われたのだ。このニコライ・イリイチと名乗る男が他に何を持っているにせよ――これだけではないことは彼女にはわかっていた――彼女は手に入れるつもりだった。パテック・フィリップだけでは不充分なのだ。

アンナは電話を手にした。そのあと二〇分ほどの会話が続いた。パテック・フィリップの話題に始まったものの、すぐにロストヘンコフスカヤが思い描くアラジンの洞窟にある腕時計のこと、そしてどうすればそれらが確実に入手できるかに移った。

アンナの母が部屋の向こう側からうつろな目で見つめていた。娘が話していることを理解したようすはまったくなかった。

「万一厄介なことになりそうなときには腕力が必要だな」。電話の向こうで男が言った。「助けが必要なときにいつも声をかけているやつがいるけど」

「そうね」。ロストヘンコフスカヤが言った。「私もその人にお願いしたことがあるわ」

「おれから電話しとこうか？」

「私からするわ」

アンナは電話を切った。彼女は母のほうを少し見た。母は無気力そうに宙を睨《にら》んでいた。

彼女はもう一つの番号にも電話をかけた。

「ヴァーシャ？」。彼女は言った。「アンナ・ロストヘンコフスカヤよ」

＊

シェレメーチェフは別邸《ダーチャ》に着いたが、屋内《なか》に入る前に立ち止まり、オレグに電話して吉報を伝えた。

「腕時計一つで三〇万ドルになるって？」。いかにも信じられないといった調子で弟が言った。

「腕時計一つで！」。シェレメーチェフは返答した。

「おれもネットでいくつかの腕時計の価値を調べてみたけど。、そんなのはまったくないぞ？」

「明日また店に行けば支払ってもらえる」

「ぶっ飛ぶな！」

「私もさ」。笑いながらシェレメーチェフが言った。

「コーリャ兄貴」。急に声の調子を変えてオレグが言った。「昨日、パーシャと話したんだ。釈放されたらロシアを出て行くって言うんだ」

「出て行く？　なぜ出て行くんだ？」

「黙ってはいられないって言うんだ。で、黙っていられないのなら、あの子はここだと安全じゃないからな」

シェレメーチェフはうなだれて吐息を漏らした。そして彼は月明かりに照らされた敷地一帯を見まわした。別邸はその真ん中に建っているが、二階の窓は一つをのぞいて消灯になっていた。

「それであの子はどこへ行くというんだ？」。シェレメーチェフが重い口を開いた。

「わからん」

「どんな仕事をするというんだ？」

「わからんよ」

「ニーナはなんと言っているんだ？」

「彼女に何が言えるんだ？　あいつだって子どもじゃないんだ。行きたいというなら行けばいいんだ。あいつが間違っているなんて誰が言えるんだ？　もし連中がまたあの子を逮捕することになったらどうする？　またあいつを出してくれるのか？　売れる腕時計がまだあるのか？」

シェレメーチェフは答えなかった。

「とにもかくにもこれは吉報だよ、コーリャ兄貴！　腕時計一つで！　誰が信じられる？　どうやって感謝していいのか」

「感謝には及ばんよ。もしも腕時計が一〇〇本あれば全部売るんだがな」

「どういう意味かはわからんが」

「オーリク……どうか……」

「ほら、ニーノチカの言ったことだけど……」

「忘れていいよ。わかっているから。この一件がすべて片づいたらそんなことはなんの問題にもならない」

シェレメーチェフは邸内に入った。二階に上がると、まだカネと腕時計の収まった上着を自室のベッドの上に置いた。そしてヴェーラにもう帰っていいからとうながした。ヴェーラの報告では、ウラジーミルは夕食を淡々と食べ終え、そのかん自分の母親に語るように彼女に話しかけたかと思えば、君は誰だと尋ねることの繰り返しだったという。シェレメーチェフは彼女に明日もまた来てほしいと頼んだ。

ヴェーラは不信げに彼を見た。「この人の世話は簡単じゃないんです、コーリャ」

「そうだね」

「あなたが出かけているあいだは寂しいみたい」

「そんなことをついぞ表情に見せないが」

「それが見せるんです。あなたが戻ったことがわかると表情が変わりますよ。あなたが出かけてしまうと、安心することがありません。それは見ていればわかります。どこかおかしいとわかるんですよ」

シェレメーチェフは何も言わなかった。

「私にはわかるんです、コーリャ」

「それで、ヴェーロチカ、明日も来れるのかな?」

彼女は彼のほうを少し見て、微笑んだ。「コーリャ、そんな顔をされて私が断れるとでも?

でも教えてください、どこへ出かけるんですか？　秘密の用件ばかり……どういう女性ですか？」

「誰もいないよ」とシェレメーチェフは言った。

「女性がいるんですね！」

「いや、いないんだ。ほんとなんだ。内輪の事情なんだ」

「えっ！　内輪の事情ですって！」

「明日は来てくれるかな？」

「本当に私が必要なの？」

シェレメーチェフはうなずいた。

「生きるか死ぬかの問題なの？」

「そう言っていい」

「つまり私がいないと生きていけないって意味、コーリャ？」

二人は見つめ合った。シェレメーチェフは首を振った。「ヴェーラ……」

彼女は笑ったが、目にはかすかな思慕が現われていた。「わかりました、来てあげますよ」

「ありがとう、ヴェーロチカ。大事な用事なんだ。ありがとう」

ヴェーラが帰ったので、シェレメーチェフはウラジーミルの様子をのぞいた。彼は居間のテレビの前に座り、独りごとを言っていた。

「ウラジーミル・ウラジーミロヴィチ？」。シェレメーチェフは返事を待った。「ウラジーミル・ウラジーミロヴィチ！」

老人の顔がこちらを向いた。

「もう充分召し上がりましたか？　まだ食べ足りませんか？」

「ランチか？」

「いえ、夕食を召し上がったばかりです。まだ何かお持ちしますか？」

「お前はどうだ？」

「サンドウィッチはいかがです？　あるいは料理人が用意してあればピロシキでも？」

ウラジーミルは首を振った。

「サンドウィッチにしましょう」。シェレメーチェフは言った。ウラジーミルが夜中に腹を空かせてもう朝食の時間だとでも思って目を覚ましてしまうと、ふたたび寝かしつける方法がないのだ。

シェレメーチェフが階下の厨房に電話をかけるとステパーニンの助手の一人が出て、何か持って行かせると言った。そのあいだに彼は自室に戻り、上着から金を取り出して、二日前に持ち帰った札束と一緒にマットレスの下に隠した。パテック・フィリップは他に安全な場所も思いつかないので、ベッド脇の小さなテーブルの引き出しに入れた。数分後、彼はやはり思い直してウラジーミルの衣裳部屋まで行き、戸棚を開け、引き出しの元あった場所にそれを戻した。その戸棚だけでもほとんど想像を絶するほどの驚嘆すべき富が詰まっていることに、またもや衝撃を受けた。ウラジーミルはどうやってこれらの腕時計を手に入れたのだろうか？　もし買ったというのなら、彼が国民からそれだけのカネを奪《と》ったことの証《あか》しである。これらの時計が贈り物だというのなら、この人が与えた不法な便宜の見返り以外に、誰がこんな贈り物をするだろうか？

居間に戻った。ウラジーミルは彼をいないもののように扱った。シェレメーチェフはこの老人のほうを見た。ここ数日というもの、彼は元大統領にたいする自分の感情が憐憫から嫌悪の情へと数秒のうちに頻繁に入れ変わるのに気がついていた。

「どうやって時計を手に入れたのです、ウラジーミル・ウラジーミロヴィチ？」。彼はいきなりだが訊いてみた。

ウラジーミルの首がこちらを向いた。

「お前は誰だ？」

「シェレメーチェフです。六年間、あなたのお世話をしてきました」

ウラジーミルは鼻息を立てた。「馬鹿げている」

「腕時計はどうやって手に入れたのでしょう？」

ウラジーミルが微笑んだ。「私がまだ十歳のころに母が腕時計をくれたのだ。私は母と約束したとおり大事にし、手入れをしてきた」

「他のものはどうなんでしょう？」

「他のなんだ？」

「他の腕時計です」

「良いものでちゃんと手入れさえすれば、男は生涯に一つの腕時計があればいいんだ。祖父がそう言った」

ドアをノックする音がした。邸内の付き人が二人分のサンドウィッチとフルーツサラダ、それにミネラルウォーターのボトルを載せたトレーを持って立っていた。シェレメーチェフはそれらを受け取り、ドアを閉めた。

サンドウィッチを見てみると、一つはスモークサーモンとハーブ、もう一つはハムとマスタードだった。

「お腹《なか》はすいていますか、ウラジーミル・ウラジーミロヴィチ？」

ウラジーミルは首を横に振った。シェレメーチェフはナプキンをウラジーミルの顎《あご》の下に押し込み、サンドウィッチの皿を肘掛け椅子の横にあるテーブルに置いて椅子を引き寄せると、彼の隣に座った。彼は一切れのハムサンドを手にして、ウラジーミルの口もとに運んだ。

「さあ、ウラジーミル・ウラジーミロヴィチ。美味しいですよ。どうぞ」

ウラジーミルの唇が開いて機械的にひと囓《かじ》りした。

シェレメーチェフはウラジーミルが飲み込むのを待ってから、サンドウィッチをもう一切れ彼の口元に持っていった。ウラジーミルが食べるのを見ながら、自分が非現実的な距離を感じているのが気になった。共感でも敵意でもそのどちらでもなかった。ある種の無感覚だ。

またもや彼は考えた。自分はどうすればここに居続けられるものか、しかしまたどうすれば去ることができるというのか。彼はこの人を憎み始めていたが、それでもウラジーミルが目に浮かべる狼狽と恐怖に満ちた表情、そして自分が去ったときにこの人が受けるトラウマを思うと耐えられなかった。

ウラジーミルはサンドウィッチの半分を口にしただけだった。結局シェレメーチェフは食事を自室に持って行き、余った分は自分で食べた。そしてトレーを階下に持って降りた。邸内の雰囲気は張りつめていて、ホールの警備員は彼が降りてくるのを黙って見ていた。他に三人の警備員が食堂に座って、小声で会話をしていた。シェレメーチェフが入っていくと、彼らは話すのを止めた。

「アルトゥーシャの具合は？」。彼は尋ねた。

警備員たちは互いの顔を見ている。

「生きてますよ」。アルトゥールの補佐役でスキンヘッドのリョーシャが唸るように答えた。

「大丈夫なんだろうか?」

リョーシャは怪訝そうにシェレメーチェフを見て、肩をすくめた。

シェレメーチェフが目をやると、スタッフの控え室でステパーニンが塞ぎ込んでいた。ひっきりなしに煙草を吸っては神経質そうに灰を小皿に落としている。

「どうなっているんだ、ヴィーチャ?」。シェレメーチェフが尋ねた。

「アルトゥーシャのことは聞いたか?」

シェレメーチェフはうなずいた。

「くそったれだ!」。ステパーニンが煙草を深く吸い込むと、鼻から煙を吐き出した。「今日、バルコフスカヤからメモが回ってきて、すべての仕入れ先はあの女が握っている、おれは白分の取引先におとなしく引っ込んでろと言わなきゃならんそうだ。おれの取引先全員にだぞ!あの女、ぶっ壊れてるんだ、コーリャ。アルトゥーシャを撃ったんだぞ? なんのためだ?」

これを戦争だと表現し、戦争ともなれば負傷者が出ると楽観的に語っていたのはステパーニン自身じゃないか、とはシェレメーチェフは言わずにおいた。

「あの女、やつが何者だかわかってるのか? 何が起ころうとしてるのかわかってるのか?くそめが! 雄鶏を乗っけたくそったれめ! こいつはまずいことになるぞ、コーリャ。言っておくが本当にまずいことになるぞ」

ステパーニンは煙草の最後の一口を吸うと、唸りながら小皿に吸い殻を強く押しつけ、もみ消した。

「ヴィーチャ」。シェレメーチェフは言った。「もう充分だと思わないか?」

「何が充分だって?」。料理人が言い返した。

「バルコフスカヤの相手だよ」

「充分だ? 充分、それもいいだろう! まさにそこだよコーリャ。あの女が欲しいのはすべてなんだ。全部なんだよ! おれはどうすればいい? 出て行けってか?」

「あるいは出て行くべきかもしれん」。ステパーニンにはもう他に選択肢が残されていないようにも思えたし、少なくとも彼が出て行くことで、誰も殺されずにすむ。

「そうか、そうやってあの女に勝たせるわけか、ええ? それがあんたの望みか? だがおれにはまだ望みの半分しか貯まっちゃいない、コーリャ。おれはどうすればいい? レストランを半分開くのか? 客に半皿料理でも出すのか?」

シェレメーチェフは腕時計のことを考えた。二階の戸棚一つで誰もを満足させられる。パーシャを釈放するのに充分、ステパーニンがレストランを開くのにも充分、そしてそう、バルコフスカヤにすら充分だろう。

「いったいなんだってんだ?」。ステパーニンは吼えた。「おれは出ていかねえ。だからそういうことは二度と言うな。あんた他にアイデアはないのか?」

シェレメーチェフは首を振った。

料理人はウォトカをグラスに注ぐと一気に飲み干した。

「ヴィーチャ、君はどうするつもりなんだ?」

「これはおれかあの女かの問題だ。それははっきりしてるよな? おれのせいじゃない。おれが始めたわけじゃない。あの女が来るまでは順調だったんだ。わかるか、コーリャ! 終わりにして最期、これが最終局面だ」

「ヴィーチャ、無謀なことはするなよ」

ステパーニンは憎しみで喉が詰まるほど笑い声を立てた。

シェレメーチェフにはステパーニンが、串刺しにされ、ローストされ、自身から出る焼灼性の液体で黒くなっていく豚のように見えた。かつての陽気でおしゃべりな料理人を思い出すと悲しかった。彼はもう二、三分ほどそこにいて、立ち上がると、もう一杯あおっているステパーニンを残して出て行った。

二階では、ウラジーミルが怪しげに鼻を鳴らし、チェチェン人について暗い呪詛の言葉を吐いていた。

「チェチェン人なんかいませんよ」。彼をパジャマに着替えさせようと、シェレメーチェフが言った。「ここにはいるのは私、シェレメーチェフだけです」

ウラジーミルは目の前にパジャマの上衣を持って立つ、背の低い禿げ上がりかけた男を探るように見た。突然、チェチェン人の首がその背後から突き出ては消えた。

「ウラジーミル・ウラジーミロヴィチ、シャツを脱ぎましょう」

そこだ！　消える前の一瞬、ウラジーミルには口からだらりと垂れたナメクジのような巨大な舌と、歯がむき出しになるほど笑う唇が見えた。

ウラジーミルはシェレメーチェフにシャツのボタンを外させながら、気づかれないように部屋を見まわしていた。チェチェン人が油断しているところを見つけようしているのだ。彼は腕を一本ずつ袖に通した。

「さあ今度はズボンです」

またただ！　そこにいるではないか！　ウラジーミルは跳ね上がると柔道の構えを取り、技を繰り出した。体落《タイオトシ》！

その一撃でシェレメーチェフは足を払われ、仰向けに倒れてしまった。「ウラジーミル・ウラジーミロヴィチ！」。彼は叫んだ。

ウラジーミルは困惑したまま彼を見下ろしていた。この男は床に寝て何をしているのか？しかし気を逸らせている余裕はなかった。彼は用心深く部屋を見まわした。チェチェン人は狡猾ですばしこいのだ。死の舌《デス・タング》をおれの顔に押しつけるためにはなんだってやりかねない。

シェレメーチェフは立ち上がると、ウラジーミルの錠剤を取りに急いだ。すばやく服用させれば注射は避けられるだろう。そのとき鏡に映る自分の顔が目に入った——順調に治りかけていた頬の裂傷から出血している。もっとよく近づいて見た。ウラジーミルに投げを食らわされたときに、縫合跡から傷口が開いてしまったのだ。シェレメーチェフは血を止めようと傷口を押さえた。医師のロスポフから、傷跡を残さないためにはくれぐれも傷口が開くことのないように、と注意されたことを思い出した。ほどなく彼はこちらに戻ってくると、ウラジーミルにコップ一杯の水と錠剤を、用心深くできるだけ離れたところに立って渡した。

「これをどうぞ、ウラジーミル・ウラジーミロヴィチ。健康にいいですから」

ウラジーミルは何粒かを飲みこんだ。

「これも……それで結構です」。あんな光景の後なので、シェレメーチェフは鎮静剤をもう一錠追加した。

彼はウラジーミルを寝室に連れて行った。彼がベッドに連れ戻して寝かしつけるあいだも、ウラジーミルは疑心まじりに部屋を見まわしていた。

いつものようにウラジーミルに天井を見上げさせたまま部屋を出て、鎮静剤がすぐに効き目を発揮してくれるよう祈った。

シェレメーチェフはその夜はもう階下には戻らなかった。別邸《ダーチャ》は険悪な空気に満ちていた。ウラジーミルに柔道技を掛けられた背骨の附け根が痛むだけでなく、頬の傷口の開いた部分がずきずきしていた。

自分はあとどれだけここにいられるだろうか？　ウラジーミルが亡くなるまではいようと思っていた別邸は、ここ二週間ぐらいのあいだで、この世の地獄のようになってしまった。だったらなぜ出て行かないのか？　今夜や明日ではないにせよ、数日後なら代わりの介護士を探す時間があるだろう。それなら患者を放置することにはなるまい。自分にとってウラジーミルは、単にそれだけの存在だ。彼は患者であり、自分は一介の介護士に過ぎない。介護士など誰でもいいのだ。

とはいえウラジーミルは、自分と同じような心安さを別の介護士に感じることは決してないだろう。彼の病状は、もはや認知の痕跡がふたたび形成されることはなく、ただ忘れるだけ、の段階まで進行していた。そしてヴェーラが見抜いていたとおり、シェレメーチェフにたいして一日に十回もお前は誰だと詰問するわりに、一枚めくれば、あの親しみ、あの心安さが残っていた。だからこそ、彼は言葉をかけたり触れたりすることで、ウラジーミルの目に浮かぶ恐怖と狼狽の色を消してやることができた。それは他の誰にもできないことだった。もし彼が出て行けば、あの目の色はもう消し去られることがないだろう。

もしウラジーミルが死んだら？　そんな思いが頭をよぎった。このステージまで進行した他の患者の家族のなかにはそれが最善だとさえ言う者がいて、ときには彼に助けを求めてくることすらあった。ウラジーミルはどんな人生を送ってきたのか？　そこには尊厳も品格もないではないか。そしてウラジーミルが死ぬことで、彼もここを去ることができる。

その日は遅かれ早かれ訪れる。早ければ誰にとっても好都合ではないのか。

彼はその考えを頭から払拭した。

彼の想念は彷徨《さまよ》った。自分が寝ているマットレスの下の現金のことを思った。最初の時計の分と、二度目に持ち出した二本の分、都合三万二五〇〇ドル。別の一本を売れば充分だったが、いまはそれらを売っておいたことを喜んだ。パーシャが釈放され、ロシアから出て新しい生活を始めるときにいくばくかの足しになるだろう。

もしさらに腕時計を売ったらどうなるだろう？　ウラジーミルへの嫌悪感を堪《こら》えて結局はこのまましばらく別邸に居続け、相応の蓄えを残しては？　たとえば毎週の休日のたびに腕時計を一本売り払う。いつもロストヘンコフスカヤでなくていい。買い手は他にもいるはずだ。相手を変えて、誰にも怪しまれないようにする。数カ月後には、ひと財産築いているだろう。

ゴロヴィエフのようになればいい。ウラジーミルが巻き上げてきた分を巻き上げ返すのだ。

彼は苦虫を噛みつぶしたように顔をしかめ、自己嫌悪を覚えた。

それでもその思いはつきまとって離れなかった。なぜいけない？　なんなら売り上げの一部はステパーニンに回してやれば、彼が命を落とす前にバルコフスカヤとの先のない抗争から抜け出せる。誰にばれる？　誰がそんな腕時計の紛失に気づくものか？　ウラジーミルの死後にみすみす誰かの手に渡らせる必要があるのか？　すでに莫大な富を有している人びとには、戸棚一つ分の腕時計など大海の一滴にも値しないだろう。

戸棚まるまる一つ分の腕時計……。

シェレメーチェフはそんな考えが何度も脳裏に浮かぶことにうんざりして、頭の中から無理にでも追い払おうとした。まず第一になすべきことがある。明日、パーシャのために三〇万ドルを手に入れる必要があった。いまはそのことだけを考えればいい。どうやって安全に時計を運び、店までたどり着き、その現金をオレグのところまで運べばいいのか。

彼は、現金を下敷きにしているマットレスに身を沈め、ベッドに横になっていた。背中は痛み、頬はずきずきして、明日のことを考えながらも、自己嫌悪とパーシャへの希望に身を引き裂かれる思いだった。

第十五章

明け方の空はどんよりとして霧雨が降っていた。別邸《ダーチャ》の雰囲気は重苦しかった。食堂では警備員たちが憂鬱そうに朝食をかき込んでいた。ステパーニンの助手たちが厨房から出てきて、粥《カーシャ》のポットをおかわりで満たすと一言も発せずに戻っていった。

十時少し前に霧雨も止み、つかのま雲に切れ間ができて弱く淡い陽光が射した。シェレメーチェフはウラジーミルを散歩に連れ出した。鍬《くわ》を手にしたゴロヴィエフとすれ違った。彼は立ち止まってウラジーミルの様子を尋ねた。ウラジーミルは彼を無視した。庭師は二人と数分のあいだ一緒に歩いたが、シェレメーチェフには彼と話すべきことは何もなく、やがてゴロヴィエフはそこから去っていった。

同じころ、別邸の職員棟ではステパーニンがバルコフスカヤの事務室のドアをノックした。「お入りなさい」。バルコフスカヤの声が返ってきた。料理人はそこに入ると、後ろ手でドアを閉めた。

ウラジーミルのランチは午後一時に二階まで運ばれてきた。ヴェジタリアン・シチューにポレンタのケーキだ。シェレメーチェフは居間でウラジーミルに食べさせるとトレーを下げ、階下へは降りていきたくなかったので、自分の分は余り物で済ませた。三時にはヴェーラが来ることになっていた。彼女が到着する数分前、シェレメーチェフはテレビに映る自分の映像に見入るウラジーミルを残して衣裳部屋に向かった。そして戸棚からパテック・フィリップを取り出すと、そっとポケットに入れた。

エレエーコフが彼を街まで送ってくれた。三時半に顧客を迎えに行くついでだった。シェレメーチェフは、謝礼を出してでもエレエーコフにモスクワまで送ってもらい、ロストへンコフスカヤの店で商談を終えるまで待たせ、そのあとオレグの自宅まで乗せてもらって、時計や現金を運ぶリスクを回避できないものかと考えてみた。しかし気づいたのだが、もしウラジーミルの腕時計の資産目録が実際に存在し、彼が盗んだ何点かの紛失が明るみに出れば、このウラジーミルの運転手だって「そういえばシェレメーチェフをモスクワの時計店に送りました」と思い出すはずだ。そんなことはなにがなんでも御免蒙りたい。たとえシェレメーチェフがどこへ行くのか正確には気づかれないように死角になる場所で車を待たせたとしても、やはりリスクには違いない。

ともあれ現金さえこちらの手に入ればタクシーを拾おうとシェレメーチェフは考えた。アルバーツカヤ駅周辺にはいつもタクシーが流れている。

「今夜の夕食はなんだと思います？」。別邸の車道を走らせながら、顔に意味ありげな笑みを浮かべたエレエーコフが、シェレメーチェフのほうを見て言った。

「空気のフライかな」。シェレメーチェフは思いつきを言った。バルコフスカヤの仕入先からの調理一切を拒む態度を崩さないのであれば、もはやステパーニンに残るのは空気だけだ。

正門前のセキュリティゲートで自動車を停めながら、エレエーコフは笑った。「空気のフライ！　そいつはいい。が、違うんですよ。なんだと思いますか？」。エレエーコフがシェレメーチェフの返事を待つあいだにゲートが上がった。「チキン・フリカッセですよ」。彼はそう告げると、この重大ニュースをシェレメーチェフがどう受け止めるのだろうかと視線をよこした。

「チキン・フリカッセだって？」

エレエーコフはにやりと笑ってゲートを走り出た。「ステパーニンがバルコフスカヤとの関係を修復したんですよ」

「まさか！」

「そのまさかなんです。今朝ですよ。彼はとうとう覚悟をきめて、あの女のところへ話をしに行ったんです。これがどうやら万事めでたしだそうで。彼はなにがしかを得る。以前ほどじゃないにせよ——実際ここだけの話ですが、洩れ伝わる話だと前よりはかなり少ないようですが、それでも何かあるだけ、何もないよりはましなんですよ、ですよね？　もしパンを一斤まるごと食えなくても、せめてテーブル上のパンくずだけでも手に入れるようなものです」

「確かなんだろうか？」

「バルコフスカヤが勝ったんですよ。それが彼にははっきりしたんです。チキン・フリカッセが彼の降伏の証《あかし》です。あの女の好物ですからね。それをあの女は二重の喜びで食べるのでしょう。まああのバルコフスカヤって女はしたたかですよ、それは間違いありません。しかし成功するためにはこれも避けて通れませんよね、ニコライ・イリイチ？」

シェレメーチェフは運転手がいま言ったことに呆気にとられた。ステパーニンが昨日あんなに息巻いていた後で、この料理人が白旗を掲げるなんて想像だにできなかった。しかし実際問題、彼は他にどうしようがあっただろう？　一人が叩きのめされ、二カ所が放火され、もう一人が銃弾を浴び……次はなんだ？　別邸《ダーチャ》を焼き払うのか？　そんなことはいつまでも続くものではない。切り札を持っていたのはバルコフスカヤのほうだ。それはこの一連の流れによって証明されたし、最終的にはステパーニン自身もそれを受け入れざるをえなかったのだ。

「彼がもっと早くそうしていたら」。エレエーコフが言った。「取り分はもっと多かったはずなんです。言ったんですよ。ヴィーチャ、あの女と話をしてみろよって」

「それは私も言ったんだ」

「ご存知でしょう、最初にあの女が助けようとしたのは、本当に鶏肉を扱うとこだけだったのかもしれません。彼がそれを受け入れていれば、あの女だってそれ以上のことはしなかったかもしれないんです。それでも……わかりませんよ？　ひょっとしたら彼が抵抗したのは正しかったのかもしれません。あの女はタフだから彼がすぐに白旗を揚げていたら、もっと取り分は少なかったかもしれないですしね」。そんな答えのない問いについて考えながら、運転手は眉をひそめた。「なんとも言えませんよ」

「それでアルトゥールのビジネスの件はどうなったんだろう？」

「ああ、それはまた別の話ですね。もしおれがバルコフスカヤなら……昨日もそんな話になりましたが、とっくにウンコをちびってますよ。でもあの女、おれたちの知らない何かを知ってるんでしょうね。もしかしたら後ろ盾がいるのかもしれません。まあステパーニンにしてみれば、病院送りになったのがアルトゥーシャで彼じゃなかったのはラッキーでした」

「彼はどうなんだろう？」

「アルトゥーシャですか？」。エレエーコフは首を振りながらふーっと息を吐いた。一瞬、彼は路面から目を離してシェレメーチェフをちらりと見た。「思わしくないですね。彼がまた歩けるかどうかも確かなことは言えません。おれの知るかぎりですと、銃弾が一発、脊椎に当たってるんですよ。これは厳しいですよね」

「車椅子生活になるんだろうか？」

「そうじゃないですか」

シェレメーチェフはまだアルトゥールのことをどう考えたものかまったくわからなかった。一方で、彼は個人的にはいつも礼儀正しく、思慮深く、警備員のなかではずば抜けて物わかりがよかったし、彼に好感を持っていたのは否定できない。しかしまた一方で、彼はオジンツォヴォという都市全体を震え上がらせるほど、警備業を介したみかじめ料をせしめていた。シェレメーチェフは脅迫や制裁のやり口については素人も同然だったが、バルコフスカヤのいとこの腕を折った一件が示すとおり、これには相当な暴力がともなうことくらい想像がつく。それでもどうしたことか、アルトゥールが以後の人生を車椅子で過ごすことになると思うとぞっとした。

「これからどうなるんだろうな？」。シェレメーチェフはぶつくさと口に出した。

エレエーコフが笑った。「そりゃあどんな世代でも歳を重ねるごとに言うことですよ。若いころはよかったのに、なんて思ってるんですか？　若いころなんていつもゴミでしたよ。ゴミの吹きだまりにまたゴミを重ねるようなもんです。それがロシアなんですよ、ニコライ・イリイチ。イワン雷帝の時代も同じで、スターリン時代も同じ、いまだって同じなんですよ。何を期待できますか？　たまに一秒だけ水面の上に首を出して、そのとき初めて周囲がゴミだらけだと知るんです――で、そのあとはまたゴミの中ですよ」

シェレメーチェフはこれに答えず、自分たちが生きている時代は、本当にエレエーコフの言うように恐るべき二人の独裁者の時代と同じくらい変わらないのか、と鬱々としていた。運転手が彼をちらりと盗み見た。「どうなんでしょうね、ニコライ・イリイチ。実際のところ……ウラジーミル・ウラジーミロヴィチは……あとどのくらい生きると思いますか？」

シェレメーチェフはこの質問にいやなものを感じて目を閉じた。彼ら別邸にいる連中はどいつもみな同じだな。彼らの関心はただただこの宴会がいつまで続くのかにあった。まるでまだ生きている鯨の肉をむさぼり食らう魚のようだ。

そしてシェレメーチェフは、なぜ自分がこの車に乗っているのか、何をポケットに持っているのか、そして昨夜自分が考えたことを反芻した。週ごとに一本ずつ腕時計を売り、貯金を積みあげる……自分がどれだけましだというのか？

「あなたは介護士ですから、ニコライ・イリイチ。以前にもこういう経験はあるんでしょう？あとどのくらいなのか？　どう思います？　半年？　一年？」

「わからないよ」。シェレメーチェフはつぶやいた。「ずっとこのままということもあり得る」

「本当ですか？」。安堵の入り交じった声でエレエーコフは言った。「正気を失ってからはあっという間だ、なんて言う友人がいたもので」

「そうじゃないな。心臓がどれだけ強いか、なんだ」

「それであの人の心臓はどれほど強いんでしょう？」

シェレメーチェフは肩をすくめた。「われわれ誰でも、いつ逝ったっておかしくないんだよ、ヴァジーム・セルゲーエヴィチ。私も君も含めてだ。それ以上のことはなんとも言えないね」

エレエーコフは一瞬ちらりと彼を見て、それから笑った。

シェレメーチェフは窓の外に目をやった。もう彼らは都市部の外縁まで来ていた。このあたりから集合住宅の街区が視界に入りはじめ、両側を通り過ぎてゆくのを眺めた。ステパーニンが折れたことに、彼は本当に驚いた。とはいえ結局のところ他にどうしようがあったというのか？

いずれにせよ料理人と家政婦の抗争は終わりを告げ、もう二時間もすれば、彼もパーシャを解放できるだけの現金を手にしているのだ。

ベルを押して、錠がカチリと鳴る音を聞き、ドアを押し開ける儀式にもなじんできた。店の奥からロストヘンコフスカヤが現れた。今回は黒のエプロンドレスに、何かの鳥を象《かたど》った銀のブローチというういでたちだ。

「ようこそ、ニコライ・イリイチ」。彼女は言った。「本当によくいらっしゃいました」

シェレメーチェフはポケットに手を伸ばし、いつものようにハンカチにくるんだ包みを取り出すとカウンターに置いた。

ロストヘンコフスカヤはその包みを開けた。そしてパテック・フィリップを検分すると、彼女の唇に笑みがこぼれた。「少々お待ちください」

彼女はカウンターに腕時計を置いたまま、店の奥に消えた。そして戻ってきたときには上質なピンストライプのスーツを着込んだ男を伴っていた。恰幅がよく、茶色い目をして黒い髪にはウェーヴがかかっている。「ニコライ・イリイチ、こちらアレクサンドル・セミョーノヴィチ・ベールキンさん。パテック・フリップの専門家です。私たちの取り引き額からして、セカンド・オピニオンが必要だと感じました。差しつかえありませんか」

「ええ」。シェレメーチェフが返事をした。「問題ありません」

「こんばんは、ニコライ・イリイチ」。ベールキンが肉付きのいい手を差し出したが、その目はすでに時計に向かっていた。「これがそうですか？」。返事も待たずに、彼はシェレメーチェフから手を離し、腕時計を手に取った。彼は手際よく右目の眼窩《がんか》にルーペを嵌《は》め、パテック・フィリップを綿密に、新生児を抱くような優しさで調べはじめた。「うむ……」。彼は声を出した。それからもう一度、やや高い調子で「うむ……」と続けた。

専門家は時計を置いた。彼は収縮させていた顔の筋肉をゆるめてルーペを外し、掌《てのひら》に落としてしっかと受け取ると、ポケットにしまった。そして彼はロストヘンコフスカヤをちらりと見やってうなずいた。彼はシェレメーチェフのほうに向き直った。「素晴らしい時計です、ニコライ・イリイチ。ご存知のようにこれは特別な製品で、製造された数もきわめて限られています。四〇本もないでしょう。もちろん私はその所有者の五〇パーセントは存じています――ロシアならおそらく全員です。もし所有者のうちの誰かがこれを売りたいと思えば、彼らはまず私に相談するでしょう。しかし、ニコライ・イリイチ、私はあなたのことは存じ上げないのです」

「叔父のものだったんですよ」。シェレメーチェフが言った。

「となると、私は叔父上を存じ上げているはずですね」

シェレメーチェフ返事をしなかった。

専門家は顔に半笑いを浮かべて、彼をまじまじと眺めた。「アンナによると、あなたは他にも三本の腕時計を彼女に売ったそうですね。これほど高級ではないにせよ、悪くないやつを。極上のコレクションですよ、ニコライ・イリイチ」

「叔父はまったく物惜しみしない人でしたから」

「そしていまなおそのようですね」

シェレメーチェフはそれには何も言わなかった。

「いいですか、ニコライ・イリイチ、他にどういうものをお持ちですか……いや、他にどんなものを貰えそうですか?」

「ありません」

「これですべてですか?」

「そうです」

「いや、あなたはまだ持ってきてくださると思っていましたよ」

「いいえ」

「叔父上はこれ以上はお持ちではないと?」

「持ってはいますが――」

「しかしあるんでしょう?」

シェレメーチェフはこの専門家の目つきが気に入らなかった。「知りませんよ。私のものはこれだけです。売りたいのもこれです。それだけですね」。彼はロストヘンコフスカヤに目をくれた。

彼女はかすかに微笑んだ。

「要するに」、ベールキンが言った。「あなたが持参したものはきわめて高級で、当方の顧客のあいだでの需要も高く、われわれは他にももっと売っていただきたいんですよ」

われわれ? シェレメーチェフは次第に不安を募らせながら思った。われわれとは誰のことだ？

「そう言われても私のものはこれだけですから」。彼は言った。

「手数料をお支払いしますよ」と、こちらの言うことが聞こえなかったかのようにベールキンは続けた。「そうですね、一〇パーセントでどうですか」

「私が売れる時計ではないんだ」

「でもこれは売るわけでしょう？」。ベールキンはそら見ろといわんばかりに彼を見た。

シェレメーチェフはパテック・フィリップに手を伸ばしたが、相手の手のほうが速かった。彼は時計をひったくり、シェレメーチェフから遠ざけた。

シェレメーチェフはふたたびロストヘンコフスカヤのほうを見た。「アンナ・ミハイロヴナ、あなたはこの時計に三〇万ドル払うと言った。それで合意したはずです。私はただ約束したことを要求しているだけだ」

「それは昨日のことです」。ベールキンが答えた。

「アンナ・ミハイロヴナ！」

彼女は肩をすくめた。「アレクサンドル・セミョーノヴィチの言うとおりですよ。あれは昨日のことです」

シェレメーチェフは信じられないという表情で彼女を眺めた。

「状況は変わるものですよ、ニコライ・イリイチ」

シェレメーチェフは口ごもったが、ロストヘンコフスカヤは表情一つ変えず、ようやく彼女がこちらの助けにはならないことを理解した。彼は咄嗟にカウンター越しに腕を突き出し、時計を奪おうとした。しかしベールキンはやすやすと彼を払いのけた。

「さあ、ニコライ・イリイチ、どうなんです」

シェレメーチェフは怒りで顔が真っ赤だった。「時計を返してくれたら考えますよ」

ベールキンは笑った。「時計を返したら、もう二度とお目にかかることもないということですね。いますぐご決断を、ニコライ・イリイチ。いますぐ決断していただき、われわれを連れて行かねばなりません」

「どこへ連れて行くんですか？」

「腕時計のあるところへですよ」

シェレメーチェフは一瞬呆然とし、そして首を振った。

「そうです、ニコライ・イリイチ。われわれをいますぐそこへ連れて行ってください」。シェレメーチェフは部屋を見まわして、どんな手が取れるか、大慌てで考えをめぐらせた。この時計業者のギャングたちを腕時計のあるところへ、つまり別邸《ダーチャ》へ連れて行くなんてできっこない。腕時計をベールキンの手から奪い取るのも難しそうだ、少なくともうまくやれそうにない。できることと言えば、時計を放置したままここを出て、ベールキンとロストヘンコフスカヤの好きなようにさせるしかない、とシェレメーチェフには思えた。この思いつきは腹立たしいものだった——しかし、結局のところ彼にとって何が違うのだろうか？　なるほど、そんなことをすればロストヘンコフスカヤとこの卑劣漢は盗んだ時計をわがものものとし、さだめし数十万ドルという高値で売り抜けるのだろう。しかし、だからどうした？　個人的には、彼は何も失ったことにはならないのだ。最初からそんなカネを持っていたわけでなし、それ以上に重要なことだが、ウラジーミルの戸棚にはまだ三〇〇もの腕時計がある。それらのなかにはこれと同等品がきっと一つや二つはあるだろう。次のときにはそれらの値段をインターネットで調べておけばいい。今回もなぜ初めからそうしなかったのか、と彼は悔いた。モスクワには他にも腕時計の買い取り業者がいるに違いないし、売ろうとする分以外に他にも腕時計があると臭わせるような下手は二度と打つまい。なんならサンクト・ペテルブルクへ行く手もある。年に四週間の休暇が与えられているが、三年前に別邸へ越してから一日も消化していない。什事はヴェーラにまかせて腕時計を鞄に詰め込み、一週間ほど出かけたっていい。

ロストヘンコフスカヤは優しげで思いやりのある女性に見える。しかし彼女も完全に彼を取り込んだのだ。

シェレメーチェフは彼女を見た。そして「もういい」と言い残すと出口へ向かった。ドアはロックされていた。

「これはお願いではないんだ、ニコライ・イリイチ」。ベールキンは言った。「あんたは今夜、われわれを時計のところへ連れて行くんだよ」

「無理だ」

「連れて行け」

「それはくれてやりますよ。あなたたちにはそれで充分だろう?」

「いや。まったく足りないね」

シェレメーチェフはもう一度ドアを開けようとした。背後ではベールキンが笑っていた。

シェレメーチェフは必死であたりを見まわした。カウンターの端にある木製の暖炉時計が目に入った。彼はそれをつかむとドアに向かって投げつけた。ガラスは木っ端微塵になり、ドア枠には刃物のように鋭利な破片がぶら下がっている。彼はその破片を蹴り出した。

が、にわかに彼の肩に手がかかるとドアから引き剝がされ、地べたに打ち据えられた。

シェレメーチェフが視線を上げると、店の奥から現れた、革ジャケットに身を包んだ五人のチンピラが立っていた。その向こうにはベールキンとロストヘンコフスカヤの姿が見えた。彼は立ち上がり、怒りをあらわにしながら身なりを整えた。

「ヴァーシャ！」。ロストヘンコフスカヤが呼んだ。「何をしているの？　出てきてよ！」

店の奥からきまり悪そうにして六人目の男が出てきた。

シェレメーチェフはぽかんと口を開けた。

ヴァシーリーが当惑げに見下ろしていた。「パパ、いったい何やってんだよ？　なんでこいつらの言うとおりにしないんだ？」

「パパ？」。ロストヘンコフスカヤが言った。

「名前を言わなかっただろう！」。ヴァーシャが言い返した。「相手が誰だか知ってたら、おれが来たと思うか？」

「名前なんて知らない！」。ロストヘンコフスカヤが答えた。「ニコライ・イリイチだって、この人それしか言わなかった！」

「それを言えばよかったじゃないか！」

「それが何になる？　モスクワにニコライ・イリイチが何人いると思ってるの？」

ヴァーシャは怒りにまかせて首を振った。「パパ、その顔どうしたんだ？」

「切り傷だ」。シェレメーチェフは答えた。

「どうしてそんな傷が？」

「そんなことがどうでもいいだろう？　お前こそ何をやってるんだ、ヴァーシャ？」

「なんの茶番だ？」とベールキンが叫んだ。「こいつがお前の親父だろうが兄貴だろうが母《かあ》ちゃんだろうが、そんなことはどうでもいい。言ったとおりだ。あんたはおれたちを連れて行け！　あんただよ」。シェレメーチェフを指して彼は言った。「あんたがおれたちを腕時計のところへ案内する。さもないと酷いことになるぞ」

「パパ」、ヴァーシャは言った。「あれは誰の時計なんだ？」

シェレメーチェフは怒気をこめて彼を睨《にら》みつけた。「誰のものだと思う？」

ヴァーシャはしばらく眉をひそめると、目を見開いた。「なんてこった！」

ベールキンがヴァーシャのほうを向いた。「時計が誰のものか知ってるのか？」

ヴァーシャは返答をしなかった。彼は父を見て眉をつり上げた。

「元大統領のだよ」。シェレメーチェフは後ろめたそうにつぶやいた。

愕然として沈黙が続いた。数秒間は誰も物音一つ立てなかった。そしてベールキンが笑い出した。「ウラジーミル・ウラジーミロヴィチか？」

シェレメーチェフは残念そうにうなずいた。しかし少なくともこれでこの件はケリがつくはずだ。連中だって元ロシア大統領の腕時計を盗みに行きはしないだろう。

しかしベールキンにそれでひるむ兆《きざ》しはなかった。彼は興奮した表情でロストヘンコフスカヤに目配せをした。「もっと早く気がついておけば！　このクオリティだぞ！　ロシアじゃあ契約書に署名するたびに、われらがヴォーヴァ大統領に腕時計が贈られたって話じゃないか。どうなんだ」。彼はシェレメーチェフに言った。「彼は世間が言うように耄碌《もうろく》してるのか？」

シェレメーチェフはまたうなずいた。

「それでどうしてあんたが――」

「私はあの人の介護士なんだ」。恥ずかしさに打ちのめされ、シェレメーチェフはつい口走ってしまった。

「彼の介護士！　いったいどのくらい彼の面倒を見てきたんだ？」

「六年だよ」

ベールキンは舌打ちした。「ニコライ・イリイチ！　なんて裏切り行為だ――六年ものあいだずっと患者から盗み続けていたわけか！」

「そうじゃない！」。彼は憤然と返事を返した。「いままでは何も奪《と》ったことなどない。いまは私にも……理由があるんだ。ヴァーシャが知っている」

「そうだな、理由なんていつもあるんだ」。ベールキンが軽口を叩いた。「まあ彼があんたの言うように耄碌してるなら、腕時計がなくなったって気がつきはしないよな？」

「あんたたちはまだ行くというのか？」。信じられないというようにシェレメーチェフが質した。「警備員に囲まれているぞ。無謀もいいところだ！」

「ニコライ・イリイチ」。ロストヘンコフスカヤが言った。「時計は何本あるの？　本当のところ」

「数えたことはない」

「だいたいでいいから」

「おそらく五、六本だろう」

ベールキンはチンピラの一人に目配せした。彼がシェレメーチェフに近づき、一方の手で拳を握りしめると、威嚇するようにもう一方の掌《てのひら》に押しつけた。

シェレメーチェフはヴァーシャをちらりと見たが、息子のほうは視線を逸らした。

「何本あるの、ニコライ・イリイチ？」。ロストヘンコフスカヤが繰り返した。

「よくわからないが」。彼はつぶやいた。「たぶん二〇〇ぐらいだろう」

ベールキンは笑みを浮かべた。「そっちが本当のようだな。約二〇〇本、それもロシアでは最高級の二〇〇本だ。しかも所有者の記録がない。すべて賄賂なんだからな。最高だ。正直に言えよ、あんた、売り飛ばし始めてどれくらいになる?」

「私が売ったのはここに持参した分だけだ」

「おいおいニコライ・イリイチ。本当か?」

「親父が言うことに嘘はない」。ヴァーシャが口をはさんだ。

「そのようだな」。ベールキンが認めた。

「生まれてこのかた盗みなどしたことがない! 甥のためにカネが必要だっただけだ」

「パーシャは馬鹿だよ、パパ。言っただろう――」

「どれくらい必要なの?」。ロストヘンコフスカヤがシェレメーチェフに言った。

「三〇万――五〇万だ」

「五〇万? ドルで?」

シェレメーチェフはうなずいた。

「昨日は三〇万で満足そうでしたが」

「最初の時計にもう五万、他の二つに二万五〇〇〇払いますとあなたは言った。だから私はあとは他の店で売るつもりだった。すべて一カ所に任せたくなかったからね」

「本当のことをおっしゃってください。腕時計のところへわたしたちを案内できるんですか?」

「いや、それは無理だね」

ロストヘンコフスカヤがベールキンに目配せした。

この専門家は、まるでこれから話すことがひどく面倒だというように溜息をついた。「さて、そういうことならニコライ・イリイチ、今後はこうなるんだ。アンナはあんたが彼女に売った三本の腕時計を警察に届けて、それを持ち込んだのがあんたであることと、それにたいして彼女がいくら支払ったかを話す。すると警察が来てあんたを逮捕する。そのあいだ、われわれはこの素晴らしいパテック・フィリップは保管しておく。もちろんアンナもこいつのことまでは説明しない。つまり、アンナの支払いはこれまでお渡しした分だけということになるが、いくらだっけ？」

「三万二五〇〇ドルね」とロストヘンコフスカヤは冷静に応じた。

「三万二五〇〇ドル。警察はあんたを逮捕するときにこれを回収するだろうが、そこから手数料が控除されたあと、一部がわれわれの手許に戻ってくる。これ自体はたいした金額じゃないが、そうは言ってもわれわれの手許にはタダで手に入れた腕時計が残っているから、それを一〇〇万ドルで売る。これは結構な利益だ。ああ、そうだ忘れていた。あんたは十年のムショ暮らしだな。あるいは……」。ベールキンは言葉を切った。「別の展開もありえるね。あんたがわれわれを腕時計のありかまでなんとか道筋をつけてくれさえすれば、五〇万ドル支払おう。そうすれば、その馬鹿のパーシャを窮状から救うなりなんなり、あんたの勝手だ。それがあんたのお望みならね」

「あの子は私の甥だ」。シェレメーチェフが、かろうじてささやくような声で言った。「それに彼は馬鹿ではない」

「馬鹿だろうが……馬鹿でなかろうが……どちらでもいいよ。私の提案をどうする、ニコライ・イリイチ？　あんたの腹一つだ。もう一度訊こうか。あんたはわれわれを腕時計のありかまで案内するのか、できないのか?」

シェレメーチェフは改めてヴァーシャを見たが、意外なことに、この息子はすぐ近くの展示ケースにある古い指輪やネックレスを観察するのに興味を示しているふりをしていた。

「時計のところまで案内したら、あなたたちはその腕時計をどうするんだ?」。シェレメーチェフは思わず尋ねたが、それは自分の決断を後押ししてくれる返事を期待してというより、もはや避けられないものを先延ばしにするためだった。

「実際のところ、ニコライ・イリイチ」、ベールキンは故意に尋ねてみた。「われわれはどうすると思う?」

店内は静まりかえっていた。ベールキン、ロストヘンコフスカヤ、五人のチンピラども、それにヴァーシャまでもが——ひそかに自分の父親のほうをちらちら見ていたが——シェレメーチェフがその選択にどう答えを出すのか見守っていた。まるで実際に彼に選択の余地があるかのようだった。

「私はいつカネをもらえるんだ?」。彼は小声で尋ねた。

「われわれが時計を手に入れたらすぐ」。ベールキンは答えた。

「今夜か?」

「店の奥には現金がびっしり詰まったブリーフケースが二つある」

「五〇万が? あなたたちがパテック・フィリップの代金に払うのは三〇万だと思っていたが」

「私たち、あなたがもう何本か持ってくると思っていたから」。ロストヘンコフスカヤが言った。

「ということは、あんたはわれわれを時計のありかまで連れて行くんだな？」とベールキンが言った。「いいか、警告しておくぞ。われわれをそこへ案内したとして、あんたがさっき言ってた警備員たちに引き渡そうと考えたとしても、筋書きは変わらないんだ。あんたがわれわれに腕時計を三本売った。そのとき、われわれに任せるから、他の時計も査定しに来てほしいと依頼した、とね。われわれ？　われわれは誠実に腕時計を買い取っただけだ。どこへ向かうのか知らされないまま、あんたを車に乗せて、案内されたとおりに連れてこられたたに過ぎない。われわれは何も悪いことはしていない。だからわれわれ相手に巫山戯《ふざけ》た真似はするなよ、ニコライ・イリイチ、さもないとあんたには気の毒な結果になるよ。確かに言ったからな」

シェレメーチェフは目を閉じた。彼もお巫山戯などしたくなかった。ただただこの件にケリをつけたかった。パーシャのための金を手に入れて、そして……逃げ出すのだ。別邸《ダーチャ》と、そしてその毛穴という毛穴から滲《にじ》み出て周囲のあらゆるものを感染させ、いまや自分自身からさえも滲み出ているように感じられる堕落と腐敗から。

彼は目を開いた。またもや室内に居合わせた全員の視線が彼に向けられていた。彼のまなざしはヴァーシャに注がれた。今度はヴァーシャは目を合わせた。彼はかすかに、ほとんど気づかれないほど小さく肩をすくめた。

シェレメーチェフはベールキンに向き直った。「わかった」

「何か方法があるんだな？」

自分を軽蔑しながらもシェレメーチェフはうなずいた。

「よし！」。ベールキンは店の奥へ行くと、やがてブリーフケース二つを持って戻ってきた。

「行くぞ」

角を曲がったところに自動車が二台待機していた。シェレメーチェフはヴァーシャとロストヘンコフスカヤに挟まれるかたちでメルセデスの後部座席に押し込まれた。ベールキンはブリーフケースをトランクに入れて助手席に乗った。チンピラの一人がハンドルを握り——他はすべて二台目に乗り込んだ。

シェレメーチェフは彼らに行き先をオジンツォヴォまでと伝えた。まもなく彼らはモスクワの交通渋滞に巻き込まれた。

数分して、シェレメーチェフの電話が鳴った。

「弟だ」。彼は言った。

「出ろ」。ベールキンが応じた。

オレグはそろそろシェレメーチェフから連絡があるかと、首尾が順調かどうか確認するべく電話してきたのだった。

「ちょっとトラブルがあってな」。用心深く彼は言った。

「トラブル？」。オレグが訊いた。

「いや……あれだ、実は今日は出かけられなかったんだ、オレグ」

「何かあったのか、出かけられなかったって？」

「交代の看護師が来なかったんだ」

「それでどうなるんだ？」

「明日こそ行くよ」

「でも買い取り業者は今日だって言ってたんだろう？」

「業者には電話してある。問題ない。カネは明日そっちに持って行こう、オレグ。約束する、いいな?」

「明日、おれがついて行ったほうがいいんじゃないか?」

「オレグ、言ったろう――」

「パーシャには今夜にはカネができるから明日出してやるって言ったんだ」

「まあ、それは明後日になるかも知れんな」

沈黙があった。

「わかったよ」。オレグが折れた。「一日延びたくらいで殺されることもないだろう」

「また明日だ、オレグ」

シェレメーチェフは電話の電源を切った。

「うまい嘘だったね、親父」。ヴァーシャが言った。

シェレメーチェフは息子を睨《にら》みつけた。「お前は何をしているんだ、ヴァーシャ? これは誘拐じゃないか。これがお前のしていることなのか? 人を拉致《らち》して回ることが? 私は警察に行くべきだ!」。ヴァーシャは自動車を運転するチンピラを親指で指して笑った。

「警察はあいつだよ。後ろからついてくる自動車にはもう四人乗ってるんだ。モスクワの精鋭さ」

シェレメーチェフが渋面をつくった。「これはなんだ? 捜査か何かなのか?」。ベールキンがくすくすと笑った。

「なんてこった、パパ!」。ヴァーシャが咎《とが》めた。「どこまで世間知らずなんだ? こっちが恥ずかしいくらいだ! あんな警察官がどうやって家族を食わせるほど稼いでると思ってるんだよ？」

「路上で賄賂を取るよりはましなんだよ、シェレメーチェフ！」。運転手が唸り声を上げた。

「そのとおり」。ヴァーシャが言い返した。「だけどそれもやってるんじゃないのか？」

運転手はにやりとした。

「ということはお前も警官に賄賂を渡しているのか？」。シェレメーチェフが言った。

「いや、おれが警官に賄賂を渡すことはない」。ヴァーシャが言い返した。「必要がなければ払わないさ。いいかい――目下、彼はおれのために働いてるんだ。なぜこちらが彼に払わなければならないんだ？」。ヴァーシャはじれったそうに溜息をついた。「パパ、おれは仕事を受けたんだ、いいかい？　何かを欲しがっている人がいれば、おれが手配してやる。助けを必要としている人がいれば、おれが助けを呼んでやる。アヌーシュカが電話をしてきて腕力のある連中が何人か必要だという。何も汚れた仕事じゃない、ちょっと説得するだけだ。そこで彼女のために連中を呼んだわけさ」

「つまりこれが最初でもないのか？　いつも彼女の盗みのたびに手伝っているわけか？」

「事情は毎回違うんだ。ときには警護を必要としていることもある。いつもおれが手配師役だってことは知られてるんだ。口コミだね。宝飾業界にはお客が多いんだ」

「じゃあ私はどうなる？　私だって警護が必要じゃないのか？」

「おれに電話したかい？」

シェレメーチェフは頭に血が上った。「それでお前は五人も必要なのか？」。彼は質《ただ》した。

「私一人に五人も」

「第一、相手が誰だか知らなかったんだ、いいかい。おれを誰だと思っているんだ？　知っていたら、この件に関わりはしなかった。彼女は相手の名前を言わなかったからな」

「この人が名乗らなかったの、ヴァーシャ！」。ロストヘンコフスカヤが言った。

「わかったよ、いいさ。どっちにしろだ。第二に、相手が他に誰かを連れてくるとか、どんな武器を持ってくるかとか、わかったものじゃない。あるいは目的地で何が起こるかもね。質問するのはおれの仕事じゃない。彼女のためにやつらを呼ぶ——それが仕事なんだ。六人揃いそうだったんだが、土壇場で一人抜けた。それでおれ自身が来ることになった。そう言えばセーヴァよ、グレブの野郎はどうしたんだ？」

「さあな」。運転手が呻《うめ》いた。

「あいつを見かけたら、おれのことは忘るように伝えておいてくれ。やつとはこれで終わりだ。例外《ゼロ・トレランス》は許さない！　ヴァーシャ・シェレメーチェフを舐《な》めてるのか。もしグレブがあいつの地元でおれを締めだそうと思っていたら、次の仕事のときには周囲をよく見渡すように言っておいてくれ」

運転手がうなずいた。

ヴァーシャが父親のほうを振り返った。「ほらね？　連中が必要なときはおれが手配する。ただカネの問題だ。警察だけじゃないんだ。アンナがバレリーナが必要だと言えば、ボリショイ劇場のコーラスラインの半分は呼んでやれる。ほんとだよ、前にやったことがあるんだ。望みのものはなんでも揃う。それは何も——」。彼の電話が鳴った。「失礼」

ヴァーシャは電話に出た。それから一分ほど、彼はああとかうんとか短い返事をして電話を切った。

彼はまたシェレメーチェフに向き直った。「なんの話をしてたっけ、おれ？」

「なんでもないさ」。シェレメーチェフはつぶやいた。まるでステパーニンが充分に伝えていなかったかのようだが、もし職業という言葉がそれにふさわしいとすれば、いま理解できた息子の職業について、彼は辟易していた。この先もう二度と知らないふりはできないのだ。

モスクワの中心部から脱出しようという何千もの他の自動車とともに、彼らも八車線の道路で止まったり進んだりを繰り返していた。シェレメーチェフは自分たちがどこまで来たのかわからなくなっていた――彼にわかるのは、ただ自動車に乗っているあいだにも刻一刻と自分たちが別邸に近づいていることだった。

彼はおもむろにヴァーシャに振り返った。「これはママのせいだと思うか?」

「なんだって?」

「お前のやっていることだ。ママがあんな死に方をしたからだと思うか?」

「パパ……」。ヴァーシャが呻《うめ》いた。

「あのときのお前の泣きようといったら――」

「パパ! やめてくれ!」

シェレメーチェフはしばらく口を閉ざしていたが、つぎにはロストヘンコフスカヤのほうを向いた。「この子の母親は彼が十九のときに亡くなったんだ」

「パパ!」

「なんだ?」。シェレメーチェフが息子をうながした。「それが恥ずかしいとでもいうのか?」

「なんでおれが恥ずかしがるんだ?」

「なら黙ってろ! お前は十九だった。これの母親が死んだんだ。泣かない子どもがいるか?」

「もちろん泣くに決まってるわ」。ロストヘンコフスカヤが言った。

「おれのお袋が死んだのはほんの去年のことだが」。運転手が口を挟んだ。「赤ん坊みたいに泣いたね」

「セーヴァ、お前は黙ってろ！」

「どうして亡くなったの？」。ロストヘンコフスカヤが問うた。

「ああ、なんたることだ！」

「腎不全でね」。シェレメーチェフが言った。「うちには賄賂に使えるカネがなかったんだ。みんなそれくらいは持ってたのにな」

ロストヘンコフスカヤが身を乗り出して、シェレメーチェフ越しにヴァーシャを見た。

「ヴァーシャ、本当なの？」

彼は肩をすくめた。

「本当なの？」

ヴァーシャは声にならない声を発した。

「それで、お父さんにお金《かね》がなかったからだというのを、あなたは知ってたの？」

ヴァーシャはまた肩をすくめた。

「つまりこれは……あなたのしていることは、お父さんへの仕返しのためなの？」

ヴァーシャは答えなかった。

車内は沈黙に包まれた――聞き逃すまいと耳を澄ます者たちの緊張感でチクチクと刺すような沈黙だ。ベールキンは後ろを振り返ってヴァーシャを見た。運転手のセーヴァは眉間に皺《しわ》を寄せたまま、わずかに身をかがめて返事を待ちかまえていた。

「ヴァシーリー」。シェレメーチェフは言った。「それでこんなことをやっているのか？　こういう暮らし方をしてこんな仕事をしているのは――私を罰するためなのか?」

ヴァーシャは瞼を拭《ぬぐ》った。「いや、あんたを罰するためじゃない！　もしおれに妻がいて息子が生まれたとしよう、おれが馬鹿正直で馬鹿高潔で馬鹿誠実なせいで妻を救うためのわずか数千ドルが手許になく、そんな理由で息子は母親が死ぬのを見なくていいからだ！」

シェレメーチェフはたじろいだ。

「今日持ってきた腕時計はいくらだよ、パパ？　自分の胸に訊いてみろよ、三〇万ドルだ。それがアヌーシュカの提示した額だろう？　それでいくらのためにママは死んだんだ？　三〇〇〇ドルすらかからなかったろう？　腕時計一つでママを一〇〇人救えたんだ。それであのペテン師、あんたの患者とやらは、ママが死んだまさにその日だってどこかの薄汚い新興財閥《オリガルヒ》からあの時計を奪《と》ってたんだ。ロシアで暮らすってのはそういうことだろう、パパ。あんたには絶対に理解不能だろう。あんたもあいつのようにならなくちゃ――さもないとあいつの尿瓶掃除だけで一生が終わっちまう」

ヴァーシャの電話が鳴った。「もしもし?」。彼は吼えた。

「ヴァーシャはそんなに悪くないわ」。彼が半ギレで電話に応答しているあいだ、ロストヘンコフスカヤがシェレメーチェフにささやいた。

シェレメーチェフは不信そうに彼女に目をやった。いったい全体どうして自分はこの自動車に息子と乗り合わせる羽目になったのか。その息子は黒のエプロンドレスをまとった強請屋《ゆすりや》から同情されるギャングなのだ。

貪欲と非難と悲惨ではちきれんばかりのカプセルと化した彼らの車は、モスクワの夜の闇を疾走した。

市内の交通渋滞から抜け出して別邸《ダーチャ》に着くまでに三時間近くもかかった。ようやく到着すると、彼らは門からは死角になるところに車を停めた。五人もの警官を屋敷に案内するとなると疑わしいからだ、とシェレメーチェフは言った。そうでなくてもいまは別邸全体がルカシヴィリ一家とアルトゥールを撃った者とのあいだで一触即発の状態にあるのでなおさらだ。ただし、そこまでの事情はこの連中には話さないでおいた。運転手のセーヴァが自動車を降りると、道路脇に停めてある二台目に乗ってきたアルバイト中の警官たちに加わった。彼に代わって運転席にはヴァーシャが収まった。

彼らは自動車をセキュリティゲートのところまで乗り付けた。何者が来たのかと、警備員が詰所から出てきた。シェレメーチェフがウィンドウを下げた。

「業者を何人か連れてきたんだ。ウラジーミル・ウラジーミロヴィチのところにちょっと機材を設置するための下見に来た」

「なんの機材ですか？」。警備員は疑り深く訊いてきた。

「階段用のエレベーターを設置するんだ。ウラジーミル・ウラジーミロヴィチは上り下りするのがだんだん大変になってきたからな」

警備員は腕時計を見た。「こんな遅くに？」

「モスクワから来たんだ」

警備員はクリップボードの書類を確認した。「許可は取っていますか？」

「この人たちが私に融通をきかせてくれたんだ。急な依頼にも応じてくれてね」

警備員は車内をのぞき込んだ。「エンジンを切ってください」。彼はヴァーシャに言った。

「エンジンを切れっていうのか？」

「そうです。切っていただけますか！」

ヴァーシャはエンジンを切った。「神経質なことだな」。彼は言った。

警備員は敵意に満ちた視線を彼に飛ばすと、注意深く他の同乗者たちを確認した。ロストヘンコフスカヤが警備員に魅力たっぷりの笑みを見せたが、無反応だった。

「あなたはこの人たちと個人的に知り合いなんですか、ニコライ・イリイチ？」。彼は質した。

「もちろん」。シェレメーチェフは答えた。「私が保証しよう」

警備員はもう一度彼らを眺めた。シェレメーチェフは待った。通常なら警備員はとっくに手を振って自分たちを通しているところだ。しかし別邸全体が殺気立っている。

警備員は自動車の周囲を歩いた。「トランクを開けて」と彼が声を上げた。ヴァーシャがトランクのロックを解除すると警備員は中をのぞき、ドアをばたんと閉めた。

彼がウィンドウまで戻ってきた。「来客時には事前に許可を得る必要があるのはご存知でしょう、ニコライ・イリイチ」

シェレメーチェフはうなずいた。「急なことだったので」

「身分証明書を見せていただけますか」

ベールキンとロストヘンコフスカヤは運転免許証を取り出した。ヴァーシャも続いた。

警備員は免許証を受け取ると、一人ひとりの氏名と生年月日をメモした。彼は何も言わずにそれらを返却すると、詰所へ戻っていった。

警備員が電話しているのが見えた。

「おれが言ったことを忘れないようにな」。一同が車内で待っているあいだ、ベールキンはシェレメーチェフに言った。「もし何か仕掛けるなら、われわれは腕時計を見せて、あんたがわれわれに売り払ったことを伝えるからな」。彼はパチンと指を鳴らした。「こんなふうに！あんたは最低でも懲役十年だろうね」

まだ門は開かなかった。

「何をぐずぐずしてるんだ？」。ヴァーシャはつぶやいた。

「たぶんいろいろと……ただ、しばらくかかるんだ」。シェレメーチェフが言った。彼は眉をひそめた。「お前が私と同じ名字なのに気づかれなかったのは妙だな」

ヴァーシャは目を丸くした。自分の父親の世間知らずには際限がないようだ。「免許証にそんな名前なんか書くわけないだろう、親父」

息子のいう意味がシェレメーチェフにわかったころ、詰所の中では警備員が受話器を置いていた。数秒後、セキュリティゲートが開いた。ヴァーシャはエンジンを再始動させると、車は車道を上っていった。

第十六章

ホールにいた警備員は一言も口をきかずに金属探知機を彼らにかざし、ベールキンとロストヘンコフスカヤが携えていたブリーフケースをチェックした。リョーシャも用心深く、黙ったまま警備員の横に並んで立っていた。警備員の作業が終わると、リョーシャは通っていいと身振りで示した。

二階ではシェレメーチェフが、ヴァーシャ、ベールキン、ロストヘンコフスカヤを空き部屋に待たせ、ヴェーラを帰宅させにいった。ウラジーミルは居間にいて、攻撃的にぶつくさと言っている最中だった。

「彼はどうだった?」

シェレメーチェフが尋ねると、ヴェーラは目を回して見せた。

「わるかったな」。シェレメーチェフは言った。ベールキンから受け取る予定の現金をオレグに届けるために、彼は明日もヴェーラに来てもらう必要があった。「お願いがあるんだ、ヴェーロチカ、明日も来てもらえないかな?」

「コーリャ、無理だと思うわ」

「頼む。もう一日だけだ。彼も君に慣れてきたようだし」

彼女は本当はどうだかという顔つきだ。

「頼むよ、ヴェーロチカ、大事なことなんだ」

「なんにしてもあなたは毎日何をしているの?」

「ちょっと出かける必要があってね。今週は何日か、午後から休みを取ろうって決めていたんだ」

ああわかったというようにヴェーラは彼を見た。「誰かに会ってるのね?」

「いや」

「会ってるんでしょう!」

「そうじゃないんだ」。じれったそうに彼は言った。ヴァーシャと二人の強請屋《ゆすりや》が一〇メートルも離れていない部屋にいる。彼らには自分が迎えに来るまでそこにいるように言い渡してあったが、あまり長く放置したままだと、連中は自分が何かを仕掛けるのではないかと思いこみかねない——そうなったらやつらが何をするか、わかったものではない。

「コーリャ、奥さんが亡くなって六年ですから。誰に会ったっておかしくない時期ですよ。ご自分を信じてほしいのですが、あなたは小柄な人が好きな女性にとっては羨望の的なんです」

「ありがとう、ヴェーロチカ、でもいまはそのときじゃないんだ」

「いまがそのときよ!」

「いいかい」、シェレメーチェフが言った。「いまはそれどころじゃないんだ」

「コーリャ、言うは易しだけど、あなたはあとどれだけ待つつもりですか?」。あふれんばかりの感情を目にたたえつつヴェーラは首を振った。「コーリャ、気をつけないとあなた、知らないうちに老人になって人生が終わるわよ。あなたにはそれ以上の価値があるわ」

「その話は今度だ」。彼女をドアの外に押しやりながら彼は言った。

彼女も譲らなかった。「いつなの?」

「いまじゃない」

「コーリャ、お芝居はやめて」

「お芝居ってなんのことだ?」

ヴェーラは恥じらうように目をしばたいた。「わかってるくせに」

シェレメーチェフは彼女の髪の毛を毟《むし》り取りたくなった。

彼女が身を寄せてきた。

「ヴェーラ」。もういちど彼女をウラジーミルのスイートから押し出そうとしながら言った。「その話は明日しよう」

「明日?　本当に?」

「君がウラジーミル・ウラジーミロヴィチの世話をしに来たときに」

ヴェーラはうつむいて息を吐いた。「私、明日は本当に来られるかどうかわからないの」

「ヴェーラ、お願いだ!　明日こそ君が必要なんだ。そのとき話せるから」

「でもあなたはいないんでしょう」

「帰ってくる。私が出かけるのはほんの二、三時間だ。私がウラジーミルを寝かしつけたあとなら時間はたっぷりある」

「一晩じゅう?」

「必要ならね」

「何を考えてるの?」

「それは明日のお楽しみだ」。彼は言うと、とうとう彼女をドアから廊下へ押し出した。

彼女は立ち止まった。「コーリャ、あなた悪魔ね！　ずっともて遊んで来たんだわ。私にこんなこと言わせるなんて！　明日、あなたが戻るとき何か変わったものでも持ってきましょうか？」

「なんでも好きなものでいいよ」。彼は慌てて返事をしながら、彼女の腕を引いてもう一度そこから退《ど》かそうとした。

彼女は眉をつり上げた。「ランジェリーは？」

「なんでもいい！」

「本当に？」

「本当だ、本当だ！」。彼は階段の上で立ち止まった。

ヴェーラはシェレメーチェフの顎《あご》の下を指でなぞった。「じゃあ、明日またね、ニコラーシャ」。彼を見つめると、彼女は階段をすべるように降りていった。

走って戻りたい気持ちをこらえて、彼はじっとしていた。彼女は下からこちらを振り返って見るに違いなかったからだ。案の定、彼女は振り返った。彼は笑顔を返した。ヴェーラがランジェリーうんぬんと口にしたような気がするが、改めて自分の発言を思い返すと、明日はどうやって切り抜けようかと途方に暮れた。彼女はまだ他の警備員とそこに立っていたリョーシャの横を通って帰って行った。

シェレメーチェフは振り向いて戻ろうとしたが、階下のロビーをステパーニンが横切るのが視界に入った。シェレメーチェフが見ていると、料理人はリョーシャに近寄って何ごとかを耳打ちした。リョーシャはうなずくと、二人は一緒に歩いて行ってしまった。

めったに厨房から出てくることのないステパーニンが玄関ホールで何をしているのだろう？　それにリョーシャは彼とどこへ行くんだろう？

にわかに彼は三人の侵入者のことを思い出した。彼らを待たせてある部屋へ急いでとって返した。そして「待っていてくれ！」と息を切らせながら言うと、「あと五分だけ、私が戻るまでここにいてくれ！」。彼はウラジーミルの居間に駆け戻った。

ウラジーミルはなおも一人でぶつくさ言っていた。

「今晩の調子はどうですか、ウラジーミル・ウラジーミロヴィチ？」。声を落ち着かせ、不安の色を出さないようにしながら、シェレメーチェフが尋ねた。

ウラジーミルは彼のほうを見た。「お前は誰だ？」

「シェレメーチェフです。ウラジーミル・ウラジーミロヴィチ」

「ここで何をしている？」

「あなたのお世話をしています」

ウラジーミルが鼻をくんくんさせた。「やつが臭うか？」

「いいえ」。シェレメーチェフが言った。「もう去ってしまったんでしょう」

「やつが去ることはないのだ」。ウラジーミルが怒声を上げた。

「ウラジーミル・ウラジーミロヴィチ、私に何人かのお客さんが来ています」

「何者だ？」。ウラジーミルが質した。「モナーロフか？　今朝、やつにはトリコフスキーの最新レポートを私のデスクの上に置いておくように言ってある。やつはどこだ？　レポートは持ってきたのか？」

「それは存じあげません、ウラジーミル・ウラジーミロヴィチ」

「やつは十二年も刑務所におったのだ。そのあいだに事故の一つもでっち上げる者がいなかったとは理解に苦しむ！」

「衣裳部屋の点検のためにやって来た作業員三人です」

「何者か？」

「ここにいる者たちです。数分で済むようですから。こちらへ、ウラジーミル・ウラジーミロヴィチ。あなたのお邪魔はいたしません」

「ならば続けろ！　なぜそんなことで私の時間を奪うのか？　私の知ったことではないのだ！　私にはもっと重要な任務があるのだ」。彼は間をおいた。「あのくそったれなチェチェン人がこのあたりにいる。いいな、衣裳部屋でそいつを見つけたら、私に知らせてくれ」

「もう去りましたよ」

「いや、このあたりにいる！」

シェレメーチェフは退《さ》がった。一分ほどして、彼はヴァーシャ、ベールキン、ロストヘンコフスカヤを連れて戻ってくると、閉まっているリビングルームのドアの前を通って、ウラジーミルの寝室まで案内した。

「彼はどこにいる？」。ベールキンがささやいた。

「別の部屋だ。こちらへ。時計はこっちだ」

シェレメーチェフは彼らを衣裳部屋へと招き入れた。彼は明かりをつけ、木製の戸棚を示した。

ベールキンが扉を開けた。彼はクライマックスの瞬間を盛り上げるかのように一瞬動きを止め、それから最上段の引き出しを引き寄せた。ビロード地のくぼみに収まる十五本の腕時計を見て、彼とロストヘンコフスカヤは恍惚として目配せをかわした。

「ヴァシュロン・トゥールドイルだ」。ベールキンが指さしながらささやいた。

ロストヘンコフスカヤがうなずいた。「それにもう一つ！　そこに。見て」

その瞬間、彼らは自分たちの欲望の対象につかのま身動きを封じられたかのようだった。

ベールキンはブリーフケースを開き、太くてソーセージのような指を腕時計に伸ばすと、手早く鷲摑みにすること四度で引き出しを綺麗にさらった。

彼は二段目の引き出しを開けると腕時計をもう一摑みし、ロストヘンコフスカヤもそれに続いた。三段目も四段目も同じように空になった。二人はもはや腕時計一つひとつに目をやることもなく、一摑みずつ掬い上げては放り込んでいった。二人の強欲さが油脂の光沢のように滲《にじ》み出ていた。

シェレメーチェフはベールキンのブリーフケースをのぞこうとした。彼の見るかぎりでは、いま放り込まれた腕時計以外には空《から》だ。しかしそうすると……二人が持ってきたとか言っていた現金はどこなんだ？

シェレメーチェフはもう一歩近づ、ロストヘンコフスカヤが詰め込んでいるブリーフケースの中をのぞこうとした。

「モナーロフはどこだ？」

いゝ、いゝ、いゝ、
シェレメーチェフが飛び上がった。ベールキンとロストヘンコフスカヤは腕時計を握ったまま凍りつき、振り返ると青いセーターにグレーのズボン姿の老人が背後に立っていた。

「モナーロフはどこだ？」。ウラジーミルが尋ねながら彼ら一人ひとりを見やり、死んだ仲間がいるかどうか確かめようとした。彼の目はヴァーシャの前で留まり、ヴァーシャは口をあんぐりあけて彼を見つめ返した。

「申し上げましたね、ウラジーミル・ウラジーミロヴィチ」。シェレメーチェフが言った。「彼はあとから参ります」。シェレメーチェフはウラジーミルの腕を取った。「さあ、戻りましょう、ここにいるのは作業員ですよ。彼らはこの作業を終わらせなければなりません」

「モナーロフが来るのだな？」

「はい、まもなく」

ウラジーミルは疑わしげにシェレメーチェフを見た。「それは確かか？」

「確かですよ。到着次第すぐにお知らせします」

「レポートを持ってな！」

「はい、ウラジーミル・ウラジーミロヴィチ、レポートもお持ちします」

シェレメーチェフがもう一度ウラジーミルをそっとうながすと、老人は足を引きずりながら彼と居間へ戻った。

数分経ってシェレメーチェフが戻って来た。ベールキンとロストヘンコフスカヤは戸棚内の掠奪を終えていた。ブリーフケースに空きがなくなると、二人はポケットいっぱいに詰め込んでいた。

「どうです？」。シェレメーチェフが言った。

ベールキンがにやりとした。「彼は本当に何もわからないんだな？」

ベールキンの問いの口調とその顔に浮かぶ胸糞の悪くなるような笑みは、シェレメーチェフの防衛本能を呼び覚ました。「あの人は認知症だ。ああいうものなんだ。われわれの誰にでも起こりうるんだ」

「テレビで見るよりひどいな」

「あなたもああならないよう気をつけるんだな」。シェレメーチェフが言い返した。「ああなったら、いくら腕時計を盗んだってなんの意味もない」

ベールキンが笑った。「しかしああなるまでには大きな意味があるってわけだ。そう！　これでよし、礼を言うよ、ニコライ・イリイチ。本当に助かった。われわれはもう行くよ」

「それでカネは、アレクサンドル・セミョーノヴィチ？　五〇万は？」

「そう、五〇万だな。いいか、ニコライ・イリイチ、われわれも考えたんだが……」。これから伝えることが憂慮の末の決定であるかのようにベールキンは渋面を作った。「あんたには支払うことができない」

「つまりいま手許にないということか？　明日こちらから受け取りに出向かねばならないということか？」

「そうじゃない、つまり、あんたに払う意志がないということだ。銭たりともだ」

シェレメーチェフは呆然と彼を見た。

「いいかい、私の考えは――悪いがはっきり言わせてもらうよ、ニコライ・イリイチ――五〇万ドルなんて大した金額じゃないし、たとえそれだけ支払う余裕があったとしても、支払う必要がないならなぜ払わなきゃならないんだ？　ってことだ。あんたはどうするつもりだ？誰かのところへ行って、あの人たちと取引をしてウラジーミル・ウラジーミロヴィチの腕時計を全部盗ませました、でもそのあとあの人たちが分け前をくれないんです、なんて言うのか？あんたはそんなことはしないよな。いいか、そんなことをすれば、あんたは私より長く懲役を食らうだろう。私は金を摑ませて告訴を免れる。で、あんたはどうするんだっけ？」

シェレメーチェフの心は動揺した。彼はロストヘンコフスカヤのほうに向いた。「手ぶらで来たわけか?」

彼女は答えなかった。

シェレメーチェフは口にすべき言葉を探した。言えたのはただステパーニンがやったことだけだった。「人を使ってあんたのところに火炎瓶を投げさせるよ」。彼はつぶやいた。

ロストヘンコフスカヤが微笑んだ。

「よせよせ、ニコライ・イリイチ」。ベールキンが言った。「あんたはそんなことをする人じゃない。あんたは誠実な人間だと、私は本当にそう思っているんだ。稀少な――そして理解しがたいまでにね! 腕時計を盗む正直者だ。そんなことになるなんて、いったいロシアはどうなっちまったんだ?」。彼は笑った。「あんたを誘惑から救ったんだから、われわれに感謝してもらいたいね。こんなことで自分を責めないほうがいい。あんたが何を失った? ここで何年働いていると言った? 六年か? その六年間、あんたはこういった腕時計には触れなかった。決して触れようとしなかった。いまはここに――私の手許にある。以前もあんたのものじゃなかったし、いまもあんたのものじゃない。何も失っていないんだ」

「しかしパーシャが……」

「ああそうか、甥のことか。実際のところこれがすべての始まりなんだっけ? どうだろう、本当は彼のためにいくら必要なんだ?」

「三〇万ドル」

ベールキンが舌打ちした。「つまりあんたも嘘をついたんだな。恥を知るべしだな、ニコライ・イリイチ」

「出国するのにもいくらか要るんだ」

「二〇万ドルも？」

「それはもういい。三〇万ドルくれないか。彼を釈放させるだけでいいんだ」

ベールキンが笑った。

「お願いだ」と彼は懇願した。「三〇万、それだけだ」

「他には？」

シェレメーチェフはそれには応えなかった。彼は視線をヴァーシャに向けた。

「お前はこの人たちにこんなことをさせておくのか？」

「パパ……」

「させておくのか？」

「これはビジネスなんだ、パパ。おれはどうすればいいんだ？　顧客はこの人たちであって、あんたじゃない」

「でもこいつらは私に嘘をついた！」

「あんたも嘘をついたじゃないか」

「一緒にするな！」

ヴァーシャは肩を落とした。

「それにお前のいとこは？」

「あいつは馬鹿だ。何度同じことを言わせるんだ？　おれの責任じゃない。あいつに好きなことを書かせてその結果を受け入れさせりゃいいんだ」

「しかしこれは間違っている！」。シェレメーチェフが叫んだ。「ヴァーシャ！　この二人はバッグのなかの数百万の見返りとして五〇万を約束したんだ。お前も聞いていたろう！　それがいまになってご破算だって？　これは正しいか？　公平か？　ほら呼んでこい！　外へ出て手下どもを呼んでこい。あいつらならお前の言うことはなんでも聞くだろう」

「パパ……いいかい……それはできない。おれはビジネスマンだ。親父は知らないだろうが、それは熾烈な世界なんだ。おれにあるのは評判だけだ。言っただろう、宝石業界の人たちとはいい関係だ。評判なんて口コミなんだ。あんたの言うとおりにしたらどうなる？　おれの信用は失墜してもう顧客なんか誰も寄りつかなくなるんだ」

ベールキンが重々しくうなずいた。「顧客との関係は神聖冒《おか》さざるべきものでね、ニコライ・イリイチ。あんたは看護師だ、わかるだろう。あんたと患者みたいなものだよ」

その喩《たと》えに愕然として背筋が寒くなり、シェレメーチェフは首を振った。

「そういうことだ、パパ。あんたが金を払ってくれと言うのは勝手だ。おれは何もできない。この二人がノーと言うならノーなんだ」

相手に対する嫌悪を呑み込んで、シェレメーチェフはベールキンのほうに向き直った。「お願いだ」。彼は言った。「甥のパーシャの保釈金をもらえないか」

ベールキンはロストヘンコフスカヤに目配せし、彼女に決定を一任するような身振りをした。

シェレメーチェフの胸に希望の火が灯った。

「いやです」。彼女は言った。

「しかしアンナ・ミハイロヴナ――」

「駄目よ」

「アレクサンドル・セミョーノヴィチ？」。シェレメーチェフは死にもの狂いになって叫んだ。

「聞いたとおりだ」

時計強盗の二人は衣裳部屋を出た。

「待て！」。シェレメーチェフは彼らに追いすがりながら言った。

「今度はなんだ？」。ベールキンが苛立たしそうに質した。

「あなたたちは全部奪《と》っただろう！」

「それで？」

「何か残しておかなければならない。誰もがあの人の手首に時計が巻かれているのを見慣れている。今日はこの時計、明日は別のものというように。もし時計をつけていなければ、何が起こったのかと不審に思うに違いない。そうなると何かしら調べが入るだろう。あなたたちが今日ここに来たことは見られている。ましてや偽の身分証だ。ここにはカメラも設置してある」

「一理あるわ、サーシャ」。ベールキンが言った。

「そうか？」。ベールキンが言った。ロストヘンコフスカヤが言った。「われわれに何か置いて行かせるための策略じゃないか。もし仮に捜査の手が入るとして、そいつらを買収するのにいくらかかる？」

「元大統領の腕時計の場合は」。ロストヘンコフスカヤが言った。「見当もつかないわ」

彼女はベールキンを鋭く見つめた。とうとう彼も息を吐き出し、首を振った。そしてブリーフケースをウラジーミルのベッドの上に置くとそれを開け、絡まった腕時計の固まりをざっと見て六本ほどを選び取り、ベッド脇のテーブルに置いた。彼はケースを閉じようとした手をとめると、もう一本取り出した。

「これはあんたが自分用に取っとけばいい」。彼は嘲《あざけ》るように言い、シェレメーチェフにそれを投げてよこした。「全コレクションのなかでこれが唯一のゴミだ」

彼はブリーフケースをパチンと閉めた。

ロストヘンコフスカヤはもうドアに向かっていた。ベールキンも彼女と出て行った。

ヴァーシャは父親に目を向けた。彼は生気を失ったように手を垂れ、頰に傷のある顔は狼狽と絶望に引き裂かれていた。一瞬、二人の目が合った。

ヴァーシャは肩をすくめて自分の顧客の後を追って出て行った。

シェレメーチェフは床にへたり込んだ。彼はベールキンが放ってよこした腕時計を見た。これがどういうものかを見分けるのに専門家である必要はなかった。彼でさえも知っていた——ソ連時代にはありきたりな古いポレオットだった。それは使い古され、傷だらけで、すっかり摩耗していた。


不信、屈辱、絶望。シェレメーチェフは自分のことを、誰かが拾って身体を拭き、放り捨てた襤褸《ぼろき》切れのようなものだと感じていた。彼は何者でもなかった。ニコライ・イリイチ・シェレメーチェフ。虫けら、ナメクジ、キノコ。物事の仕組みをまるでわかっていない小男。誰よりも愚か者につけこむ者たちにとっては楽園であるこのロシアで、一生涯つけこまれてばかりいる愚か者。この六年間、その価値の計りようがない——一〇〇〇万ドル？　二〇〇〇万ドル？——腕時計がうなるほど詰まった戸棚を自分のものとしながら、甥を救うための数十万ドルさえ工面できずにいるざまだ。自己嫌悪と惨めさで彼は倒れ込み、仰向けになった。

やがてウラジーミルのなにやらぶつぶついう声がしだいに大きくなって彼の意識に入り込んできた。しばらく横になってそれに聞き耳を立てていた。ウラジーミルを起こし、パジャマに着替えさせ、ベッドに寝かしつけなくては……しかしなんのために？　これまで六年間やってきたように、明日も、明後日も、その次の日も同じことをするためだ……そのあいだに息子はギャングに転身していた。それもただのギャングではない。自分の父親が騙され罵倒されるのを傍観できるギャングだ。

彼は疲れ切っていたが立ち上がり、ポレオットの腕時計をベールキンが残していった他のものとまとめてウラジーミルのベッド脇のテーブルに置いた。前の日にまた一部が開いた頬の傷口は、傷のことを意識させる程度に少しだけずきずきとした。

彼は居間に向かった。

「さあ、ウラジーミル・ウラジーミロヴィチ」。シェレメーチェフは静かに言った。この男を憎みはじめていたのに、もはや憎むエネルギーさえ自分には残っていない気がした。「もうお休みの時間です」

だしぬけに目の前に現れた顔を、ウラジーミルはすみずみまで眺めた。チェチェン人の臭いがした。やつは絶対どこかこのあたりにいる。ウラジーミルは目の前の小男の周囲にチェチェン人が隠れていないかと、後ろに回って確かめようとした。

「ウラジーミル・ウラジーミロヴィチ」。シェレメーチェフがほとんど涙声で言った。「どうかこちらへ」

彼はウラジーミルの腕をそっと引いた。ややあって立ち上がったので、シェレメーチェフはこの老人を寝室に連れて行った。

シェレメーチェフが彼を着替えさせているあいだも、ウラジーミルは室内を入念に見まわし続けた。シェレメーチェフは彼の薬のなかに鎮静剤を追加ですべり込ませた。ウラジーミルはいつものように真っすぐ上を睨《にら》んで横になっていた。彼がこの姿勢になると、寝るときの彼はひどく孤独に見えた。

「お休みなさい、ウラジーミル・ウラジーミロヴィチ」。シェレメーチェフはそうつぶやいてから出て行った。

彼は感覚が麻痺したようになって、その夜の自分の身に起こったことをどこから理解すればよいのかわからなかった。ランチ代わりにウラジーミルの余り物を腹に入れてから何も食べていなかった。何か口に入れれば気分転換になるかもしれない――きっといまより不愉快になることもないだろう。彼はステパーニンがバルコフスカヤと手打ちをした、とエレエーコフが言っていたのを思い出した。そう思ったところで気分が持ち直すことはなかったが、それでも結構なことだ。少なくとも階下へ降りても、放火だの腕をへし折っただの銃撃しただのと聞かなくてすむ。


シェレメーチェフが食堂に行くと、リョーシャと五、六人の警備員が、ウォトカの瓶が何本も並んだテーブルを囲んでいた。それらの瓶も彼らが飲み出したときのものではなさそうだった。


会話が止んだ。

「やあ」。シェレメーチェフが言った。

何人かがもごもごと返事をした。

シェレメーチェフは自分の腕時計を見た。いつもならこの時間の食堂はがら空きなのだ。サイドボードに並んでいた、まだ温かいチキン・フリカッセの大皿が目に留まった。シェレメーチェフはそれをよそって席に着いた。

誰も何も話をしなかった。

彼はフリカッセを一口頬張った。ここ二週間というもの、ステパーニンの気分が料理のクオリティでわかることに彼は気がついた。明らかに今夜の料理人の気分は上々だ。

彼は食事を続けた。警備員たちも変わらず飲んでいた。

「アルトゥールはどうだい？」

リョーシャが肩をすくめた。「悪くもない。良好でもない」。彼は言った。剃り上げた頭皮は飲んだアルコールのためか汗に濡れていた。夕方早い時間に彼とステパーニンが一緒にいるのがシェレメーチェフの視界に入ったときから、あきらかに結構な量を飲んでいるようだった。

「彼がまた歩けるようになるかどうか、何か聞いてないか？」

返事はなかった。

「君たちも誰かを脅しつけに出かけなくていいのかい？」。シェレメーチェフは半ば冗談で尋ねてみた。

「おれたちがやってないってどうしてわかる？」。そのうちの一人が回らない呂律《ろれつ》で言い返してきた。

シェレメーチェフは、聞いた風な口を利くなとそれを無視して、チキン・フリカッセをフォークで口に運んだ。

「ステパーニンがバルコフスカヤと手打ちしたそうじゃないか、そうだんだろう？」。彼はチキンを食べながら訊いた。

警備員たちが視線を交わした。にやにや笑いを浮かべる者もいた。

「彼らは関係修復したんじゃないのか？　今日、エレエーコフが教えてくれたんだ」

「ああ、そうですよ。やつはあの女と無事に手打ちをしたんです」。警備員の一人が言った。「そのお祝いにあの女はフリカッセを大皿ごと食べたそうですよ」

くすくすいう声が笑い声になった。

「どうしたんだ？」とシェレメーチェフ。「何がそんなにおかしいんだ？」

他の警備員より酔いの回った一人が忍び笑いをした。「ステパーニンが――」

「しーっ！」。リョーシャが制したが、彼も他の者に劣らず酩酊気味で、真顔を維持するのに懸命だった。

「なんだって？」。フリカッセを口にしながらシェレメーチェフは言った。

くすくす笑いをしていた警備員が頭をのけぞらせて笑った。「ニワトリどもにも仲間ができるんですよ」

「どのニワトリが？」

「外のニワトリですよ」

シェレメーチェフには意味を理解しかねた。警備員たちはほとんど泣き顔に見えるほど笑い転げた。リョーシャは彼らを制《と》めようとしたがそれも最後の無駄な足掻きで、ウォトカを一杯ぐいと飲み干すと、自分も笑いの輪に加わった。

「外のニワトリって？」。まだ呑み込めないというようにシェレメーチェフが繰り返した。

「穴の中の」。警備員の一人が甲高い声でいった。

「穴？　どういうことなんだ？　外の穴っていうのはつまり――」

「ステパーニンみたいなのが料理人だと、食うものにも気をつけなきゃな」。別の警備員がそう口走ると同時に笑い崩れた。

「彼は何をしたんだ？」。シェレメーチェフは問うた。

テーブルを囲んだ警備員たちは笑いの渦をなして彼の声すら聞こえていなかった。

シェレメーチェフは飛び上がって厨房のドアを押し開けた。ステパーニンが大鍋の横に立って、スプーンを口元に運ぶところだった。「ヴィーチャ」。シェレメーチェフは尋ねた。「どうなっているんだ？」

料理人がこちらを向いた。「フリカッセは食べてみたかい、コーリャ？」

シェレメーチェフは一気に背筋が凍りついた。彼は喉をかきむしった。

ステパーニンが笑った。「なんでもないって。あんたが食べたのはスペシャル版じゃない。あれはバルコフスカヤ専用さ」

「君は何をしたんだ？」

「そう大声を出すな」。彼は皿洗い係たちを横目で見た。

「何をしたんだ？」

「おれにできる唯一のことさ」

「ヴィーチャ、君にあの女は殺させないぞ！」

「だから大声を出すなって！」。料理人がシーッと言った。「あの女に何が起ころうと自業自得だ。あいつはおれに選択の余地を与えなかったんだ。あの女自身もそれは自覚している」。ステパーニンは落ち着きを取り戻して鍋に向かい、スプーンで味見をした。「ちょっと薄いか」とかなんとかつぶやき、塩を大きく一つまみして放り込んだ。

シェレメーチェフはしばらく彼を見つめていた。料理人がかなり飲んでいるのは明らかだ。しかしその振る舞いにはどこか気味悪いところがある。完全に正気を失っているようでいて、同時に完璧に理性的にも見えるのだ。

「彼女はどこにいる?」。シェレメーチェフは問い詰めた。

「自分の部屋だろう」

「まだ生きているのか?」

ステパーニンが肩をすくめた。

「救急車を呼ぶ」

「だめだ」

シェレメーチェフが携帯に手を伸ばした。

ステパーニンがその腕をつかんだ。「そうはさせんぞ、コーリャ」

「私を止めることはできない」

「止めることができない?」。彼はシェレメーチェフを部屋の向こう側まで投げ飛ばした。

シェレメーチェフはベンチの下に倒れ込み、後頭部をスチール製の脚に打ち付け、大きなゴミ箱をひっくり返した。ゴミ箱からは鶏ガラや臓物がこぼれ、彼のシャツは悪臭のする茶色い汚濁液で染まった。

ステパーニンが彼に駆け寄った。「大丈夫か? 皿洗い係どもにゃこれを空にしとけと言ってあったんだが……」

シェレメーチェフが料理人を蹴ると膝を強打した。そのあまりの痛みに驚いたステパーニンが鶏の臓物で足をすべらせているあいだに彼は立ち上がり、走った。料理人がその後を追った。厨房のドアまで来ると……酩酊して不機嫌そうな警備員たちが壁となって立ちはだかったが、このときは笑いの余地などまったくなかった。

警備員の一人が彼をむりやり椅子に座らせた。

「臭いますよ」。もう一人の警備員が鼻をつまんで言った。

ステパーニンも続いてやってきた。「フリカッセを食ってみろ」と言いながら新たにチキンを盛った皿を差し出した。

「いらん」。シェレメーチェフが言った。

「美味《うま》いんだ!」。料理人はそう言いながら、安心だとわからせるため、怒気を含みながらフォークで料理を自分の口に押し込んだ。

「君が盛った毒で死にそうな女性がいるのに、私には食べろというのか? 私は満腹だ」。シェレメーチェフはベンチで強打した後頭部にふれてみた。指は血にまみれていた。

「食え!」

「ヴィーチャ、君に彼女は殺させないぞ!」。シェレメーチェフが叫んだ。

「殺せるさ」

「君はどうしたいんだ?」

「あの女に消え去ってもらうんだ」

「消すにはうってつけだ」と呂律の回っていない警備員が指を振りつつ言った。「名案じゃないか」

「これじゃ駄目だ!」

「これでいいんだ!」。料理人が言い返した。「これしかないんだ!」

「駄目だって!」

「いいんだよ!」

「しかしもし……」。シェレメーチェフは頭をフル回転させた。そして一計を案じた。「もし彼女がここから出て行くことに同意したら？　辞職すると書かれた書類にサインさせるとか？」

「馬鹿じゃねえのか！」。ステパーニンが言い返した。「あの女がなんでそんなことするんだ？」

「なんでって……でないと殺されるからだ。もし彼女がサインして、私たちが病院へ送りとどけ、君が彼女の料理に間違えて毒を混ぜてしまったと報告したら？　そうしたら、君の希望どおりに彼女はここを去る。こちらには書類がある。それで辞職だ」

ステパーニンの目はいぶかしげだ。いっぽうシェレメーチフの目は不安げだった。よく考えたらこのアイデアは、パーシャを釈放させるには書類にウラジーミルの署名をもらえばいいのでは、というオレグの提案から思いついたものだった。オレグが提案したときにもさして名案だとは思わなかったし、こんな状況ではシェレメーチェフ案などある種の映画よりも馬鹿げたもので、ほとんど荒唐無稽に思えた。とはいえ、料理人の行動も著しく常軌を逸しているので、こんな話でも説得材料になるかもしれない。

ステパーニンは首を左右に振った。「いや、あの女なら戻ってくる」

「あの女がアルトゥーシャを銃撃させたんだ」。警備員の一人が言った。「あの女には死んでもらわないと！」

他の警備員たちがうなずいた。

「アルトゥーシャがそう言ったのか？」。シェレメーチェフが尋ねた。

つかのまの沈黙があった。「彼ならおれたちにそうしてほしいはずですよ」。そう答える警備員の口調もいまひとつ確信が持てないふうだった。シェレメーチェフはギャングなんて映画で観たことがある以外にはなんの知識もなかったし、アルトゥール・ルカシヴィリについてはまったく見誤っていた。しかしギャングのボスたるもの、殺したいやつを好き勝手に殺させるだけで、こうした連中を管理できるわけでもでもないだろうという気がした。「アルトゥールに殺せと言われていない人物を最後に殺したときはどうなった?」

この問いは宙に浮いてしまった。

「トーリャを覚えているか?」。誰かの小声が聞こえた。

警備員たちが神経質そうにお互いを見合った。これはまずいという顔をする者も何人かいた。

「あの女、病院に連れて行かなけりゃ」。一人が言った。

ステパーニンは狼狽したように彼らを見た。

「いいかお前ら」、リョーシャが言った。「行ってあの女を連れ出せ! すべて料理人の思いつきってことにするんだ」

「いかん!」。ステパーニンが悲鳴を上げた。「誰もあの女にふれるな!」。彼はシェレメーチェフの方を向いた。「あの女は病院へは行かない! わかるな? 前にも言ったよな! おれには三〇万ドルある。レストランをオープンするには、五〇万必要なんだ! 五〇! なのにおれには三〇しかない!」

警備員たちは目配せを交わした。

「あの女は……病院へは……行かない!」。ステパーニンはシェレメーチェフの肩を揺さぶりながら悲痛な声を上げた。

もう一人の警備員が戸口に現れた。彼はすぐさまリョーシャの許へ駆け寄り、耳元でささやいた。

リョーシャがうなずいた。「いいか」。彼はステパーニンに告げた。「もうそんなことは問題じゃないようだ」

「誰かが連れて行った後だったか？」。警備員の一人が訊いた。

「馬鹿め」。リョーシャはそいつの頭を平手打ちにすると言った。「死んでるんだ」

沈黙があった

「くそっ！」。警備員の一人がつぶやいた。

シェレメーチェフは、彼の隣に立ち尽くすステパーニンを見上げた。勝利の瞬間だというのに、料理人は当惑のあまり凍《い》てついているようだった。

「望み通りになったようだな」。リョーシャが言った。

ステパーニンはそれでも口を開かなかった。

「ヴィーチャ」。リョーシャは料理人に言った。「あんたはさっき何の話をしてたんだ？」

「何がだ？」

「あんた、三〇万ドルがどうしたとか言ってたな」

料理人の顔が真っ赤になった。「いや」

リョーシャが二人の距離を詰めた。

「いいや、あれは口からでまかせで……ただの……」。ステパーニンはあたりを見まわした。

他の警備員たちも近づいてきた。

「おれに嘘はいかんな、ヴィーチャ」。リョーシャが言った。「おれに嘘をつくということは、アルトゥーシャに嘘をつくということだ。アルトゥーシャが自分に嘘をついたやつらにどうするかは知ってるよな？」

他の警備員は彼を取り囲んでいた。

「黙秘は高くつくぜ」。リョーシャが言った。「毒殺ともなれば結構な額になる。何十万だよ、ヴィーチャ」

「話が違うじゃねえか！」。ステパーニンが叫んだ。「おれたち互いにあの女を始末したかったんだろう！」

「でも殺《や》ったのはあんただ。おれたちは……そもそも誰がそんなこと知ってるんだ？」

ステパーニンは半狂乱になってあちこちに目をやった。「やつはどうなんだ？」。彼は唐突にシェレメーチェフを指しながら叫んだ。

「この人？」。リョーシャは笑った。「この人が何を持ってるって？　三〇万コペイカか？　ましてやこの人が誰かに毒を盛るわけないだろう」

ステパーニンは蒼白になって彼を見た。

「あなたには」、リョーシャはシェレメーチェフに言った。「もし誰かに何か言ったらどうなるか、あなたには警告の必要なんてありませんよね」

「ああ」、シェレメーチェフはつぶやいた。「その必要はない」

「行ってください」

シェレメーチェフは椅子から立ち上がった。そして、かつては友だちだと思っていたこともあったステパーニンに最後の一瞥《いちべつ》をくれた。泥酔したアルトゥールの配下に囲まれた料理人は、シェレメーチェフを見返した。その目は絶望的な後悔であふれていたが、何を後悔しているのかは――バルコフスカヤを殺害したことか、それともアルトゥールの配下の前でうっかり有り金について口を滑らせたことか――シェレメーチェフにはわからなかった。

厨房の生ゴミの悪臭をぷんぷんさせながら、彼は食堂を離れた。玄関ホールの警備員は何も言わずに彼を見ていた。二階まで階段を昇るあいだも心は上《うわ》の空《そら》だった。バルコフスカヤが殺された。殺された！　ありえないことだ。彼は足を止めた。ひょっとして死んでいないのかもしれない。これは連中がジョークで仕掛けた小芝居か何かで、すぐにステパーニンが階段を上がってきて、にやにやと大きく笑いながら「くそったれ！」と大声を出すのかもしれない。

いや、そんなことが起きるわけもない。彼女は殺されたのだ。本当に死んでしまった。連中はニワトリと一緒に捨てるのだろう。彼女が穴に運ばれているのではと考えると、窓の外をのぞくのも恐ろしかった。

これ以上、何が起こるのか？　その日の始まりは希望に満ちていた。今日はパーシャの保釈金を受け取れるものだと思っていた。しかしこの一日は無為徒労に終わってしまった。カネも希望も何もなかった。彼は面罵され、貶《おとし》められ、殴られ、捨てられた。最初は泥棒たちによって、続いて殺人者たちによって。シェレメーチェフは猛烈に無益な怒りに満たされた。腕を投げ出し、天に向かって泣きたい気持ちだった。――あなたは他に何をしてくれますか？　何を？　チャンスがあるうちに、いますぐお願いです、そのうち私には何も残らなくなるのですから！

彼は二階の廊下の木羽目板に頭をもたせかけた。もう一歩も進めないような気がして声も出さずに泣いた。

ポケットのモニターから物音がした。ウラジーミルは目を覚ましており、何か叫んでいた。こんなにいろいろなことがあった後でさえ、シェレメーチェフの看護師としての本能が騒いだ。彼は深く息を吸って吐き出した。もう一拍置いてからウラジーミルの部屋へ向かい、注意深くドアを開けた。

室内ではウラジーミルが鼻をくんくんさせていた。なんたる悪臭だ！　チェチェン人が来ている。近くに、すぐそばにいるに違いない。ウラジーミルがベッドの上で膝をつき、部屋の隅から隅へと油断なく頭《こうべ》をめぐらせた。

「ウラジーミル・ウラジーミロヴィチ」。シェレメーチェフは呼びかけつつ、注射なしで落ち着かせるのにまだ手遅れでないことを願っていた。「どうか横になってください」

ウラジーミルの視線は彼に注がれた。

「ウラジーミル・ウラジーミロヴィチ」。シェレメーチェフが近づきながら促した。「もう一度横になってください、お願いです、何も問題はありませんから」

臭いが強くなった。かつてなく強く臭ってくる。これか！　チェチェン人がすべてにケリを付けるべくやってきた。これは死闘になるぞ。

「ウラジーミル・ウラジーミロヴィチ……」

そこだ！　首だ！

ウラジーミルが跳ねた。オーウチガリ《大内刈り》！　さらに閃光の早技で――ツッコミジメ《突込締》！

シェレメーチェフの頭蓋がしたたか床に激突し、ウラジーミルが彼の上に飛び乗った。「待て！」。シェレメーチェフがかすれ声で叫んだ。ウラジーミルの膂力は三十歳は年下の男性のものだった。「喉を決められた……」

「ああ、このいまいましいチェチェン人《ザ・ファッキン・チェチェン》め！　見ろ！」。ウラジーミルは彼の首を離すと飛び上がり、パジャマ姿で勝ち誇ったように跳ね回った。

「ウラジーミル・ウラジーミロ……」

顔面に素早く二発も食らってシェレメーチェフは黙らされた。ウラジーミルはチェチェン女性についての卑猥な軍歌をうたいながら部屋中を踊り回った。

シェレメーチェフは警戒しながら立ち上がった。ウラジーミルはまたもや敵を目にして止まった。彼は腕に力を入れ、膝を曲げると、もう一撃を浴びせるべくゆっくり敵に近づいた。部屋の反対側にある電話がちらっとシェレメーチェフの視界に入ったが、そこまで行って警備員に電話をかけることが可能かどうかを考えた――しかしそれも警備員たちが受話器を取れないほど酔っ払っていなければの話だ。まして部屋の反対側までたどりついても、ウラジーミルがこちらに馬乗りになる前に通話する時間があるとは思えなかった。

ウラジーミルは、もう二、三歩、間合いを詰めてきた。「糞チェチェン人《ザ・ファッキン・チェチェン》め。ここまではほんの序の口だ。今度はお前を殺す。とどめを刺してやる。一巻の終わりだ。さあ来い、怖じ気がついたか、このホモ野郎?」。彼は狙いを付けるように目を細めた。「お前は死んだ」

シェレメーチェフは息を荒くした。ウラジーミルはチェチェン人を大量虐殺《ジェノサイド》したとパーシャは書いていた。いま、こんなにひどく耄碌しているのに、まだ彼はチェチェン人を殺そうとしている。

ウラジーミルがこちらへ躙《にじ》り寄って来る。なぜ自分はこの人の世話をしているんだろう? なぜいままでこの人の世話をしてきたんだろう? 今夜は二度もひどく後頭部を打ち付けた。頬の傷からはまた出血しているようだ。気管も傷ついたのか痛みがある。悪臭のする生ゴミの汚濁液に塗《まみ》れている。であるのに、なぜ? なんのために?

どんなに優しく人間的であっても、誰にだって臨界点というものがある。この日に経験したすべての出来事を経て、なおウラジーミルに躙り寄られているニコライ・イリイチ・シェレメーチェフも、その臨界点を迎えつつあった。この夜、彼のなかに蓄積されてきた――パーシャの逮捕の一報以来蓄積されてきた――怒りは、ついに爆発した。すべては容赦なく近づいてくるこの男の罪だ。甥は勾留され、息子はギャング、宝石商は窃盗犯で、警官どもは誘拐犯、警備員は強請屋《ゆすり》で、運転手と家政婦と庭師と料理人は横領犯でペテン師で詐欺師で殺人犯だが、そのすべてがこの男のせいなのだ。なぜならここは彼の国であり、彼がこの国を他のあらゆる人びとのために作り上げたからであり、彼自身が宣言したように、カネ以外になんの価値もない国だからだ。カネがあればすべてを手に入れることができるが、なければ妻ですら見殺しにされる。

「おい、糞チェチェン人《ザ・ファッキン・チェチェン》め！」。ウラジーミルが彼に向かって駆けてきた。「ほら！　怖いか？　お前――」

シェレメーチェフは雄叫びをあげると四十年ぶりに頭を下げて突進した。その二秒後、彼はウラジーミルの腹部に打撃を与えて相手を吹っ飛ばした。ウラジーミルの後頭部が音を立てて床に叩きつけられ。シェレメーチェフは彼の上に倒れ込んだ。

ウラジーミルには、いやらしげに彼を見下ろし、黒い舌から出る死の粘液で彼を覆い尽くそうとするチェチェン人の顔が映った。彼はそれを殴りつけた。シェレメーチェフも、もうなんの歯止めもないまま殴り返した。「あんたがすべてをぶっ壊した！　あんたが妻を殺した！　あんたが息子を堕落させた！　あんたが私を泥棒と人殺しの共犯にしたんだ！」

「お前らはみんな泥棒で殺人犯だ、この糞チェチェン人めが！」。さらに強烈なパンチを浴びせながら、愉快そうにウラジーミルは怒鳴った。

老人のパンチは狙いすまされたものだった。シェレメーチェフは攻撃から身を守ろうとした。一発、また一発と食らうたびに縫合糸が切れ、頰の裂傷が開き、鼻に命中した。彼は一歩下がって片手をウラジーミルの顔に押し当て、老人の頭を床にぶつけては立ち上がろうともがいた。何度も何度も彼は身を起こしては立ち上がった。

「逃げるな、この糞チェチェン野郎《ザ・ファッキン・チェチェン》！」。彼の背後で立ち上がりながら、ウラジーミルが叫んだ。

　シェレメーチェフは走った。ウラジーミルが追ってきた。老人はシェレメーチェフの足下に飛びつき、彼を引きずり戻した。シェレメーチェフは騾馬《らば》のように足で蹴り上げ、よろめきながら身をほどいた。彼は自室に駆け込むとばたんとドアを閉めた。興奮を抑えきれないまま鍵束をかき集め、鎮静剤の入った戸棚の鍵を開けた。

　ドアをどんどんと叩く音がする。「捕まえてやるぞ、このチェチェン野郎！」

鍵をかけたか自信がなかったので、彼は背中をドアに預けたまま、震える指で注射針と注射器を扱った。ウラジーミルがドアをドンドンと叩く音が板越しに伝わってくる。彼は鎮静剤の液瓶を手に持つとゴム栓ごと針を突き刺した。分量は？　どうだっけ？　ドン、ドン！　彼は全量を注射器に吸い込んだ。

　彼はドアを開けた。

　ウラジーミルは彼の顔を殴りつけた。彼は注射針を持ったまま仰向けに倒れると、ウラジーミルは馬乗りになっても拳を振りまわした。彼は頭を左右させて殴打を避けながら、片手でウラジーミルの臀部《でんぶ》をまさぐり、もう片方の手で注射器を構えると、針を刺した。「あっ！」。焼くような痛みが自分のもう一方の手に走った。彼はそこから針を引き抜いた。ウラジーミルが彼の鼻を殴った。彼はもう一度刺した。今度は老人の臀部に針が柄の部分まで通った。彼はプランジャーを強く押し下げ、薬液を注入した。

ウラジーミルはなおも殴りかかってきた。シェレメーチェフは注射器を置くと両腕を使って防御した。

ウラジーミルは腐ったにやけ顔に痛烈な一撃を加えた。さらにもう一発。「糞チェチェン人め！」。勝ち誇ったように彼は叫んだ。「やっと仕留めたか。死ね！　死ね！」。しかし彼は不意にめまいがし、腕は鉛のようになって、頭が落ちるのを感じた。チェチェン人の空っぽの眼窩《がんか》と黒い舌が近づいてくると、突如として自分の身をよじることができなくなり、次の瞬間には死の粘液が全身に塗りたくられるのだと思うと途方もない恐怖がウラジーミルを襲った。「やられた！」。彼は叫んだ。「この糞……」

意識を失う前の一瞬のあいだ、ウラジーミルは死の粘液が自分の頬に塗りたくられるのを感じ、そしていま、彼は――数十年前、あの耳の欠けたチェチェンの囚人がロシア兵の銃撃によって顔面を穴だらけにされる直前に予言したように――負けた。

彼の頭ががくりと垂れた。

ウラジーミルを身体の上に乗せたまま、シェレメーチェフは横たわっていた。老人の片足がときおりぴくぴくと動き、ウラジーミルの顔の片側は、シェレメーチェフのシャツを濡らした汚濁液のなかに埋もれていた。

ややあって彼はウラジーミルを押しのけた。元大統領は仰向けになり、耳障りな大きい鼾《いびき》をかきながら、ゆっくり深く呼吸していた。シェレメーチェフは彼の両脇を抱えてスイートルームまで引きずり、寝室の床に残して、そのあいだに濡れたタオルを取りに行った。彼はウラジーミルの顔から茶色い生ゴミの汁を拭き取った。シェレメーチェアが殴ったせいで何カ所かに擦り傷があったため、拭いて乾かした。ウラジーミルの指の関節にあった何カ所かの擦り傷も、彼は丁寧に拭いた。

彼はウラジーミルをベッドに引きずり上げ、横たえた。頭は枕の上に置き、パジャマの皺をぴんと整えた。そして最後に毛布をかけた。

シェレメーチェフは一歩さがって老人を見下ろした。言いようもなく自分を恥じていた。自己防衛のためとはいえ――彼の行為ははるかに過剰だった。この人を攻撃してしまったのだ。ウラジーミルがどういう人物だったにせよ、彼は老いて認知症になっていた。この人のしたことに責任をもつ人物はすでにこの世を去っている。シェレメーチェフは空っぽの貝殻に怒りをぶちまけたのだ。

「おやすみなさい、ウラジーミル・ウラジーミロヴィチ」。その言葉も彼には空虚なものだった。「朝になったら状況が好転していますように」

シェレメーチェフは、ウラジーミルが徘徊した夜はいつもそうするようにドアに鍵をかけると、自室に戻った。鏡に自分の姿を映してみた。頬は傷が開いてぼろぼろで、顔じゅうが彼に殴られてできた擦り傷や打ち傷だらけだった。ウラジーミルに絞められた喉元は真っ赤なみみず腫れが二本の筋になって走っていた。後頭部に手を当ててみると、指は血でべたべたしていた。

彼は汚れた服を脱いだ。生ゴミの悪臭は肌まで染みとおっていた。疲れ果てて意気消沈していたが、シャワーを浴び、汚濁液を、この日のことすべてを洗い落とした。

彼はベッドに横になり、何も考えなかった。考えるべきことが多すぎ、そのすべてが想像の範疇を超えたものだったからだ。彼は眠りはしたものの眠りは浅く、その日の出来事を思い出しては何度も目が覚めた。それはこれまでに見たどんな夢よりも悪夢のようなものだった。途方に暮れ、混乱し、惨めな気分だった。ようやく未明ごろには深い眠りに落ちて、八時過ぎまでは目が覚めなかった。

ベビーモニターからはいつもの低い雑音以外は何の音もしなかった。普段ならウラジーミルはもう目が覚めて、大声で呼び声を発しているが、あんなに暴れた一夜のあとだし、しかもシェレメーチェフから追加の鎮静剤を投与されたとあっては、あの人もぐっすり眠っているに違いない。シェレメーチェフは起きる気がせず、この別邸で自分を待ち受けている狂気の世界にもう一度突入する気にもならず、ベッドから出ずにいた。これはそもそも現実なのだろうか？ そんなことがありうるのだろうか？ バルコフスカヤの遺体はどこにあるのだろう？連中は本当にニワトリと一緒に例の穴に放り込んだのだろうか？ 死体が穴の中で腐ってゆくあいだも、連中は何事もなかったかのような顔をして歩き回るつもりなのだろうか？

彼は腕時計をめぐって起こったことを考えた。ヴァーシャのこともだ。息子を失ってしまったことも、いまなら理解できる。もうそのことから逃げ隠れできない。おそらく別の意味で、自分は甥も失うことになるだろう。オレグにはなんと言えばいいだろうか？ 三〇万ドルは失《な》かったのだ。エプロンドレス姿の泥棒から奪《と》った三万二五〇〇ならある。それで充分だ。

しかしベールキンが残していった時計はどうなんだ？ 彼はにわかにそれらの腕時計のことを思い出した。やつがふざけて置いていったポレオットをのぞけば五個か六個。これらを合わせればなにがしかの評価額になり、検事を説得してパーシャを釈放させるのに足るかもしれない。彼は身を起こすと、別の時計を売った分の三万二五〇〇ドルがまだマットレスの下にあるのを確かめた。頭に痛みが走った。怪我の具合を確かめようと、彼はおそるおそるベッドから出た。

時計を持って行こうと彼は考えた。古いポレオットはウラジーミルに残しておこう。誰が気にするものか？　ここで起こった犯罪の後となってはたいしたことではない。そして彼もここを去る。腕時計は持って出て行く。別邸《ダーチャ》やそこに住む誰彼のことを思うと嫌悪感が先走った。

ただ、どうかそんな目で私を見ないでください、ウラジーミル・ウラジーミロヴィチ、と彼は思った。わたしにはあなたの目に浮かぶ狼狽や恐怖の色を見せないでほしい。

シェレメーチェフは自分の腕時計に目をやった。八時三〇分。ウラジーミルの部屋からは物音一つ聞こえない。彼は慎重に服を着て、あの人の様子を見に行った。

元大統領は彼が寝かせたときのまま、ベッドに横たわっていた。仰向けになり、目を見開いて、冷たくなっていた。

第十七章

シェレメーチェフは別邸《ダーチャ》の玄関でロスポフ医師を迎えた。彼の頬の傷口が開いているのを一目見て、医師は顔をしかめた。

「何があったんだ?」

「どうか階上《うえ》へ」。二人を眺めている警備の警備員を意識して、シェレメーチェフは促した。「二階に上がったら言います」

二人は階段を昇り、廊下をウラジーミルのスイートまで歩いていった。「あの人が死んだというのは確かなのか?」。医師は声をひそめた。

シェレメーチェフがうなずいた。「昨夜、ウラジーミル・ウラジーミロヴィチは非常に興奮していました。私を攻撃してきて……」。シェレメーチェフは自分の顔を指すしぐさをした。

「鎮静剤は投与したのか?」

「最後には。しかしあの人はまずやらかしたんです。生やさしい状況ではなかったですよ。話しましょうか」

「あんたの手当はする」。ロスポフは言った。「が、まずはあの人のところだ」

シェレメーチェフはドアの鍵を開けた。ウラジーミルはシェレメーチェフが発見したときと同じように、ベッドに仰向けで横たわっていた。ロスポフはベッドまで近づき、持ってきたカバンを開けた。

不安を隠そうとしながら、シェレメーチェフは医師が遺体を調べにかかるのを見守った。彼は医師を呼ぶ以外に選択肢がなかった。元ロシア大統領ともなると、家政婦を始末するようにニワトリで一杯の穴に放りこむわけにもいかない。ロスポフはどう出るか？　もしも死因に何かしらの不審の念を抱けば、法に則して検死を要請しなくてはならない。前夜のような格闘の後では、検死の結果いったい何が判明するのか、それがウラジーミルの死にたいするシェレメーチェフの関与をどう示唆するのか、わかったものではない。

しかしロスポフは検死を要請する必要はないだろう。元大統領の死は自然死によるもので、捜査をする必要がないと判断するはずだ。シェレメーチェフは多くの医者と付き合ってきたので、ウラジーミルの治療に携わっている他の二人の医師、カリン教授やアンドレーエフスキー教授も喜んで上首尾に済ませてくれるに違いないと予想できる。というのも、彼らの治療の欠陥が明らかになる可能性がついてまわるのに、彼らが検死など望むわけがないからだ。

ロスポフはウラジーミルの首筋の脈を診た。ティッシュで彼の片目に触れ、聴診器を胸に当てた。まるまる一分も彼は耳を澄ませていた。そして最後に聴診器を外してカバンを閉じた。

「まあ疑いはないな。ご臨終だ。最後にこの人を見たのはいつだ？」

「私がここに来たのは十一時ごろでした。この人はまだ起きていました。何か口走っていましたが――かなり攻撃的でした。異常はなかったのですが、厄介なことになる予感はありました。それで私は自分から進んでこの人を落ち着かせようとしたんです。すると私をチェチェン人だと思ったようです」

「なぜだかわかるのか?」。医師が質《ただ》した。

シェレメーチェフは首を振った。自分が生ゴミの悪臭まみれだった理由を説明しようものなら、藪をつついてこの別邸に巣くう蛇を出すことになってしまう。そうなれば元大統領の死に不審な状況などなかったなんて、この医師が信じるわけがない。「思うにこの人は錯乱していたようです――夜半に目覚めるときはいつもそうでしたからね。ご存知でしょう、ドクター、この人は格闘技のチャンピオンでした。年齢のせいで膂力が衰えていなければ、昨夜、私は殺されていたでしょう」

「命の危険を感じるほどだったのか?」

「そうです。取っ組み合いになったときは私を床に組み伏せて、首を絞めていたんですから」。シェレメーチェフは喉にふれた。ウラジーミルの残した親指の跡が、二本の真っ赤な、さわると痛そうなみみず腫れになっていた。

「本当ですよ、ドクター・ロスポフ、この人が離してくれなかったら、私は絞め殺されていたでしょう」

ロスポフは首を振った。「それであんたはどうしたんだ? 殴り返したのか?」

「正当防衛はしましたよ。他にどうしようもなかった」

「この人が怪我をするほど強く殴打したのか?」

「そんな! あくまで正当防衛です。この人を殴ってなんかいません。ただパンチをかわしつつ逃げようとしただけです。私は鎮静剤の保管場所まで走りました。この人が追ってきたので、なんとか薬液を吸い上げて注射したら、その後は静かになりました。私はこの人をベッドに連れて行って、綺麗に整えてやりました。そのときは眠りました。まったく異常はありません。呼吸も楽そうでした。それで私もベッドに入ったんです、次に私が気がついたのはもう朝で、見るとこの通りでした」

医師はウラジーミルの顔についた擦り傷をじっと見た。「これは」。彼は指さしながら言った。

「あんたが殴ったものですか？」

「わかりません、ドクター・ロスポフ。私には本当にわからないんですよ」

医師は擦り傷を調べた。「失礼だがね、ニコライ・イリイチ。身体のほうもくわしく確認しておく必要がありそうだ」

シェレメーチェフはうなずいたが、いやな予感がして胸が悪くなった。なぜまた自分は取っ組み合いになったことなど話したのか？　なぜ自分は転んで——とか何とか言って——頬の傷が開いてしまい、これはウラジーミルには関係ないのだと説明しなかったのか？　擦り傷など気づきもしなかったはずなのに、いまやこの医師は興味津々じゃないか。

ロスポフはウラジーミルのパジャマの上衣のボタンを外して胸部と腹部を調べた。左側の肋骨の下にわずかな打撲創があった。シェレメーチェフはこっそりロスポフのほうを見て、医師がその打ち傷に気がついたのを知った。「上体を起こそう」。ロスポフが言った。二人が遺体を座らせると、ウラジーミルの顎ががくっと胸に落ち、後頭部があらわになった。ここも打撲によって皮膚が変色しているのが、ウラジーミルの髪の房のあいだから確認できる。ロスポフは言いたいことありげにシェレメーチェフを見たが、シェレメーチェフは目を合わせることに耐えられなかった。二人はウラジーミルを寝かせて、パジャマのズボンを下げ、ロスポフは足を検分した。

「よかろう」。医師は告げた。

「私はただ身を守るのに必要だったことをしたまでです」。シェレメーチェフが言った。「さあ着替えを」

「それはそうだろう、ニコライ・イリイチ」。ロスポフは一歩さがって腕を組んだ。

シェレメーチェフはパジャマを着せ直して、シーツをウラジーミルの顔にかかるよう引き上げた。

「それで鎮静剤だが、ニコライ・イリイチ……注射をしたと言ったな。実際どれだけ注射したんだ？」

「通常の量を」

「どれくらいだった？」

「五ミリグラム」。シェレメーチェフがつぶやいた。

「五ミリ？」

「そう。五ミリですよ。それが通常です」

「この人の興奮ぶりからして、あるいはもう少し多めに投与したんじゃないのか？」

「ひょっとしたら一〇ミリだったかもしれません」

「一〇ミリだったのか、五ミリだったのか？」

シェレメーチェフの心は大きく揺れ動いた。なんだって自分はこんなことを言ってしまったのか？　なぜ一〇ミリだなどと言ってしまったのか？

「カリン教授が、必要なら一〇ミリまで注射していいと」

「それで一〇ミリ投与した？」

「一〇ミリ、そう。一〇ミリだったと思います」

「あんたも取り乱しているようだ。状況説明の口ぶりからすると、あんたが薬液を吸い上げたときには、とてもじゃないが正確に計量できたとは思えんね。ことによると一〇ミリ以上注射したんじゃないか」

「いや、一〇ミリです。それ以上ということは決してないですよ。ドアは鍵をかけてありましたから」

「ドア？」。医師は言った。

「鎮静剤は私の部屋の戸棚に保管してあります。私は自分の部屋に戻って入口ドアに鍵をかけたんです。それで私も安全になって――正確に目盛を計ることができました。投与したのは一〇ミリですよ、ドクター。一〇ミリグラム。それ以上ではありません」

ロスポフは目を細くするようにして彼をのぞき込んだ。「取っ組み合いになったとき、何か起こったかもしれないと思わないか？」

「何かとはたとえば？」

「いやそれはわからんが、たぶん腹部上部、左側を強打したとか。その場合は脾臓が破裂したもしれんな」

「脾臓が破裂？」。シェレメーチェフは自分の頭突きがウラジーミルの腹に決まったときの感覚を思い出した。「いや、ドクター、決してそんなことは！」

「あるいは後頭部への強打は？」

シェレメーチェフは首を振ったが、内心では、ウラジーミルの頭蓋を床に叩きつけたとき、そしてウラジーミルの顔を手で押さえ、床に打ちつけながら立ち上がろうとしたときの音が聞こえていた。

「高齢者の場合、ニコライ・イリイチ、比較的軽い頭部への打撃でも脳の周辺の出血を引き起こすことがある」

「ドクター、言ったとおり、私はこの人を寄せ付けないようにしただけ、この人が殴りかかってくるのを防いだだけですよ」

「そうか……」。いまはシーツの掛けられた死体を見つめながら、医師は考え込んだ。ウラジーミルの鼻でシーツが隆起していた。「そうだな、通常の状況なら、小生もただ死亡診断書を書くだけだろうがね。老人で、認知症だった――彼のなかの何かが生を諦めたんだろう。しかしなにやら取っ組み合いらしきものがあり、薬が使われ、おまけにそれがわれわれの大統領だった人物となると、手っ取り早く片づけるわけにもいかん。失礼を承知で言えば、ニコライ・イリイチ、こうした事実に鑑みて、検死が必要だと判断せざるを得ないね」

シェレメーチェフはまじまじと彼を見ていた。恐怖のためにいやな汗がべったり貼りついた。

「ニコライ・イリイチ、大丈夫か?」

シェレメーチェフは言い淀んだ。そして「いくらか……カネがあるんです」。かろうじて聞こえるような声だった。

医師は笑った。シェレメーチェフの誠実さは評判となって彼にまで伝わっていたのだ。

「三万二五〇〇――」

「何? ルーブリか?」

「ドルですよ!」

「そうだろうね。それでどこにある、マットレスの下か? 小生はプロフェッショナルな人間だよ、ニコライ・イリイチ。あんたは小生を侮辱するのか」

「カネはあるんです！　あるって誓いますよ」

「三万二五〇〇ドル？　本当か？　どうしてそんなものが？」

「どうしてかは関係ないでしょう」

医師は一瞬シェレメーチェフを見て、それからその申し出を検討するかのように遺体に向き直った。一分経っても彼はまだそちらを見つめていた。

シェレメーチェフはこの医師が見ているものを確認するべく、周囲に目を配ってみた。すると医師が見ているのは遺体ではなく――ベッド脇のテーブルだった。そこにはベールキンが残していった腕時計がまだ絡み合った状態で置かれている。

不意にロスポフが彼のほうに向き直った。

「取っ組み合いでは特に深刻なことは起こらなかったんだな？」

「ええ」

「あんたはこの人が殴りかかるのをか防いだだけなんだな？　あんた自身はこの人を殴ってないんだな？」

「ええ」

「それで、あんたが投与した鎮静剤は一〇ミリグラムだけだと言うんだな？　それ以上ではないと？」

「それ以上ではありません」

ロスポフはベッド脇のテーブルに踏み寄った。腕時計が六個。どれも医師の持っているブライトリング・クロノスペースを凌駕する逸品で、それぞれ五倍から六倍の価値があった。

ロスポフはそれが新生児の柔肌でもあるかのように腕時計に指を走らせ、丁寧にためつすがめつした。

「ウラジーミル・ウラジーミロヴィチは自分が検死に付されるという考えには強く反対していたな？」。ロスポフは腕時計を愛撫しながらつぶやくように言った。「初めてこの人に会ったとき、はっきりそう言われた記憶があるんだ」

シェレメーチェフにはそんな覚えはなかった。

「こういうことは本人の意思に反してするべきではないんだ、よほど必要でもない限りは」

「そうですね」

「しかもそんな必要なんてないわけだろう？」

「そうですね」。シェレメーチェフが応答した。

医師は振り返ってシェレメーチェフを見た。二人の目が合った。お互いに自分たちがこれから交わす取引の内容を知悉していた。ロスポフはシェレメーチェフからの賄賂の申し出が何を意味しているのか理解していたし――シェレメーチェフもロスポフの腕時計にたいする貪欲さが何を予告しているか理解していた。言葉にする必要すらなかったのだ。

シェレメーチェフが見守るなか、医師は自分の鞄《かばん》を開けて、腕時計を一つまた一つと入れていった。彼は、他からは少し離れてテーブルの上に置かれていた七つ目の腕時計のところで、その手を止めた。ベールキンが投げて寄こした古いポレオットだった。「ゴミだな」。彼はつぶやいて、そのまま置きっぱなしにした。そして他の時計を入れた鞄の留め金をパチンと閉めた。

医師は彼のほうに振り返った。「検死の必要はなさそうだ。今回の件に関しては疑いの余地がない」

「同感です」。シェレメーチェフは言った。

「あんたは正当防衛のために身を守った。これまでも百回は利用した薬と同量を用いた」

「はい」。シェレメーチェフは言った。

ロスポフは微笑んだ。「よろしい。死亡診断書を書こう。高齢で認知症を患っていた――遅かれ早かれこの人の心臓は停止しただろう、とね」

医師は鞄を手にするとドアに向かった。「そうそう家政婦を紹介してくれないか。前回、たしか小生に引き合わせてくれると言ってたね？　ウラジーミル・ウラジーミロヴィチが亡くなったことと、関係当局には小生から報告するむねを伝えておかねば」

「ああ、家政婦ですね、ドクター・ロスポフ……」。シェレメーチェフは家政婦が不在であるもっともらしい口実を思いつこうとした。しかしここまで嘘を積み重ねてきたとはいえ、この嘘は度が過ぎているように思われ、頭の中が真っ白になった。

「どうした、ニコライ・イリイチ？」。ドアノブを回しながら医師が尋ねた。

「その、彼女は……」

ロスポフがドアを開けたので彼は言葉を詰まらせた。スイートルームの外の廊下は人であふれていた。ボスの診察のために医師が訪れたという噂が別邸じゅうに広まると、どういうわけか誰もが最悪の事態であることを察知していた。この十五分のあいだに彼らは階上までやってきて、ドアが開くのを待っていた。

しかし医師はさほど驚いた様子も見せなかった。「悪い知らせがある！」とロスポフは告げた。彼は出産や死亡、重傷などで注目を浴びる機会を楽しんできたのだ。「小生はウラジーミル・ウラジーミロヴィチとの面会に訪れたところだ。この偉大な人物、ロシアの偉大な指導者の逝去をお知らせする」

別邸《ダーチャ》の人びとは呆然と彼のほうを見た。彼らにとってウラジーミル・ウラジーミロヴィチがどれほど偉大な――あるいはどれほど恐ろしい――指導者だったかはどうでもよかった。彼らの関心事は完全に手前勝手なものだった。

「死因は自然死で、疑念の余地はない！　当局には小生から報告する。そのかんニコライ・イリイチは故人に付き添いここで現状を保全する」

シェレメーチェフは別邸の住人たちを見た。メイド、庭師、警備員などのどいつもこいつもが、今後も元大統領の生ける屍を貪り続けることができるのか、はたまたそれともパーティーはお開きになったのかを確かめにやってきたのだ――そしていま彼らはその答えを知った。

なかには昨夜バルコフスカヤが殺されかけているときに食堂にいた四、五人の警備員も混ざっていた。彼らの傍にはエレエーコフがしかめ面で立っているが、彼はカスタマイズされた自分の車がどうなるのかと案じているのに違いない。皿洗い係たちと一緒にステパーニンの姿も見えたが、髭も当たらず、目の下に大きな隈を作って、その表情には惨めさが刻み込まれていた。昨夜はほとんど寝ていないようだ。二人の目が一瞬合ったが、料理人はすぐに視線を逸らした。くそったれだ、とシェレメーチェフには思えた。そうだろう、ヴィーチャ。君はバルコフスカヤを打ち負かしたのに、今度はアルトゥーシャの配下たちが君の貯め込んだ分を一コペイカ残らず巻き上げるんだ。

そしてゴロヴィエフが、かすかに笑みらしきものさえ浮かべながら、わけ知り顔でこちらを見ていた。この庭師にとっては、たとえそれが巨額であっても不正に得た収入を失うことなど悲しくもないんだろうな、という気がシェレメーチェフにはした。作物は生きる、作物は育つし、作物は死ぬ。ゴロヴィエフは彼にそう言ったことがある。それは生の真実だ。彼こそ、ウラジーミルが作り出したロシアで生き抜くすべを知っていた唯一の人なのだとシェレメーチェフには思えた。憎しみを口にせず、取るものは取る。ゴロヴィエフはそれを体現したただ一人の人物なのだ。

「さあ、みなさんには解散を願います」ロスポフは厳粛に言った。家政婦に紹介してもらうことなど、もう念頭になかった。何か起きたのかはもう周知されたことだし、家政婦に個人的に伝える必要もなくなった。いずれにせよ、ロスポフがここを訪れるのもこれが最後だろう。

「追ってみなさんが弔意を表明する機会もあるだろう。さあ、道を開けてくれ」

最初はゆっくり、次第に歩を速めながら、一同は廊下を抜けて階段を下り始めた。

「ニコライ・イリイチ」。シェレメーチェフをふたたびウラジーミルのスイートに招き入れつつ、医師が言った。「頼んだよ」

そこに座ってどのくらい経ったろうか。二分だったかも知れない。二時間だったかも知れない。

彼は振り返りながらドアに鍵をかけると、ベッドから数メートルのところにある椅子に腰を下ろし、考えにふけっていた。ようやく彼は立ち上がり、ウラジーミルの亡骸《なきがら》にかぶせてあったシーツを持ち上げてみた。枕上の表情はこれまで親しんだものだが、しかし見知らぬものでもあった。死者の顔は往々にしてそんな感じだ。目鼻立ちは知っているが、どこか弛緩して、生前そこにあった何かが欠けている。実物の模造品のようだ。

彼はシーツを下ろした。もうこの人にたいする葛藤はなかった。別邸を去ることができる。目に狼狽と恐怖の色を浮かべ、落ちつかせることのできないウラジーミルの姿をもう想像しなくてよいのだ。

シェレメーチェフは頬にふれた。傷は開いていた。思ったとおりだと力なく笑みを浮かべ、首を振った。ロスポフは彼の手当てをせずに帰ってしまった。いちど腕時計を鞄に詰め込むと、あとはただそこから出て行くことしか念頭になかったようだ。

腕時計はパーシャの最後の希望だった。あれらの評価額はいくらだったのだろう？　もうどうでもいいが、と望みなく考えた。そんなことは問題ではないのだ。彼は自分がずっと時計を盗むことばかり考えていたように思えてきた――これで二度と腕時計の価値などに思い惑わされずにすむ。

しかしパーシャは？　これからどうなる？　検事が提示額を九〇パーセントも引き下げ、シェレメーチェフがベッドの下に隠していた現金と引き替えに釈放する気がない限り、あの子には出口がない。

彼は自分の自由とパーシャの自由を、そして腕時計と検死を取引の材料にした。それは取引だったのか？　シェレメーチェフが自己嫌悪の深みにあったとしても、あの医師がひとたび腕時計に目をつけたら、自分の手許に残してはおけないことを理解していた。もしあの医師にどうぞ検死をしてくれと言ってみたところで、ロスポフの腕時計への欲求はあまりにあけすけで、どうにかして腕時計を手中に収める方法を見つけていただろう。

検死に回されていたら、ウラジーミルの血液中からは象でも倒すほど大量の鎮静剤が、ことによると脳や脾臓周辺からは出血が確認されていただろう。検出されたのが鎮静剤だけだとしても、殺人ではないにせよ過失致死その他の罪で告発され、有罪になっていたに違いない。

おそらくウラジーミルは、宝飾品と引きかえに正義を手放すことを認めたはずだ。比較できないくらい大規模にではあるが、この人も似たようなことはしばしば行なっていたに違いない、とシェレメーチェフは踏んでいた。この男はなんたる詐欺師、なんたる犯罪者だったのか。いまやシェレメーチェフは、少なくとも内心では公言することができる。もはや自分はウラジーミルの介護士ではなく、もはや元大統領は自分の患者ではない。自分の思いに歯止めをかける必要もなくなった。ほんの一摑みの腕時計と引き替えに司法が欺かれることなんて当然ではないか、とシェレメーチェフは思った。この死もあんたの生の報復なんだ、ウラジーミル・ウラジーミロヴィチ。最低限の節度だけはわきまえるがいい。

　自分はこの人を殺そうと思っていたのか？　実際のところ、これは殺人なのか故殺なのか？　あの恐ろしかった最後の瞬間に頭のなかをよぎったことを思い出すべく、一連の混沌とした出来事を追体験しようとした。立ち上がってウラジーミルの顔に片手を当てたとき、本当にこの人の頭を床にぶつける必要があったのだろうか？　自室に駆け込み、鍵をかけて閉じこもったときはパニック状態で、手は震え、動悸は激しかったが、ウラジーミルが背後のドアを叩く振動を感じながら、これまで何度も投与した鎮静剤の量を本当に計算できなかったのだろうか？　注射器に薬液を一瓶ちかくも――一瓶まるごと――吸入してしまうほど、自分を落ち着かせることが本当にできなかったのだろうか？

　しかし、自分は怖かったのだ。ウラジーミルがいまにもドアを打ち壊して入って来るかもしれないと、純粋に怖かったのだ。それが釈明といえるだろうか。あるいはウラジーミルを殺したかったのかもしれない。あるいはそれらと同じようにひどい言い方をすれば、どうでもよかったのかもしれない。

　しかし、仮に自分がこの人を殺したいと思っていたとして――なぜだ？　殺したからといって何が変わる？　ウラジーミルは生きたいように生き、彼のしたことは取り返しがつかない。彼の死がそれを改めさせるわけでも、なかったことにするわけでもないのだ。もしこれがカリンカやパーシャのための復讐だとしても……ヴァーシャのための、そう、さらにヴァーシャや死んだバルコフスカヤや彼女とともに自分の夢まで殺してしまったステパーニンや、そしてかつてウラジーミル・ウラジーミロヴィチだった男の狭隘で腐りきった残酷な精神の反映に堕したかに見えるロシア全体のための復讐だとしても、その復讐の対象が、いま復讐がなされているることを意識していなかったとすれば、これはいったいどういう復讐なのだ？　無駄な復讐だ。無意味な復讐だ。

チェチェン人とは誰なのか？　ウラジーミルの世話をしてきたこの数年間、彼はそれを知ることができなかった。鎮静剤が効いて頭ががくりと垂れる最後の数秒にウラジーミルが発した、血も凍るような叫びを思いだした。それを考えるだけで背筋に冷たいものが走る。シェレメーチェフは想った。あのときこの元大統領がどんな幻覚を見ていたにせよ、誰かと戦っていると妄想していたにせよ、その妄想の一部として、この人が自分の数多くの犯罪の一つの罰を受けていると信じていてくれたら。救いようのない恐怖と破滅、孤独を、たとえ人生の最期のほんの一瞬であってもこの人が味わってくれていたら——と。

シェレメーチェフはそのような考えを振り払った。自分の考え方があまりにも堕落頽廃しており、耄碌した老人に復讐めいたことを望んでうんざりしたのである。そしてそれでも同時に、自分の考えが堕落したのはウラジーミル自身の行ないのせいにすぎないということも理解していた。

彼はシーツに浮かぶ遺体の輪郭を見ながら溜息をついた。そう、この老人が死んだこと、別邸を去ることへの葛藤がなくなり、安堵の気持ちも彼にはあった。おそらくそれがこの人から自由になる唯一の方法だったから殺したのだ。そのくらい単純なことだったのだ。

あるいはことによるとそれ以外のすべての理由だったのかもしれない。単純で複雑だ。シェレメーチェフは医師がベッド脇のテーブルに残した腕時計を見た。彼自身も数多く見てきたものと同型の古いソ連時代のポレオットだ。子ども時代はみんなそれしか持っていなかったし、手に入れるまで何カ月も待たされることがあった。いまではまったく価値がない。

ヴェーラに電話して、今日は来なくていい、これからも来なくていいと伝えなくてはならない。まもなく自分も他の住人もここを出てゆくのだ。ウラジーミルが亡くなり、この詐欺師やペテン師たちによる惨めで小さな一団がここに集まっている理由もなくなった。一瞬シェレメーチェフはポレオットを形見として取っておこうかと考えたが、それも馬鹿げていた。これには純粋に感傷的な価値しかない。それはウラジーミルが切望したものと正反対ではないか？彼が切望したロシアでは、あらゆるものの唯一の価値がカネであり、その真実を語る者は沈黙を強いられた。

勝ったのはウラジーミルだった。彼は望み通りのロシアを築き上げ、他のすべてのものを粉砕した。ここに感傷の余地はない。

シェレメーチェフはポレオットを手に取って高く掲げた。「あなたに捧げます、ウラジーミル・ウラジーミロヴィチ」。時計を遺体のほうに差し伸べながら、彼は重い気持ちで言った。

「見ろ、あんたが私たちにやったのはこれだ」

彼は腕時計を床に落とすと、足で踏みつぶした。

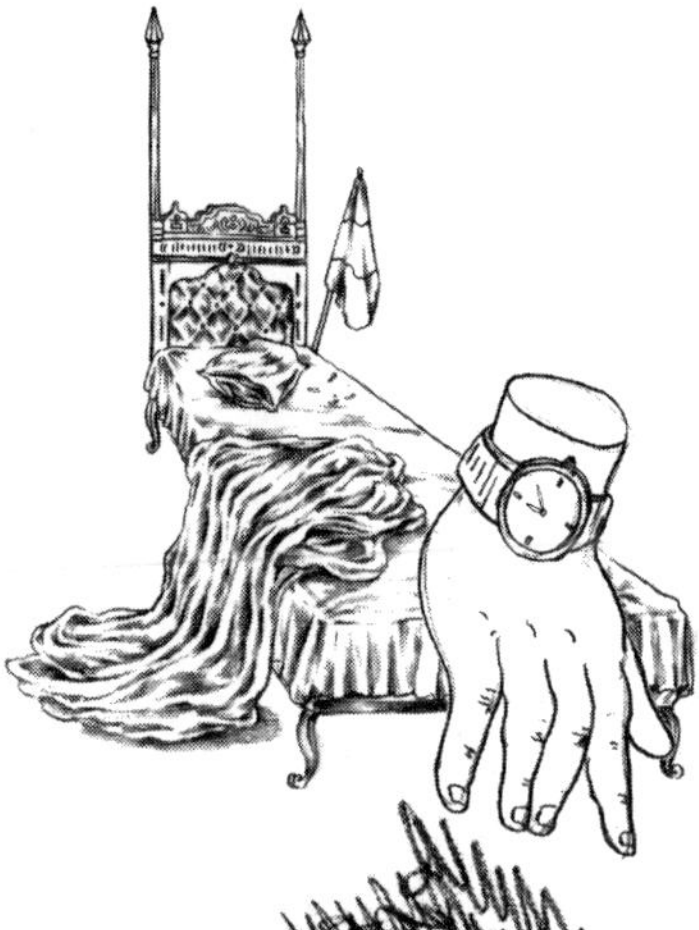

訳者あとがき

まず初歩のロシア語の講義から始めよう。ロシア人の名前は三つの部分から成る。かの文豪ドストエフスキーを例に取れば、フルネームはフョードル・ミハイロヴィチ・ドストエフスキーである。フョードルは名、ドストエフスキーは姓、真ん中のミハイロヴィチは父称という。父称は父の名から自動的に決まってくるもので、ドストエフスキーの場合、父親の名がミハイル・アンドレーエヴィチ・ドストエフスキーであることに由来する。女児が生まれた場合は父称はミハイロヴナとなり、ドストエフスキーの妹のひとりの場合、フルネームはヴァルヴァーラ・ミハイロヴナ・ドストエフスカヤとなる。

そして大事なのは、ロシア語にも英語の「ミスター」の意味にあたる「ゴスポジン」という語はあるものの、公式の場や職場などでの会話でも、会話の相手に「ゴスポジン＋姓」で「何々さん」と呼びかけるということは、外国人相手である場合をのぞいてまず皆無だということだ。敬意を込めて相手に呼びかける場合、姓を省き、名と父称で呼びかけるのがふつうである。本作の場合、主人公は作中で語り手からは「シェレメーチェフ」と呼ばれているものの、職場である元大統領のダーチャ（本書では「別邸」と訳した）では、一貫して「ニコライ・イリイチ」と名＋父称で呼ばれている。そして彼が介護する元ロシア大統領は作中では姓すら示されず、「ウラジーミル・ウラジーミロヴィチ」と名指しされている。この名＋父称をもつロシア大統領と言えば、タイトルで意味ありげに示されるPのイニシャルを見るまでもなく一人しかいない。元KGB将校で柔道の達人、ウラジーミル・ウラジーミロヴィチ・プーチンその人である。プーチン大統領が江戸時代の目安箱よろしく国民から行政への苦情を直接聞き取って対策を即答するテレビ番組『国民との対話』でも、質問を発する国民は「ウラジーミル・ウラジーミロヴィチ」と呼びかける。これで「プーチン大統領」に相当する呼びかけなのである（プーチンの父の名もウラジーミルであることからこの名と父称の組み合わせとなる）。

さもなければ愛称だ。主人公シェレメーチェフの場合、ニコライに対応する愛称はコーリャである。ウラジーミルの愛称はヴァロージャがふつうであるが、プーチンの幼少期からの愛称がヴォーヴァであることは本作にも反映されている。

＊

本書は、Michael Honig, *The Senility of Vladimir P*, Atlantic Books, London, 2016 の全訳である。作者のマイケル・ホーニグはロンドン在住の元医師で、研修医を主人公にした『ゴールドブラットの転落』（*Goldblatt's Descent*, 2013）という作品があるということ以外、詳しいことは不明だ。しかし、本作を読む限りきわめてロシア語に堪能か、そうでなくともロシア事情に相当通じていると思われる。右に述べた名と父称、あるいはそれに対応する愛称を主人公たちに自在に駆使させている点からそれが感じられるし、また、この「訳者あとがき」を書くためにプーチン研究書のたぐいをざっと読んでみても、それが感じられる。

KGB将校として東ドイツ（当時）のドレスデン滞在中にベルリンの壁崩壊を経験し、祖国に戻ったプーチンが、今度はソ連崩壊を目の当たりにしたというのはよく知られていよう。プーチンはKGBを辞し（ただし通常、チェキスト＝KGB員というのは辞めようと思って辞められるものではないとされる）、改革派のサンクトペテルブルク市長サプチャーク（レニングラード大学法学部時代の恩師）の右腕として外資導入の仕事をするが、サプチャークが落選したため、一種の就職活動をおこなってモスクワに移り、エリツィン政権入りする。プーチンはやがて同政権の実に四人目の首相に抜擢され、チェチェン共和国の独立派を徹底的な空爆で制圧する（第二次チェチェン戦争）。高温と高圧衝撃波をともなう爆撃でチェチェンの首都グローズヌィは街の区画が更地になるほどの破壊をこうむった。しかしチェチェン独立派もまたモスクワでアパート爆破などのテロをおこなったので、西側もしばらくはプーチンをテロとの戦いにおける仲間と見なしていたとの指摘もある。

二〇〇二年のチェチェン独立派によるモスクワ劇場占拠事件、二〇〇四年の北オセチアのベスラン学校占拠事件での特殊部隊の容赦ない強行突入による解決は、多数の人質が犠牲となるのを顧みないものだった。ジョージ・W・ブッシュ米大統領らはテロとの戦いを支持する旨を表明したものの、人質の人命軽視ともみえる容赦ない治安姿勢に国際世論が慄然となったのも確かではないか。そもそも首相就任当時からプーチンには民主主義の理念とあまり相容れない暴言、放言癖があることは明らかだった。首相に就任して一カ月後の一九九九年九月、チェチェンのテロリストを皆殺しにする意気込みを「便所にいても捕まえて、やつらをぶち殺してやる」と語っている（駒木明義ほか『プーチンの実像　孤高の「皇帝」の知られざる真実』、朝日新聞出版、二〇一九年）。本作で認知症をわずらう元大統領につきまとうチェチェン人の亡霊が、便所とも掘っ建て小屋ともつかぬ建物の裏手に放置されていた遺体だったという設定も、間違いなくこの発言を念頭に置いたものだろう。

経済の行き詰まりによるエリツィン大統領退任にともない、プーチンは大統領代行、そして選挙を経て正式に大統領に就任した。二〇〇〇年から二〇〇八年の二期を努めたプーチンは三選禁止の憲法規定を巧妙にすり抜けるため、メドベージェフを大統領に据え、自身は二〇〇八年から二〇一二年まで首相の地位に就く。そして憲法改正によって任期六年となった大統領の職に二〇一二年に返り咲き、二〇一八年には再選、二〇二一年には憲法を改正してあと二期の再選を可能にした。二〇二四年三月には形式だけの選挙に圧勝してプーチンの大統領職は五期目に入っている。政権の独裁色は強まるばかりで、この小説に出てくるギャングさながらの民間軍事会社ワグネル（ウクライナ侵攻の前線に立っていた）の創始者プリゴジンの二〇二三年夏の反乱は不発気味に終息し、プリゴジンは奇怪な飛行機事故で死亡した。二〇二四年の大統領選挙直前には反体制派の指導者アレクセイ・ナヴァリヌィが極北の刑務所で獄死したが、それをきっかけに政権を揺るがすほどの反プーチン運動が国民に広がったとも言いにくい。これを書いている二〇二四年六月の時点でウクライナ戦争は出口の見えない消耗戦と化しているが、それこそがプーチンの望むところだったようにも見える。

かたやこの近未来小説のロシアでは、ベラルーシの一部、ウクライナの東部がロシアに併合されたことになっている。二〇二二年二月にロシアがウクライナに侵攻することが具体的に予言されているわけではないものの、ウクライナとの国境がロシアによって武力で変更されることはこの小説では「済んだ話」として組み入れられているのである。本作は二〇一四年のロシアによるクリミア併合のあとの二〇一六年に刊行されているが、英語圏では、その時点から約二十年後のロシアを舞台にしていると紹介されている。もちろん、現実のロシアは二〇二二年二月二十四日にウクライナに侵攻し、訳者がこれを書いている時点でも戦局の行方は見えない。多くの犠牲者・避難民が出ているのはもちろん、世界中のロシア研究者もまた深い苦悩の中にいる。

ロシアの汚職問題については訳者の専門ではない。プーチンの不正蓄財の報道は承知しつつも、訳しながら、本作の細部がリアルすぎるのを訝り、少なくとも英語圏ではロシア社会はこのようなものとして理解されているということだろう、と考えていた（ナヴァリヌィが黒海沿岸に建てられた広壮な「プーチン宮殿」の存在を暴露したのはようやく二〇二一年一月のことで、このモスクワ郊外の「別邸」小説はもちろんそれより先に構想・執筆されている）。

しかし、たとえばアマゾン・ドイツのサイトにあがっている本作のドイツ語訳のカスタマーレビューでは、ロシア社会の至る所に見られる腐敗・汚職が正確に描かれているとする投稿がある。認知症の妄想の中で元大統領に約束される大規模工事の一〇パーセントなり二〇パーセントといった手数料（という名の賄賂）はいかにも小説めいて単純すぎるようにも思うが、エリツィン・ファミリーの一員でプーチン大統領の一期目に首相を務め、のちに解任されたカシヤーノフは契約高の二パーセントを賄賂として要求する「二パーセントのミーシャ」として知られていたというから（木村汎『プーチン（人間的考察）』、ディスカバー・トゥエンティワン、二〇一五年）、本作での賄賂の描かれ方もあながち現実とかけ離れたものではないだろう。

二〇一六年三月十二日付けの英『ガーディアン』紙に出た本作の書評は現在でもネット上で読めるが、「シェレメーチェフ以外の全員がヴラジーミルの所有する世界指折りの富のわずかな部分を吸い上げる別邸《ダーチャ》〔の描写〕は、国〔ロシア〕の縮図である」として、同様のことがロシア国じゅうで行なわれているとの見方をとっている。同年八月十九日付け『ニューヨーク・タイムズ』紙に現われた書評はもっと直截に本作のプーチンによる汚職の描写を肯定する。いわく「ウラジーミル・プーチンとドナルド・トランプが相思相愛であるらしいのには理由がある。二人とも現実が嫌いなのだ。ゴミ屑を見ながらそれを庭園だと呼ぶ、あるいはその逆を言うには、事実からの、自由とまでは言わぬまでも特別の適用免除が必要だ。プーチンの場合なら、汚職撲滅をとなえながら政治権力を使って私腹を肥やすには、ということだ。ある日には約束しながら翌日にはその逆をやるには、ということだ」

プーチン研究の資料として筆頭に挙げられることの多いインタビュー本『一人称（第一人者）』（ナタリア・ゲヴォルクヤンほか『プーチン、自らを語る』、扶桑社、二〇〇〇年）からも、「私は人間関係の専門家だ」という自己規定をはじめ多くの伝記的事実が本作には取り入れられている。ただしこのインタビュー本に書かれていないことこそが重要だとする指摘もあり、また同書はそもそも大統領就任時のインタビュー集なので、それ以後のことはまだ伺い知れない。そこで前出の木村氏の研究や名越健郎『独裁者プーチン』（文藝春秋、二〇一二年）などを参照すると、この近未来小説に登場する人物のモデルが誰なのかかなりわかる。本作で元大統領の妄想の中に登場して陳情者を取り次ぎ、賄賂の授受を取り仕切るモナーロフはプーチン最側近のセーチンをモデルにしていると思われるし、やはり妄想の中に現れる民主派の新興財閥《オリガルヒ》は、プーチンによって解体された石油企業ユコスを率いながら投獄されたホドルコフスキーがモデルなのだろう。

もちろん、作品の主人公は認知症の元大統領を介護する看護人シェレメーチェフである。まわりの誰もが汚職や資金流用に手を染めていることに気づかぬほどの愚直な「聖ニコライ」が、拘置所に留め置かれた甥っ子を釈放させるための資金を作ろうと、元大統領の高級腕時計を盗み出すようになるが、さて……という後半の急展開が小説としての本作の読ませどころである。プーチンが高級腕時計に目がなく、しばしば来訪者からそういうものを巻き上げるエピソードも本作には反映されている（プーチンはそうした時計を左でなく右の手首に巻くが、それは小児麻痺の後遺症だとも、たんに竜頭が手首に当たらないようにするためとも言われる）。

それにしてもプーチンは、大統領の二期目の終了で退任していれば、原油高のおかげとはいえ国民生活をぐんと向上させ、大衆消費社会をもたらした優秀なリーダーとして歴史に名を残せただろうという指摘はしばしば目にする。いま訳者の目の前にある二〇二二年十月十七日付けの『読売新聞』の英字紙『ジャパン・ニューズ』の記事でも、ロシアの安全保障の専門家マーク・ガレオッティの次のような指摘が紹介されている。「ロシア軍は崩壊から救われ、手段がいかに醜悪だったといえどもチェチェンは平定され、モスクワはふたたび国際政治のなかのパワーとなった。帝国のファンタジーを追い求めずに国境内での強国建設で満足しておけば、プーチンは成功した国家建設者として記憶されたであろう」

実はこの点こそが、認知症で退任させられた独裁者の別邸《ダーチャ》での余生という本作の設定に深く関わっていると思われる。前出の木村汎氏は論ずる。なぜプーチンは退任しないのか。戦争・汚職・言論弾圧でプーチンは多くの敵を作ってしまっている。退任して権力を手放せば、必ずや旧悪を暴露・追及され、刑事訴追される。だから退任できないのだ、と。木村氏はブルガリアの政治学者クラステフが二〇一一年に『ニューヨーク・タイムズ』紙に語ったこんな一節を引用している。孫引きになるがここにも引用しよう。

「プーチンは(かつて)エリツィン同様に引退し、ダーチャ(別荘)に引き籠もるかのように語っていた。だが、プーチンにとってこの世にはおよそダーチャと名付けられるものなど、事実上存在しないのだ。彼は、結局クレムリンの壁の中で死を迎える羽目になるだろう」(二〇一一年九月二十九日付け)。作者の構想の出発点には、どうやらこの『ニューヨーク・タイムズ』紙の記事の一節があるようにも思えてくるのである。

認知症という病気についても訳者は常識以上のことは知らないが、元医師である作者の知識や経験は本作に充分生かされていると思われる。看護人シェレメーチェフの生来の世話好きぶりと、認知症で見当識を失って過去にまつわる妄想の中に住む元大統領との交情はちょっと胸にしみるものがある。いま自分が何をしていたのかもわからずまごついてシェレメーチェフを頼りにするウラジーミルが、しだいに哀れに思えてくるほどである。ただし、これはプーチンのロシアがクリミア半島をほぼ無血で併合した時点で構想され書かれた小説であって、ウクライナに対して大戦争を仕掛け大量の犠牲者・戦死者を出しつつある今日も、作者が同様の哀れな元大統領の肖像を描き得たかどうか。

＊

ロシアのウクライナ侵攻後、プーチン重病説も取りざたされ、ロシア大統領には合理的な意思決定能力があるのか危惧する報道もあった。そんななか、ヨーロッパで広く読まれているというこの小説を訳さないかという提案をくださったのは、共和国の下平尾直氏である。すぐに電子書籍をダウンロードして読み始め、なるほどこれは日本語に訳しておいてもいい本だと思い、すぐに訳し始めた。原文の英語は流れるように平明であり、構文が取れないような箇所はない。作中に使用されているロシア語はダーチャ、ウォトカ、ルーブリといった常識的範囲のもので、若干の注を付けたもののそのまま訳した。半面、登場人物たちは何かといえば気さくに「オーケー」を口にし、本書では「よかろう」などと訳してあるが、これに「ハラショー」などとルビを振るといったことはしないでおいた。そのように過剰に〈擬似ロシア文学〉化しないほうが、本作は読みやすく理解しやすいと思われるからである。

ちょっと困ったのは「グルジア」である。周知のとおりかの国はロシア語風に「グルジア」と呼ばれることを嫌い、それを容れて現在では日本でも「ジョージア」と表記するのが一般的だ。しかし二〇〇八年八月、プーチンが首相のとき、ロシアとかの国は軍事衝突していることからして、プーチンと思しき元大統領がそうした意向に従うかのように「ジョージア」という呼称を使うのでは（あくまで日本語の訳語の上でのことではあるが）しっくりこない。やむなく「グルジア」を使用した次第である。

また、北海道大学スラブ・ユーラシア研究センターにおける二〇一五年から数次にわたる研究滞在（『スラブ・ユーラシア地域（旧ソ連・東欧）を中心とした総合的研究』「共同利用型」の個人による研究）の際、申請した研究テーマとはかかわりはなかったが、現代ロシア政治の文献にも触れる機会があり、多少、関心ある文献から必要部分のコピーを持ち帰った。そうした制度と多くの人びとの理解のおかげで細々とでも研究生活（といっても要は外国語の本読みだが）を維持できなかったとしたら、たぶん訳者もこうした翻訳の依頼を引き受けられなかっただろう。ここにしるして感謝したい。

二〇二四年六月

訳者識

著者

マイケル・ホーニグ Michael Honig

ロンドン在住。元医師。
本書が作家としての第二作目にあたり、
初の邦訳作品となる。
他の作品に *Goldblatt's Descent*（2013）、
Home School Rules（2021）などがある。

訳者

梅村博昭 Hiroaki Umemura

一九六一年、北海道に生まれる。

北海道大学大学院文学研究科博士後期課程中途退学。

専攻は、ミハイル・ブルガーコフ研究を中心とするロシア文学。

訳書に、ルスタム・カーツ『ソヴィエト・ファンタスチカの歴史』（共和国、二〇一七）がある。

ウラジーミルPの老年時代

二〇二四年七月二〇日初版第一刷印刷
二〇二四年七月三一日初版第一刷発行

著者 マイケル・ホーニグ
訳者 梅村《うめむら》 博昭《ひろあき》
発行者 下平尾 直
発行所 株式会社 共和国
東京都東久留米市本町三－九－一－五〇三　郵便番号二〇三－〇〇五三
電話・ファクシミリ 〇四二－四二〇－九九九七　郵便振替 〇〇一二〇－八－三六〇一九六
http://www.ed-republica.com

ブックデザイン 宗利淳一
装画 Caffeine House
印刷 モリモト印刷
DTP 岡本十三

本書の内容およびデザイン等へのご意見やご感想は、以下のメールアドレスまでお願いいたします。 naovalis@gmail.com

ISBN978-4-907986-56-8 C0097